De gunst

Van Nicci French verscheen eveneens
bij Ambo|Anthos *uitgevers*

Het geheugenspel
Het veilige huis
Bezeten van mij
Onderhuids
De rode kamer
De bewoonde wereld
Verlies
De mensen die weggingen
De verborgen glimlach
Vang me als ik val
Verloren
Tot het voorbij is
Wat te doen als iemand sterft
Medeplichtig
Huis vol leugens
In hechtenis
Wie niet horen wil

In de Frieda Klein-reeks:
Blauwe maandag
Dinsdag is voorbij
Wachten op woensdag
Donderdagskinderen
Denken aan vrijdag
Als het zaterdag wordt
Zondagochtend breekt aan
De dag van de doden

Nicci French

De gunst

Vertaald uit het Engels door Iris Bol,
Eefje Bosch en Marcel Rouwé

Ambo|Anthos
Amsterdam

MIX
Papier van verantwoorde herkomst
FSC® C014496

Eerste druk maart 2022 (paperback)
Tweede druk maart 2022 (gebonden)
Derde druk april 2022 (dwarsligger®)
Vierde druk april 2022
Vijfde druk mei 2022

ISBN 978 90 263 5768 8

Oorspronkelijke titel *The Favour*
Oorspronkelijke uitgever Simon & Schuster
Omslagontwerp Marry van Baar
Omslagillustratie © Sally Mundy / Trevillion Images
Foto auteur © Johnny Ring Photography

Verspreiding voor België:
Veen Bosch & Keuning uitgevers nv, Antwerpen

Voor Kersti

Proloog

Een gil doorkliefde de lucht. Had zij gegild of hij, toen hij zijn handen omhoogbracht om zijn gezicht te beschermen? Of was het de auto, die met gierende banden van de weg raakte? Door de voorruit doemde een boom op, de bladeren zwart in de koplampen. Er klonk geknars van metaal en de lampen gingen uit. Daarna heerste er stilte. Haar gezicht klapte ergens tegenaan, en in haar schedel explodeerde pijn in felle kleuren. Ze deed haar ogen open, hield haar hoofd schuin en zag akelige tinten blauw, rood en paars. In de auto klonk geen enkel geluid. Ze werd bevangen door een panische angst die heviger was dan de pijn.

'Help me, alsjeblieft!' zei Jude tegen helemaal niemand.

Ze reden die nacht terug van een feestje in Liams roestige oude Fiat, waarvan een zijspiegel met plakband op zijn plaats werd gehouden. Op steile heuvels liet de wagen een onheilspellend gerammel horen. Jude en Liam zaten voorin en Yolanda en Benny achterin. Benny lag laveloos met zijn hoofd tegen Yolanda's schouder en sliep met zijn mond open. Ook Yolanda was diep in slaap.

Jude keek op het dashboardklokje. Het was twee uur, maar nog altijd warm na een smoorhete dag. Het leek alsof de hemel elk moment kon openbarsten en een stortvloed aan regen de uitgedroogde, gebarsten grond zou doordrenken.

Ze hadden een warme zomer gehad. Jude dacht terug aan haar A level-examens in mei en juni, toen de zon verblindend door de grote ramen had geschenen. De pen in haar glibberige vingers, zweetdruppeltjes op haar voorhoofd en vochtige plekken onder haar oksels. Dat leek nu een volslagen andere wereld, want sinds half juni was ze verliefd. Verdwaasd, duizelingwekkend en heerlijk verliefd, zoals ze nog nooit was geweest. Haar lichaam deed er gewoon pijn van. Ze kon voelen waar zijn vingers haar hadden aangeraakt en haar lippen waren gevoelig. Op het feest had hij haar meegenomen naar de tuin en haar gekust tot ze zomaar, in het volle zicht, op het gazon had willen gaan liggen, maar hij had 'later' gefluisterd, met zijn adem heet tegen haar oor. En nu was het later en zouden ze eerst Yolanda thuis afzetten, dan Benny uit de auto sleuren en naar zijn voordeur brengen en vervolgens naar het bos rijden. Hij had een deken in zijn achterbak. Het kon haar niet schelen of het ging regenen, ze stelde zich voor dat ze hun natte lichamen tegen elkaar aan drukten en er ging een verwachtingsvolle siddering door haar heen.

Ze wierp hem van opzij een blik toe en hij voelde dat ze naar hem keek en legde zijn hand op haar dijbeen, op de dunne stof van haar jurk. Liam Birch: totaal haar type niet. Liam had zijn leven niet op de rit, zij wel. Zij wist al sinds de basisschool dat ze dokter wilde worden en had jarenlang haar best gedaan om dat te bereiken, zonder ooit op te geven. Ze was toegelaten tot de studie geneeskunde en zou over zes weken naar Bristol vertrekken, mits haar examenresultaten goed waren, iets waarvan ze overtuigd was.

Liam wist nog niet wat hij na de middelbare school wilde gaan doen. Hij was handig. Hij kon bijna alles repareren en als hij een potlood pakte, wist hij met een paar lijnen iets levensechts en opzienbarends te creëren. Jude had gezegd dat hij naar de kunstacademie moest gaan, maar hij had zijn schouders opgehaald en geantwoord dat hij wel zou zien wat er ging gebeuren – alsof die beslissing niet echt aan hem was, alsof de stroom van het leven hem gewoon onderuit had gehaald en hem nu meevoerde. Misschien zou hij gaan reizen, had hij gezegd. Weg van deze middelgrote stad in het midden van Engeland waar hij al zijn hele leven met zijn ouders en jongere broertje woonde. Ze keek omlaag naar de hand die warm en zwaar op haar dij lag. Wat zou er gebeuren als zij naar de universiteit ging? Ze hadden het nooit over de toekomst gehad, net zoals ze niet veel over het verleden hadden gepraat. Ze wist bijna niets over Liams familie, zijn jeugd of zijn eerdere relaties. Het enige wat ertoe deed, was het hier en nu, en het heerlijke gevoel van spanning in haar lichaam wanneer hij haar aanraakte of als ze dacht aan zijn aanraking, maar ook als hij naar haar keek of haar naam zei.

Hoewel ze in dezelfde stad in Shropshire woonden, hadden ze niet bij elkaar op school gezeten. Jude had de scholengemeenschap bezocht en Liam het grote college aan de rand van de stad dat speciaal voor de laatste twee jaar van de middelbare school was. Ze was zich echter wel van hem bewust geweest, een lange slungelige figuur met donker haar dat nodig geknipt moest worden en kleren die er nooit nieuw uitzagen: gescheurde jeans, T-shirts met raadselachtige woorden erop, een raar groen jack dat bij ieder ander geen gezicht zou zijn geweest maar hem wel goed stond. Ze had hem de afgelopen twee jaar regelmatig gezien, op straat met een groep andere tieners, met sigaretten en drankblikjes, en hij leek haar cool en heel werelds.

Een paar dagen na haar laatste examen was ze op een feestje door een vriend aan hem voorgesteld. Ze had gewacht tot hij 'Hey, Jude' zou zeggen en zou lachen om zijn eigen gevatheid, maar dat had hij niet gedaan. Ze had verwacht dat hij zich om zou draaien om terug te gaan naar zijn eigen groep, maar dat had hij ook niet gedaan. Hij had haar verteld over een jong vosje dat hij eerder die dag had aangereden, en dat hij in eerste instantie had gedacht dat er een klein kind plotseling de weg op was gerend. Het vosje had nog geleefd en meelijwekkend gepiept en er waren al snel nieuwsgierigen blijven staan. Hij vertelde dat hij het vosje uit zijn lijden had moeten verlossen: hij had een steen van de stoep gepakt en daarmee op zijn kop geslagen en daarna had hij het dode beestje naar het bos gebracht en het daar achtergelaten. Hij had er bijna een halfuur mee in zijn armen gelopen, heet en stinkend, vertelde hij. Hij was een beetje stoned. Zijn pupillen waren vergroot en in het zwakke licht leken zijn ogen donker, bijna zwart. Het verbaasde Jude hoe aardig hij overkwam, en hoe jong. Bijna – tja, bijna doorsnee. Gewoon een knappe jongen.

De eerste weken was het een heerlijk geheim geweest dat ze genietend voor zichzelf had gehouden. Ze vertelde het niet aan haar vriendinnen, want ze wilde niet dat die met hun ogen zouden gaan rollen of iets zouden zeggen waardoor het onbelangrijk of juist te belangrijk of te onvoorstelbaar zou lijken. Ze wilde niet horen dat een van hen al eerder iets met hem had gehad, of iemand kende voor wie dat gold, of dat iemand iets over hem had gehoord, over zijn onbesuisdheid en zijn plotselinge, onverklaarbare woedeaanvallen. Ze wilde niet dat iemand zou zeggen: 'Je moet oppassen voor hem.' Ook nu liet ze er nog weinig over los tegen andere mensen. Af en toe gingen ze samen naar een feest, zoals die avond, en gisteren waren ze met een groep vrienden de hele dag bij de rivier geweest. Ze had over hem gekletst met Rosie, liggend in het lange gras aan de oever van de rivier terwijl ze sprak tegen de blauwe hemel. Maar ze had er niks over losgelaten tegen haar ouders, want ze wist dat die niet blij zouden zijn met Liam: een jongen die wiet rookte, pillen slikte, er soms een beetje ongewassen uitzag en niet zou gaan studeren. Misschien was dat de aantrekkingskracht wel: hij was iemand die haar ouders zouden afkeuren. Hoe dan ook, in september ging ze naar Bristol. Hij was haar intermezzo, haar zomer, haar ontsnapping.

'Ik ben een beetje misselijk,' zei Yolanda, die halfwakker werd op de achterbank.

'Doe het raampje dan open,' zei Liam.

'Misschien moet ik overgeven.'

'Waag het niet om in mijn auto te kotsen!'

'We zijn zo bij je huis,' zei Jude. 'Maar zeg het even als we moeten stoppen.'

Yolanda reageerde echter niet, want ze was alweer in slaap gevallen. Eerst liet ze een gorgelend snurkgeluidje horen en toen een kreun.

Jude had zelf ook het gevoel dat ze enigszins aangeschoten was. En Liam had ook veel gedronken en de hemel mocht weten wat nog meer genomen. Maar het was maar een kort ritje. Er vielen een paar dikke regendruppels op de voorruit. Ze hief haar hand om zijn gezicht aan te raken en voelde zijn lippen glimlachen.

Toen zei hij: 'Fuck.' Of eigenlijk schreeuwde hij het.

Want waar de weg een scherpe bocht maakte, was de auto rechtdoor geracet, van de weg af geschoten, recht op een boom af. Afschuwelijke slow motion. Een afschuwelijk helder besef van een ramp, en een wereld die nooit meer hetzelfde zou zijn.

Een gil doorkliefde de lucht.

Jude kon niet bepalen naar welke kant haar lichaam lag. Haar hoofd bonsde van pijn, eerst de ene en toen de andere kant. Yolanda zat achterin hard te snikken. Benny zei helemaal niets.

'Ben je gewond?' vroeg Liam gejaagd in de duisternis.

'Dat kan ik niet zien.' Jude voelde aan haar gezicht, dat warm en kleverig was. 'Ik bloed,' zei ze.

'Kun je uitstappen?' vroeg Liam.

'Weet ik niet. Yolanda? Benny? Is alles goed met jullie? Wat is er gebeurd? Wat moeten we nu doen?'

Liam klauterde uit de auto, liep naar haar kant en hielp haar ook naar buiten. Haar benen trilden zo erg dat ze niet kon blijven staan, dus hij liet haar op de met gras begroeide helling zitten. Ze kon net zijn bleke gezicht onderscheiden. Hij ging terug om Yolanda te halen, die bij de auto vandaan strompelde en heftig moest overgeven op de weg. Jude hoorde de kots spetteren.

Het begon te regenen. Ze hoorde Liam tegen Benny praten.

'Ademt hij nog?'

'Ja, hij ademt nog. Maar hij heeft hulp nodig. Ik ga even bellen.'

'Is dat echt nodig?'

Liam hurkte naast haar neer en veegde met de zoom van zijn T-shirt het bloed van haar gezicht. Hij leek opmerkelijk rustig, bijna nonchalant. 'Het komt wel goed.'

Tranen en regen prikten op haar gezicht. Haar tong was gezwollen in haar mond. 'Dit is een nachtmerrie.'

Liam praatte in zijn telefoon. Hoe bestond het dat hij zo

kalm was? Jude boog zich voorover en drukte haar handen tegen haar gezicht. Ze hoorde Yolanda huilen en de wind waaien door de bomen en ergens in de natte duisternis hoorde ze een uil.

Toen, heel in de verte, klonk er een sirene.

Als eerste arriveerde de ambulance, een paar minuten later gevolgd door een politiewagen en toen een tweede. Blauwe zwaailichten weerkaatsten tegen het bos, tegen de motorkap van de auto die zich in de boom had geboord en tegen de bleke, bange gezichten van de vier inzittenden. De ambulanceverpleegkundigen tilden Benny op een brancard, waarna hij eindelijk zijn ogen opendeed.

'Donder op, oké,' zei hij. 'Wat gebeurt er allemaal?'

Een vrouw die op vriendelijke toon sprak boog zich over Jude heen, maar Jude kon de woorden niet verstaan. In haar hoofd klonk een luid gebulder. Wel hoorde ze de woorden van een politieagent die aan Liam vroeg of het zijn auto was.

Hij zei ja. Ze hief haar hoofd op en hij glimlachte naar haar. Alsof het een grote grap was, dacht Jude. Alsof dit er allemaal niet echt toe deed; gewoon iets wat kon gebeuren.

Er werd hem gevraagd of hij had gereden, of hij had gedronken, of ze allemaal hun gordel om hadden gehad. Er werd hem verteld dat hij onderzocht zou worden.

Ze zag Liam zijn schouders ophalen. Het blauwe licht gleed flikkerend over zijn gezicht. Daarna was alles opnieuw verward tot ze zag dat hij naar het open portier van een van de politiewagens werd geleid. Hij keek even over zijn schouder naar haar en hief zijn hand op in wat een afscheidsgroet leek.

Dat was feitelijk het einde geweest. Het einde van Liam en Jude en van de heerlijke kwelling van een eerste liefde, het einde van haar zomer, het einde van haar jeugd.

Jude had twee dagen in het ziekenhuis moeten blijven. Ze had een hoofdwond opgelopen en de artsen wilden haar houden ter observatie. Haar neus was gebroken, maar een jonge arts verzekerde haar dat die zonder littekens zou genezen. Voor een snee op haar voorhoofd waren twaalf hechtingen nodig geweest. De dag na het ongeluk had ze zichzelf bijna niet herkend in de spiegel. Haar gezicht was gezwollen, haar huid een mengeling van paars, diep bruin en somber groen.

'Je had wel dood kunnen zijn,' zei haar moeder.

'Wat bezielde je om mee te rijden met iemand die dronken was?' vroeg haar vader.

Haar ouders keken elkaar aan en begonnen toen vragen te stellen over Liam. Wie was hij? Waarom had ze in zijn auto gezeten?

Jude kromp ineen. 'Hij is gewoon een jongen die ik ken,' zei ze.

Gewoon een jongen. Haar jongen. Ze probeerde hem te bellen, maar hij nam niet op. Ze stuurde een berichtje, een aantal berichtjes, waarin ze schreef dat ze hem dringend wilde zien, en hij schreef terug dat de situatie een beetje gecompliceerd was, maar dat ze zich geen zorgen over hem moest maken. Alles ging goed met hem. Hij hoefde waarschijnlijk niet naar de gevangenis, maar zou alleen een taakstraf krijgen. *Reisplannen in de ijskast*, schreef hij.

Gevangenis. Het woord maakte haar misselijk.

Toen Jude uit het ziekenhuis kwam, ging ze naar zijn huis. Hij deed de deur open en ze voelde een golf van paniek en opwinding bij de aanblik van Liam, maar het volgende moment zag ze dat het Liam niet was. Het was iemand die op hem leek, maar dan jonger, minder geprononceerd en minder zelfverzekerd. Hij zei dat hij Dermot heette en Liams broer was. Hij vertelde dat Liam niet thuis was, dat er niemand thuis was. Behalve jij dan, zei Jude, waarop hij begon te blozen. Ze vroeg of alles goed was met Liam en volgens Dermot was dat het geval, al was hij wel een beetje van slag.

Ze keek de jongen aan – hoe oud was hij? vijftien? zestien? – en vroeg of hij tegen zijn broer wilde zeggen dat ze hem wilde spreken. Of nee, zo verbeterde ze zichzelf, ze móést hem spreken. Met een trilling in haar stem voegde ze eraan toe dat het niet zo mocht eindigen. Alsjeblieft, zei ze. Alsjeblieft. De woorden bleven tussen hen in de lucht hangen. Liams broer leek even iets te willen zeggen, maar toen knikte hij alleen en draaide zij zich om en ging weer weg.

Een paar dagen zat ze lusteloos thuis in de woonkamer naar dagprogramma's op tv te kijken. Ondanks de hitte zat ze toch onder een deken terwijl haar hoofd bonsde en haar gezicht mauve en geel werd. Er kwamen vrienden en vriendinnen op bezoek, die opgewonden kakelden over de gruwelijke, maar o zo spannende gebeurtenissen. Ze deed haar best om te glimlachen en een gesprek te voeren. Ze gaven haar bodylotion en zelfgebakken brownies. Rosie gaf haar een gigantische kamerplant die Jude volgens haar mee kon nemen als ze ging studeren, maar die binnen de kortste keren dood was.

De botsing was net een felgekleurde nachtmerrie waarvan ze zich slechts fragmenten kon herinneren. Liam was net een figuur uit een vervagende droom. Soms, als ze in de vroege uurtjes wakker werd, merkte ze dat ze lag te huilen.

Ze kreeg de uitslagen van haar examens, die nog beter bleken te zijn dan ze had gedacht. Dus ze zou naar Bristol gaan en arts worden. Zij had haar leven nog altijd op de rit.

Liam had zijn leven nog altijd niet op de rit. Jude had via Benny gehoord dat zijn examenresultaten niet geweldig waren. 'Hij wist dat al,' zei Benny, alsof dat een troost was. 'Hij zit er niet echt mee. Je kent hem.'

Kende ze hem eigenlijk wel?

Wekenlang moest ze voortdurend aan hem denken, maar daarna werd het, beetje bij beetje, steeds gemakkelijker om dat niet te doen.

Het waren slechts drie maanden van haar leven geweest, drie intense, duizelingwekkende maanden, die een gat in haar leven hadden gebrand.

Een paar dagen voordat ze naar Bristol zou gaan, zag ze hem op straat met een meisje. Ze liepen bij haar vandaan, maar ze zou hem overal hebben herkend: de lange gestalte in versleten jeans, zijn enigszins onregelmatige pas alsof hij geen zin had om zijn voeten op te tillen en zijn donkere, warrige haar. Ze begon te huilen en dikke tranen biggelden over haar wangen, die niet langer bont en blauw waren. Maar ze probeerde hem niet in te halen. In plaats daarvan draaide ze zich om en liep de andere kant op.

Ze dacht niet dat ze hem ooit nog terug zou zien.

1

Het was een doorsnee nachtdienst geweest. Jude was verscheidene keren naar beneden geroepen naar de Spoedeisende Hulp. Drie vrouwen van in de tachtig, een vrouw van vierennegentig. Drie waren er gevallen. Een was bewusteloos binnengebracht. Twee waren ernstig verward. Op de zalen was het stil geweest. Niet letterlijk stil. Een patiënt met dementie had telkens opnieuw om haar moeder geroepen. Een andere patiënt werd regelmatig wakker en riep dan op opgewonden toon iets onverstaanbaars, waarna hij weer in slaap viel om vervolgens opnieuw wakker te worden en dezelfde angstige woorden te schreeuwen. Jude had met de dienstdoende verpleegkundige overlegd over zijn medicatie, maar besloten om die bij het oude te laten.

Jaren eerder had ze gewerkt als arts op de spoedafdeling van een ziekenhuis in Zuid-Londen. Vrienden van haar, die daar eerder hadden gewerkt, vertelden haar dat ze genoten van de adrenalinestoten, van het niet weten wat er vijf minuten later zou gebeuren. Dat had Jude nooit gehad. Zij voelde geen adrenaline door haar aderen stromen wanneer ze de gevolgen van dronken vechtpartijen zag en door alcohol veroorzaakte autoongelukken. Je lapte de mensen op en stuurde ze weg. Of je kon ze niet oplappen en dan stuurde je ze door naar iemand die dat wel kon. Soms, en dat was heel afschuwelijk, kreeg je te maken met verminkte doden of stervenden, en aan dat soort dingen zou ze nooit wennen.

Toen ze voor geriatrie had gekozen, waren haar vrienden verbaasd geweest. Of ze dat niet deprimerend vond? Nee, dat vond ze niet. Ze deed dezelfde dingen als andere artsen: diagnoses stellen, medicijnen voorschrijven en onderzoeken aanvragen. Toch voelde ze zich ook net een dokter uit vervlogen tijden, toen een arts soms alleen bij een patiënt hoefde te gaan zitten om diens hand vast te houden, met hem te praten, naar hem te luisteren en hem te verzorgen. Als je voorbijging aan de ouderdom, waren deze patiënten even grappig, gecompliceerd en verknipt als iedereen. Elke keer dat ze een patiënt naar huis kon sturen, een beetje beter dan toen die was binnengekomen, wellicht zonder pijn of weer in staat om zonder hulp te lopen, voelde dat als een overwinning.

Ze keek op haar telefoon. Van de vrouw van vierennegentig moest nu een röntgenfoto worden gemaakt. Jude nam zich voor even bij haar te gaan kijken voordat ze zou weggaan. Daarna maakte ze er geërgerd een aantekening van. Het had geen zin om zoiets alleen in gedachten te doen.

Ze bestudeerde het bord aan de muur naast de verpleegbalie. Er moesten nog een paar taken afgehandeld worden. Aan de verpleegkundige achter de balie vroeg ze of de SEH nog had gebeld.

De vrouw schudde haar hoofd. 'Het zijn horken daarbeneden. Ze bellen je nooit terug.' Ze tikte met haar vinger op de balie. 'Maar als zij iets van jou nodig hebben, klimmen ze meteen in de telefoon.'

'Ja, ik weet het,' zei Jude. 'Breek me de bek niet open.'

Deze gedeelde klachten over de inefficiëntie en arrogantie van andere afdelingen schiepen een onderlinge band.

'Er was wel iemand voor je,' zei de vrouw.

'Heb je het nummer opgeschreven?'

'Nee, ik bedoel dat er echt iemand is geweest. Hierzo. Vroeg of hij je kon spreken.'

'Van welke afdeling?'

'Volgens mij is hij niet van hier. Ik zei dat je aan het werk was en toen zei hij dat hij beneden op je zou wachten.'

Jude was verbaasd. Wie zou er nou 's nachts naar haar werk komen? 'Wat vreemd. Was het ernstig?'

De verpleegkundige schudde haar hoofd. 'Ik denk het niet. Hij zei alleen dat hij zou wachten. Het leek niet echt dringend. Hij is beneden bij de receptie.'

Jude keek omhoog naar de klok. Halfzeven. Nog een halfuur, en dit was meestal het drukste gedeelte van haar dienst. Niet alleen moest ze al haar gebruikelijke taken afwerken en tegelijk de overdracht aan de aflossende assistent-arts voorbereiden, maar ze moest ook de dienst daadwerkelijk overdragen. Af en toe leek het alsof een wraakzuchtige godheid lastige gevallen stuurde net als zij zich klaarmaakte om weg te gaan. De bewusteloze vrouw bleek een gecompliceerd geval te zijn. Waarschijnlijk was het een beroerte geweest, maar de vrouw had een veelvoud aan andere aandoeningen en na een verwarrend en ontoereikend gesprek met haar verzorger, een niet-afdoend onderzoek en een reeks telefoongesprekken, keek Jude op en zag dat het tien voor halfacht was.

In het kantoortje haalde ze haar jas, tas en sleutels op en nam zoals altijd even een momentje om haar gedachten tot rust te laten komen. Was er iets wat ze over het hoofd had gezien? Nee, er schoot haar niets te binnen.

Ze pakte haar telefoon, keek ernaar en knipperde met haar ogen. Er hing een vaag aura omheen, alsof het toestel gloeide. Soms kwam dat door vermoeidheid, maar meestal niet. Meestal was het een teken van opkomende migraine. Daar had ze zelden last van tijdens haar werk. Het leek alsof haar brein heel beleefd wachtte tot ze alles had gedaan wat ze moest doen. Het gaf haar genoeg tijd om naar huis te gaan en dan begon de hoofdpijn. Soms maakten de medicijnen er een eind aan, als ze die op tijd innam. Snel bekeek ze de binnengekomen berichten op haar telefoon.

Nathan en zij moesten hun bruiloft regelen. Ze wenste vaak dat ze gewoon voor de burgerlijke stand konden trouwen, met zijn tweetjes plus een paar vrienden als getuigen. Maar Nat had gezegd dat trouwen een prima aanleiding was voor een groot feest en dat zijn moeder het hem nooit zou vergeven als haar zoon geen echte bruiloft organiseerde. Vanaf dat moment had het zich uitgebreid als een schimmel. Het had hun maanden gekost om de juiste locatie te kiezen en nu dat was afgevinkt, werd het tijd om de catering en de bloemen te regelen. Daarna moest het aantal gasten worden bepaald, en dan had je haar jurk nog. De opkomende migraine stuurde een flits van pijn door haar hoofd toen Jude aan al die zaken dacht. Ze droeg nooit lange jurken of pumps, maar tweedehands mannenpakken, overalls, jeans, hoge wandelschoenen, sandalen en schoenen met lage hakken, alles waarin ze zich makkelijk kon bewegen, klaar om snel te kunnen ontsnappen. Maar toen ze dat tegen Nat had gezegd, had hij zijn neus opgetrokken en een zenuwachtig lachje uitgestoten in een poging er een grapje van te maken. Hij wilde dat ze een echte bruid zou zijn; hij verheugde zich erop haar in soft focus te zien, gekleed in iets lichts en vrouwelijks terwijl ze hem heel teder aankeek en 'ja, ik wil' zei.

Ze voelde zich schuldig dat ze zich hierover beklaagde, al was het maar in gedachten tegen zichzelf. Nat nam het meeste werk voor zijn rekening. Af en toe kwam hij bij haar voor overleg. Wilde ze dit of dat? Dit gerecht? Die wijn? Deze decoratie?

Haar telefoon ging en nog voordat ze op het scherm keek, wist ze al wie het was. Als ze nachtdienst had, leek het alsof Nat en zij zich in verschillende tijdzones bevonden, ook al woonden ze samen. Dan kwam zij uitgeput thuis op het moment dat hij vertrok naar zijn werk in Lambeth, waar hij projectmedewerker bij de afdeling volksgezondheid was. Soms zag ze hem zelfs helemaal niet.

'Goedemorgen,' zei ze.

'Nog drama's beleefd?'

'Alleen de gebruikelijke dingen.'

De gebeurtenissen van de nacht vervaagden al, net als wanneer ze ontwaakte uit een diepe slaap en ze de herinnering aan haar dromen voelde wegglippen.

'Zullen we samen ergens ontbijten? Ik kan over een paar minuten de deur uit gaan.'

'Leuk. Onze vaste stek?'

Meestal verliet ze het ziekenhuis door de zij-ingang, maar toen ze op de begane grond kwam, draaide ze zich om en liep naar de hoofdingang.

In de centrale hal was het redelijk druk met mensen die in groepjes bij elkaar stonden of op de banken zaten, pratend, lezend, wachtend.

'Je ziet er anders uit,' hoorde ze iemand zeggen. 'Maar ook nog precies hetzelfde.'

Jude was helemaal vergeten dat er iemand was die haar

wilde spreken. Ze keek opzij en daar stond hij: een lange man, ongeveer van haar leeftijd, met donker verward haar, een baard en ogen die bijna zwart waren. Hij droeg een spijkerbroek en een versleten grijs jack. Om zijn hals had hij een katoenen sjaal met een ingewikkeld dessin.

'Je bent niet makkelijk op te sporen,' zei hij.

Ze herkende hem niet. En toen ineens wel. 'Krijg nou wat,' zei ze terwijl er een glimlach op haar gezicht verscheen.

Het was Liam.

2

'Je bent arts,' zei Liam met die trage glimlach die het verleden voor Jude zo levendig terugbracht dat ze het in haar maag voelde.

Ze keek om zich heen, alsof ze zich ervan wilde vergewissen dat dit echt was, dat ze echt arts was en dat dit echt een ziekenhuis was. 'Ja, ja, dat ben ik. Zo goed als.'

'Precies wat je altijd wilde.'

Het was onmogelijk om met deze geest uit haar verleden over koetjes en kalfjes te praten. 'Ik had niet gedacht dat ik je ooit nog terug zou zien.'

'Ja, dat weet ik,' zei hij langzaam. 'Of ik bedoel, ik weet het niet precies. Maar het lag gecompliceerd.'

Ze keek hem aan en kon haar blik toen niet meer afwenden. Ze wist niet wat ze moest zeggen.

'Zullen we ergens koffie gaan drinken?' vroeg hij. 'Of moet je ergens naartoe?'

'Ik ben op weg naar huis. Het is bedtijd voor mij.'

'Een decaf, dan?'

Glimlachend schudde ze haar hoofd. 'Na een nachtdienst houdt niets me uit mijn slaap. Dus koffie lijkt me lekker.'

Ze liepen het ziekenhuis uit en staken Whitechapel Road over. Jude leidde hen door Brick Lane naar een klein café dat onlangs was geopend en dat was ingericht met zachte stoelen en ruwhouten tafels. Ineens schoot haar te binnen dat Nat elk moment op weg kon gaan naar het ziekenhuis om samen met haar te ontbijten – ze hoopte maar dat hij de deur nog niet uit was. Ze pakte haar telefoon en stuurde hem een berichtje. *Sorry! Noodgeval. Kan niet komen ontbijten. Tot vanavond. xxxx*

Aan de tafel zaten ze tegenover elkaar. Jude voelde zich draaierig door het onwezenlijke van de hele situatie. 'Wil je iets eten?' vroeg ze. 'Eieren of zo?'

Hij schudde zijn hoofd en bestelde koffie voor hen allebei. Haar honger was verdwenen. Terwijl de jonge vrouw achter de toonbank de drankjes klaarmaakte, keken Liam en Jude elkaar zwijgend aan. De stilte voelde niet vreemd of ongemakkelijk.

Toen hun koffie werd gebracht, haalde Jude een doosje uit haar zak, nam er twee roze pillen uit en slikte die door met een grote slok koffie.

Liam keek haar vragend aan.

'Ik voel een migraine opkomen. Deze blokkeren dat soms.'

'Daar had je vroeger toch nooit last van?'

'Nee. Het is begonnen kort na...' Ze hield op met praten. Na het ongeluk; toen waren de aanvallen begonnen. 'Ik krijg ze heel vaak. Kleuren beginnen er vreemd uit te zien en dan ga ik een paar uur naar bed.'

'Hoe dan ook, gefeliciteerd,' zei Liam. Hij hief zijn koffiekopje op.

'Waarmee?'

'Met je aanstaande huwelijk.'

'Hoe weet jij dat nou?'

'Dat is me verteld. Toen ik je aan het opsporen was.'

Lachend zei Jude: 'Toen je me aan het opsporen was? Je bent toch zeker geen privédetective?'

'Nee, alleen een oude vriend.' Hij nam een slokje van zijn koffie. 'Arts dus, zoals je altijd al had gezegd. Het is je gelukt.'

Judes keel voelde dik. Ze had weliswaar gedacht dat ze Liam nooit meer zou zien, maar in de loop der jaren had ze zich wel voorgesteld dat ze hem zou tegenkomen: toevallig, in een bus, ergens op straat, in een mensenmenigte, tijdens een wandeling in de Clee Hills nabij het huis van haar ouders in Shropshire. Want er waren dingen die ze moest zeggen, die ze al ruim tien jaar moest zeggen, maar nu het moment daadwerkelijk was aangebroken, wist ze totaal niet hoe ze moest beginnen.

'Eigenlijk had ik jou moeten opsporen,' zei ze stamelend. 'Ik weet dat je...' Ze hield op. 'Ik ben het nooit vergeten.'

Hij fronste, alsof hij over haar woorden nadacht. Toen hij weer iets zei, leek hij niet boos of zelfs maar droevig. Alleen bedachtzaam, alsof hij het over iemand anders had.

'Ik heb een aantal keuzes gemaakt,' zei hij. 'Niet altijd de goede keuzes. Je hebt vast wel gehoord dat ik toen, naast al het andere, ook nog mijn examens heb verknald.'

'Dat vind ik rot voor je.'

'Het geeft niet. Zulke dingen gebeuren. En al met al gaat het tegenwoordig beter. Ik moet weliswaar wat zaken regelen, maar het gaat prima met me.' Hij zweeg een tel en glimlachte toen – niet ironisch of zo'n alwetend half-glimlachje, maar een glimlach waardoor zijn hele gezicht veranderde en die hem jonger maakte. 'Ik heb een zoontje,' zei hij. 'Alfie. Hij is één.'

Jude knipperde even. 'Wauw. Een zoontje? Lijkt hij op jou?'

'Ze zeggen van wel. Arm kereltje.'

'Wat leuk.' Ze had zin om te huilen, maar ze snapte niet

waarom. In plaats daarvan glimlachte ze.

'Ja, nou.'

Jude haalde diep adem. 'Ik moet je iets vertellen.'

'Ga je gang.'

'Maar voordat ik dat doe, wil ik eerst zeggen dat ik een relatie heb met Nat en dat ik het getroffen heb met hem. We gaan trouwen, maar dat weet je al, en we gaan samen een huis kopen.'

'Leuk.'

Zijn stem klonk heel droog. Ze stak een hand uit en pakte de zijne, die warm aanvoelde, en zijn vingers krulden zich om de hare. 'Nee, luister, ik meen het serieus. Dat moest ik eerst zeggen, want eigenlijk wil ik je iets anders vertellen.' Ze haalde nog een keer diep adem. 'Ik hield destijds zoveel van je, Liam. Ik was smoorverliefd. Helemaal weg van je. Ik kon alleen maar aan jou denken. En ook erna heb ik nog tijden aan je gedacht. Jaren zelfs.'

Jude snakte bijna naar adem toen dat eruit was. Indertijd had ze nooit zoiets tegen hem durven zeggen. Iets dergelijks had ze zelfs nog nooit hardop gezegd. Ze dacht aan Nat en voelde een steek van schuldgevoel.

Langzaam schudde Liam zijn hoofd. 'Jij hebt mijn leven anders ook op z'n kop gezet.'

'En toen werd het je zo'n beetje afgenomen. Na het ongeluk.' Nu sprak Jude heel behoedzaam en traag. 'Als ik eraan terugdenk, lijkt het net een sprookje. Er gebeurde iets afgrijselijks en na afloop kreeg ik alles waar ik mijn zinnen op had gezet en raakte jij bijna alles kwijt waar jij je zinnen op had gezet.' Ze keek hem aan, maar zag geen enkele reactie. Ze had geen flauw idee wat hij voelde. 'Naderhand wees je me af. Je wilde me niet zien. Ik had het gevoel dat je mijn aanblik verafschuwde door wat we hadden meegemaakt en toen ging ik een tunnel in en deed ik net alsof het allemaal nooit was gebeurd. Daar schaam ik me voor.'

'Het is tien jaar geleden,' zei Liam zacht.

'Elf,' zei Jude. 'Ruim elf.'

'We waren nog kinderen.'

'Dat weet ik. En nu zitten we hier. Volwassen.' Ze keek omlaag naar haar koffie. Die had ze nauwelijks aangeraakt. Ze nam een slokje. De koffie was koud.

Zonder het haar te vragen pakte Liam de twee koffiekopjes, liep ermee naar de bar en kwam even later terug met twee verse. 'Alsjeblieft,' zei hij. 'Drink maar gauw op voordat deze ook koud is.'

Jude nipte van haar koffie terwijl haar hoofd zacht gonsde.

'Je hebt me nog niet gevraagd waarom ik hier ben.'

'Het is een schok voor me. Ik ben nog bezig om alles te verwerken. Goed, waarom ben je hier?'

Liam grijnsde en opeens zag hij er precies zo uit als vroeger, toen ze verliefd op hem was, en dat voelde ze midden in haar borst.

'Ik wil je een gunst vragen,' zei hij. Zijn ogen waren zo zwart als kool.

'Een gunst?'

'Ja.'

'Wat voor gunst?'

Hij haalde een papiertje uit zijn zak en schoof het over de tafel naar haar toe.

Ze pakte het. Het was een adres: Springs Cottage, met een postcode die ze niet herkende, maar die duidelijk niet in Londen lag. 'Wat is dit?'

'Ik wil dat je daar zaterdag naartoe gaat.'

Jude had verwacht dat hij geld wilde lenen. Of hulp om een

baan te vinden. Iets wat hun allebei een ongemakkelijk gevoel zou bezorgen. Maar hier kon ze geen touw aan vastknopen. 'Ik snap er niks van. Wil je dat ik naar die cottage ga? Waarom? Waar is het?'

'Het is heel eenvoudig. Ik heb die cottage geboekt voor het weekend. Het is zo'n huisje dat op Airbnb staat. Ik zal je daar zaterdagavond vertellen wat voor gunst ik je precies vraag. Die stelt niet veel voor, hoor.'

'Je bedoelt dat ik er ook een nacht moet blijven slapen?'

'Ja.'

'Waar is het precies?'

'In Norfolk.'

Jude voelde zich uit balans gebracht en de tafel leek van haar af te kantelen. Ze wist niet of het door haar opkomende migraine kwam of door haar gevoel van totale verbijstering. 'Ik begrijp niet precies wat je van me wilt.'

Hij glimlachte, maar de blik in zijn ogen was waakzaam. 'Het is heel simpel.'

'Waarom ik?'

Liam aarzelde even voordat hij antwoord gaf. 'Ik moest aan jou denken,' zei hij uiteindelijk. 'Jij leek de enige aan wie ik dit kon vragen. Volgens mij zijn we belangrijk voor elkaar. Dat zal altijd zo blijven.' Hij boog zich voorover. 'Maar laat me duidelijk zijn, Jude. Ik vraag je om een gunst en je kunt gewoon nee zeggen zonder dat ik boos word of je iets zal verwijten. Dan drink ik gewoon mijn koffie op en nemen we afscheid van elkaar en zul je me nooit meer zien.'

Jude nam een slokje van haar koffie. 'Het is alweer koud geworden.' Ze zette het kopje weg en liet een gek lachje horen. 'Ik vind het een beetje gênant om dit zelfs maar te vragen, maar toch... je wilt me toch niet iets verkeerds laten doen, hè?'

Hij schudde zijn hoofd. 'Ik zou je nooit vragen om iets verkeerds te doen. Al mag je het tegen niemand zeggen. Zelfs niet tegen die Nat van je. Tegen niemand.'

Ze keek strak naar zijn gezicht en werd overvallen door een herinnering, die zo intens was dat ze er bijna door flauwviel: ze voelde de hitte van die zomer weer, de manier waarop hij haar had aangeraakt en toen het einde ervan in die harde klap van knarsend metaal. 'Je weet toch wel dat ik geen nee kan zeggen?'

'Nee, dat weet ik helemaal niet.'

'Dus ik ga zaterdag naar dit huis en dan kom ik zondag weer terug?'

'Ja.'

'In Norfolk?'

'Ja.'

'En dat is alles?'

'Ja.'

'Oké.'

3

Het lukte Jude de hele terugweg om haar migraine op afstand te houden, waarbij ze haar fiets de laatste kilometer voortduwde alsof één moment van onhandigheid de pijn als een gloeiend hete vloeistof over haar heen zou laten stromen. De ochtend was nevelig en windstil en de natte bladeren voelden als een slijmerig tapijt onder haar voeten. De bleke hemel pulseerde en glinsterde boven het Olympic Park. Mensen doemden vlak voor haar op en waren net zo plotseling weer verdwenen. Ze opende de deur van hun kleine appartement en liep direct door naar de keuken waar ze haar jas uittrok en een glas water voor zichzelf inschonk.

De koffie in de cafetière was nog enigszins warm. Nat had fruit en yoghurt voor haar laten staan, of had hij het niet opgeruimd na zijn eigen ontbijt? Hoe dan ook, ze kon nu toch niks eten, al voelde haar maag leeg. Ze moest gaan liggen, maar ze kon zich er niet toe zetten. Daarom legde ze haar hoofd op de tafel en voelde het koele hout tegen haar wang. Door het raam zag ze een buurtkat in de tuin, naast de barbecue met de gebroken poot. Nat en zij hadden het erover gehad om een kat te nemen als ze eenmaal in het huis woonden dat ze hadden gekocht, wat – duimen maar – hopelijk nog voor Kerstmis zou zijn, op tijd voor hun bruiloft in januari.

Jude dacht aan Liam, hoe hij haar met zijn donkere ogen had gadegeslagen, de vrouw die ze was geworden: een arts die ging trouwen, die binnenkort een huis en wellicht ook een kat zou hebben.

Ze was misselijk door de migraine en de oude herinneringen, die ze jarenlang diep in zichzelf had weggestopt.

Als een blinde strompelde ze naar de slaapkamer, deed daar de gordijnen dicht, trok haar kleren uit en stapte in bed, waar ze opgekruld in de genadige duisternis lag te wachten tot het voorbij zou zijn.

Nat noemde haar een superslaper. Na jarenlang verschillende diensten te hebben gedraaid, kon ze waar en wanneer dan ook gaan liggen om binnen een paar tellen in slaap te vallen. Maar die ochtend lag ze heel lang wakker. Achter haar ogen bonkte het en door haar hoofd bewogen donkere vormen.

Liam Birch met zijn donkere ogen en zijn glimlach. Ze zag hem als achttienjarige en zoals hij nu was. Hij leek ouder dan dertig, alsof het leven hem een pak op zijn donder had gegeven. Van een van zijn tanden miste een stukje. Rond zijn ogen zaten piepkleine rimpeltjes. Hij had een baard en zijn vingers zaten onder de nicotinevlekken. Zijn jack was oud, maar hij had altijd oude kleren gedragen, speurend in tweedehandswinkels naar kleding die zijn aandacht trok. Hij was nog altijd knap om te zien.

En nu dit. Het voelde bijna komisch, alsof iemand een geintje met haar uithaalde. Misschien was dat het wel. Het leek een kinderspelletje, door de instructies over de ontmoetingsplaats en alle geheimzinnigheid. *Ik zweer dat ik niets zal verklappen.* Zij zou zijn auto ophalen en er in haar eentje naartoe rijden en als

Liam kwam, zou hij haar vertellen waar het allemaal om ging en dan zou het voorbij zijn.

Ze had beloofd om het tegen niemand te zeggen.

Dat betekende dat ze het ook niet aan Nat mocht vertellen.

Dat hield in dat ze zou moeten liegen.

'Wat gaan we dit weekend doen?' vroeg Nat. 'Jij bent toch vrij?'

Ze aten scherpe curry met kokos en linzen, wat ze vaak maakte na een nachtdienst. Na haar migraine voelde ze zich uitgehongerd.

'Dee heeft gevraagd of we zaterdagavond komen,' zei hij. 'Een soort feest, en daarna is er het Guy Fawkes-vuurwerk in het park.'

Jude stak haar vork in de romige curry op haar bord en staarde er strak naar. Dit was het moment dat ze had gevreesd. Ze kwam in de verleiding om hem een deel van de waarheid te vertellen. Een vriend had haar om een gunst gevraagd. Het stelde niets voor. Maar toen ze het gesprek in gedachten voerde, liep dat telkens verkeerd. Nat zou vragen gaan stellen. Stel je voor dat hij bezwaar zou maken? Het was beter om te liegen. Dat maakte alles eenvoudiger.

'Sorry, maar ik kan niet,' zei ze, waarmee ze een grens overschreed. 'Ik heb net afgesproken om bij mijn oma langs te gaan.' Judes oma was ziek geweest en ze had al een keer gezegd dat ze haar wilde bezoeken. Haar oma woonde in Gloucester. Het was heel aannemelijk en ze wist dat Nat geen zin zou hebben om mee te gaan.

'Wil je dat ik meega?'

'Nee,' zei ze haastig. Bijna te haastig. Ze zag de opgeluchte blik die hij probeerde te maskeren. 'Ik bedoel, dat is lief van je, maar het is maar een kort bezoekje en het zou je je hele weekend kosten terwijl je de hele week zo hard gewerkt hebt. We gaan vast alleen herinneringen ophalen.'

'Nou, als je het zeker weet...'

'Ik weet het zeker.'

'Ik zal mijn best doen om het zonder jou te redden,' zei hij luchtig.

Ze sloeg haar blik op om hem aan te kijken en ze zag zijn grijze ogen, zijn innemende en gladgeschoren gezicht, het keurig kortgeknipte donkerblonde haar en zijn linnen overhemd. Hij zag er schoon, kalm en betrouwbaar uit. Ze wist dat hij naar sandelhout zou ruiken als ze haar gezicht tegen zijn hals drukte.

Toen puntje bij paaltje kwam, bleek liegen heel gemakkelijk te gaan.

4

Jude stond in de miezerregen voor station Blackhorse Road terwijl ze slokjes nam van de koffie die ze net had gekocht. Mensen haastten zich met gebogen hoofd langs haar. Ze was veel te vroeg aangekomen en nu keek ze telkens op haar telefoon om te zien hoe laat het was. Er stond een kille wind en ze wenste dat ze warmere kleren had ingepakt.

Dit was typisch Liam, dacht ze; vroeger was hij altijd te laat gekomen, altijd slenterend, nooit gehaast, zich nooit verontschuldigend, alsof het niet anders kon.

Misschien zou hij helemaal niet komen en kon ze naar huis gaan en net doen alsof dit nooit was gebeurd. Dat zou een opluchting zijn. Al voelde ze tegelijkertijd een tikje teleurstelling of zelfs spijt.

Er werd getoeterd en toen ze zich omdraaide zag ze een blauwe auto tot stilstand komen bij de dubbele gele streep. Het was een oud barrel, had een deuk in het achterportier en zag er niet veel beter uit dan de auto waar ze die nacht elf jaar geleden in hadden gereden. Liam deed het portier open en stapte uit, maar liet de motor draaien.

Jude haastte zich naar hem toe.

'Klaar?'

'Ja, ik denk het wel.'

'Ik heb het hele adres opgeschreven. Het staat op een stukje papier in de bekerhouder. Via deze weg kom je op de North Circular, dus je zit binnen de kortste keren op de A12 naar het oosten. De sleutel hangt aan een spijker op de veranda.' Het gemiezer verergerde tot een kille regen. Hij overhandigde haar een dunne portemonnee. 'De benzine is bijna op.'

'Dat kan ik zelf wel betalen.'

Zijn gezichtsuitdrukking verhardde. 'Ik heb je om een gunst gevraagd, niet om liefdadigheid. Beloof me dat je mijn creditcard gebruikt.'

Mannelijke trots, dacht ze en ze voelde een steek van medelijden en ergernis. 'Oké.'

'De pincode is 6613. Die heb ik onder het adres geschreven.'

Achter hen werd getoeterd. Liams auto blokkeerde de weg. Een man leunde uit zijn autoraampje en riep boos naar hen. Heel nonchalant stak Liam zijn middelvinger naar hem op. De man wilde nog iets zeggen, maar toen Liam zich naar hem toe draaide, bond hij in.

'Ik heb mijn tas in de achterbak gelegd. Zet je die in de slaapkamer als je er bent?' Hij zag haar gezichtsuitdrukking en grijnsde. 'Er zijn twee slaapkamers,' zei hij. 'Maak je geen zorgen.'

Ze wilde gewoon vertrekken. Ze stapte in de auto, zette haar rugzak op de stoel naast zich en verstelde haar stoel en de achteruitkijkspiegel. Ondertussen hield Liam het portier open.

'Ik neem de trein die vanavond om halftien aankomt op Ixley. Kom je me ophalen? Het is ongeveer vijf kilometer van het huisje vandaan.'

'Ixley,' herhaalde Jude. 'Halftien.'

‘Misschien kun je ook wat boodschappen doen. Maar wel met mijn creditcard. In het dorp is een winkeltje. Dan kunnen we samen een late maaltijd eten.’

‘Ik moet gaan, voordat een van die auto’s me aanrijdt.’ Ze keek naar hem op. In zijn donkere haar glinsterden regendruppels en ze had het tintelende gevoel dat ze, als ze hem naar zich toe trok en hem kuste, in de tijd terug zou kunnen gaan en ze weer achttien zouden zijn en de toekomst ditmaal anders zou verlopen. Dan zou ze de dingen beter kunnen doen.

Ze keek hem fronsend aan. ‘Dit is toch echt goed, hè Liam?’

Hij glimlachte opgewekt. ‘Maak je niet druk. Straks zal ik je alles vertellen. Als iets je niet lekker zit, kun je het altijd nog weigeren.’ Hij boog zich voorover en drukte een kus op haar wang. De geur van sigaretten, het schuren van zijn baard. Een vreemde. ‘Dank je, Jude.’

‘Tot halftien vanavond,’ zei ze.

Eindelijk deed hij het portier dicht, en ze zag hem weglopen in de achteruitkijkspiegel.

5

De stokoude Honda reed rammelend Londen uit. Op haar telefoon zag Jude dat de rit twee uur en drie kwartier zou duren, aangezien het verkeer op de A12 muurvast stond, vermoedelijk met auto's die nog altijd Londen ontvluchtten voor het weekend. Terwijl de auto stapvoets reed keek ze zenuwachtig naar de benzinemeter waarvan de naald bij leeg zweefde. Stel je voor dat ze dadelijk zonder benzine kwam te staan? Ze verliet de snelweg bij het eerste tankstation dat ze zag en gebruikte braaf Liams creditcard. Voordat ze verder reed, bekeek ze het interieur van de auto. Op de vloer bij de passagiersstoel lagen een paar lege blikjes, in het vak van de deur vond ze een klokhuis van een appel en kauwgum, en onder het dashboard een gescheurde wegenkaart, een kluwen snoeren en een halfvol flesje water. Op de achterbank stond een kinderzitje, met daarnaast een klein regenlaarsje van rood rubber en een halfleeg pakje Skittles. Alfie.

Jude was benieuwd naar Alfies moeder. Woonde Liam met haar samen? Was hij getrouwd? Zag hij zijn zoontje elke dag, bracht hij hem 's avonds naar bed? Daar had hij niets over gezegd, of eigenlijk had hij nergens iets over gezegd, al wist hij wel van alles over haar partner en haar baan. Hij had haar verteld dat hij zijn eindexamens had verknald, maar van die tegenslag uit het verleden was ze al op de hoogte geweest. Verder had hij haar verteld dat hij nu een goed leven had. 'Al met al', had hij daaraan toegevoegd, en ook dat hij nog een paar zaken moest regelen. Hielp ze hem nu bij een van die zaken?

Het was te laat om om te keren en heel even stelde ze zich voor dat ze de volgende afrit zou nemen, naar huis zou rijden, Nat zou omhelzen en een eind zou gaan hardlopen om de onwezenlijkheid van deze dag kwijt te raken. Die zou dan als een droom van haar afvallen. Maar ze reed natuurlijk door. Bovendien, waar zou ze Liams auto moeten laten? Niet alleen had ze geen flauw idee waar hij woonde, ze besefte ook dat ze niet eens zijn telefoonnummer of een e-mailadres had. Er was dus geen enkele manier om contact met hem op te nemen.

Wat had haar bezield?

De auto kroop vooruit in de stromende regen.

Langzaam werd het rustig op de weg. Voor haar strekte het landschap zich uit en de grijze hemel werd weidser. Jude, die vocht met de versnellingspook van de krakkemikkige auto, concentreerde zich op praktische zaken. Ze dacht aan de afvinklijst op haar nachtkastje waar ze elke dag nieuwe dingen op schreef en een keurige streep trok door de taken die ze had voltooid. Hun bruiloft was eind januari, wat sommige vriendinnen van haar maar een gure maand vonden om te trouwen. Het idee stond Nat en Jude echter wel aan. Nat had iemand gevonden die trouwfeesten organiseerde in een verbouwde schuur in Shropshire met uitzicht over de Clee Hills, vlak bij het huis van haar ouders. Die zag er schitterend, sierlijk en indrukwekkend uit. Er moest nog zoveel geregeld worden. Alle bruiloftsgasten. Ze zouden cadeaus krijgen en er zouden toespraken worden gehouden. Jude kon nog altijd niet helemaal geloven dat het echt ging gebeuren.

Ze kon zich niet voorstellen dat Liam uitnodigingen zou versturen of een trouwpak liet maken. Tenzij hij het zelf zou doen of door iemand die hij toevallig ergens had leren kennen. Hij had de dingen altijd op hun beloop gelaten en ze daarna losgelaten. Hij had haar losgelaten. Jude wist dat het tussen Liam en haar nooit iets zou zijn geworden; dat had ze altijd geweten. Ze waren veel te verschillend en hun levenspaden gingen totaal andere kanten op. Het ongeluk had gewoon het onvermijdelijke bespoedigd. Maar als dat niet was gebeurd, als ze gewoon uit elkaar waren gegroeid, zou Liam nu niets anders dan een leuke, bitterzoete herinnering zijn – een jeugdige zomerliefde – zonder dat hij deze macht had om haar terug te slepen naar haar verleden en oude verlangens aan te wakkeren.

Tijdens haar eerste studiejaren had Jude relaties gehad: heerlijke relaties, afschuwelijke relaties, korte relaties en knipperlichtrelaties. Het was altijd van meet af aan duidelijk geweest dat ze niet langdurig zouden zijn. Ook was ze een tijdje single geweest, een periode waarin ze alleen oog voor haar werk had gehad. Maar toen ze Nat drie jaar geleden op een blind date had leren kennen, had ze het gevoel gekregen dat hij degene was op wie ze had gewacht: evenwichtig, lief en betrouwbaar. Met hem kon ze zich een toekomst voorstellen.

Ondertussen was ze op een smalle weg door een beukenbos beland, waar sommige bomen hun bladeren al hadden verloren en andere nog glanzend oranje en goud waren. Toen ze het bos weer verliet, bevond ze zich in een kaal landschap, met een weidse hemel en moerassen. Haar gevoel van onwezenlijkheid werd sterker.

Ze ging langzamer rijden en keek vaak op de kaart op haar telefoon, die haar een nog smaller weggetje in voerde, drassig en vol kuilen, langs een veld waar modderige hopen suikerbieten langs de kant lagen. In de verte bewoog een tractor als een speelgoedauto over de drassige aarde. Ze reed door een klein dorpje met uit vuursteen opgetrokken huizen, een postkantoor, een pub en een klein supermarktje. Het was tien voor halfdrie. Een wegwijzer gaf aan dat ze rechtdoor moest rijden om in Ixley te komen, de plek waar ze Liam die avond zou ophalen, maar ze sloeg links af, reed een heuvel op, en nam toen een tweede afslag naar links om vervolgens een korte oprit op te rijden.

Springs Cottage.

Jude zette de motor af, maar stapte nog niet meteen uit. Ze leunde met haar hoofd tegen het zijraampje en wachtte. De kleine, vierkante cottage was witgeschilderd, had een dak van grijs leisteen en een schoorsteen die aan de bovenkant een paar bakstenen miste. Aan een rozenstruik die tegen een muur groeide, zaten nog een paar dappere gele bloemen. Naast de cottage stond een gigantische kastanjeboom, zijn takken zwaar door een wirwar van slordige twijgennesten. Jude zag de donkere silhouetten van roeken en hoorde hun schrille kreten.

Toen ze het portier opende, blies een koude wind haar wild tegemoet. Het begon steeds harder te waaien waardoor blaadjes langs haar voeten over de grond werden geblazen.

Ze pakte haar rugzak en Liams portemonnee en liep naar de cottage. Op de veranda hing inderdaad een sleutel aan een spijker, uit het zicht achter een houten balk. Ze ging naar binnen en liet haar rugzak vallen in het halletje. Het was er koud en het rook er muf, alsof het lang had leeggestaan. Waarschijnlijk kwamen hier alleen mensen in de zomer om lange wandelingen te maken of in de zee te zwemmen die een kilometer verderop moest liggen. In november, wanneer het voortdurend regende, er een felle bijtende oostenwind stond en het overal modderig was, bleven de toeristen waarschijnlijk weg.

De keuken was klein, met rode vloertegels, een houten tafel met daarop een cactus en een geplastificeerd welkomstboekje met instructies. Jude trok de kastjes open. Van alles waren er vier: vier grote borden, ontbijtbordjes, kommen, mokken, glazen en whiskyglazen. Toen ze de koelkast opendeed, bleek die schoon en leeg te zijn.

De woonkamer was ook klein. Er stonden een logge grijze bank, een leunstoel en een grote flatscreen-tv. Ook was er een open haard, maar geen haardhout. Het raam keek uit op moerasgebied met aan de horizon hoge, stakerige bomen die heen en weer zwaaiden als dansers. De zee moest daar ook zijn, dacht ze, en ze wierp nogmaals een blik op haar telefoon om te kijken hoe laat het was. Als ze opschoot, kon ze misschien nog een wandeling maken voordat het donker werd.

Er was een berichtje binnengekomen van Nat: *Hoe gaat het?* Ze stuurde hem emoji's van een opgestoken duim en van een hart.

Op de bovenverdieping – bereikbaar via een smalle trap – waren een badkamer, een middelgrote slaapkamer met een tweepersoonsbed en een klein kamertje met een eenpersoonsbed. Daar zette ze haar rugzak op, waarna ze haar telefoon aan de oplader legde. Hierboven was het kouder. Had ze maar een kruik meegenomen.

Ineens herinnerde ze zich Liams tas. Ze liep op een drafje de trap af en ging naar buiten om de weekendtas uit de achterbak te halen. Die zette ze voor het tweepersoonsbed neer.

Ze had net iets meer dan zes uur voordat Liams trein zou

aankomen. Ze kon zich niet herinneren wanneer ze voor het laatst zoveel tijd had gehad die niet was vol gepland.

In Liams auto reed ze verder over de weg naar de kust en daarna liep ze over het pad, met aan haar ene kant het moeras en aan de andere kant slikken en de ruwe grijze zee. Haar voeten zonken weg in de plakkerige modder. Haar sportschoenen en de zoom van haar jeans werden kletsnat en modderig. De wind die vanaf de zee blies geselde haar en het begon te schemeren. Maar ze voelde zich uitgelaten. Ze genoot van de schurende wind in haar gezicht en het ruisen van de branding. Er was niemand in de buurt. Behalve Liam wist niemand waar ze was. Tegen de tijd dat ze terugkwam bij de auto kon ze nog amper zien waar ze liep. Deze duisternis, die ze in de stad nog nooit had ervaren, beviel haar wel.

Op de terugweg stopte ze bij de kleine supermarkt. Liam had gezegd dat ze wat boodschappen moest doen. Maar wat moest ze kopen? Ze liep langs de schappen en pakte vervolgens wat uien, champignons, knoflook en rijst. Ze zou een eenvoudige risotto maken. Dan moest ze ook olie hebben. Ze deed ook Parmezaanse kaas in het mandje, plus een fles rode wijn en wat chips. Op het laatste moment dacht ze aan zout en bouillonblokjes. Het vooruitzicht om samen met Liam in de keuken te eten maakte haar nerveus.

Ze sms'te Nat. *Ik mis je.*

Bij de kassa keek de vrouw haar nieuwsgierig aan.

'Ik logeer in Springs Cottage,' zei Jude opgewekt.

'Die staat al een tijdje leeg,' zei de vrouw.

Toen Jude de verwarming aanzette, werd slechts één radiator warm. Ze had zin om een bad te nemen, maar de stop was nergens te bekennen.

Buiten was het pikkedonker. Er stond zelfs geen maan. Uit de goten drupte water.

Ze had een boek meegenomen, maar kon haar aandacht er niet bij houden. Nadat ze de risotto had klaargemaakt, zapte ze langs tv-zenders en las ze het nieuws op haar telefoon. Ze wilde de wijn openmaken, maar dat kon niet, want ze moest nog rijden.

Om tien over negen verliet ze het huis, deed de deur op slot en stopte de sleutel in haar jaszak. Ze reed naar het station van Ixley, waarbij de koplampen een bundel van licht creëerden door een onbekende wereld van bossen en velden en moerasland. Over de weg scharrelden kleine beestjes.

Er klonk een knal en in de verte zag ze een vonk langs de hemel schieten, die vervolgens explodeerde in bloemblaadjes van licht, gevolgd door een tweede. Ze miste Guy Fawkes-avond. In gedachten zag ze haar vrienden die waren samengekomen in het park om vuurpijlen af te steken en glühwein te drinken, terwijl zij op een plek was waar ze nog nooit van had gehoord omdat ze had afgesproken met een man die ze al elf jaar niet meer had gezien.

De parkeerplaats was leeg. Het kleine station lag er verlaten bij. Ze ging op het bankje zitten, in de duisternis en de kou, en wachtte. Ze probeerde niet te denken aan wat Liam haar zou gaan vertellen, of aan wat die gunst eigenlijk inhield. Ze probeerde niet stil te staan bij de reden waarom hij juist haar had uitgekozen in plaats van een van zijn vrienden. Hoe harder ze haar best deed om niet aan die dingen te denken, hoe meer ze dat juist wel deed. Wat kon zij nou doen dat een ander niet kon?

Ze deed zichzelf een belofte. Als Liam zo aankwam, zou ze ervoor zorgen dat ze precies wist wat hij van haar wilde, maar als het verkeerd was, zou ze het niet doen, wat ze deze man, van wie ze ooit had gehouden, ook verschuldigd meende te zijn. Dat zou pijnlijk zijn en hij zou waarschijnlijk kwaad op haar worden, maar er was een grens die ze niet wilde overschrijden.

Verwachtte hij soms een emotionele band? Een seksuele? Ze was meteen opgelucht geweest omdat het huis twee slaapkamers had. Ze had heel duidelijk gesteld dat ze verloofd was, dat ze binnenkort ging trouwen. Maar had ze daar echt geen misverstand over laten bestaan? Ze bekeek het eerst vanuit zijn gezichtspunt en toen vanuit het hare. Liam was haar eerste geweest en de schok van die intimiteit stond haar nog helder voor de geest. Die was zowel doodeng als opwindend geweest. Ze had zich zo open, zo kwetsbaar opgesteld. Ze had gehoord over mensen, ze had zelfs mensen gekend, die een ontmoeting hadden met een oude vlam en die relatie dan nieuw leven inbliezen. Soms met rampzalige gevolgen, maar soms ook niet. Dat idee zette ze van zich af. Dat was toen en dit was nu, en in het hier en nu was ze gelukkig en verliefd op de man met wie ze ging trouwen.

Liam was een vreemde voor haar. Ze zou hem deze gunst bewijzen, zonder iets te doen wat ze niet wilde doen, en daarna zou ze terugkeren naar haar leven.

Ze hoorde het veelbetekenende geruis van de rails. Er kwam een trein aan. Ze keek op haar telefoon: 21.24 uur. Ja, dit moest hem zijn. Ze stond op en deed een pas naar voren, waarna ze in de richting van Londen keek. In de duisternis zag ze de gloed van de aankomende trein, verrassend ver weg. Ze voelde zich nerveus. Zou Liam zich ook nerveus voelen? Nee, vast niet. Tenslotte had hij dit plan bedacht, en vroeger leek hij zich nooit ergens zorgen over te maken.

Het geruis van de rails zwol aan en ze hoorde het geratel van de trein zelf ook harder worden. De koplampen ervan werden groter. Toen de trein nog dichterbij kwam, zag ze de machinist in silhouet, waarna ze automatisch een stap bij de rand van het perron vandaan deed.

De trein remde piepend. Terwijl hij vaart minderde, zag ze de vage omtrek van de passagiers door de verlichte raampjes. De trein kwam tot stilstand. Er gingen geen deuren open. Niemand stapte in of uit. Na een paar minuten stil te hebben gestaan, vertrok de trein weer en zag Jude de rode achterlichten verdwijnen in het donker.

6

Jude stond een paar tellen zo perplex dat ze niet helder na kon denken. Ze pakte haar telefoon en keek hoe laat het was. Er was geen twijfel mogelijk. De trein was op tijd geweest, maar Liam was niet uitgestapt. Was het de goede trein? Misschien zou de zijne zo aankomen.

Ze zou tien minuten blijven wachten. Maar rustig op het bankje zitten was onmogelijk geworden. Ze ijsbeerde over het perron en keek voortdurend op haar telefoon. De tien minuten verstreken tergend langzaam, maar toen ze eindelijk voorbij waren, was er geen enkel teken van een volgende trein.

Misschien had Liam de trein gemist en zou ze op de volgende moeten wachten. Met de zaklampfunctie op haar telefoon wist ze een bord aan de muur met de dienstregeling te vinden en ze zag al snel dat er geen volgende meer kwam. De vorige was vijftig minuten eerder geweest. Het leed geen enkele twijfel: dit was de juiste trein, maar hij had er niet in gezeten. Als hij inderdaad met de trein kwam, zou hij pas morgen komen.

Jude vervloekte zichzelf en hem omdat ze op geen enkele manier contact met hem op kon nemen. Wat moest ze nu doen? Heel even kwam het afschuwelijke idee bij haar op dat Liam een vreemde grap met haar uithaalde. Maar voor een grap was het gek dat hij haar zijn auto en creditcard had meegegeven, die zij had mogen gebruiken.

Ze kreeg het koud en begon te rillen. Weer kwam ze in de verleiding om het op te geven en terug te gaan naar Londen. Hij was niet komen opdagen. Wat moest ze nu beginnen? Maar zodra het idee bij haar opkwam, begreep ze welke complicaties het met zich meebracht. Ze zou hoe dan ook terug moeten gaan naar de cottage om haar spullen, alle etenswaren en Liams tas op te halen. En dan? Bovendien, als Liam de trein had gemist, zou hij ongetwijfeld een andere manier regelen om naar Ixley te gaan. Misschien had hij een auto gehuurd of had iemand hem een lift gegeven. Hij was vast al onderweg.

Dus reed ze terug naar Springs Cottage die twee keer zo vreemd en eenzaam aanvoelde als eerst toen ze naar binnen ging. Ze opende de wijn en schonk een glas in voor zichzelf. Ze had geen honger, maar opende wel de zak chips, haalde er een paar chipjes uit en kauwde er bijna gedachteloos op. Ze wist niet wat ze moest doen. Tv-kijken, naar de radio luisteren of haar boek lezen leken volkomen ondenkbaar. Ze zat gewoon aan de tafel, schonk haar glas wijn nog eens vol en at de chips langzaam op.

Opeens hoorde ze een geluid, heel vaag en, zo leek het, ontzettend ver weg. Zo ver weg dat ze niet precies kon horen wat het was, behalve dan dat het muzikaal klonk en zich telkens herhaalde. Ze bewoog haar hoofd in een poging te bepalen waar het vandaan kwam. Het was in huis, boven. Wat kon het zijn? Een wekkerradio die plotseling was aangegaan? Ze liep de trap op, en haar hart bonsde zo snel dat ze het in haar slapen kon voelen. Het bezorgde haar een wee gevoel in haar maag.

Het kwam uit de grote slaapkamer. Toen ze daar naar binnen ging, klonk het geluid harder, maar nog altijd gedempt. Ze besefte dat het uit Liams tas kwam. Ze ritste hem open en trok de zijkanten van elkaar waarna het geluid duidelijker en dringender werd. Ze duwde haar hand erin, tussen kleren door, zoekend, tot haar vingers zich ergens omheen sloten. Ze trok het tevoorschijn en zag dat ze een rinkelende telefoon vasthield. Ze keek ernaar alsof het een buitenaards voorwerp was. Op het scherm stond ERIKA. Ze drukte erop.

'Hallo?' zei ze.

'Wat?' hoorde ze iemand vragen. 'Hallo, Liam. Ben jij dat?'

Jude stond er als bevroren bij en keek vol afschuw naar de telefoon in haar hand. Ze wist niet wat ze moest doen. Ze zette hem uit, stopte hem weer in de tas en bleef daar toen naar kijken. Ze was compleet in de war. Waarom had Liam zijn telefoon in zijn tas gestopt? Had hij dat per ongeluk gedaan? Maar als dit zijn telefoon was, had hij nu dan een andere bij zich? Of had hij helemaal geen andere telefoon? Of was dit toestel van iemand anders? Dat sloeg al helemaal nergens op en bovendien had de stem naar Liam gevraagd.

Jude ging de kamer uit en liep weer naar beneden, maar halverwege de trap bleef ze staan en dacht koortsachtig na. Ze kon dit totaal niet rijmen. Liam had niet in de trein gezeten. Hoorde dat bij zijn plan? Liams telefoon zat in zijn tas. Hoorde dat ook bij zijn plan?

Ze liep terug naar boven, pakte de tas en zette hem op bed. Ze wist niet of het goed of verkeerd was, maar ze moest dit doen. Ze haalde de inhoud eruit en legde die op bed. Dat deed ze langzaam en zorgvuldig zodat ze alles weer terug kon stoppen, zonder een spoor achter te laten.

Het was precies de bagage die je zou verwachten van iemand die een paar dagen van huis is: een blauw overhemd van dikke stof, een sweater met rits, ondergoed, sokken, een paar sportschoenen, een spijkerbroek en oordopjes. Ze ritste een toilettas van grijze stof open en zag een tandenborstel, tandpasta, een miniflesje deodorant, een flesje aftershave, watten en een plastic scheermes. Het leek erop dat Liam gehaast had ingepakt. Alles zag eruit alsof het zo in de tas was gesmeten, niet netjes opgevouwen. Ze pakte een klein stukje bewerkt hout op dat aan een leren veter hing en hield het even in haar handpalm. Het was een piepklein vorkbeentje, schitterend uitgesneden, dat haar deed denken aan de Liam van vroeger, die altijd bezig was geweest om iets te maken of te repareren. Dat deed hij dan gedachteloos, een stuk hout bewerken met een pennenmes.

Ze was zich ervan bewust dat Liam elk moment kon arriveren en het zou onbestaanbaar zijn om betrapt te worden bij het doorzoeken van zijn tas. Daarom stopte ze alles secuur terug, waarbij ze niet alleen haar best deed om de juiste volgorde aan te houden, maar ook om het niet té netjes te doen. Ze moest de tas op dezelfde manier inpakken als Liam had gedaan en niet zoals zij het gedaan zou hebben, wat betekende dat de kleren niet keurig opgevouwen in de tas werden gelegd, maar erin werden gepropt, om het even hoe.

Ze pakte zijn mobieltje. Even overwoog ze om dat te controleren en naar recente telefoontjes en e-mails te kijken, maar zodra ze dat probeerde, vroeg het toestel om een toegangscode. Waarschijnlijk ook maar het beste, dacht ze. Ze stopte het weer in de tas, onder een overhemd, net zoals het eerder had gezeten. Ze ritste de tas dicht, zette die weer op de grond en ging naar beneden.

De risotto op het fornuis was al klaar en hoefde alleen opgewarmd te worden. Jude wist niet wat ze moest doen. Ze had geen trek. Ze had zin om iets te drinken, maar ze had al twee glazen wijn op, misschien zelfs iets meer dan twee, en ze had nooit goed tegen alcohol gekund. De kans was toch al groot dat ze niet helder meer nadacht. Het idee om te vertrekken had ze al verworpen als onmogelijk. Maar hoe zat het met blijven? Ze had gelogen tegen haar verloofde. En nu had Liam verzuimd zijn opwachting te maken en stond zijn tas boven, met zijn telefoon erin.

Omdat ze echt niet wist wat ze moest doen, ging ze in de leunstoel zitten en staarde voor zich uit.

7

Om twaalf uur 's nachts ging Jude eindelijk in het smalle bed liggen. Nadat ze beneden in slaap was gesukkeld en met een schok weer wakker was geworden, had ze even niet geweten waar ze was. Toen het haar te binnen was geschoten, was haar een onbehaaglijk gevoel bekropen.

Het was duidelijk dat Liam die avond niet meer zou komen. Morgen dan. De eerste trein arriveerde om 8.25 uur. Die zou ze opwachten, maar als hij daar niet in zat dan... Ze wreef over haar gezicht. Ze had geen flauw idee wat ze moest doen als hij daar niet in zat. Terugrijden naar Londen en de auto ergens achterlaten zodat die kon worden weggesleept?

Ze zette de wekker op zeven uur 's ochtends, zag een appje van Nat en stuurde hem een reeks hartjes terug. Ze poetste haar tanden en trok een pyjamabroek en een oud T-shirt aan. De lakens waren koud en ze krulde zich op tot een balletje, met haar knieën bijna tegen haar kin, terwijl ze over haar ijzige voeten wreef. Ze stelde zich voor dat Nat en zij thuis in hun tweepersoonsbed lagen en zij zich dicht tegen zijn warme lijf drukte.

Ze deed haar ogen dicht, hoorde de wind in de krakende takken en de gestaag vallende regen. Als ze het zichzelf toestond, zou ze heel makkelijk in paniek kunnen raken, liggend in deze onbekende duisternis, omringd door moerassen met daarachter de zee die binnenrolde over de slikken. Er was iets verkeerd gelopen. Op dit moment ging er iets verkeerd.

Ze wilde in slaap vallen en pas weer wakker worden als het ochtend was. Morgenochtend kon ze alles uitzoeken, zodat ze grip zou krijgen op deze puinhoop. Maar ze kon de slaap niet vatten en de tijd verstreek tergend traag. In de kleine uurtjes dat de angst je kon grijpen, was ze alle houvast kwijt.

Er klonk een geluid en ineens was ze klaarwakker. Misschien had ze even geslapen, al dacht ze van niet. Ze zat rechtop in bed en tuurde de duisternis in. Wat voor geluid? Ja, Liams telefoon ging weer. Ditmaal was het één uur 's nachts. Jude strompelde uit bed, liep naar de andere slaapkamer en deed het licht aan. In de plotselinge felle gloed, ritste ze Liams tas open en stak ze haar hand er diep in om de telefoon te vinden voordat die niet meer zou overgaan.

'Hallo,' zei ze. 'Hallo. Met wie spreek ik? Wie is daar?'

'Hallo,' zei een vrouw. 'Met wie spreek ik?'

'Wat?'

'Met wie spreek ik?'

Jude ging op het bed zitten. Haar hart bonsde onnatuurlijk snel. Moest ze deze vraag beantwoorden? Ze kon niet helder genoeg nadenken om de juiste beslissing te nemen.

'Jude Winter,' zei ze, waarna ze zich, heel bespottelijk, corrigeerde: 'Dókter Jude Winter. En met wie spreek ik?'

'Met inspecteur Leila Fox, van de politie. Waar bent u?'

'Wat?'

'Kunt u me vertellen waar u bent?' herhaalde de vrouw geduldig.

Jude gaf haar het adres.

'Blijf daar. Verlaat het huis niet. Bel niemand. Er komt zo iemand bij u.'

'Iemand? Hoe bedoelt u, "iemand"?'

'Een politieagent.'

'Ik begrijp het niet. Er moet een vergissing in het spel zijn.'

'Is dit de telefoon van Liam Birch?'

'Ja.'

'We zien u gauw.'

Zodra de vrouw het gesprek had beeindigd, begon Jude koortsachtig na te denken. De politie? Waar kon dit over gaan? Ze wist niet goed of de paniek die ze voelde Liam of zichzelf betrof.

Nogmaals bekeek ze de inhoud van Liams tas. Ze kreukte de kleren wat, ritste de toilettas open en haalde het flesje aftershave eruit. Ze spoot wat op haar pols en snoof jasmijn en groene thee op. Lekker, stelde ze vast. Ze stopte het flesje terug. Toen ze de tas weer had dichtgedaan, zag ze dat het koordje met het houten vorkbeentje eraan op de grond was gevallen terwijl ze de kleren anders had gerangschikt. Ze raapte het op en hield het in haar handpalm. Het was zo teer dat het bijna niets woog. In een opwelling deed ze het om haar hals. Ze zou het maar als vergoeding voor de gunst beschouwen.

8

Pas na ruim een halfuur zag Jude koplampen naderen en stopte er een politiewagen. Ze opende de voordeur en keek toe toen twee agenten, een man en een vrouw, uitstapten en op haar af liepen. Ze liep het huis weer in en de agenten volgden haar. In de woonkamer bleven ze staan en keken om zich heen.

'Waar gaat dit over?' vroeg Jude. 'Wat is er gebeurd?'

'Wij hebben gewoon opdracht gekregen om hiernaartoe te gaan,' zei de vrouw.

'Hoe bedoelt u? U weet toch zeker wel íéts?'

'Iemand heeft iets gezegd over een telefoon.'

'Hoe bedoelt u, een telefoon?'

'Een telefoon die van iemand is.'

'Ik heb een telefoon van een vriend van me,' zei Jude. 'Die ging over en toen heb ik opgenomen.'

'Waar is die?'

Jude wees naar de tafel.

'We kunnen hem daar maar beter laten liggen,' zei de agent.

'Ik was niet van plan om er iets mee te doen.' De sfeer was ongemakkelijk, alsof ze op een feestje aan elkaar waren voorgesteld en al snel niets meer tegen elkaar wisten te zeggen. 'Dus wat doen we nu?'

'We wachten.'

'Waarop?'

'Er is iemand onderweg uit Londen.'

'Dat gaat tijden duren.'

'Dan kunnen we het ons maar beter gemakkelijk maken.'

'Willen jullie thee of zo?'

'Nee, hoor.'

Het idee om voor wie weet hoeveel uur bij deze twee agenten te zitten, voelde ondraaglijk. 'Is het goed als ik even ga liggen?'

'Ja, dat is prima,' zei de politieagente. 'Maar dan moet ik wel met u mee.'

'Hoezo?'

'Er is ons opgedragen u in het oog te houden.'

Dus liepen Jude en de vrouwelijke agent de trap op naar haar slaapkamer en Jude ging op bed liggen, boven op het dekbed, terwijl de agent in een stoel in de hoek ging zitten. Jude deed haar ogen dicht, niet omdat ze dacht dat er ook maar een kleine kans was dat ze zou kunnen slapen, maar om te voorkomen dat ze de neiging zou krijgen om te praten. Ze viel echter wel in slaap, want het volgende moment werd ze wakker geschud.

'Ze zijn er.'

Eventjes wist Jude niet waar ze was, wie er tegen haar praatte, of wie er precies was. Maar toen herkende ze de agente die over haar heen gebogen stond. Ze kwam van het bed af en voelde zich afschuwelijk. Ze had beter niet in slaap kunnen vallen, want haar hoofd voelde dik en suffig, en ze had een zure smaak in haar mond. 'Hoe laat is het?'

'Kwart over drie.'

De twee rechercheurs zaten in de woonkamer toen Jude naar binnen werd gebracht. Ze had mannen strak in het pak verwacht, maar ze leken meer twee docenten op excursie, een beetje verfomfaaid. De vrouw was lang en zag er sterk uit, met brede schouders. Ze droeg een met modder besmeurd jack en haar T-shirt zat binnenstebuiten. Haar haar was een wirwar van bruine krullen en ze had heldergrijze ogen waarmee ze Jude aankeek op een manier die haar het idee gaf dat ze werd getaxeerd. De man was jonger en droeg iets wat op wandelkleding leek: een windjekker, jeans en hoge wandelschoenen.

De rechercheurs stelden zich voor als inspecteur Leila Fox en brigadier Brendan Patterson. Jude ging in een leunstoel tegenover hen zitten.

'Onze collega's zetten even thee voor u,' zei inspecteur Fox. 'Volgens mij bent u daar hard aan toe. Ik in elk geval wel.'

Jude slikte moeizaam. Wat was er gebeurd? Waar ging dit om? Ze wilde het weten, maar ze kon niet bedenken welke vragen ze moest stellen. Ze was zich ervan bewust dat de vrouw haar aandachtig en nieuwsgierig opnam.

'We zijn een beetje in de war van alles,' zei die. 'We hoopten dat u ons kunt helpen.'

Jude had geen idee wat ze moest zeggen, dus ging Leila Fox verder.

'Klopt het dat u een vriendin bent van Liam Birch?'

'Ik ken hem van vroeger. Jaren geleden.'

'Maar u bent bevriend?'

'We waren elkaar uit het oog verloren, maar een paar dagen geleden hebben we elkaar weer gezien. Heel kort.'

Leila Fox fronste haar wenkbrauwen en draaide zich een stukje naar haar collega. Die zat iets opzij van haar, alsof hij niet alleen Jude maar ook haar observeerde. Daarna keek ze Jude weer aan. 'Ik vrees dat ik slecht nieuws voor u heb,' zei ze. 'Liam Birch is gisteravond laat dood aangetroffen.'

Zodra Jude had gehoord dat er rechercheurs uit Londen onderweg waren, had ze geweten dat het om iets ergs ging, maar desondanks had ze het gevoel dat ze een klap tegen haar hoofd had gekregen. De kamer leek om haar heen te draaien. Ze kon geen woord uitbrengen. Naast zich hoorde ze een stem. De geuniformeerde agente had een beker thee voor haar op de tafel gezet en spoorde haar aan om een slokje te nemen. Ze boog zich voorover en probeerde de beker op te tillen, maar haar hand trilde en er klotste wat thee over de rand, dus zette ze hem weer neer. Liam was dood. Hij was teruggekomen in haar leven en nu was hij dood. Ergens diep vanbinnen kwam iets los. Het voelde lichamelijk, scherp en zwaar. Ze wist dat het zich in haar binnenste een weg omhoog zou banen. Later, dacht ze, niet nu.

'Wat is er gebeurd?' vroeg ze na een hele tijd, met een stem die haar vreemd in de oren klonk. 'Heeft hij een ongeluk gehad?'

'Nee.'

Alles leek vertraagd te gaan en ze kon niet goed nadenken. Tegelijkertijd was ze zich ervan bewust dat ze werd bekeken, kritisch werd gadegeslagen. Ze voelde de blikken van de rechercheurs op haar gericht terwijl ze haar reactie bestudeerden. 'Hoe bedoelt u?' wist ze uit te brengen.

'Hij is dood aangetroffen langs een pad op Walthamstow Marshes,' zei Leila Fox. 'Kent u dat gebied?'

'Nee, helemaal niet,' zei Jude zacht.

'Het leek een uit de hand gelopen beroving. Zijn telefoon en portemonnee ontbraken, maar er zat wel een visitekaartje in zijn zak. En toen gebeurde er iets vreemds. We belden het nummer, zonder er iets van te verwachten. Maar u nam op. In een cottage in Norfolk.'

'Ik wist niet dat die telefoon er was. Hij zat in zijn tas. Ik heb hem ook eerder die avond een keer opgenomen.'

'Heeft de beller zich geïdentificeerd?'

'De naam verscheen op het scherm. Erika.'

'En wat wilde die Erika?'

'Ik heb geen idee. Ik heb het gesprek beëindigd.'

De rechercheur keek haar een paar seconden aan. 'Is hier verder nog iemand?'

'Nee.'

'Is hier nog iemand geweest?'

'Nee.'

Er volgde een stilte.

'Wat doet u hier, in Norfolk, met de telefoon van Liam Birch? En met zijn bagage?'

'Ik wachtte op hem. Hij zou vanavond komen. Ik bedoel, gisteravond. Ik ben naar het station gegaan om hem op te halen, maar hij zat niet in de trein.'

Leila Fox knikte meelevend. 'Ik vrees dat u ons meer zult moeten vertellen dan dat. Zullen we elkaar om te beginnen maar tutoyeren?'

Jude knikte en probeerde te bedenken wat ze kon vertellen. Ze beseft dat ze geen keuze had. Dus vertelde ze het hele verhaal van Liam die onverwachts in het ziekenhuis was verschenen, hun gesprek in het café en over wat hij haar had gevraagd om te doen en tijdens het praten luisterde ze ook naar zichzelf. Ze had haar gedachten hier telkens opnieuw over laten gaan, maar nu ze het hardop onder woorden bracht, voelde het nog vreemder. Absurd, zelfs. Terwijl ze nog zat te praten, merkte ze al dat dit niet was wat ze hadden verwacht. Toen ze was uitgesproken, keken de twee rechercheurs rusteloos en geërgerd.

'Ik heb zoveel vragen,' zei Leila na een lange stilte waarin beide rechercheurs Jude hadden aangestaard tot ze het wel uit kon gillen. 'Ik weet nauwelijks waar ik moet beginnen,' voegde ze eraan toe. 'Maar goed. Allereerst wil ik vragen of je een relatie had met Liam Birch.'

'Nee.' Jude wist niet of dat weer een leugen was. Elf jaar geleden hadden ze een relatie gehad, maar dat was anders. 'Ik kende hem op mijn zeventiende, achttiende. We waren vrienden, meer niet.'

'Ik bedoel nu.'

'Absoluut niet. Ik ga over een paar weken trouwen.'

'Met iemand anders?'

'Ja, uiteraard met iemand anders.'

'En die ander, weet die dat je hier bent?'

Jude aarzelde een tel te lang. 'Nee, dat weet hij niet.'

'Waar denkt hij dan dat je bent?'

'Sorry, hoor.' Judes stem klonk overstuur. 'Maar wat doet het ertoe waar mijn verloofde denkt dat ik ben?'

Leila boog zich wat naar voren. 'Bekijk het eens van onze kant, Jude. Er is een man vermoord en om de een of andere reden bevindt zijn telefoon zich op ruim honderdvijftig kilometer afstand.'

'Ik heb zijn portemonnee ook,' flapte Jude eruit.

'Jij hebt zijn portemonnee?'

'Ja.'

De vrouw trok haar wenkbrauwen op. 'Dit is allemaal vreselijk verwarrend. Zo zeg je bijvoorbeeld dat Liam Birch jou om een gunst heeft gevraagd, maar het is me niet duidelijk wat die gunst inhoudt.'

'Mij ook niet,' zei Jude. 'Hij zei dat hij het me zou vertellen als hij hier was.'

'Waarom jij?' vroeg de mannelijke rechercheur. Hij had een scherpe, metalige stem die Jude onprettig vond. 'Je zei dat je hem ruim tien jaar niet hebt gezien. Waarom komt hij dan plotseling opdagen en vraagt hij of je hem een gunst wilt verlenen?'

'Ik heb geen idee. Vroeger waren we goed bevriend. Maar dat is lang geleden.'

'Het spijt me,' zei Leila. 'Vergeef me als ik dom klink, maar kunnen we het vanuit het andere gezichtspunt bekijken? Ik bedoel, vanuit jouw gezichtspunt? Deze man uit je verleden vraagt je om een gunst en jij zegt ja, zelfs zonder te weten wat die inhoudt.'

'Dat klopt.' Opstandig hief Jude haar kin op.

'Was je niet bang dat het om iets onwettigs zou gaan?'

'Dat heb ik hem gevraagd en hij zei dat hij niets verkeerds van me zou vragen.'

'En je geloofde hem?'

'Ja.'

'Maar je hebt niet tegen je verloofde gezegd wat je ging doen. Waarom niet?'

'Ik was bang dat hij het misschien gek zou vinden.'

'Is hij jaloers aangelegd?'

'Ik geloof het niet. Niet bijzonder. Het was gewoon moeilijk uit te leggen.'

'Ja, dat is het zeker,' zei Leila met nog een flauw glimlachje. 'Ik begrijp er namelijk geen snars van. Iemand met wie je totaal geen contact meer had duikt plotseling op en vraagt je om een gunst en vertelt je verder niets?' Ze zweeg even, maar Jude reageerde niet. 'Volgens mij zouden de meeste mensen dan "nee, sorry, maar dat klinkt eng of bizar" of iets dergelijks antwoorden. Maar jij zegt niet alleen ja, je verzwijgt het ook nog eens voor je verloofde. Waarom doe je zoiets voor iemand die je niet eens meer kent?'

'Het is lastig uit te leggen.'

'Ja, dat weet ik,' zei Leila. 'Maar wij zijn van de politie en dit soort dingen zul je echt moeten uitleggen aan ons. Ook al is dat lastig.'

Jude haalde diep adem. 'Ik kende Liam toen we tieners waren. Hij was aardig. Ik mocht hem graag.' Ze was even stil en keek naar het raam en de duisternis daarachter. *Aardig. Mocht hem graag.* In gedachten zag ze Liams mooie gezicht, zijn donkere ogen. 'Maar hij was altijd een beetje roekeloos, een beetje... ik weet het niet, stuurloos of zo. Toen ik naar de universiteit ging, voelde dat als een definitieve tweesprong. We gingen ieder een andere kant op. Ik ging doen wat ik altijd al van plan was geweest. Ik ben arts geworden en heb nu een goede baan, de baan die ik altijd heb gewild. Ik heb relaties gehad. Nu heb ik Nat en we gaan trouwen en samen een woning kopen.' Jude voelde tranen over haar gezicht stromen. Ze haalde een zakdoekje uit haar zak, veegde ze af en snoot haar neus. 'Al die jaren heb ik Liam niet gezien, maar was hij wel ergens in mijn achterhoofd.'

'De liefde die je is ontglipt?' vroeg Leila.

'Nee, dat heb ik al gezegd.' Jude zweeg even. 'Ik had gewoon het gevoel dat ik alles heb gekregen waar ik mijn zinnen op had gezet, maar hij niet. Ik heb geluk gehad en hij heeft pech gehad, en dat gaat gepaard met een zeker schuldgevoel. Dat alles goed gaat met jou terwijl er overal om je heen mensen zijn voor wie dat niet zo is. Dus toen hij naar me toe kwam en me om een gunst vroeg, heb ik gewoon ja gezegd. Ik had het gevoel dat ik het moest doen. En nu is dit gebeurd.' Ze keek de twee rechercheurs aan. 'Wat denken jullie? Kan dit gewoon stomme pech zijn geweest?'

'Wat denk je zelf?'

'Ik weet het niet. Behalve dat wat ik jullie heb verteld, heb ik geen enkele andere informatie. Ik weet niets. Zoals jullie al zeiden, was ik er ruim honderdvijftig kilometer vandaan.'

Het gezicht van Leila betrok. Ze dacht even na en zei toen dat zij haar terug zouden brengen naar Londen. Een van de geüniformeerde agenten zou haar vergezellen als zij haar spullen ging pakken. De politie zou zich over Liams auto ontfermen.

9

Jude ging met haar rugzak op de achterbank van de auto zitten, haar hoofd zwaar van uitputting. De auto werd gestart en zette zich in beweging, waarna de koplampen over het ruwe oppervlak van het landweggetje, de bomen en de moerassen bewogen. Ze had geen zin om na te denken en al helemaal niet om met de politieagenten te praten of om nog meer van hun vragen te beantwoorden.

Ze deed haar ogen dicht en probeerde diep en gelijkmatig adem te halen en zich alleen op haar ademhaling te concentreren: adem in, adem uit. Ze hoorde het zachte gemompel van een gesprek voor in de auto en het sporadische zoeven van de ruitenwissers. Af en toe schenen koplampen van tegemoetkomende auto's op haar gesloten oogleden.

Wat dachten ze?

Dat was niet moeilijk te raden. Ze gingen er ongetwijfeld van uit dat Liam haar minnaar was geweest, want waarom zou ze hem anders deze gunst hebben verleend? Ze had hun gezichtsuitdrukking gezien toen ze hun had verteld over haar geluk en het schuldgevoel dat ze daarbij voelde. Ze hadden haar niet geloofd. Maar welke gunst had Liam gewild? Wat dachten zij? Wat dacht ze zelf?

Nu reden ze haar terug naar Londen, waar Nat zou wachten.

Voorzichtig deed ze haar ogen open om naar het verlichte dashboardklokje te kijken. Ze reden al bijna een uur. Het was net na vijven; zonder verkeer zouden ze waarschijnlijk om halfzeven weer in Londen zijn. Wat moest ze tegen Nat zeggen als ze naar binnen strompelde? In gedachten probeerde ze het uit: *Ik heb tegen je gelogen. Ik ben niet bij mijn oma geweest. Ik ben naar een cottage in Norfolk gegaan omdat iemand die ik al ruim elf jaar niet had gezien plotseling opdook en vroeg of ik hem een gunst wilde verlenen.*

Ze had Nat wel verteld over andere relaties, maar nooit over Liam. Ze had alleen met een nonchalant schouderophalen gezegd dat ze voor haar studententijd een paar scharrels had gehad. Zonder namen erbij. Gewoon onder de noemer volwassen worden, jezelf ontdekken en het leuk hebben.

Het leuk hebben.

Ze herinnerde zich de pijn van haar verliefdheid op Liam. Daar was niks leuks aan geweest, die was allesverterend en toen plotseling voorbij. Ze had er nog nooit met iemand over gepraat, maar het heel diep weggestopt.

Nu was Liam dood.

De auto reed hard verder.

Iemand had hem vermoord. Hij had een zoontje dat Alfie heette. Hij had een paar zaken die geregeld moesten worden.

Het platteland maakte plaats voor de randen van de stad. Er waren nu meer auto's op de weg die naar Londen reden. De week ervoor was de klok een uur teruggezet en aan de horizon was een zwakke, vage gloed van licht te zien. Het begon weer te regenen; een nieuwe dag brak aan.

Wat moest ze tegen Nat zeggen?

'Jullie kunnen me hier afzetten.'

'We zijn er nog niet,' zei Leila.

Jude zag haar ogen in de achteruitkijkspiegel. 'Hier is prima.'

De auto kwam tot stilstand en ze opende het portier.

'We zullen natuurlijk nog een keer met je moeten praten,' zei de rechercheur.

In het licht zag Jude hoe moe Leila eruitzag, met wallen onder haar prachtige grijze ogen en haar haar een coupe ravage.

'Ik heb jullie alles verteld,' zei Jude.

Leila glimlachte, meelevend of mogelijk geduldig geamuseerd. 'We nemen nog contact op.'

Jude stapte uit de auto en sleurde haar rugzak achter zich aan. De wind blies de regen venijnig in haar gezicht. Ze keek de auto na toen die wegreed.

10

Het was zo'n typisch dreigende, sombere novemberochtend. Het schemerde nog, de hemel was vaalgrijs en opwaaiende bladeren trilden als afval. Bestelbusjes reden door regenplassen en lieten water opspatten: een dag om de boekhouding te doen, een dag om te gaan bakken en bordspellen te spelen, een dag om met je dekbed om je heen geslagen voor de tv te zitten.

Jude pakte haar mobieltje. Het was tien over zeven. Te vroeg om naar huis te gaan. Ze sjokte een zijstraat in op zoek naar een café, maar omdat het zondag was, waren de meeste zaken nog niet open. Ze was niet alleen nat en moe, ze had het ook koud, en daaronder, als een drukkende schaduw, was ze ook nog eens bang. Ze liep in de richting van het Olympic Park, waarvan de overdekte glijbaan een wazige vlek in de regen vormde, maar lang voordat ze daar was aangekomen, vond ze een café dat open was. Ze was er de enige klant en ging met haar cappuccino aan een formicatafeltje zitten. Ze nam kleine slokjes en keek naar de regen terwijl ze haar best deed om niet te denken. Toch zag ze de gezichten van Nat en Liam voor zich. Ze hadden haar niet verteld hoe Liam was vermoord: was hij doodgeschoten, neergestoken of van grote hoogte geduwd? Had hij geleden?

En was hij echt dood? Had zij gisteravond echt ineengedoken in een cottage in Norfolk op hem zitten wachten? Overkwam haar dit echt?

Ze bestelde nog een cappuccino, die ze maar voor de helft opdronk. Toen ze opstond om weg te gaan, zag ze haar spiegelbeeld in het glas van de deur, alsof ze een geest was. Haar blik viel op het gesneden vorkbeentje aan het leren koordje om haar hals. Dat was ze compleet vergeten. Zou Nat ernaar vragen? Normaal gesproken vielen dergelijke dingen hem niet op. Maar ze wilde het niet afdoen. Wonderlijk genoeg had ze het gevoel dat het niet loyaal tegenover Liam zou zijn. Ze stopte het onder haar blouse.

Ze liep door de lege straten van een woonwijk en kwam om halftien aan bij haar eigen voordeur. Ze haalde een keer diep adem, rechtte haar rug en ging naar binnen.

Nat was aan het bellen toen ze binnenkwam. Hij praatte met iemand op zachte, sussende toon. Toen hij haar zag staan, duidelijk vermoeid en helemaal op, verscheen er heel even een verbaasde uitdrukking op zijn gezicht, maar toen maakte hij een einde aan zijn gesprek en trok haar in zijn armen alsof ze weken weg was geweest. Hij rook schoon; zijn haar was nog nat van het douchen en hij had zich net geschoren. Jude zat aan de keukentafel terwijl Nat theezette. Hij gaf haar een dampende beker, boog zich voorover en drukte een kus op haar kruin. Toen ging hij met zijn eigen beker tegenover haar zitten. Ze vroeg zich af of zijn gezicht iets verried. Vermoedde hij iets?

'Je bent vroeger terug dan ik verwachtte,' zei hij. 'Ik wist niet dat er zo vroeg al treinen reden.'

Overspoeld door paniek kon Jude zich er even niet toe brengen om te reageren.

Maar dat verwachtte Nat ook niet. 'Was ze blij je te zien?' vroeg hij.

Dit was hét moment. Jude keek hem aan en zag dat zijn gezicht nog een beetje gezwollen was van de slaap. Nu, dacht ze. Haar verbeelding ging met haar op de loop, hoorde de woorden die ze zou gaan zeggen en zag zijn verwarde gezicht.

'Ja,' zei ze. 'Het is goed dat ik bij haar op bezoek ben gegaan.' Terwijl ze het zei, nam ze zich voor hierna nooit meer tegen Nat te liegen. Helemaal nooit. Dit was een uitzondering en het zou een les voor haar zijn. 'Ze is zo oud geworden,' zei ze. 'Elke keer dat ik haar zie, schrik ik even.'

Nat pakte haar hand, draaide aan de verlovingsring om haar vinger, en knikte.

Ze sloot haar ogen, want het was onverdraaglijk om te zien dat hij haar vol vertrouwen aankeek. Er was geen enkele reden dat hij ooit iets over haar rampzalige weekend te weten zou komen.

'Waar hebben jullie het over gehad?'

'O, je weet wel, over vroeger. Herinneringen. Daar leeft ze tegenwoordig, in haar herinneringen. Daarna heb ik voor haar gekookt en is ze naar bed gegaan. Maar ik heb slecht geslapen,' voegde ze eraan toe als verklaring voor haar duidelijk zichtbare vermoeidheid.

'Dat is niks voor jou. Migraine?'

'Ja.' Nog een leugen. Een kleine leugen na een grote.

'Iedereen miste je gisteravond bij Dee.'

'Dus jij bent wel gegaan?'

'Ja. Zal ik het bad voor je laten vollopen?'

'Ja, heel graag.'

'En daarna brunchen?'

'Heerlijk. Dank je. Heb jij het leuk gehad?'

'Ging wel. Maar ik miste jou.'

Jude dwong een glimlach op haar gezicht. 'Je mag het anders best leuk hebben zonder mij erbij, hoor.'

'Oké dan. Ik heb het redelijk leuk gehad.'

'Hoe was het vuurwerk?'

'Het regende, dus iedereen is al snel weer vertrokken. Ik ben ook vroeg naar huis gegaan.'

Ze stond op, liep om de tafel heen en gaf hem een zoen. 'Ik hou echt vreselijk veel van je,' zei ze.

'Dat is je geraden,' zei hij gemoedelijk. 'Vanwege de bruiloft en zo.'

Die middag werd ze gebeld door Leila Fox. Jude pakte haar mobiele telefoon snel op en liep ermee de tuin in.

'Schikt het morgen?'

'Dan moet ik werken.'

'Ik vroeg het alleen uit beleefdheid. We kunnen ook bij jou komen voordat je naar je werk gaat of erna, als je weer thuis bent.'

Jude voelde weer paniek opwellen. 'Ik kom wel naar jullie.'

11

Toen Jude de volgende ochtend wakker werd, was haar hoofd helder. Ze zou naar het politiebureau gaan, alle resterende vragen beantwoorden, en daarna zou het voorbij zijn. Ze zou haar lesje hebben geleerd. Nat sliep nog, in het dekbed gewikkeld, met zijn onderarm over zijn ogen, terwijl hij af en toe kleine, troostende snurkgeluidjes maakte. Ze bleef even naast het bed naar hem staan kijken. Het zou goed komen.

Ze zette een pot thee voor zichzelf, kookte een ei, doopte toast in het eigeel en at langzaam terwijl ze door de berichten op haar telefoon scrolde: iets gaan drinken na het werk, morgen een bioscoopje pakken met een stel vriendinnen, woensdag yogales en daarna uit eten. Daarvoor had zij een tafel voor zes personen moeten reserveren maar dat had ze niet gedaan. Of ze zich wilde inschrijven voor een halve marathon? Nee, dat wilde ze niet, ze kon amper tien kilometer rennen. Of Nat en zij zin hadden om volgend weekend naar een concert te gaan? Of ze de helft wilde meebetalen aan een cadeau voor een vriendin die dertig werd? Of het haar leuk leek om binnenkort een avond pizza te gaan eten en bordspellen te doen? Ze beantwoordde alle berichten en waste vervolgens haar ontbijtspullen af. Daarna hing ze haar keycord om haar hals, waarbij ze het leren koordje van Liams ketting voelde als een schuldbewust geheugensteuntje, en verliet ze het appartement.

Jude kon zich niet herinneren dat ze ooit op een politiebureau was geweest en het voelde onwerkelijk om de deur open te duwen en de raamloze ontvangstruimte te betreden, alsof ze meespeelde in een toneelstuk waarvan ze de tekst niet had geleerd. Er stonden een paar rijen plastic stoelen en er was een grote balie achter een scherm van plexiglas. Het voelde eigenlijk net als de wachtruimte van de SEH, behalve dan dat het daar altijd heel druk en lawaaiig was. Hier was slechts één persoon: een magere oudere vrouw op slippers die kaarsrecht zat met op haar schoot een grote tas die ze met twee handen vasthield.

Er stond niemand achter de balie, dus drukte Jude op de bel en wachtte. De vrouw keek haar strak aan. Er verscheen een zwaargebouwde man. Hoewel het kil was in het vertrek, parelden er zweetdruppeltjes op zijn voorhoofd en had hij natte plekken onder zijn oksels.

Ze zei tegen hem dat ze werd verwacht, waarna hij haar naam opzocht in het computersysteem en met zijn dikke vinger naar de stoelen wees.

'Neemt u plaats,' zei hij.

Daar had Jude geen zin in. Ze slenterde naar het mededelingenbord, maar de enige mededeling die daar hing, vertelde waar je hier in de buurt mocht parkeren.

Haar naam werd geroepen en ze draaide zich om. Daar stond Leila Fox. Zelfs nu ze in een politiebureau waren, vond Jude haar niet op een rechercheur lijken. Ze droeg een groene corduroy blouse en haar weerbarstige haar werd naar achteren gehouden door een kleurige haarband. Ze rook naar muskus, iets met patchoeli, dacht Jude. Haar handdruk was ferm.

Ze liepen door een deur achterin, die uitkwam op een gang die net zo goed een ziekenhuisgang had kunnen zijn. Daarna gingen ze een kamer binnen met onaangenaam felle lampen, waar een rechthoekige tafel stond met stoelen eromheen. Onder het raam stonden archiefkasten en aan de muur hing een prent van een vaas met bloemen. Die hing scheef en Jude hing hem automatisch recht.

De jonge, mannelijke rechercheur, Brendan Patterson, kwam de kamer binnen met drie papieren bekertjes die hij op tafel zette. Uit de zak van zijn jack haalde hij zakjes melk en suiker die hij op een hoopje voor haar neergooide. 'Ik wist niet of je suiker en melk gebruikte.'

'Dit gaat toch zeker niet lang duren?' vroeg ze.

'We willen alleen een paar dingen ophelderen,' zei Leila.

Het bleek om meer dan een paar dingen te gaan en het gesprek werd opgenomen op een groot apparaat dat uit een lang vervlogen tijd leek te komen. Het ding maakte Jude nerveus: haar hakkelende woorden werden opgeslagen, werden bewijsmateriaal.

Leila stelde alle vragen. Jude moest het hele verhaal opnieuw vertellen, struikelend over haar woorden, plotseling bang dat ze zou tegenspreken wat ze eerder al had verteld.

'Dus je had Liam Birch echt elf jaar niet meer gezien?'

'Ja, dat klopt.'

'En je zegt dat jullie geen seksuele relatie hadden?'

'Nee. Ik bedoel, ja, ik zeg dat we geen seksuele relatie hadden.'

'Dus je bent op zijn verzoek ingegaan vanwege de goeie ouwe tijd?'

'Ja.' Elke waarheid die ze verkondigde leek een leugen. Haar stem klonk krassend. Ze nam een slokje van de koffie. Die smaakte bitter.

'Je snapt het probleem,' zei Leila.

'Nee, helemaal niet.'

De rechercheur herschikte haar haarband en streek haar losgeraakte haar bijeen. 'Met je...' Ze zweeg, kennelijk zoekend naar het juiste woord.

'Hij betekent niks voor me.'

'Omdat hij vermoord is in Londen terwijl jij in Norfolk was met zijn portemonnee, zijn telefoon en zijn auto.'

'Ik ben even verbijsterd als jullie.'

'Echt?' Het gezicht van Leila was ondoorgrondelijk. 'Jude, we snappen dat de situatie met je vriend... verloofde,' corrigeerde ze zichzelf, 'pijnlijk is. We veroordelen je niet. Het kan ons niet schelen of je een verhouding met Liam had.'

'Ik hád geen verhouding met hem.'

'Het gebeurt heel vaak dat mensen weer contact zoeken met een vroegere geliefde. Dat begrijpen we. Maar als je tegen ons liegt, enkel en alleen om je eigen gêne te verhullen, dan verspil je onze tijd en energie. Bovendien, en dat is nog ernstiger, kun je ons onderzoek in het honderd laten lopen.'

'Ik lieg niet.'

Leila fronste. 'Je bent arts. Dan moet je toch over een zekere intelligentie beschikken? Waar dacht je dat dit om ging toen Liam vroeg of je dit wilde doen?'

'Hij zei dat hij het zou vertellen als hij kwam.'

'Heb je een verklaring kunnen bedenken die onschuldig was? Die legaal was?'

'Ik heb er niet over nagedacht. Hij zei dat het niet om iets verkeerds ging en ik geloofde hem.'

'Maar je hebt het niet tegen je partner gezegd?'

'Dat had een andere reden.'

'Nu we het daar toch over hebben: ik raad je aan om het hem wel te vertellen, want het lijkt erop dat het naar buiten zal komen.'

Jude voelde alle lucht uit haar longen verdwijnen. Ze deed haar best om kalm te blijven. 'Wat bedoel je precies?'

'Op de een of andere manier heeft een journalist het verhaal te pakken gekregen,' zei Leila. 'We weten nog niet hoe.'

'Over Liam?' fluisterde Jude.

'Nee, dat is al bekend. Ik heb het over jouw betrokkenheid daarbij.'

'Maar ik was er niet bij betrokken. Hoe zijn ze erachter gekomen?'

'Ik heb geen idee.'

Jude dacht eventjes na. Wanhopig. 'Iemand moet het hebben gelekt. Ik bedoel jullie. Iemand bij de politie.'

'Dat accepteer ik niet.'

'Wie wisten het verder nog?'

Geen van de rechercheurs gaf antwoord. Jude knipperde een paar keer met haar ogen. 'Wanneer verschijnt het?'

Schouderophalend zei Leila: 'Ik weet het niet. Dat kan elk moment zijn. Vandaag, morgen, volgende week. De pers kan zelfs besluiten om het niet te publiceren.'

'Ik moet weg.' Abrupt stond ze op en legde een hand op de tafel om haar evenwicht te bewaren.

'Gaat het wel?'

Ze kon even geen woord uitbrengen. Hete tranen brandden in haar ogen en haar keel was dik. 'Volgens mij heb ik er een puinhoop van gemaakt,' zei ze.

'Vertel ons wat er is gebeurd. Wat betekende Liam voor je?'

'Hou op,' zei Jude. 'Ik weet niets over Liam. Maar ik heb de boel wel verpest.' Ze keek Leila aan. Het leek alsof Patterson niet in de kamer was. 'Wat moet ik doen?'

'Ga met je verloofde praten. Vertel hem de waarheid.'

12

Ontredderd verliet Jude het bureau en liep de koude wind in. Ze haalde haar telefoon uit haar zak en belde Nat. Haar ademhaling ging snel. Hijgend wachtte ze tot hij opnam. Ze kreeg de voicemail en probeerde het nog een keer. Hij zou ondertussen op zijn werk zijn en had vast een vergadering. Gehaast stuurde ze hem een appje – *bel me ajb zo snel mogelijk*. Ze zag dat hij niet online was.

Ze bleef even staan en wist niet wat ze moest doen. Moest ze naar zijn kantoor fietsen? Dan zou ze vreselijk laat op haar werk komen, maar dat deed er niet toe. Niet vandaag, niet voor deze ene keer. Ze staarde naar de vinkjes naast het bericht, maar die werden niet blauw: hij had het nog niet gelezen.

Misschien zou het verhaal niet worden gepubliceerd. Of misschien werd het wel gepubliceerd, maar zou hij het niet zien. Misschien zou het morgen verschijnen, of volgende week.

Ze beet op haar knokkels terwijl ze probeerde te bedenken wat ze moest doen. Het liefst zou ze teruggaan in de tijd en Liams verzoek weigeren. Hoe stom het ook was, in gedachten liet ze hun korte ontmoeting telkens opnieuw de revue passeren. Ze had gedacht dat ze geen keuze had. Hoe had ze zo stom kunnen zijn? En hoe had ze tegen Nat kunnen liegen? Dat was niks voor haar. Dat soort dingen deed ze nooit.

Ze keek weer op haar telefoon. Hij had het bericht nog altijd niet gelezen. Misschien had ze het niet moeten sturen. Wellicht kon ze beter tot vanavond wachten, als ze samen waren en ze hem het hele verhaal goed kon vertellen, onder vier ogen.

Ze liet haar vinger boven het prullenbak-icoontje zweven, maar terwijl ze dat deed, werden de vinkjes blauw. Ze wachtte tot hij zou bellen, maar dat deed hij niet. Na even te hebben geaarzeld, belde ze hem, maar hij nam niet op.

Veel te laat fietste ze over de hoofdwegen naar haar werk, waarbij ze roekeloos tussen het andere verkeer door slingerde. Toen ze eindelijk bij het ziekenhuis aankwam, belde ze hem nog een keer, en weer nam hij niet op.

Ze hield haar mobieltje een stukje van zich af alsof het een bom was die elk moment kon ontploffen. Nat had het druk, dat was alles. Hij had gezegd dat hij vandaag de ene vergadering na de andere zou hebben.

Toen ze op haar afdeling was, stopte Jude haar telefoon in haar kluisje. Ze had een bijna woeste energie en was heel gefocust toen ze van de ene patiënt naar de andere ging. Ze gunde zich geen tijd om na te denken; ze hield de puinhoop op afstand.

Tijdens een pauze liep ze naar haar kluisje en bekeek haar telefoon. Nog altijd niets van Nat, maar wel een berichtje van haar vriendin Carmen. *Wat is er godverdomme aan de hand, Jude?*

Er ging een schok van paniek door haar heen. Ze zette haar telefoon uit, ging naar het damestoilet en zat daar op de wc met haar hoofd in haar handen terwijl ze haar best deed om langzaam en diep adem te halen. *Wat is er godverdomme aan de hand, Jude?*

Zodra haar dienst erop zat, pakte ze haar jas en haar tas en zette haar telefoon weer aan. Prompt vulde het scherm zich met gemiste oproepen en berichten: *ping, ping, ping, ping.*

'Zo, jij bent populair.'

Toen ze zich omdraaide, zag ze haar chef staan. Ze maakte een nietszeggend gebaar en stootte een vreemd geluidje uit, dat het midden hield tussen een lach en een gilletje. 'Gewoon dingen,' zei ze. 'Je weet wel.'

Ze rende half naar de uitgang, scrollend door alle vragen en uitroepen tot ze bij Nats naam kwam. *Zeg dat dit niet waar is.*

Zie ik je thuis? schreef ze, waarna ze op 'versturen' drukte.

Ik ben er al.

Ik kom eraan.

13

Nat was in de keuken toen ze binnenkwam. Hij glimlachte niet en Jude ook niet. De paniek leek net een vogeltje in haar borst.

'Ik heb de hele dag geprobeerd je te pakken te krijgen,' zei ze.

Hij had zijn bril op, waardoor hij altijd ouder en ernstiger leek. Als ze hem nu aanraakte, zou hij net een houten plank zijn.

'Ik wil het uitleggen,' ging ze verder.

'Is het dan waar?' vroeg hij. En toen de mobiele telefoon in haar zak een reeks piepjes liet horen, vervolgde hij: 'Zet dat stomme ding verdomme voor één keer in je leven uit.'

Hij had nog nooit tegen haar geschreeuwd. Nog nooit tegen haar gescholden. Jude prutste met haar telefoon. Haar handen trilden en haar vingers voelden nutteloos aan.

Ze wist niet wat hij wist of dacht. In haar blinde paniek had ze nog niet eens op internet naar het artikel gezocht, alsof ze de afschuwelijke rotzooi op afstand kon houden door net te doen alsof die niet bestond.

'Het is waar dat ik in Norfolk was,' zei ze, en ze zag zijn gezicht verstrakken. 'Dat had ik tegen je moeten zeggen. Ik ben zo'n sukkel geweest.'

'Een sukkel?' Nat liet een ruwe lach horen. 'Noem je het zo? Je zegt tegen me dat je naar je oma gaat, maar in plaats daarvan haast je je naar een cottage in Norfolk om een man te ontmoeten van wie ik nog nooit heb gehoord. Je raakt verwikkeld in een moordonderzoek, maar je blijft toch liegen. Sukkel? Is dat echt het goede woord?'

'Het is niet wat je denkt.'

'Wat denk ik dan?'

'Waarschijnlijk dat ik je bedroog. En dat kan ik begrijpen.'

Nat staarde haar aan. Hij deed zijn bril af en legde hem op de tafel, waarna hij hard in zijn ogen wreef. 'Wat moet ik dan denken? Ik dacht dat we gelukkig waren.'

'Dat waren... dat zíjn we ook. Ik hou van je. Ik hou heel veel van je. Ik zweer dat er niets gaande was.'

'Je hebt gelogen,' zei hij. Hij legde de constatering op tafel als een troefkaart. 'Waarom zou je op die manier liegen?'

Ze vertelde hem hetzelfde verhaal dat ze de politie had verteld en hij luisterde zonder haar in de rede te vallen. En opnieuw klonken haar woorden onbenullig en ongeloofwaardig. Ze had niet langer het gevoel dat ze de waarheid vertelde. 'Ik voelde me schuldig over hem,' zei ze aan het eind, toen Nat bleef zwijgen. 'Omdat zijn leven zo verkeerd was gelopen en het mijne zo goed. Door hem voelde ik hoe oneerlijk het leven is. Ik had het idee dat ik aan zijn verzoek moest voldoen. Ik moest beloven dat ik er met niemand over zou praten. Ook niet met jou. Hij zei dat hij me zou vertellen wat hij precies wilde als hij naar de cottage kwam, maar toen is hij vermoord en is alles een grote puinhoop geworden. Ik vind het afschuwelijk dat ik tegen je heb gelogen. Ik kan nu niet meer geloven dat ik ermee heb ingestemd. Maar ik ben je niet ontrouw geweest. Dat zou ik echt nooit doen. Nat? Zeg dat je me gelooft.'

'Ik weet het niet. Waarom zou ik?'

'Ik zweer dat het de waarheid is.'

'Deze keer, bedoel je?' Hij staarde haar aan tot ze blozend haar gezicht afwendde.

'Ja,' zei ze.

'Ik dacht dat je me vertrouwde,' zei hij na een tijdje.

'Dat deed ik ook! Dat doe ik ook.'

'Als je me had vertrouwd, en als dit bizarre verhaal echt waar was, dan zou je me meteen hebben verteld wat hij van je had gevraagd. We zouden het hebben besproken. Ik zou hebben gezegd dat het volkomen geschift was om dat te doen; bespottelijk, verkeerd en uit den boze. Misschien zouden we dan ruzie of een woordenwisseling hebben gekregen. Maar jij hebt gewoon een verhaaltje verzonnen. Een overtuigend verhaal, Jude. En wat nog erger is, een verhaal waardoor jij zorgzaam en attent overkwam, de lieve kleindochter. Je was ontzettend geloofwaardig!'

'Sorry,' zei Jude. 'Het spijt me echt vreselijk.' Haar stem trilde en er begonnen tranen over haar wangen te rollen. 'Ik zou er alles voor overhebben om het terug te draaien. Ik snap nu echt niet meer wat me bezielde. Maar Liam en ik hadden niks met elkaar. Je moet me geloven.' Ze boog zich voorover met haar handen tegen elkaar gedrukt alsof ze bad. 'Ik had hem elf jaar niet meer gezien. Ik wilde... Ik wilde gewoon... Ik weet het niet. Eerlijk Nat, jij bent de enige voor mij. Ik zal nooit meer zoiets doen. Zeg alsjeblieft dat het goed zit tussen ons.'

'Goed? Iedereen komt het te weten. Je hebt me compleet voor paal gezet.'

Was dát waar hij mee zat? Jude reageerde niet.

'Ik weet het even allemaal niet meer.' Nat stond abrupt op en zijn stoel gleed piepend over de tegels. 'Ik ga een eindje lopen om mijn hoofd leeg te maken. Morgen praten we wel verder.'

Hij ging naar buiten en Jude bleef zitten met haar hoofd rustend op haar gebogen armen, slap en doodop.

Ze was moe en koud en waarschijnlijk had ze ook honger, al viel dat moeilijk te bepalen omdat ze misselijk was. Misschien kreeg ze migraine.

Ze had tegen Nat gezegd dat er nu niets tussen Liam en haar was geweest. Maar hem vertellen dat Liam en zij jaren geleden wél een relatie hadden gehad, was te ingewikkeld en te verwarrend, dus was ze daar maar helemaal niet over begonnen.

14

Het kostte Jude geen enkele moeite om het artikel te vinden: ze typte gewoon Liams naam en die van haar in de zoekbalk en daar stond het op een website die The Pulse heette. Ze had er nog nooit van gehoord. Toen ze het snel doorlas, voelde ze zich misselijk worden. Alles stond erin: de moord op Liam, haar raadselachtige betrokkenheid, de cottage in Norfolk en een duidelijke zinspeling op een verhouding tussen hen. Een foto van Liam waarop hij er slaperig en geamuseerd uitzag was geplaatst naast een vrij recente foto van haar, waarop ze vermoeid en ernstig in haar ziekenhuiskleding stond.

Die avond kwam Nat niet thuis. Jude sliep slecht en elke keer dat ze wakker werd, stak ze haar hand uit om te voelen of hij er toch was. Ze belde hem en stuurde hem berichtjes, maar daar werd niet op gereageerd. Ze wist niet wat ze anders kon doen dan wachten maar het vrat aan haar.

Om zes uur stond ze op en ging een eindje hardlopen in de regen. Eenmaal thuis nam ze een douche en kleedde zich aan en daarna ontbeet ze met een gepocheerd ei op een warm broodje.

Op haar werk die dag merkte ze dat een paar mensen haar

steelse blikken toewierpen. Die hadden het artikel over Liam en haar natuurlijk gelezen, dacht ze, en ze huiverde van schaamte en een soort jeukende misère. Ze wist echter dat directe confrontatie de enige manier was om met vernedering om te gaan en eindelijk, toen haar dienst er bijna op zat, dwong ze zich om dat ook te doen: vlak voor de ziekenzaal schoot ze een collega aan.

Hij wreef over zijn gezicht en glimlachte zenuwachtig.

'Zeg het nou maar gewoon.'

Piers was een heel magere, bleke jongeman, en Jude zag eerst zijn hals en vervolgens zijn gezicht rood worden.

'Je hebt het artikel over mij gelezen. Zeg iets!'

'Ja, dat klopt,' gaf hij toe zonder haar aan te kijken. 'Maar alleen omdat iemand me jouw foto had gestuurd.'

'Foto?'

'Op Instagram.'

'Heeft iemand een foto van mij gepost?'

'Die was al jaren oud,' zei Piers.

Ze brak het gesprekje af, snelde naar haar kluisje, waarbij ze ervoor zorgde dat ze niemand recht in de ogen keek voor het geval die mensen ook iets over haar wisten wat zij niet wist. Ze probeerde eruit te zien alsof er niets aan de hand was.

Pas toen ze het terrein van het ziekenhuis had verlaten en beschutting tegen de stromende regen had gezocht onder een plataan waarvan de afgevallen bladeren in een kring om haar heen lagen, pakte ze haar telefoon.

De foto was geplaatst door ene Flo Duncker. Jude kon de naam niet meteen thuisbrengen, maar toen wist ze het opeens weer. Haar in een dikke vlecht, speelde saxofoon, had de ziekte van Pfeiffer gehad in het jaar van de GCSE-examens. Ze had niet echt bij Judes vriendengroep gehoord, en ze hadden geen contact met elkaar gehouden. En nu had Flo Duncker een foto van haar geplaatst. Judes vingers voelden onbeholpen aan toen ze het fotootje opriep.

Een slank meisje in een rafelig denim short en een bikinitop, haar korte zwarte haar stekelig en nat. Jude kon haar ribben en het zilveren kettinkje om haar enkel zien. Ze had haar armen om de nek van een jongen. Zijn bovenlijf en zijn voeten waren bloot, maar hij droeg wel een spijkerbroek. Hij had zijn armen om haar middel geslagen, met zijn handen op haar blote huid en zijn hoofd naar haar toe gebogen. Ze hadden allebei een flauw glimlachje op hun gezicht. Ze stonden op het punt elkaar te zoenen, of hadden net gezoend.

Een middag van een lang vervlogen zomer. Wat niet op de foto te zien was, maar wat Jude zich nog maar al te goed herinnerde, was de rivier vlak achter Liam en haar, waar de wilgentakken in hingen en waar zwanen in groepjes voorbijdreven terwijl ze hun vleugels dreigend ophieven naar zwemmers. Ze herinnerde zich die middag alsof het gisteren was. Ze hadden met een groep op de oever gelegen in de verstikkende hitte; overrijpe kersen gegeten en de pitten uitgespuugd; lauwe witte wijn uit de fles gedronken en joints rond laten gaan. Liam was erbij geweest en zelfs met haar ogen dicht, kon ze hem voelen. Slechts een dag of veertien voor het ongeluk.

Als haar collega deze had gezien, iemand die niet een vriend van haar was, wie hadden het dan nog meer gezien? Ze keek weer op haar telefoon en haar maag draaide zich om: er waren al 5293 likes en 1077 commentaren en terwijl ze ernaar keek, zag ze die aantallen stijgen. Ze moest bijna overgeven.

Nat, dacht ze. Het was onmogelijk dat hij het niet zou zien.

Ze stelde zich voor dat rechercheur Fox, met haar grijze ogen en afschuwelijk hartelijke glimlach, deze afbeelding bekeek en met haar vingers op het tafelblad trommelde.

Ze had geen idee wat ze moest doen. Even overwoog ze Nat te bellen, maar in plaats daarvan belde ze haar vriendin Dee. 'Ben je thuis?'

'Op weg naar huis. Ik ben er over een minuut of tien.'

'Kan ik langskomen?'

'Tuurlijk. Ik zal alvast theezetten. Of moet ik de fles whisky openen?'

'Heb je het gezien?'

'Het is best een flatteuze foto van je.'

Jude beëindigde het gesprek en liep naar haar fiets.

'Dokter Winter? Pardon. Dokter Winter?'

Ze draaide zich half om. Een vrouw van haar eigen leeftijd stond naar haar te gebaren. Ze had een vriendelijke glimlach, maar Jude kende haar niet. 'Ja?'

'Zou ik u even kunnen spreken?'

'Wat?'

'Over Liam Birch.'

'Hoe bedoelt u? Wie bent u?'

'Het zou goed zijn om ook uw kant van het verhaal te horen.'

'Bent u journalist?'

'U zult merken dat het helpt om...'

Abrupt draaide Jude zich helemaal naar de vrouw toe. Die zag eruit als iemand met wie ze bevriend had kunnen zijn, stelde ze in een flits vast. Ze dwong zich om beleefd te blijven. 'Het spijt me, maar dat kan ik niet doen.'

'Ik dacht dat u misschien uw verhaal zou willen vertellen.'

'Ik ben erg op mijn privacy gesteld. Dat kan ik niet doen.'

'Ik wil u een kans geven om te reageren,' zei de vrouw terwijl ze haar hand op Judes arm legde. 'Mensen zeggen van alles over u.'

Dat vatte Jude op als een dreigement. Praat met me, of anders... Ze trok haar arm los en schudde haar hoofd. 'Het spijt me,' zei ze. 'Of eigenlijk spijt het me helemaal niet. Ga weg. Ik heb u echt niets te vertellen.' Zo snel als ze kon liep ze weg.

Onderweg regende het en toen Jude bij het appartement van haar vriendin kwam, was ze koud en nat. Ze was blij dat Dee's huisgenoten een paar dagen naar een bruiloft in Schotland waren. Ze kon het idee niet aan om onder de mensen te zijn, om aangekeken te worden, beklaagd, bekritiseerd, veroordeeld. Haar vriendin zette haar op de bank en haalde een dik vest, een stel wandelsokken en een glas whisky voor haar.

Meteen toen Jude een grote slok nam voelde ze een gloed zich door haar borst verspreiden.

Dee zat tegenover haar te wachten tot ze iets zou zeggen. De wind trok aan. Jude keek uit het raam, waar geen gordijnen voor hingen, naar de hijskranen aan de horizon, met lampen die de gigantische opgeheven armen accentueerden. Ze dacht aan Nats appartement, kilometers verderop, waar ze zich helemaal thuis had gevoeld, maar dat nu piepklein en onveilig leek. 'Ik heb wat probleempjes.'

'Vertel maar.'

In één adem vertelde Jude haar alles, vanaf de dromerige tienerhartstocht die was geëindigd met het ongeluk, tot aan de verhoorkamer bij de politie. Dee knikte alleen en keek haar aan en, toen Jude was uitgesproken, zei ze niets. 'Nou? Geloof je me?'

'Wat moet ik geloven?'

'Dat ik niks met Liam had. Ik bedoel niet in het verleden, maar nu, in seksueel opzicht.'

Dee aarzelde even en kneep haar ogen tot spleetjes. 'Zou je

iets met hem zijn begonnen? Als hij naar de cottage was gekomen zoals zijn bedoeling was?'

'Nee.'

Dee knikte langzaam, nadenkend. Daarom had Jude zich tot haar gewend. Ze was weliswaar een vriendin, maar ook meedogenloos objectief. Ze bekeek de zaken altijd van alle kanten en reageerde heel behoedzaam. 'Gelooft Nat je?'

'Ik weet het niet. Gisteren was hij...' Ze dacht even na. 'Hij was niet alleen boos. Het was erger. Hij was teleurgesteld in me, dat was het allermoeilijkste. En gisteravond is hij de deur uit gegaan en niet meer thuisgekomen, en dat was nog voordat deze foto viraal ging. Vandaag heb ik hem nog niet gesproken.'

'Wist hij van Liam en jou? Dat jullie vroeger iets hebben gehad?'

'Ik weet dat het gek klinkt. Het ligt gecompliceerd. Liam was gecompliceerd. Net als mijn gevoelens voor hem. Het is heel bizar geëindigd. Het was niet iets waar ik over kon praten. Ik kon er gewoon de juiste woorden niet voor vinden.'

'Dus het antwoord is nee.'

Jude knikte langzaam. 'Ik heb het hem niet verteld. Zelfs niet toen ik alles opbiechtte wat ik heb gedaan, hoe ik tegen hem had gelogen en al die dingen meer.'

Een paar minuten bleven ze zwijgend zitten. Dee hief de fles op en toen Jude knikte, schonk ze nog wat in haar glas.

'Wat moet ik doen?'

'Ga met Nat praten. Wat kun je anders doen?'

'Je hebt gelijk. Natuurlijk is Nat kwaad op me. Ik heb tegen hem gelogen. Denk je dat hij me zal vergeven?'

'Ik zou het echt niet weten.'

'Ik zie hem steeds voor me, bij het vuurwerk, terwijl ik in die enge cottage was. Hij miste me en vertrouwde me, voordat de hele boel explodeerde. Kon ik de klok maar terugdraaien.'

'Ik weet niet of het een troost voor je is,' zei Dee, 'maar je hebt er niet veel aan gemist. Het heeft de hele avond geregend. De meesten van ons zijn vroeg naar huis gegaan.'

Jude staarde in haar lege whiskyglas. 'Dus hij heeft niet eens een leuke avond gehad. Eigenlijk moet ik teruggaan om met hem te praten. Een poging doen het weer goed te maken.'

15

Hoelang heeft een leven nodig om in duigen te vallen?

Jude en Nat zaten tegenover elkaar aan de keukentafel en keken elkaar aan. Hij zag er moe uit – hij had de nacht ervoor bij een vriend op de bank geslapen – en op zijn gezicht stond diep verdriet te lezen toen ze hem vertelde dat ze hem, ook in de afgrijselijke kluwen van leugens en verzwegen waarheden, nooit ontrouw was geweest.

'Ik hou van jou. Ik heb het echt ongelooflijk verkloot. Kun je me vergeven?' Ze stak een hand uit en raakte de zijne heel even aan.

Hij staarde haar een hele tijd aan. 'Ik hou ook van jou,' zei hij. 'Dat weet je. Maar kan ik je nog vertrouwen?'

Jude hield zijn blik vast. Onverwachts voelde ze zich boos worden. Het was alsof een frisse wind door de mist van haar gedachten blies, waarna haar hoofd ineens veel helderder aanvoelde.

'Ik zeg dat je dat kunt,' zei ze na een tijdje. 'Maar als we dit te boven willen komen, mag je me dit niet blijven nadragen: Jude de zondaar en Nat de heilige die haar heeft vergeven en haar heeft teruggenomen. Ik ben niet met Liam naar bed geweest.

Dat zou ik ook nooit hebben gedaan.'

Hij knikte langzaam, niet instemmend, maar alsof hij nadacht over wat ze zojuist had gezegd.

'Nat, als je dat niet gelooft, is het voorbij tussen ons.'

Hij draaide zijn hoofd even om, zodat Jude zijn gezichtsuitdrukking niet kon zien. Na een paar tellen keek hij haar weer aan. 'Je hebt een verhaaltje verzonnen.' Bij zijn volgende zin imiteerde hij haar toon, waardoor ze zin kreeg om hem een klap te verkopen. '"O, mijn arme oma is ontzettend ziek. Ik moet echt bij haar op bezoek gaan." Je hebt me dat zielige verhaal opgedist zodat je een weekendje weg kon gaan met een oude vlam van je. Daar draait dit om.'

'Daar heb ik je de waarheid al over verteld. Ik heb gezegd dat het me spijt. Ik voel me er vreselijk schuldig over, maar ik heb mijn excuses aangeboden. Jij moet bepalen of je die kunt accepteren en verder kunt gaan of dat dit het einde is.'

'Bovendien heb je me voor paal gezet.'

'O, is dát het?'

Schouderophalend zei hij: 'Niet alleen. Ik moet erover nadenken voordat ik kan besluiten of ik je kan vergeven.'

'Hoor je eigenlijk wel wat je zegt? Nat, zo zijn wij niet. We...' Maar ze hield op met praten. Haar woede verdween en ze voelde alleen nog een doffe, monotone somberheid. Nats gezicht was uitdrukkingsloos, alsof al zijn emoties waren weggeveegd. Hij was net een vreemde, deze man met wie ze over twee maanden had zullen trouwen. 'Het is voorbij,' zei ze. 'Onze relatie is voorbij, want... Ach, kijk toch eens goed naar ons, Nat.'

Die avond sliep Jude op de bank en de volgende ochtend ging ze al haar contacten af op zoek naar een logeerkamer. Ze wist dat ze bij Dee op de bank kon slapen, maar Dee's huisgenoten zouden in het weekend terugkomen en ze vond het een afschuwelijk idee om omringd te worden door andere mensen nu ze zich zo rauw en beschaamd voelde. Ze wilde zich alleen maar terugtrekken. Na een paar telefoontjes werd ze in contact gebracht met Simon, een vriend van een vriend, die naar Berlijn was vertrokken voor een tijdelijke baan. Tegen de tijd dat ze naar haar werk ging, had ze afgesproken dat ze op zijn appartement zou passen, voor zijn kat en zijn planten zou zorgen en hem belangrijke post zou nasturen. Ze zou er de volgende dag intrekken, want dan had ze vrij omdat ze nachtdiensten draaide.

Er was geen weg terug, hield ze zich voor. En om te voorkomen dat ze ging twijfelen, stuurde ze een berichtje naar een paar van haar beste vrienden om te zeggen dat de bruiloft niet doorging. Haar ouders zou ze het persoonlijk vertellen, en zij konden dan haar broer Michael inlichten.

Ze wachtte op het verdriet, maar dat kwam niet. In plaats daarvan voelde ze een soort gewichtloosheid. Ze was alleen, ze had geen huis en geen partner meer. Even gemakkelijk als het uittrekken van kleren had ze zich ontdaan van de toekomst die ze voor ogen had gehad. Geen bruiloft, geen feest, geen huwelijksreis, geen koopappartement, geen kinderen in de nabije toekomst. Alle plannen, voorbereidingen voor het huwelijk, hun met elkaar vervlochten levens waren weg en lieten alleen dit gevoel van leegte achter.

Dit verhaal zou niet verdwijnen. Gevoed door de foto op Instagram en het raadselachtige nachtje in de cottage in Norfolk werd het op een afschuwelijke manier groter en groter. Die dag werd ze bij de ingang van het ziekenhuis opgewacht door drie journalisten, van wie er een met een draaiende camera, die een microfoon vlak voor haar gezicht hield. Ze vroegen van alles, door elkaar heen: 'Wat was de reden van je weekendtripje? Wat heb je gedaan en waarom heb je dat gedaan?' Ze hoorde: 'Geheime verhouding'. 'Tienerobsessie'. 'Liefdesnestje'. Vlak voor haar ogen waren er geflits van een fotocamera, een vrouw met een notitieboekje, de microfoon die de tv-man steeds weer onder haar neus duwde.

Het liefst wilde ze zeggen dat ze haar met rust moesten laten, maar ze besefte dat ze beter geen woord kon zeggen. Toen, uit het niets, begon ze toch te praten. 'Liam Birch is dood,' zei ze. 'Iemand heeft hem vermoord. Dat zal ik nooit goed kunnen maken. Nooit.'

Kordaat bleef ze staan, waarbij ze hen kwaad aankeek terwijl ze haar best deed om niet te gaan schreeuwen, huilen of zich tot een balletje op te krullen. Toen voelde ze een arm om zich heen en werd ze tegen een dikke winterjas aan getrokken.

'Kom mee, Jude. Deze kant op.'

Het was haar chef. Hij kocht een kop koffie voor haar en tussen warme en troostrijke slokken door vertelde ze hem dat ze een kleine crisis doormaakte, zoals hij ondertussen ongetwijfeld had begrepen, maar dat ze prima haar werk kon doen. Dat zou helpen: de structuur en doelgerichtheid. Haar handen trilden zo erg dat ze de beker nauwelijks naar haar mond kon brengen. Hete vloeistof klotste op de tafel.

'Weet je het zeker?' vroeg hij sceptisch, kijkend naar haar trillende handen, haar vermoeide gezicht en haar flanellen blouse, waarvan ze zich nu pas realiseerde dat die scheef was dichtgeknoopt.

Zo kwam het dat Jude veertien dagen verlof kreeg. Ze ging terug naar haar lege appartement, pakte twee tassen vol met kleren, haar laptop en opladers, en andere spullen die ze de komende dagen dacht nodig te hebben. Die nacht sliep ze bij Dee. Jude had geen zin om te praten en Dee drong niet aan. Wat dat betreft was Dee heel relaxed. Ze aten afhaalpizza, keken een film en daarna ging Jude slapen op de slaapbank en keek ze door de gordijnloze ramen naar de torenflats en hijskranen en naar de lichtjes van vliegtuigen, die almaar hoger klommen en naar verre oorden gingen.

Ze werd wakker in de vroege uurtjes, toen de regen was opgehouden en er door het raam een maansikkeltje te zien was. Ze lag ernaar te staren, en voelde hoe bizar haar leven was, nu het zo abrupt was uitgehold.

De volgende ochtend nam ze haar intrek in Simons appartement. Dat was in Tottenham, in het souterrain van een smal victoriaans huis dat ingeklemd was tussen twee moderne flatgebouwen. Het was er donker en het rook vochtig. Haar fiets kon ze nergens kwijt, dus die zette ze voorlopig in het keukengedeelte. Later kon ze die misschien in het trappenhuis hangen. De bank zat onder de vlekken. Het fornuis was klein en roestig en er was geen elektrische waterkoker, alleen een ketel die er op de kookplaat tijden over deed om water aan de kook te brengen. De douche in de raamloze badkamer drupte gestaag. De planten die ze van Simon water moest geven waren varens en vetplanten, en zijn grijze cyperse kat was een mager scharminkel met een gescheurd oor en een norse blik.

Ze had veertien dagen vrij, of eigenlijk – bedacht ze toen ze haar schamele bezittingen in de laden legde die Simon voor haar had leeggemaakt – had ze zelfs nog langer door de overuren die ze nog had staan vanwege haar nachtdiensten. Nat en zij hadden een lang weekend weg willen gaan.

Ze stopte haar laptop in het stopcontact bij de kleine tafel in de keuken en opende haar mailbox. Er verschenen mails van vrienden op het scherm. Het waren er tientallen en de meeste gingen over hetzelfde. Ze kromp ineen en opende in plaats daarvan de mail van haar werk. Haar mobiele telefoon ging. Geen beller-ID. Na een korte aarzeling nam ze op.

'Met Leila Fox.'

'Wat wil je?'

'Ik wil je spreken.'

Judes blik was op een e-mail gevallen, vandaar dat ze niet meteen reageerde. De mail was van iemand die Danny heette. Het onderwerp was 'Liam' en ze kon de eerste twee regels lezen: 'Mijn naam is Danny Kelner. Ik was Liams partner en...'

Ze klikte erop. Op hetzelfde moment beet de kat in haar enkel. Ze vloekte.

'Jude?' vroeg Leila. 'Alles goed met je?'

'Ja.'

Snel las ze de e-mail.

> Mijn naam is Danny Kelner. Ik was Liams partner en ik wil je graag zo snel mogelijk ontmoeten. Neem alsjeblieft contact met me op.

Er stond een mobiel nummer en daaronder een website.

'Kan ik bij je thuis langskomen?' vroeg Leila.

'Daar woon ik niet meer.'

'Aha.' Ze klonk niet verbaasd. 'Waar ben je nu?'

'In een krot met een kat die een hekel aan me heeft. En op mijn werk hebben ze gezegd dat ik voorlopig niet hoef te komen. Dus ik kan je ontmoeten waar je maar wilt!' Jude liet een kakelend lachje horen dat zelfs in haar eigen oren verontrustend klonk. 'Ik kom wel naar het bureau.'

16

Jude keek over de tafel in de verhoorkamer naar Leila Fox, en Leila keek naar Jude, allebei zwijgend. Hoewel Leila's blik vriendelijk was, vertrouwde Jude het niet. Eigenlijk kon ze niemand vertrouwen nu ze in deze situatie zat.

'Heb je het moeilijk?' vroeg de rechercheur uiteindelijk.

'Ja.'

'Wil je daar wat meer over zeggen?'

'Ik geloof niet dat jij over mijn problemen wilt horen.'

'Ik wil over alles horen.' Leila gebaarde om zich heen 'Dit is allemaal officieus. Er wordt niets opgenomen. We maken alleen een babbeltje.'

Jude toverde een glimlach tevoorschijn, al moest ze daar moeite voor doen. 'Ik heb mezelf altijd beschouwd als iemand die alles onder controle heeft. Vraag me examen te doen en ik zal ervoor slagen. Ik betaal mijn rekeningen op tijd. Ik denk aan verjaardagen.' Ze fronste. 'Ik weet niet in welke volgorde ik alles moet vertellen. Op dit moment heb ik verlof van mijn werk, omdat ze me als onveilig beschouwen. En ik ben het met ze eens. Volgens mij ben ik op dit moment onveilig.'

'Het is waarschijnlijk een goed idee om een tijdje vrij te nemen.'

'En zoals ik aan de telefoon al zei, lijkt het erop dat de bruiloft niet doorgaat.'

'Dus hij heeft het slecht opgevat?'

'Ik weet wel dat ik fout zat, maar hij deed zo gewichtig, met zijn "besluiten of hij bereid was me te vergeven". Ik had zin om hem een klap te verkopen.'

Leila liet een flauw glimlachje zien. 'En kun je alle publiciteit aan?'

'Het voelt alsof mijn huid is afgerukt. Ik word achtervolgd door journalisten.'

'Willen ze soms dat je "jouw kant van het verhaal" vertelt?'

'Jij gaat nu zeker zeggen dat ik niet met de pers moet praten?'

'Als je iets belangrijks te vertellen hebt, heb ik liever dat je eerst bij mij komt.'

'Ik heb niks belangrijks te vertellen. Had ik dat maar.'

'En als je denkt dat het therapeutisch is om over je problemen te praten, ga dan naar een therapeut en niet naar een journalist. Geloof me, zelfs als ze precies drukken wat jij hebt gezegd, zodra het zwart-op-wit staat, komt het anders over dan jij verwacht.'

'In plaats daarvan heb ik mijn problemen aan jou verteld.'

'Heb je er nog meer?'

Jude voelde een koude rilling door zich heen gaan. 'Weet je, als je je in een nare situatie bevindt en je vertelt dat aan je vrienden, dan troosten ze je meestal door te zeggen dat er in elk geval niemand dood is.' Ze maakte vage handgebaren. Eventjes durfde ze niets meer te zeggen omdat ze bang was dat ze zou gaan huilen. Ze wachtte tot Leila iets zou zeggen, maar dat deed ze niet. Dus vond ze dat ze iets aan haar eerdere woorden moest toevoegen: 'Het spijt me, maar ik snap niet wat ik hier doe. Ik blijf maar zeggen dat ik niets weet, behalve de dingen die ik je al heb verteld.'

'En dat blijkt telkens niet helemaal het geval te zijn.'

'Oké. Maar nu is het dat wel.'

Er volgde een stilte. Jude keek omlaag naar de vloer, maar ze voelde de blik van de rechercheur op zich rusten.

Toen Leila eindelijk iets zei, leek het alsof ze hardop zat te denken. 'Het draait allemaal om jou,' zei ze langzaam.

'Sorry, maar ik snap niet wat je daarmee bedoelt.'

'Het is een beetje ingewikkeld. We hebben het in feite over twee misdrijven en jij bent bij beide betrokken. Als jij er niet was geweest, zouden we de dood van Liam Birch hebben beschouwd als een uit de hand gelopen beroving. Dat was onze eerste indruk, totdat we jou aan de lijn kregen. Als jij er niet was geweest, zou de pers hierover schrijven als de zoveelste steekpartij in Londen. Volgens mij wilde de moordenaar dat we dat zouden denken.'

'Hoe is het gebeurd?'

'Ik heb je toch verteld dat het op Walthamstow Marshes was?'

'Ja.'

'Hij is neergestoken.' Ze zweeg even. 'Verschillende keren. Het lichaam is gevonden in struikgewas, iets ten noorden van een gebied waar veel wordt paardgereden. Het was van het pad gesleept en er was een halfslachtige poging gedaan om het te verbergen. Maar kort nadat het was gebeurd, is het gevonden door iemand die zijn hond uitliet.'

'Waarom zou hij daarnaartoe zijn gegaan?'

'Het is maar een klein stukje lopen vanaf zijn huis.'

'Je zei dat er twee misdrijven waren. Wat is het tweede?'

'Dat is niet echt een misdrijf. Het is meer een "had gekund" misdrijf.'

'En wat is een "had gekund" misdrijf?'

'Als iemand een oude vriendin vraagt om de stad uit te gaan met zijn telefoon, portemonnee en creditcard...' Ze zweeg even en leek ineens ergens aan te moeten denken. 'Heb je zijn creditcard eigenlijk ook gebruikt?'

'Zijn auto had bijna geen benzine meer. Ik heb hem gebruikt op de heenweg.'

'Waarom heb je niet met je eigen card betaald?'

Jude slikte moeizaam voordat ze antwoord gaf. De woorden klonken anders toen ze die hardop uitsprak. 'Hij zei dat ik de zijne moest gebruiken omdat ik al genoeg voor hem deed. Hij stond erop.'

Langzaam schudde Leila haar hoofd. 'Ik heb met je te doen. Echt waar. Om wat je nu doormaakt. En ik maak me ook zorgen over je. Maar wat bezielde je?'

'Ik had geen idee, ik wist het niet precies. Ik heb het hem gevraagd en hij zei dat hij het me zou vertellen als hij er was.'

'Maar snapte je het dan niet? Het lag toch zeker voor de hand?'

'Wat?'

'Tegen de tijd dat hij arriveerde, had je hem de gunst al verleend.'

'Hè?'

'O, hou toch op.' Voor het eerst keek de rechercheur geïrriteerd. 'Als jij Londen uit rijdt met zijn telefoon, als je benzine tankt met zijn creditcard, dan verschaf je hem een alibi. Een alibi voor een misdrijf. En als jij al die moeite doet, dan zal het niet om een kleinigheid gaan.' Leila duwde haar haar naar achteren alsof ze Jude beter wilde kunnen zien. 'Snap je dan niet hoe dit overkomt op een buitenstaander?'

'Wat precies?'

'Jouw betrokkenheid. Vreemd. Verdacht. Crimineel.'

In de lange stilte die volgde overdacht Jude hoe ze moest reageren. Was dit het moment dat ze moest weigeren om nog meer vragen te beantwoorden? Of moest ze om een advocaat vragen? Aan de andere kant was ze nergens echt van beschuldigd. Nog niet. En niets hiervan werd opgenomen.

'Heb je er ooit bij stilgestaan dat Liams plan ook iets heel onschuldigs kan zijn geweest? Dat hij me op het station zou hebben ontmoet en me iets zou hebben verteld wat helemaal niet strafbaar was?'

'Ja, daar heb ik bij stilgestaan. Ongeveer vijf seconden.'

'En kan het ook een uit de hand gelopen beroving zijn geweest? Misschien werd hij overvallen en is de dader zo kwaad geworden toen hij geen portemonnee of telefoon bij zich had, dat hij hem heeft neergestoken.'

'Zou jij die theorie onderzoeken als je mij was? Op zoek gaan naar een of andere vijftienjarige met een mes?'

'Ik zeg alleen dat het mogelijk is. Er zijn verschillende motieven om iemand te vermoorden.'

'Nou, ík zeg dat je volgens mij niet helemaal beseft in welke situatie je verkeert.'

Daar moest Jude bijna om lachen. 'Volgens mij wel, hoor.'

'Nee,' zei Leila met een serieus gezicht. 'Ik wil een paar dingen tegen je zeggen. Het eerste is, dat als je iets achterhoudt, iets wat van belang kan zijn voor dit onderzoek, je me dat beter kunt vertellen.'

De rechercheur zweeg even, alsof ze wachtte tot Jude een onthulling zou doen.

Jude staarde terug, en voelde de eerste flikkering van een opkomende migraine. 'En het andere?'

Teleurgesteld haalde Leila haar schouders op. 'Goed dan,' zei ze. 'Ik heb je al verteld dat jouw betrokkenheid bij dit alles een enorme verrassing voor ons was. Maar naar mijn overtuiging zijn wij niet de enigen die verrast waren toen jij plotseling opdook. Volgens mij heeft iemand zijn best gedaan om het op een beroving te laten lijken, en als jij er niet was geweest, zou diegene daar misschien mee zijn weggekomen.'

Jude wilde iets zeggen, maar Leila hief haar hand op om haar tot stilte te manen. 'Luister even naar me. Ik denk dat die persoon, of personen, heel verbaasd waren toen ze Birch hadden vermoord en vervolgens zijn zakken doorzochten om tot de ontdekking te komen dat hij geen telefoon of portemonnee bij zich had. Wat had dat te betekenen? En ze moeten nog verbaasder zijn geweest toen ze over jou hoorden. Ze moeten zich hebben afgevraagd wat jouw betrokkenheid te betekenen heeft. Wat jij wist.'

'Ik weet niks.'

'Dat zeg jij. Maar dat weten zij niet.'

'Wat wil je nou precies zeggen?'

'Ik wil zeggen dat het voor jou van het grootste belang is dat wij te weten komen wie dit heeft gedaan. En in de tussentijd moet je voorzichtig zijn.'

17

Jude klikte op de website van Danny Kelner.

'Wauw,' zei ze hardop.

Kennelijk had Danny een zaak in Clapton die Lines on the Body heette. Ze was tatoeëerder en op de homepage stond een foto van een vrouw met donker haar en donkere ogen, drie prachtige tranen op een wang en tere, nauwelijks zichtbare waterrimpels rondom haar hals. Ze zag eruit alsof ze je de toekomst kon voorspellen of een betovering kon uitspreken. Jude klikte door de voorbeelden van Danny's werk: foto's van slangen die zich rond halzen kronkelden, insecten op borsten en handen, katten die zich uitstrekten over ruggen, bloemen en druivenranken die zich om benen en armen slingerden. Er was exotische kalligrafie, tegelpatronen, stippen, vlekken en krullen. Er waren sterren, planeten en kometen. Een weelderig tot leven gewekte draak wikkelde zich niet alleen rond het kale hoofd van een man, maar ook over zijn gezicht. Was dat wel legaal?

Dus dit was de vrouw met wie Liam uiteindelijk een relatie had gekregen. Alleen al door haar aanblik voelde Jude zich klein, bleek en saai. En ze voelde zich ook verward. Wat was het juiste om te doen? Reageren of niet reageren? Ze had zich al in de nesten gewerkt. Het was toch zeker het beste om niets te doen?

Maar natuurlijk belde ze het nummer. Er werd zo snel opgenomen dat ze zich onvoorbereid voelde. In wat ze zelf als nerveus gebrabbel vond klinken stelde ze zich voor. 'Je spreekt met Jude Winter en ik wil je condoleren met je verlies,' zei ze. 'Ik heb geen flauw idee wat ik moet zeggen.'

'Dank je,' zei Danny. Haar stem klonk hees en laag. 'Fijn dat je belt.'

Er volgde een stilte en ineens bekroop Jude een gevoel van afschuw. Ze wist wat ze moest zeggen, maar ook dat voelde verkeerd en ze wist niet hoe ze moest beginnen, dus deed ze haar mond maar open, alsof ze de ruimte in sprong.

'Ik kan me voorstellen hoe afschuwelijk dit voor jou is. Dit hele gedoe. Het is echt een afgrijselijke tragedie. En als klap op de vuurpijl vraag je je ongetwijfeld af wie ik ben en wat ik in vredesnaam deed. Ik wil je graag meteen eerlijk vertellen dat ik geen relatie had met Liam.' Ze deed er het zwijgen toe. Relatie. Wat een stom woord om te kiezen. Natuurlijk had ze wel een bepaalde relatie met Liam gehad, zelfs nu nog. Ze had toegezegd om hem die gunst te verlenen. 'Als ik relatie zeg, bedoel ik niet dat we een...' Ze zweeg opnieuw. Ze zat te raaskallen. 'Ik weet wat je denkt. Maar we hadden geen verhouding.' Ze had het gezegd. Het was haar gelukt de woorden uit te spreken. 'Dat wilde ik even heel duidelijk gezegd hebben. We hebben een keer samen koffiegedronken. Dat was alles.' Hou op met praten, zei ze tegen zichzelf. Hou er gewoon mee op.

'Ik weet wie jij bent,' zei Danny. 'Liam heeft over je verteld. Ik bedoel dat hij je heeft gekend toen jullie nog op school zaten.'

'Maar daarna heb ik hem niet meer gezien,' zei Jude. 'Dat

moet je echt van me aannemen. Anders zal alles nog afschuwelijker voor je zijn.'

'Dat kun jij gemakkelijk zeggen. Maar feit blijft dat jij een van de laatste personen bent geweest die Liam in leven hebben gezien. En dan jullie afspraak. In Norfolk.'

'Als je me wilde spreken omdat je...'

Maar Danny viel haar in de rede. 'Ik wilde je spreken omdat niet met je praten nog erger zou zijn dan wel met je praten.'

'Daar kan ik in komen,' zei Jude. 'Als ik iets kan doen om je te helpen, dan doe ik het graag.' Wat moest ze verder nog zeggen? 'Wil je ergens afspreken?'

Het was een onbezonnen aanbod, en Jude had de woorden nog niet uitgesproken of ze had er al spijt van. Maar ze was ervan overtuigd dat Danny het zou afslaan.

'Ja,' antwoordde Danny heel gedecideerd. 'Dat zou ik fijn vinden.'

'Goed,' zei Jude zwakjes. 'Natuurlijk. Waar? Zullen we ergens koffie gaan drinken?'

'Op dit moment kan ik niet makkelijk van huis weg. Er moet zoveel geregeld worden. En ik zit met Alfie. Kun jij naar mij toe komen? Ik weet dat het veel gevraagd is.'

'Nee, hoor. Natuurlijk,' zei Jude. 'Dat doe ik graag.'

Verder had ze immers toch niets te doen.

18

Het was tien minuten lopen naar de bushalte en daarna twintig minuten met lijn 158 naar Bromley Road, waar Jude uitstapte en een bos gele en rode chrysanten kocht bij een kraampje langs de weg. Vanaf daar was het nogmaals een wandeling van tien minuten. Jude keek voortdurend op haar telefoon om te controleren of ze wel goed liep. Ze wenste dat ze op de fiets was gegaan, wat veel sneller zou zijn geweest, maar het miezerde gestaag en ze had geen zin om koud en nat aan te komen. Ze liep door de straten met woonhuizen van Walthamstow en voelde zich bijna verdwaasd. Deze rijtjeshuizen kwamen haar zowel vertrouwd als onbekend voor. Hoewel dit deel van Noord-Londen totaal nieuw voor haar was, had ze het gevoel dat ze de straten kende. Die hadden overal kunnen zijn tussen Richmond en Romford.

Maar toen ze bij het adres kwam dat Danny haar had gegeven, leek dat totaal niet op alle andere huizen. Sterker nog: het viel nergens mee te vergelijken. Het huis stond, een tikje scheef, aan het eind van een doodlopende straat. Het had daar duidelijk al gestaan voordat alle andere huizen waren gebouwd, waar het totaal bij uit de toon viel. Het stond op enige afstand van zijn keurige buren, vrijstaand, met een dubbele gevel en drie verdiepingen. Het was groter en veel verwaarloosder. Op het eerste gezicht zou je zelfs kunnen denken dat het leegstond. Aan een kant was een oprit, alsof het een bouwbedrijf of een ambachtelijke werkplaats was. Het huis zelf zag eruit alsof het ooit was omgebouwd tot een bedrijfspand en daarna gedeeltelijk weer terug was veranderd. Die klus was duidelijk nog niet af.

Ze was er nooit van uitgegaan dat Liam ergens in een buitenwijk zou wonen, en dit paste veel beter bij hem. Hij was altijd een beetje anders geweest dan anderen.

Ze belde aan. Toen de deur openging, bereidde ze zich net voor om iets troostends en verontschuldigends tegen Danny te zeggen, maar het was niet Danny die opendeed. In plaats daarvan stond er een lange, logge man voor haar, met golvend bruin haar en zulke lange stoppels op zijn kin dat het bijna een baard was. Hij droeg een stevige canvas werkbroek en een blauwgeruit overhemd waarvan de mouwen waren opgerold tot de ellebogen. Hijzelf en zijn kleren zaten onder het stof. Zelfs zijn baard was stoffig.

'Woont Danny hier?' vroeg Jude. 'Ik kom voor haar.'

De man fronste zijn voorhoofd. 'Wie ben jij?'

Jude wist niet precies hoe uitgebreid haar uitleg moest zijn, vooral niet omdat ze wellicht bij het verkeerde huis was. Daarom zei ze alleen haar naam.

Hij knikte langzaam. 'Aha! Nu weet ik wie je bent,' zei hij. 'We hebben het over je gehad. De mysterieuze vrouw.'

'Het is niet echt mysterieus.'

Met een vreemd glimlachje keek hij haar aan. 'Kom verder,' zei hij, en hij wenkte dat ze binnen moest komen.

Ze keek om zich heen. Voor haar was een trap en aan weerskanten van de gang waren deuren. Aan de linkermuur hing een groot doek: een abstract schilderij, met felle tinten rood, blauw en geel – als een vuur, een stortvloed of stormachtige wolken. Op de rechtermuur was een muurschildering rechtstreeks op de gipslaag aangebracht: vijf stokfiguren met hoofden die op pompoenen leken, die dansten in een kring.

'Dat was Liam.' De man wees op het schilderij. Hij draaide zich naar de muurtekening. 'En die is van Danny. Ze is goed.' Hij hief zijn linkerarm op, zodat er aan de onderkant een tak versierd met groene bladeren en bloesem zichtbaar werd die van pols tot elleboog liep. 'Die is ook van Danny.'

'Dat is schitterend.' Jude keek hem vragend aan. 'Het spijt me. Jij weet kennelijk wel wie ik ben, maar ik heb geen idee wie jij bent.'

'Nee, natuurlijk niet.'

Er volgde een stilte. De man keek haar alleen aan alsof hij zich kostelijk amuseerde.

'Best,' zei ze ten slotte. 'Ik ben hier alleen om met Danny te praten.'

Hij liet een bulderende lach horen. 'Ik ben Vin.' Hij stak zijn hand uit.

Jude had de grote bos bloemen in haar hand en moest die onder haar arm nemen zodat ze zijn hand kon schudden. Terwijl ze dat deed, had ze het gevoel dat haar hand helemaal werd omvat.

'Liam en ik zijn oude vrienden. We werken samen.' Hij verbeterde zichzelf: 'We werkten samen. Het voelt gek en verkeerd om in de verleden tijd over hem te praten.'

'Gecondoleerd,' zei ze. 'Het moet heel zwaar zijn voor jullie allemaal.'

Vin knikte langzaam. 'Het is lastig om alles te bevatten.

Liam was de splitpen, als je me kunt volgen.'

'Ja, hoor.'

'Echt waar? Weet je wat een splitpen is?'

'Ik weet dat het iets belangrijks is. Iets wat de dingen bijeenhoudt.'

'Niet alleen dingen,' zei Vin met een ernstig gezicht. 'Weet je wat er gebeurt als je een wiel op een as monteert?'

Jude hoopte dat hij geen antwoord van haar verwachtte.

'De splitpen,' vervolgde Vin, 'is wat je door het gat aan het einde van de as duwt om die op zijn plaats te houden. Wij waren als spaken in het wiel en Liam was dat wat ons bijeenhield.'

Jude wist niet precies hoe ze dit gesprek moest voortzetten en toen hoorde ze iemand haar naam roepen. Ze draaide zich om en herkende Danny ogenblikkelijk.

Net als op haar foto was ze opvallend donker en bleek, maar Jude herkende meteen de gelaatsuitdrukking van iemand die in shock verkeert. Als jonge arts had ze die gezien bij mensen die een hartaanval of beroerte hadden gehad. Maar je zag dat ook bij mensen die te horen hadden gekregen dat ze kanker hadden. Het was iets in de ogen, een grauwheid van de huid, van iemand wiens hele wereld op de kop was gezet. Danny zag eruit alsof ze veel had gehuild en niet had geslapen. Ze was een beeldschoon wrak: lang, sterk, onverzorgd, tragisch en prachtig. Haar kleding bestond uit lagen donkere stof die willekeurig aangetrokken konden zijn of juist zorgvuldig waren gekozen.

'Ik wist niet of je echt zou komen,' zei ze met een stem die af en toe wat onduidelijk klonk. 'Heel aardig van je. Niet iedereen zou dat hebben gedaan.'

Jude stak haar de bloemen toe. 'Misschien zijn ze te kleurig,' zei ze. 'Maar het idee van lelies stond me tegen.'

Danny pakte ze aan en keek er onverschillig naar. 'Ze zijn prachtig.'

Ze vindt ze afschuwelijk, dacht Jude.

'Ik zal even thee voor je zetten, liefje,' zei Vin. Hij keek Jude aan. 'Wil jij ook?'

'Ja, gewone thee graag.'

'We hebben alleen kruidenthee,' zei Vin.

'Doe mij dan maar hetzelfde als Danny.'

19

Danny liep langs de schilderijen in de gang tot ze bij een deur kwam. Jude volgde haar een kamer in die het midden hield tussen een serre en een garage. Het was er heel koud en heel licht. De achterwand was helemaal van glas, maar sommige ruiten waren gebarsten en eentje werd bedekt door een bolstaand zeildoek. Aan het dak werd duidelijk nog gewerkt, een deel ervan was gestript tot de balken. Tegen een muur stond een schraagtafel die was bedolven onder verfbakken, kwasten, zagen, een elektrische boor, schuurpapier en flessen terpentine. Jude had er zo haar bedenkingen bij dat een peuter rond zou lopen in dit vertrek vol scherp gereedschap en giftige stoffen. Midden in de ruimte stond een enorme rotanstoel, met een ronde rugleuning en een berg felgekleurde kussens erin. Er stond een emmer waar water in drupte bij de deur naar de tuin, die eigenlijk helemaal geen tuin was, maar een enorme stortplaats voor allerhande spullen. Zo zag ze een roestige fiets, een ouderwetse ladekast, stapels terracotta bloempotten waar stukjes af waren, een badkuip op klauwpoten, een stenen griffioen, een hangmatstandaard, een waswringer, een vogelkooi, een stel stoelen met lattenrug, twee grote speakers die in doorzichtig plastic waren gewikkeld en, in het midden van dat alles, een klein tuintje waar wat verwilderde winterplantjes in stonden.

'Het meeste van die rommel is van Irina,' zei Danny terwijl ze de bloemen op tafel legde.

Jude had geen idee wie Irina was, maar voordat ze het kon vragen, werd een deur aan de andere kant van het vertrek opengeduwd en waggelde er een miniatuurmensje naar binnen. Met een vaartje dribbelde hij een paar passen naar voren, op kromme beentjes en met uitgestrekte armen, maar toen tuimelde hij voor Danny en Jude neer in een zacht hoopje. Hij staarde omhoog naar hen, met zijn donkere krullen en donkere ogen, en een mond die probeerde te bepalen of hij open wilde gaan voor een jammerklacht.

'Hup, overeind jij,' zei Danny nuchter en ze stak haar handen onder zijn oksels en hees hem weer overeind. Ze draaide hem om zodat hij met zijn gezichtje naar Jude stond. 'Dit is Alfie,' zei ze.

Liams zoon. Liams bijna zwarte ogen en brede mond. Jude boog zich iets naar hem toe en zag zijn witte tanden, lange wimpers en zachte wangetjes. Hij droeg een gestreepte tuinbroek waar verfspetters op zaten en een botergeel T-shirtje.

'Hallo, Alfie,' zei ze verlegen en slecht op haar gemak. Van haar vrienden had bijna niemand kinderen. Ze wist niet precies wat ze tegen een eenjarige moest zeggen of hoe ze zich moest gedragen. 'Ik ben Jude.'

'Zeg Jude eens gedag,' zei Danny, waarna ze haar zoontje op de grond zette waar hij met gespreide beentjes bleef zitten.

Hij staarde haar slechts aan zonder te knipperen. Daarna drukte hij zijn handjes, met uitgestrekte vingers, op zijn hele gezicht. Zijn ogen glinsterden door de spleten.

'Lijkt hij niet sprekend op zijn vader?'

'Ja,' zei Jude. Alles voelde onwerkelijk.

'Heb je ooit foto's van Liam gezien toen hij zo oud was als Alfie nu?'

'Nee.'

Natuurlijk had Jude die nooit gezien. Ze was slechts één keer bij Liam thuis geweest en ze had zijn ouders zelfs nooit ontmoet.

'Thee voor twee personen.' Vin kwam binnen met twee grote bekers die hij op tafel zette. 'Venkel.'

'Dank je.' Danny keurde hem nauwelijks een blik waardig, maar liet haar hand wel langs zijn arm omlaagglijden. 'Kun jij een poosje op Alfie passen terwijl wij ons gesprek voeren?'

Ons gesprek voeren. Dat klonk onheilspellend. Jude nam een slokje van haar thee, die verrassend lekker smaakte. Ze merkte dat ze ontzettend moe was.

'Tuurlijk.' Vin bukte zich, tilde Alfie op en zette hem op zijn schouders. Alfie slaakte een kreet en greep zijn oren vast. 'Kom mee, bengel, je mag me helpen.' Vin deed een motorgeluid na, misschien dat van een vliegtuig, toen ze de deur uit gingen.

'Hij begrijpt het niet.' Danny keek ze na en haar gezicht werd even wat zachter.

'Het moet heel moeilijk zijn.'

'Inderdaad. Neem plaats.'

Jude keek om zich heen. Ze zag dat rotangeval, verschillende niet bij elkaar passende stoelen die tegen de tafel waren geduwd en een zitzak die onder de vlekken zat. Ze trok een van de stoelen naar achteren en ging zitten. Danny koos de rotantroon en nestelde zich met een zucht tegen de kussens, waarna ze haar benen onder zich optrok. Ze had houten armbanden om die tegen elkaar aan tikten wanneer ze haar beker naar haar mond bracht. Om haar vingers droeg ze talloze ringen. Er viel een stilte.

‘Je bent tatoeëerder,’ zei Jude.

Danny keek geamuseerd. ‘En jij bent dokter.’

‘Ja.’

‘Een van de mensen hier in huis wordt Doc genoemd. Ik weet niet waarom, hij lijkt in niets op een dokter. Ik heb geen idee wat hij precies doet. Zijn voornaamste bezigheden zijn gitaarspelen, luidruchtige seks hebben met Erika en midden in de nacht toast laten aanbranden.’

Erika, dacht Jude. De vrouw die naar Liam had gebeld op de avond dat hij was vermoord.

‘Doet me denken aan mijn studententijd,’ zei ze. Danny reageerde niet, dus voelde ze zich genoodzaakt het uit te leggen: ‘Je weet wel, een huis delen met een heleboel mensen.’

Danny boog zich voorover en zette de beker op de grond, waarna ze weer rechtop ging zitten. ‘Vertel me over Liam en jou.’

Boven klonk een woest gehamer. Jude wachtte tot het was opgehouden. ‘Er was geen Liam en mij. Ik had hem sinds mijn achttiende niet meer gezien. En toen kwam hij naar het ziekenhuis, een paar dagen voor zijn dood.’

Danny glimlachte, al was het eigenlijk geen glimlach, meer iemand die haar tanden ontblootte. Jude zag dat haar handen de zijkanten van de stoel beetgrepen alsof ze haar zelfbeheersing probeerde te bewaren.

‘Bekijk het eens van mijn kant,’ zei ze met haar schorre stem. ‘Er is een meisje over wie Liam het in de loop der jaren af en toe had, meestal als hij dronken was en sentimenteel werd, iemand op wie hij als jongen verliefd was. Soms was ik bijna jaloers op haar.’ Weer die glimlach. ‘En dan laat hij zich godverdomme buiten in de kou, de modder en de regen vermoorden, mijn prachtige vent, mijn lieveling, en daarna blijkt dat hij plannen had gemaakt om het weekend door te brengen met die vrouw uit zijn verleden. Met jou.'

'Het weekend doorbrengen,' zei Jude. 'Dat klinkt anders dan het was. Hij heeft me opgespoord op mijn werk, uit het niets. Het gebeurde na een nachtdienst. We hebben koffiegedronken, hij heeft me over Alfie verteld, hij zei dat hij me om een gunst wilde vragen en hij zei me naar die cottage te gaan, daar op hem te wachten en dan zou hij alles uitleggen. Dat is alles. Meer is er niet.'

'Ik hou van verhalen,' zei Danny. 'Als mensen bij me komen voor een tattoo, zeg ik altijd tegen ze dat elke afbeelding die ik in hun huid prik een verhaal moet vertellen. Het mag geen bevlieging zijn. Kijk.' Ze trok de wijde mouw van haar blouse omhoog en stak haar arm uit met de binnenkant omhoog.

Jude stond op en liep naar haar toe. Op de bleke huid tussen elleboog en pols bevond zich een reeks van wat in eerste instantie tere v'tjes leken, maar waarvan ze toen zag dat het eigenlijk een vlucht vogels was, met hun vleugels in verschillende hoeken. Danny balde en ontspande haar vuist zodat de vormen bewogen.

'Elke vogel is een van mijn doden. Deze is mijn oma, deze is mijn moeder. Hier is mijn vriendin die zelfmoord heeft gepleegd.' Ze drukte haar wijsvinger op een donkerrode vorm. 'Dit is mijn hond. Binnenkort ga ik er een voor Liam zetten. Ik moet begrijpen welke kleur hij is.'

Ze bewoog haar hoofd. In haar ogen glinsterden tranen. 'Tattoos moeten een geheime betekenis hebben voor degene die ze draagt. Mensen vertellen me hun verhalen en dan help ik ze met het vinden van de afbeelding. En ik vraag me af welk verhaal ik nu moet geloven. Moet ik geloven dat Liam me ontrouw was of moet ik geloven dat hij een geheim had waar jij hem mee zou helpen, die gunst? En waarom zou jij dat eigenlijk doen? Alleen omdat hij na al die jaren ineens weer opdook en het je vroeg? Ik bedoel, hij kon behoorlijk overtuigend zijn, maar het klinkt een beetje vreemd.'

'Meer kan ik je niet vertellen.' Jude nam weer plaats op haar stoel. 'Verder weet ik niets. Jammer genoeg.' Ze dacht aan wat Leila tegen haar had gezegd: zij had Liams alibi moeten zijn, maar een alibi waarvoor? Wat was Liam van plan geweest? Wist deze vrouw, met de getatoeëerde tranen op haar wang, daar meer over?

'Zweer je dat?' vroeg Danny. 'Zweer je dat op je leven?'

Het was totaal niet grappig, maar Jude moest bijna lachen, uit radeloosheid. Zweren op je leven had ze voor het laatst gedaan toen ze tien was. 'Ja. Op mijn leven.'

'Je bent heel anders dan ik verwachtte,' zei Danny.

'Hoe bedoel je?'

'Ik heb geen hekel aan je.'

Jude liet een verbaasd lachje horen. 'Nou, dank je, denk ik.'

'Hield je van hem?'

'Toen ik jong was, bedoel je? Ja. Althans, ik was in elk geval verliefd op hem. Als ik erop terugkijk, denk ik dat ik het eng vind hoezeer ik voor hem ben gevallen. Het is alsof ik mezelf niet her...' Ontzet hield ze op met praten. Leila had haar op het hart gedrukt met een therapeut te praten als ze daar behoefte aan had, en niet met journalisten. Ze moest zeker geen nooit eerder hardop uitgesproken dingen over haar gevoelens voor Liam tegen zijn rouwende partner zeggen. 'Het is lang geleden,' zei ze, terwijl ze afstand probeerde te nemen van haar woorden. 'Ik was achttien, en heel onvolwassen voor mijn leeftijd.'

Ondertussen keek Danny haar glimlachend aan, ditmaal met een oprechte, meelevende glimlach. 'Liam had een sterke uitstraling,' zei ze. 'Het heeft lang geduurd voordat ik doorkreeg dat ik mezelf moest blijven, dat ik mezelf niet compleet aan hem moest overgeven. Vrouwen zijn maar al te snel bereid om zichzelf te verliezen.'

Jude kon zich niet voorstellen dat Danny zich aan wie dan ook zou verliezen, eerder het tegenovergestelde. Maar ze knikte.

'Toen kwam Alfie,' zei Danny. 'Niks kan tippen aan je gevoelens voor een kind.' Er verscheen een dromerige blik in haar ogen terwijl ze naar de uitdragerij in de tuin keek. 'Al was Liam een ongelooflijk toegewijde vader.'

'Ik vind het zo erg voor je,' zei Jude nogmaals. Het was haar refrein. Erg, gecondoleerd, spijt. Gecondoleerd met je verlies.

'Arm knulletje,' zei Danny. 'Hij zal zich zijn vader later niet eens kunnen herinneren. Die zal slechts een naam zijn, een gezicht op een foto. Maar ik zal me hem altijd blijven herinneren. Ik zal nooit over hem heen komen.' Opeens ging ze staan. 'Ik denk dat ik bereid ben je te geloven, hoe gek je verhaaltje ook is.'

Jude besloot dat niet als een belediging op te vatten. Per slot van rekening was haar verhaaltje gek. 'Dank je wel.'

'Of misschien ook niet.'

'O.'

'Ik moest je ontmoeten, je zien.' Ze staarde Jude zo intens aan dat die de neiging kreeg om ineen te krimpen. 'En je bent niet bijzonder knap of betoverend.'

'Dit hoef je echt niet allemaal hardop te zeggen, hoor.'

'Je lijkt in niets op het beeld van je dat ik al die jaren in mijn hoofd heb gehad. Het meisje waaraan niemand kon tippen. Maar Liam was dat wel. Knap, bedoel ik. Betoverend.'

'Volgens mij moet je dit gesprek met iemand anders voeren.'

'Toch heeft hij om de een of andere reden voor jou gekozen.'

'Ik heb ook voor hem gekozen, hoor.'

Er verscheen een sarcastische blik op Danny's gezicht. 'Ik bedoel dat hij jou heeft gekozen als de persoon tot wie hij zich wilde wenden. Voor die gunst.'

'Ik weet niet waarom hij dat heeft gedaan. Zoals ik telkens maar blijf herhalen.'

'Dat blijf je inderdaad maar herhalen. Maar hij had wel een verhouding met iemand, ook al was het niet met jou.'

'Hoe weet je dat?'

'Er was iets veranderd. Hij deed anders tegen me.'

Hoe ze moest reageren wist Jude niet. Deze vrouw behandelde haar als een intieme vriendin, maar beledigde haar tegelijk. 'Dat moet ingewikkeld voor je zijn,' zei ze onbeholpen.

'Ik ga het uitzoeken.' Danny pakte de bloemen op die Jude had meegenomen. 'Dat hoort bij het rouwproces,' zei ze.

'Aanvaarding,' zei Jude. 'Is dat niet het laatste stadium van het rouwproces?'

Danny knikte traag. 'Ja, maar je hebt ook woede. Ik geloof dat woede noodzakelijk is.'

Net toen Jude zich afvroeg hoeveel van die woede op haar gericht was, werden ze afgeleid door luid gebonk op de trap.

Danny's gezicht verzachtte en leek ineens minder mager. 'Daar komt Alfie, op zijn achterwerk.'

Er klonk een laatste bonk die werd gevolgd door stilte. Ze liepen samen de gang in, waar Danny het jochie optilde. Hij drukte zijn lenige lichaam tegen haar aan en pakte een lok van haar dikke donkere haar. De bos bloemen die ze vasthield, rustte op zijn kroon van krullen.

De voordeur zwaaide open en er kwam een jongeman in hardloopkleding binnen. Hij had rood haar, een rood aangelopen, bezweet gezicht, flaporen en ogen die zo blauw waren dat het onnatuurlijk leek. 'Pardon, sorry,' zei hij onbeholpen.

Hij had een zwak, wellicht Nederlands, accent, dacht Jude.

'Jan,' zei Danny. 'Dit is Jude.'

'Hoi,' zei Jude.

Hij stak een bezwete hand uit, maar trok die weer terug en veegde hem af aan zijn korte broek, waarna hij wat heen en weer schuifelde. 'Dag,' zei hij. 'Leuk je te ontmoeten.'

'Jan woont hier pas sinds september,' vertelde Danny. 'Volgens mij is het hier niet zoals hij had verwacht.'

De jongeman liep zijwaarts naar de trap. 'Douchen,' zei hij toen hij op de eerste trede stond.

'Hij is wiskundige,' zei Danny, alsof hij buiten gehoorafstand was. Ze sprak alsof Jan een kleine jongen was die een spelletje speelde.

Zijn gezicht werd nog roder, waarbij de bovenkanten van zijn oren begonnen te gloeien.

'Dat klinkt interessant.' Terwijl Jude sprak, vroeg ze zich af waarom alles wat ze zei dom klonk.

Maar hij glimlachte. 'Ja, dank je. Dat is het ook.'

Het was tijd om op te stappen vond Jude. Ze stak haar hand uit.

Danny pakte hem vast en liet hem niet meer los. 'Ik zou een tattoo bij je kunnen zetten,' zei ze. 'Dat is een manier om een moment te markeren.'

Jude gruwde bij het vooruitzicht. 'Interessant idee.'

'Je bent arts. Je kunt onmogelijk bang zijn voor naalden. Iets fraais en delicaats, met een geheime betekenis.'

'Ik zal erover nadenken.'

'Doe dat. We zien elkaar gauw weer.'

Dat bevreemdde Jude. Ze zouden elkaar gauw weer zien? Hoezo?

20

'Loop je altijd zo snel?' hoorde ze iemand achter zich vragen.

Jude draaide zich om en zag Vin. Hij droeg een aftands leren jack dat kraakte als hij zijn armen bewoog. In zijn haar en zijn baard glinsterden regendruppeltjes.

'Ik dacht, ik loop met je mee naar de bushalte.'

'Dat hoeft niet.'

'Ik doe het graag, hoor. Ik wilde even met je praten.'

'Waarover?'

'Je weet wel. Het raadsel.'

'Er is geen raadsel.'

'Liam was iets van plan. En jij was erbij betrokken.'

Abrupt bleef Jude staan en ze draaide zich naar Vin toe. 'Je hebt het helemaal mis,' zei ze. 'Ik heb dit gesprek al met Danny gevoerd. Vraag haar er maar naar.'

'Liam was mijn vriend, Danny's partner, Alfies vader. We moeten weten wat er in zijn leven speelde voordat hij stierf. Dus wat was het?'

'Ik weet het niet.'

Vin keek haar slechts aan, met zijn handen in zijn zakken.

Jude ging verder: 'Luister, ik vind de hele toestand echt vreselijk. Ik vind het heel erg dat je je vriend hebt verloren, maar ik heb zelf ook een paar problemen.'

'Heb je zin om een drankje te doen?'

'Nee,' zei Jude. Het was vier uur 's middags.

'Ergens iets eten dan?'

'Ik moet echt gaan.'

'Ik heb de lunch overgeslagen,' zei hij. 'In dit huis weet je nooit hoe laat het is.'

'Met zijn hoevelen zijn jullie?'

'Zes, nu Liam er niet meer is.' Hij dacht even na. 'Zeven, als je Alfie meetelt. Je hebt Danny en mij, natuurlijk. Irina.'

'De eigenaresse van de troep in jullie tuin.'

'Ja, precies. Ze haalt huizen leeg voor de kost. Ze neemt alle spullen mee waarvan mensen niet weten wat ze ermee aan moeten, en veel daarvan belandt bij ons. Je zou haar kamer eens moeten zien. Ze is geweldig, een beetje wild; als ze niet kan slapen, gaat ze dansen, als een rusteloze geest; en ze neemt vreemde vrijers mee. Dan heb je Erika en Doc. Die hebben de zolderkamer.' Hij glimlachte flauwtjes. 'Ze zijn heel luidruchtig.'

'Dat heb ik gehoord. En dan is er Jan, de wiskundige.'

'Je hebt goed opgelet. Jan hoort er niet echt bij. Hij is een tijdelijke huurder. Liam had het geld nodig. Hij is erg op zichzelf. Hij doet aan hardlopen, zit voornamelijk op zijn kamer en bewaart zijn eten in tupperwaredozen.'

'Maar het huis was van Liam?'

'Ja, dat klopt. Of hij heeft geld geleend om het te kopen, maar dat komt op hetzelfde neer. Dus eigenlijk zijn we allemaal huurders. Maar zo heeft het nooit gevoeld. Iedereen betaalt een andere huur en helpt met de renovaties. Sommigen meer dan anderen,' voegde hij eraan toe terwijl hij op zichzelf wees. 'Ik ben timmerman. Het was een bouwval toen Liam het kocht. Als water een gebouw weet binnen te dringen, gaat het snel achteruit. Voor het grootste deel is het nog steeds een bouwval, maar het kan schitterend worden. Tenminste...' Hij trok een gezicht. 'Dat hád gekund. Bij je volgende bezoek zal ik je de rest laten zien.'

Ze waren ondertussen bij de bushalte aangekomen. Tot haar verbazing legde Vin een zware hand op haar schouder en staarde haar recht in het gezicht, alsof ze een puzzel was die hij op zou lossen. 'Heb een beetje geduld met ons,' zei hij. 'We verkeren allemaal nog in shock.'

Waarom vertel je me dit, dacht Jude. Het zal mij een zorg zijn.

'Misschien kun jij ons helpen,' zei Vin.

'Nee, dat kan ik niet.'

Vin liet zijn hand zakken en deed een stap naar achteren. 'We zullen zien.'

21

Jude maakte pastinaaksoep met kerrie voor zichzelf en at die op terwijl ze naar een podcast luisterde, zodat ze niet naar haar eigen gedachten hoefde te luisteren. Het appartement in Tottenham was koud, stil en rook naar vocht. Ze was er niet aan gewend om alleen te zijn, want ze had nooit op zichzelf gewoond, maar altijd een huis gedeeld met vrienden. En het afgelopen jaar had ze samengewoond met Nat. Bijna nooit was ze een avond alleen, en als dat een keer gebeurde, leek dat een luxe. Maar zo voelde het nu niet.

Een groep van haar vrienden had later die avond afgesproken in een pub in Islington. Ze overwoog om ook te gaan en haar verdriet te verdrinken. Maar buiten was het koud, donker en nat. Uit de goten hoorde ze regen druppen. Ze schrok ervoor terug omringd te zijn met mensen die nog gewoon hun oude leventje leidden: werken, daten, lachen, plannen maken. En ze had geen behoefte aan hun nieuwsgierigheid of medeleven.

Jude nam een besluit en stond gedecideerd op. Dit moest ze meteen doen, want hoe langer ze wachtte, hoe moeilijker het werd.

Ze pakte haar laptop, opende hem, riep de gastenlijst voor

de bruiloft op en staarde ernaar. Ze opende een nieuw mailbericht. Ze kon niet simpelweg een groepsmail sturen, want dan zou ze het niet alleen aan haar eigen familie en vrienden vertellen, maar ook aan die van Nat. Daarom voegde ze, heel bewerkelijk, alle adressen toe die volgens haar bij haar hoorden. Ze trok een gezicht vanwege de verdeling in 'zijn' en 'haar'. Een aantal mensen hoorde bij hen allebei en ook die voegde ze toe aan haar eigen lijst. Nat zette ze in de bcc, zodat hij wist wie ze allemaal op de hoogte bracht.

> Beste allemaal. Sommigen van jullie hebben het ondertussen vast al gehoord, maar ik ben bang dat de bruiloft niet doorgaat!

Ze beet op de zijkant van haar vinger en besloot vervolgens om het uitroepteken weg te halen. Toen wiste ze alles en begon opnieuw.

> Beste allemaal. Ik vind het vreselijk om dit via een groepsmail te doen, maar ik wilde het jullie allemaal tegelijk vertellen, en ik zal binnenkort persoonlijk contact met jullie opnemen. Nat en ik zijn uit elkaar. Ik ben verhuisd. Dit houdt natuurlijk in dat de bruiloft niet doorgaat. Heel veel dingen zullen niet doorgaan. Dus ik schrijf jullie enerzijds om te vertellen dat het feest is afgelast, en er dus niet zal worden gedanst in de schuur, en anderzijds om te zeggen dat ik van jullie allemaal hou.

Was het zo goed? Was het te emotioneel? Niet te zakelijk of te formeel? Haar vinger zweefde boven de delete-knop, maar toen dacht ze, stik maar, en drukte ze op 'versturen'. Er klonk gezoef en toen was het weg. Jude stelde zich voor dat haar vrienden en vriendinnen een ping zouden horen, hun telefoon zouden pakken, het zouden lezen, elkaar zouden bellen...

Naar haar ouders had ze de mail niet gestuurd. Ze had de voorbije afschuwelijke dagen geen contact met hen gehad, want alleen al de gedachte om te moeten uitleggen wat er was gebeurd vond ze ondraaglijk. Zij moesten gebeld worden. En wel nu meteen, voordat iemand anders het deed, want ze konden er natuurlijk elk moment achter komen. Eigenlijk bofte ze dat dat nog niet was gebeurd. Het was nog beter naar ze toe te gaan om ze het persoonlijk te vertellen. Ze had toch niks beters te doen, en de buurman kon Simons kat wel eten geven. Precies op het moment dat ze haar mobieltje pakte, ging het over. Ze schrok, keek op het schermpje en schrok toen nog erger.

'Hoi, mam,' zei ze snel. 'Ik pakte echt net mijn telefoon om je te bellen.' Zodra haar moeder had gevraagd hoe het met haar ging, kostte het haar moeite om niet in huilen uit te barsten. 'Ik moet jullie dringend iets vertellen,' zei ze. 'Ik had al eerder moeten bellen.'

'Toevallig bel ik ook niet alleen voor een praatje, Judith.'

Haar vader en moeder waren de enigen die haar Judith noemden. Ze voelde een golf van angst. Ze weet het al, dacht ze. Ik heb te lang gewacht. 'Wat is er dan?'

'We hebben een beetje vreemd bericht ontvangen. Dat gaat over jou. Of eigenlijk is het voor jou.'

22

De treinreis naar haar ouderlijk huis in Marsham was ingewikkeld. Op station Birmingham New Street moest ze overstappen op een andere lijn, daarna nog een keer overstappen en dan was het alsnog een kwartier met de taxi. De hele weg zoemde en tingelde haar telefoon alsof hij tot leven was gewekt. Berichten stroomden binnen. Allerlei vrienden belden. Ze zette de telefoon op stil.

Ze wist dat het een lastig gesprek zou worden. Haar vader werkte voor de gemeente, op de afdeling planning, fulltime en op vaste tijden, maar haar moeder, die in de thuiszorg werkte als hulpverlener voor kinderen, had op vrijdag altijd vrij. Dat maakte het makkelijker. Ze zou een manier bedenken om het haar te vertellen en dan zou haar moeder daarna een manier bedenken om het haar vader te vertellen.

Maar het gesprek werd uitgesteld. Haar moeder zette thee en ze gingen tegenover elkaar aan de keukentafel zitten. Mensen zeiden altijd dat Jude sprekend op haar moeder leek. Ze was klein en tenger, met een wipneus en dikke, donkere wenkbrauwen. Ze droeg haar zachte, grijzende haar altijd kort. Daarentegen was Judes vader lang en zwaargebouwd, met grote handen en voeten. Hij torende boven zijn vrouw en dochter uit en Jude dacht soms dat hij daarom gebogen liep: om meer op hun hoogte te zijn.

De keuken in haar ouderlijk huis deed haar denken aan haar kinder- en tienerjaren. Jude voelde zich verward toen ze daar zat. Ze wilde haar moeder het liefst alles vertellen en omhelsd en getroost worden, maar tegelijkertijd wilde ze haar in bescherming nemen. Ze wist dat het ook om zelfbescherming ging. Haar ouders hadden Nat goed leren kennen en mochten hem graag. Ze zouden stomverbaasd, bezorgd en van streek zijn en zich waarschijnlijk ook schamen voor wat hun vrienden ervan zouden denken. Jude wist dat ze het erger maakte met elke dag dat ze het langer voor hen verzweeg. Ze haalde diep adem en zette zich schrap, maar haar moeder was haar voor.

'Toen Tara Birch me gisteren belde, wist ik niet eens wie ze was.'

'Daar is ook geen enkele reden voor.'

'Het was vreselijk. Ze huilde. Ze vertelde me dat Liam de jongen was uit de auto van dat ongeluk waar jij bij betrokken was, de bestuurder, en in één adem door vertelde ze me dat hij dood was, dat hij was vermoord.'

Dat had ze Jude allemaal al gezegd over de telefoon, maar ze leek het nog eens te willen vertellen.

'Ik weet het. Het is afschuwelijk,' zei Jude op de automatische piloot.

'Ik wist niet wat ik moest zeggen. Het is moeilijk om te reageren op iets wat zo verschrikkelijk is als je de mensen om wie het gaat niet kent.'

'Ja, het moet vreemd voor je zijn geweest.'

Wat pas echt vreemd was, dacht Jude, was dat haar ouders nog altijd geen idee hadden van de nesten waar zij zich in had gewerkt. In Londen had het geleken alsof iedereen het wist, iedereen had het verhaal op internet gelezen of de daaropvolgende artikelen in de kranten, had de eindeloos geretweete foto van Liam en haar als tieners gezien, had erover gepraat, conclusies getrokken en een oordeel geveld. Maar hier in hun dorp in Shropshire, onder die glazen stolp, leken haar ouders in zalige onwetendheid te verkeren over de hele toestand.

'En de hele tijd dat ze tegen me praatte,' ging haar moeder verder, 'wilde ik haar eigenlijk vragen: waarom bel je mij? Waarom vertel je dit aan mij? Maar dat kon ik natuurlijk niet doen. Opeens zei ze dat ze belde omdat ze jóú wilde spreken. Ik wist niet wat ik moest zeggen. Jij kende hem toch nauwelijks? Ik wist niet eens dat jullie contact hadden gehouden.'

'Dat hadden we ook niet,' zei Jude. 'Niet echt.'

'Ze vertelde dat ze allebei met je wilden praten, Liams vader en zij. Ik wilde hun jouw nummer geven, maar toen zei ze dat ze je liever persoonlijk wilden spreken, als dat mogelijk was.' Ze wachtte op een reactie die uitbleef. 'Weet jij waar dat over kan gaan?'

Jude had het gevoel van wel. De politie zou hun hebben verteld dat Liam vlak voor zijn dood contact met haar had opgenomen. Ze zouden weten dat ze een nacht in Norfolk had doorgebracht met zijn auto en zijn telefoon, en ze zouden vanzelfsprekend alle verhalen en commentaren hebben gelezen. Ze zouden nieuwsgierig zijn, of meer dan nieuwsgierig: ze zouden snakken naar informatie over hun omgebrachte zoon. Het was bepaald geen gesprek dat Jude wilde voeren, maar ze was het hun verschuldigd. En als zij behoefte hadden om haar persoonlijk te zien, dan was ze hun dat ook verschuldigd. 'Ze willen vast over Liam praten,' zei ze.

'Kon dat dan niet over de telefoon? Ik bedoel, jou helemaal hiernaartoe laten komen uit Londen. Het is heel lief van je, maar toch.'

'Mag ik jouw auto lenen?' vroeg Jude. 'Als dat niet kan, is het ook geen probleem. Dan neem ik een taxi.'

'Doe niet zo raar. Natuurlijk mag je die lenen.'

'Ik blijf niet lang weg.'

'Dat maakt niet uit. Neem alle tijd die je nodig hebt. Blijf je vannacht slapen?'

'Graag. Een paar nachtjes, misschien?'

'Heb je vrij genomen van je werk?'

Jude haalde diep adem. Ze kon het echt niet langer uitstellen. 'Ik moet je nog iets vertellen.'

Het was een opluchting om in de auto te stappen en weg te rijden zodat ze een tijdje alleen kon zijn.

Het was heel anders gegaan dan ze had verwacht. In zekere zin was het erger. Haar moeder was niet boos geweest. Ook niet teleurgesteld. Haar enige emotie was verdriet om haar dochter. Jude had zich erop voorbereid dat er ruzie van zou komen of dat ze zich zou moeten verdedigen, maar ze had alleen onvoorwaardelijke steun en bezorgdheid gekregen. Die vriendelijkheid was haar bijna te veel geworden. Het had haar moeite gekost om zich te beheersen en niet in huilen uit te barsten. Dat laatste zou wellicht voor opluchting zorgen, maar ze had het gevoel dat ze zich dat nu nog niet mocht toestaan. Ze moest zich beheersen voor wat haar te wachten stond.

Al die jaren terug had ze Liams ouders nooit ontmoet, maar wel zijn broer Dermot, al was dat maar heel eventjes. Zijn ouders woonden nog altijd in Marsham, in datzelfde huis. Daar was Jude een keer binnen geweest. Dat was al elf jaar geleden maar elk detail stond haar nog helder voor de geest. Het was een avond in het weekend geweest en Liams ouders waren niet thuis, en Dermot ook niet.

Die avond waren ze voor het eerst met elkaar naar bed gegaan, de avond dat ze haar maagdelijkheid had verloren. Ze herinnerde zich zijn slaapkamer. Liam had geen posters van popsterren aan de muur zoals andere tieners. Hij had reproducties van schilderijen, impressionisten, popart. Maar wat ze zich vooral nog goed herinnerde, was het gefrunnik, het uitkleden, het condoom, de schroom, de onbeholpenheid en de enorme opwinding dat dit het was, dat het ging gebeuren. En toen, veel later, had Liam haar naar huis gereden en had zij zich afgevraagd of haar ouders in haar ogen zouden kunnen zien hoe erg ze was veranderd.

Bij de kennismaking met Andy en Tara Birch vond Jude dat ze jonger leken dan haar ouders, bijna van een andere generatie. Tara opende de voordeur van hun kleine rijtjeshuis en bleef daar even staan, terwijl ze Jude met een strak gezicht opnam. Ze was lang en slank en ze droeg een corduroy broek, versleten sportschoenen en een gevlekte gele trui, waarvan de mouwen tot boven de ellebogen waren opgestroopt waardoor Jude een kleine, abstracte tattoo op haar onderarm kon zien. Misschien had Danny die gezet, dacht ze. Tara's donkerbruine haar zat in een slordige knot op haar achterhoofd. Ze had dikke wenkbrauwen, dezelfde donkere ogen die Liam had gehad, een volle mond die iets omhoogkrulde door een litteken, verschillende piercings in haar oren, kraaienpootjes die uitwaaierden vanaf haar ooghoeken en een fronsrimpel in haar voorhoofd. Zwijgend gaf ze een knikje, om aan te geven dat Jude moest binnenkomen en daarna riep ze Andy, die in zijn werkplaats in de achtertuin was. Hij kwam binnen met zware tred, een stevig gebouwde man wiens spieren langzaam in vet veranderden, met een kaalgeschoren hoofd en een heel kort baardje. Hij droeg een oude spijkerbroek en een T-shirt met lange mouwen waarvan het blauw flets was geworden door het vele wassen. Nadat hij zijn handen had gewassen bij de gootsteen, gaf hij Jude een hand, zo stevig dat ze even ineenkromp.

'Gecondoleerd,' zei ze tegen hen allebei. 'Ik weet niet wat ik moet zeggen.'

'Er valt niks te zeggen,' zei Tara. 'Onze zoon is dood.'

'Ik kan me niet voorstellen hoe dat is,' zei Jude.

'Nee, natuurlijk kun je dat niet,' zei Tara bijna nonchalant. Ze wendde zich tot haar man. 'Heb je het?'

'Het ligt boven.'

Hij liep de keuken uit en Jude hoorde zijn voetstappen op de trap. Ze vroeg zich af wat 'het' was. Tara bood haar geen thee of koffie aan, dus vroeg ze om een glas water. Haar mond was droog.

Tara vulde een glas, overhandigde het aan Jude en ging haar toen voor naar de woonkamer. Zelfs in haar waas van bange voorgevoelens was Jude verbaasd. Ze wist niet precies wat ze had verwacht, maar niet dit. Liam was heel bedreven geweest in dingen maken of repareren. Hij had aanleg gehad voor tekenen en schilderen, voor kleuren. Hier zag ze hoe hij daaraan kwam. Alles – de bank, de stoelen, de prenten aan de muur, de beeldjes van klei op de planken – zag eruit alsof het zelfgemaakt of tweedehands was. Sommige dingen waren vrij simpel, zoals de houten kisten die zo in elkaar waren getimmerd dat er extra grote boeken in pasten, maar andere voorwerpen waren complexer. Hoe had dat haar kunnen ontgaan? Toen was ze bezig geweest met andere dingen.

Ze ging op de bank zitten en nam een grote slok water, waarna ze het glas op een lage tafel zette die eruitzag alsof hij was gemaakt van oude vloerplanken; ruw, beschadigd en vol nerven. Toen viel haar blik op een grote foto in de vensterbank: Liam die de kamer in keek met een heel vaag glimlachje, bijna te knap, bijna banaal. Ze wendde haar blik af, zag dat Tara haar aanstaarde, en nam om iets te doen te hebben nog een slok.

Andy kwam de kamer in met een lichtgele A4-envelop in zijn hand en ging zitten. Zij zaten tegenover Jude, aan de andere kant van de tafel.

'Dus jij bent hier opgegroeid?' zei Tara. Het klonk niet als een vriendelijke vraag.

'Ja.'

'Hebben we jou weleens ontmoet?' vroeg Andy. 'In die tijd waren er zoveel van jullie. Jullie liepen hier in en uit. Het was lastig om bij te houden.'

Jude wist niet of dat kleinerend en vernederd bedoeld was. Maar toen keek ze naar hun gezichten. Die waren allebei hologig van verdriet. Zij hadden iets meegemaakt wat geen enkele ouder ooit zou mogen meemaken. Toch werd ze bekropen door vrees: waarom hadden ze de moeite genomen om haar op te sporen en contact met haar op te nemen? Ze wilde het niet vragen. Ze zouden het vertellen als ze eraan toe waren. Ze wachtte.

'Jullie waren bevriend,' zei Tara.

Jude wist niet goed of dat een constatering of een vraag was. Tara liet het klinken als een beschuldiging. 'Een tijdje. Tijdens ons laatste jaar op de middelbare school. We hebben wat tijd met elkaar doorgebracht.'

'En daarna hebben jullie allebei in Londen gewoond,' zei Andy.

'Tegen die tijd waren we elkaar helemaal uit het oog verloren. Bijna helemaal.'

'Bíjna helemaal?' Andy wierp Tara een zijdelingse blik toe.

'Ja,' zei Jude. Ze had besloten alle specifieke vragen eerlijk te beantwoorden. Maar ze was niet van plan om uit zichzelf informatie te verstrekken als dat niet nodig was. Ze wist immers niet wat zij wilden of wat ze wisten.

Andy boog zich voorover en pakte de envelop, waarna hij zich leek te bedenken en hem weer op tafel legde. 'Jullie waren goed bevriend,' zei hij. Het was geen vraag.

Jude draaide haar hoofd opzij en keek in de ogen van Liam op de foto. Ook zag ze zijn raadselachtige glimlach. De jaren leken te verdwijnen en opeens was ze weer achttien en smoorverliefd. Eventjes kon ze haar blik niet meer van hem afwenden. Ze voelde hete tranen opwellen en ze beet hard op haar lip, ze wilde niet huilen in het bijzijn van Liams ouders. 'We hebben iets met elkaar gehad,' zei ze. 'Niet zo lang.'

De woorden klonken afschuwelijk en vals toen ze ze uitsprak.

'Niet om het een of ander,' zei Andy. 'Maar Liam heeft nooit iets over jou gezegd.'

'Tieners hebben nou eenmaal geheimen,' zei Jude. 'Ik heb mijn ouders ook nooit iets over hem verteld.'

'Liam had een heleboel vriendinnetjes,' zei Tara. Haar stem klonk hardvochtig. 'Het was moeilijk om ze uit elkaar te houden. De meisjes zijn altijd dol op hem geweest. Hij moest ze van zich afslaan.'

'Nou, mij heeft hij anders niet van zich afgeslagen,' zei Jude, meteen ontzet door haar eigen woorden. 'Ik bedoel,' voegde ze eraan toe, 'zo was het niet tussen ons.'

'Maar jouw naam kenden we natuurlijk wel,' zei Andy.

'Jij was het meisje in de auto.' Tara staarde haar aan als een rechter die wachtte tot ze een vonnis kon vellen.

Jude knikte.

'En,' ging Tara verder, 'je was de vrouw in de cottage.'

Daar had je het: de reden dat ze met haar wilden praten. Ze wisten wie ze was: de vrouw met wie Liam een verhouding had gehad. Dat was wat iedereen dacht. 'Ja,' zei ze zacht. 'Dat was ik.'

'De eerste keer dat alles fout ging voor hem was jij erbij,' zei Tara. 'En je was er ook bij toen hij doodging.'

'Bepaald niet toen hij doodging,' begon Jude, waarna ze met een hand over haar voorhoofd streek. Ze voelde zich koud en rillerig. 'Dat doet er ook niet toe. Het is inderdaad waar dat Liam en ik weer contact met elkaar hadden gekregen vlak voordat hij werd vermoord. Daar kijken jullie vast vreemd van op.'

'Vreemd? Vreemd? Denk je dat we het vréémd vinden?'

Jude kromp ineen bij het horen van de boze, sarcastische toon.

'Het lijkt niet vreemd, maar gemeen en verkeerd. Alsof iemand leugens verspreidt. Leugens over mijn zoon die zich niet meer kan verdedigen.'

'Tara,' zei Andy waarschuwend.

'De politie denkt dat hij iets bedenkelijks van plan was. Met jou.' Tara wees met priemende wijsvinger naar Jude. Haar tanden waren ontbloot en in haar donkere, opengesperde ogen lag een felle, beschuldigende blik.

'Ik weet het,' zei Jude. 'Ik kan alleen herhalen wat ik ook tegen de politie heb gezegd. Ik weet niks. Ik weet niet waarom hij weer contact met me heeft opgenomen. Ik weet niet wat hij al dan niet van plan was. Ik weet niet waarom hij is vermoord.'

'Ik ben zijn moeder,' zei Tara. 'Ik zal niet toestaan dat hij zo wordt bezoedeld. Niet door de politie, niet door jou, niet door wie dan ook.' Ze boog zich naar voren met glinsterende ogen en een vertrokken gezicht, maar haar woorden waren duidelijk verstaanbaar: 'Het is niet eerlijk. Ik kan het niet verdragen!' De woorden klonken hard in de kleine kamer, en daarna volgde er een stilte. Tara stak haar vuist in haar mond en beet op haar knokkels.

Andy stak zijn hand naar haar uit, maar veranderde toen van gedachten en legde hem weer op schoot.

'Ik bezoedel hem niet,' zei Jude. 'Ik zou je echt graag helpen, maar dat kan ik niet. Ik weet niet wat hij van plan was of waarom hij vermoord is. Hij was lief,' voegde ze eraan toe, waarbij ze de woorden al hoorde voordat ze ze uitsprak en zich toen pas realiseerde dat die ook hardop moesten worden gezegd. 'Hij was bijzonder. Dat vond iedereen die hem kende.'

Tara haalde haar vuist uit haar mond, strekte haar vingers en streek ermee over haar wang. 'Ik ben zo verrekte moe,' zei ze. 'Maar ik kan niet slapen. En de tijd staat stil. Ik weet niet hoe ik de tijd moet doorkomen. Ik verwacht steeds dat hij fluitend binnen zal komen, met zijn vuile was of zo. Mijn knappe knul.'

Jude knikte, maar zei niks.

'En ik ben kwaad. Vreselijk kwaad.' Ze liet zich achterover zakken in haar stoel en sloot haar ogen. Haar gezicht verslapte.

Andy verschoof wat op zijn leunstoel en hij kuchte, een teken dat hij iets wilde zeggen. 'Eigenlijk hadden we een specifieke reden waarom we met jou wilden praten,' begon hij. Het klonk alsof hij iets zei wat hij van tevoren had geoefend. 'Afgezien van wat er is gebeurd.'

Jude staarde hem verwachtingsvol aan.

'Liam kwam hier wel op bezoek. Niet heel vaak, maar af en toe. De laatste keer was zo'n vier maanden geleden.' Hij keek zijn vrouw aan. 'Ja, toch?'

‘Eerder drie maanden,’ zei ze.

‘Drie of vier maanden terug. Hij kwam met zijn zoontje Alfie, die toen nog een baby was. Hij kon nog niet lopen, al trok hij zich wel op aan de meubels. Hoe dan ook, toen Liam hier was, heeft hij zijn oude jongenskamer uitgemest. Het was grappig dat daar nog allerlei spullen van hem lagen, terwijl hij al jaren het huis uit was. Hij heeft dingen weggegooid en voordat hij vertrok, zei hij dat er in een lade in zijn kamer documenten lagen. Dat vond ik vreemd. Documenten. Liam was niet het type voor documenten.’

‘Hij had documenten,’ zei Tara, die haar ogen weer opendeed en wat rechter ging zitten. ‘Het pasje met zijn nationale verzekeringsnummer en diploma’s.’

‘Dat waren er niet veel,’ zei Andy. ‘Tenzij je zwem- en verkeersdiploma’s meerekent.’

‘Waag het niet om zo over hem te spreken,’ zei Tara vinnig.

Verontschuldigend hief hij een hand op. ‘Ik wilde alleen zeggen dat er niet veel documenten waren. Maar toen...’ Hij zweeg. Het kostte hem moeite om de woorden uit te spreken. ‘Toen dit allemaal was gebeurd, moesten we weer aan die lade denken. We besloten om erin te kijken, voor het geval er iets belangrijks in lag. En er bleek één ding te zijn dat Liam ons niet had verteld: hij had een testament opgesteld.’

Ze keken allebei naar Jude alsof ze een reactie verwachtten. Ze begreep niet precies waarom. ‘Is dat dan zo vreemd?’ vroeg ze.

Andy trok een gezicht. ‘Een beetje vreemd, misschien. We hadden het niet verwacht. Heb jíj een testament laten maken?’

Jude schudde haar hoofd. ‘Ik weet dat ik het zou moeten doen, maar ik ben er nog niet aan toegekomen. Ik heb niet veel spullen en ik weet niet aan wie ik die zou moeten nalaten.’

'Wat weet je over testamenten?' vroeg Andy.

Jude snapte er niks van. Waarom vroegen ze haar dit allemaal? 'Niet veel. Dat is toch iets wat je door een notaris laat doen?'

'Dat hoeft niet per se. Liam heeft het zelf gedaan. Hij heeft het formulier gedownload en ingevuld. Weet je wat je verder nog nodig hebt?'

Jude dacht eventjes na. 'Moet het niet ondertekend worden door een getuige?'

'Ja, door twee getuigen,' zei Andy. 'De namen zeggen mij niks, maar te oordelen naar hun adres moeten ze hier in de buurt wonen. Waarschijnlijk lui die hij toevallig tegen het lijf is gelopen, in de pub of zo. Weet je wat je naast twee getuigen nog meer nodig hebt?'

'Nee, ik heb geen idee. Wat nog meer dan?'

'Een executeur-testamentair. Dat is iemand die ervoor zorgt dat alles op de juiste manier wordt afgewikkeld.'

'O, ja,' zei Jude. 'Ik geloof dat ik dat wel wist, maar ik was het weer vergeten.'

Andy pakte de envelop, duwde de flap omhoog en trok er een stapeltje papieren uit. Een daarvan legde hij voor Jude neer. 'Hij heeft jou tot een van de executeurs benoemd.'

'Wat?'

'Kijk maar.'

Jude pakte het vel papier op. Daar stond haar naam: Judith Winter.

'Is dat je adres?' vroeg Andy.

'Er staat "per adres" gevolgd door het adres van mijn ouders. Dat is vast voldoende.'

'Wij waren natuurlijk verbaasd. Maar we vonden dat we het je moesten vertellen.'

Jude was meer dan verbaasd; ze was zo verbijsterd dat ze nauwelijks nog iets uit kon brengen. 'Ik wist hier niets van. Hoor je de persoon in kwestie niet om toestemming te vragen?'

'Dat zou je wel denken,' zei Andy.

'Hoe dan ook, ik ben geen advocaat. Ik weet niks van zulke zaken.'

'We hebben het opgezocht,' zei Tara. 'Je hoeft geen advocaat te zijn. Je hoeft helemaal niets te zijn.'

'Je zei executeurs. Is er meer dan één?'

'Jazeker,' zei Andy. 'Jij bent toch arts? Dan ben je vast goed in dit soort dingen.'

'Dat valt te bezien.'

'Dat kun je beter wel zijn, want de andere executeur is zijn broer Dermot.'

'Weet je waarom hij jou heeft gekozen?' vroeg Tara.

'Nee!'

'Volgens mij is het een teken van vertrouwen.'

23

Jude bekeek het testament pas toen ze weer veilig in de auto van haar moeder zat. Ze trok het uit de envelop en keek in een waas van verwarring naar het bovenste blad.

Waarom zou Liam eigenlijk een testament maken? Het voor de hand liggende antwoord was omdat hij een kind had gekregen. Ouders gingen heel anders nadenken over de toekomst dan mensen zoals zij. Wat er zou gebeuren als hun eigen leven voorbij was, kreeg dan een nieuwe betekenis.

Maar waarom had hij haar – het meisje met wie hij een onstuimige zomer lang iets had gehad, maar dat hij vervolgens na het ongeluk in de steek had gelaten – benoemd tot executeur? Dat sloeg echt nergens op.

Ze beet op de zijkant van haar vinger. Drie of vier maanden terug had Liam haar tot executeur benoemd in zijn testament en een paar dagen geleden had hij haar de laatste dagen van zijn leven binnengetrokken en er vervolgens voor gezorgd dat ze verwikkeld raakte in een moordonderzoek.

Was dit allemaal een absurde grap, een poets om iemand problemen mee te bezorgen? Dat kon ze zeker rijmen met de Liam die ze als tiener had gekend: wispelturig, opstandig, met een heel eigen, zwartgallig gevoel voor humor.

Vermoedelijk kon ze weigeren. Sterker nog, hoe langer ze erover nadacht, hoe duidelijker het werd dat ze dat zou moeten doen. Maar haar brein bleef hangen bij het feit dat dit Liams testament was, de laatste wensen van iemand die ooit belangrijk voor haar was geweest en die, om welke bizarre reden dan ook, haar deze taak had toebedeeld.

Op het eerste gezicht leek het testament simpel. Het was een voorgedrukt formulier, met vakken waarin de antwoorden waren getypt: zijn volledige naam (ze had nooit geweten dat hij Liam Craig Birch heette), geboortedatum, adres. Ze bladerde de vellen door en zag dat de laatste twee beschreven waren in Liams krachtige schuinschrift, waarvan de letters en woorden in elkaar overvloeiden, net als in de tijd dat ze hem had gekend.

Ze stopte de documenten terug in de envelop. Die zou ze later nog wel bekijken en dan een besluit nemen. Ze reed terug door de invallende schemering. In de huizen gingen de lampen aan, gele vierkantjes in de duisternis, een paar schoorstenen waar een rookpluim uit kwam, een klein groepje mensen dat elkaar verdrong voor de pub waar ze vroeger zelf vaak naartoe was gegaan, een stel meiden in korte rokjes en met kippenvel op hun benen die arm in arm over straat liepen terwijl ze een dappere schaterlach lieten horen: het weekend was begonnen.

Haar vader was thuis. Jude zag meteen dat haar moeder hem alles had verteld, want zijn gezichtsuitdrukking was onbeholpen, serieus en liefhebbend. Hij spreidde zijn armen en knuffelde haar zo stevig dat ze een plooi in haar wang voelde ontstaan van zijn colbertje. Hij zei dat hij altijd trots op haar zou zijn en dat ze zijn favoriete dochter was. Dat was een oud grapje, want ze was per slot van rekening zijn enige dochter. Ze voelde haar ogen prikken.

Haar meisjeskamer was nauwelijks veranderd sinds ze uit huis was gegaan: het behang dat ze op haar veertiende had uitgekozen, het pluizende kleed voor het bed, het saliegroene dekbedovertrek en de rijen pockets langs een van de muren. De tafel waaraan ze haar huiswerk had gemaakt. Een ronde spiegel met een brede rand waar ze voor had gestaan om zich op te maken of om oorbellen in te doen. Op het prikbord hingen omgekrulde, vervaagde foto's – zij en haar vriendinnen, hun tong uitstekend; zij en haar oudere broer Michael in kleermakerszit voor een tent, tijdens een vakantie die was verregend; zij op het schoolbal in een lange jurk vol ruches die ze speciaal voor die avond had gehuurd en waarin ze zich belachelijk had gevoeld en waar iemand rode wijn over had gemorst.

Haar moeder had groentelasagne gemaakt, echt comfortfood voor hen alle drie. Het was romig en machtig en bevatte veel koolhydraten. Alles was een code voor iets anders. Ze dronken een fles chianti waarvan Judes hoofd ging tollen. Ze was doodmoe en murw vanwege alle onverwachte gebeurtenissen, de verliezen en het verdriet. Over Liams testament vertelde ze haar ouders niets omdat ze nog niet wist wat ze zou gaan doen.

Om halftien ging ze naar boven met een kop thee. Ze poetste haar tanden, trok een pyjama aan en kroop in bed met een kruik. Haar vrienden maakten zich nu ongetwijfeld klaar om uit te gaan, tutten zich op en belden elkaar om te vragen wat er precies was afgesproken. Maar die wereld leek heel ver weg.

Ze zette haar telefoon weer aan en wenste bijna dat ze dat niet gedaan had. Ze zou moeten reageren op alle berichten en gemiste oproepen, het geredigeerde verhaal steeds weer opnieuw moeten vertellen. Maar niet nu. De puinhoop die haar leven momenteel was zou ze later opruimen.

Ze deed het nachtlampje aan, trok het testament uit de envelop en liet haar blik snel over de eerste pagina's glijden. *Ik, Liam, momenteel... in het bezit van mijn verstandelijke vermogens... herroep hierbij al mijn eerdere testamenten en codicillen...*

Danny's naam en welke relatie ze tot hem had.

Alfies naam: Alfie Kelner Birch. Jude keek naar zijn geboortedatum, hij was dertien maanden.

Toen volgde het stukje over de executeurs. Jude las twee keer door wat de bevoegdheden van een executeur waren. Dat waren er intimiderend veel: Liams juridisch afdwingbare schulden betalen uit de nalatenschap, plus alle onkosten die voortvloeien uit het beheer van zijn nalatenschap. Alle juridisch noodzakelijke handelingen verrichten om het testament snel en eenvoudig te laten bekrachtigen (ze wist niet eens wat dat inhield). Het behouden, omruilen, voortzetten, ontbinden of verkopen van alle persoonlijke bezittingen. Het aankopen of te gelde maken van investeringen, het openen of opheffen van bankrekeningen, het gebruikmaken van stemrecht met betrekking tot aandelenbezit. Het aanhouden, vereffenen, opgeven, een vordering instellen tegen of op enig andere manier eventuele rechtshandelingen aanpakken...

Jude legde het vel papier neer en wreef in haar ogen. Dit zou ze nooit kunnen. Ze las het einde van het document, waar de tweede executeur vermeld stond: Dermot Robert Birch. Bij zijn naam stond geen telefoonnummer of e-mailadres, alleen een adres. Hij woonde zo'n vijftien kilometer verderop, vlak bij Shrewsbury.

Ze nam een slokje lauwe thee en verschoof de kussens, waarna ze haar aandacht weer op het stapeltje papieren richtte. Liam had alles nagelaten aan Danny. In het geval dat zij eerder kwam te overlijden dan hij, ging alles naar Alfie. Als Danny en hij allebei doodgingen, had hij zijn moeder aangewezen als Alfies voogd. Dat was eenvoudig genoeg. Vermoedelijk bezat Liam niet veel meer dan het huis met torenhoge hypotheek en Jude had geen idee wat dat waard was of welke andere schulden hij wellicht had. Ze kon zich niet voorstellen dat hij een pensioen, investeringen of een appeltje voor de dorst had gehad.

De laatste vellen papier waren handgeschreven; een slordig geschreven lijst voorwerpen met daarnaast een naam, drie pagina's lang: Liams legaten. Zijn cirkelzaag was voor Vin, zijn akoestische gitaar voor Irina, zijn fiets voor iemand die Dessie O'Toole heette, zijn hengel voor zijn vader, zijn foto's en een gouden ketting voor zijn moeder (haar hart zou breken, dacht Jude), zijn leren jack voor Bjorn Jansson, zijn schaakbord voor Graham Matlock, zijn lievelingshoed voor Bill Friend en zijn handkoffiemolen voor Megan Friend, met een bedankje voor alle koffie die ze voor hem had gezet, het spel kaarten dat hem altijd geluk had gebracht voor Benny Slater, het kleine houten tafeltje met metalen poten voor Peter Cosco... Jude liet haar ogen verder langs de lijst glijden tot ze plotseling naar adem hapte en stopte. Tussen de kruk met drie poten voor Rainer Monk en de tweepersoonstent voor Sandy Balkan stond het legaat van de houten schaal die hij had gegutst voor Jude Winter.

Jude bleef doodstil tegen de kussens zitten terwijl ze neerkeek op de papieren. Haar ogen stonden vol tranen. Ze voelde zich moe, bedroefd, verward en heel erg alleen.

Ze ging naar de laatste handgeschreven bladzijde. Daarop stonden nog een paar legaten, en daaronder had Liam geschreven dat hij een niet-kerkelijke begrafenis wilde, waarop iedereen zou lachen en dansen en zich zou bezatten. Hij wilde dat zijn oude hoge leren werkschoenen boven op de rieten kist zouden staan. Hij wilde begraven worden op begraafplaats

Walthamstow met een eenvoudige grafsteen.

Jude stopte alle papieren terug in de envelop en legde die vervolgens op de grond naast het bed. Ze deed het nachtlampje uit en gleed onder het dekbed, maar toen ze daar lag, voelde ze iets tegen haar huid. Ze deed Liams uitgesneden vorkbeentje aan het dunne leren koord af en legde het op het nachtkastje naast zich. Het had hem niet veel geluk gebracht.

24

Jude werd vroeg wakker. Ze rook koffie en hoorde het gerinkel van servies. Ze stapte uit bed, deed haar oude ochtendjas aan die nog altijd aan de haak op de deur hing, en trok de gordijnen open. De hemel was lichtgrijs en in de verte strekten de glooiende, groene heuvels van Shropshire zich uit. Vanaf hier kon ze net de gerenoveerde schuur op de helling boven de stad zien. Daar hadden ze hun trouwfeest willen houden. Dat zou Nat moeten afzeggen, en waarschijnlijk zouden ze naar hun aanbetaling kunnen fluiten.

'Ik heb wat croissants uit de vriezer gehaald,' zei haar moeder toen ze de keuken in liep.

'Lekker.'

'En het weer is opgeklaard. Het leek me leuk om samen een wandeling te maken.'

'Ik moet eerst naar iemand toe. Mag ik je auto nog een keer lenen?'

Dermot Birch woonde boven een winkel die keramische tegels verkocht. Jude keek omhoog naar zijn ramen. Alle gordijnen waren dicht. Misschien sliep hij nog. Toch drukte ze op de bel, ging een stap achteruit, wachtte en belde toen nog een keer. Eindelijk hoorde ze snelle, lichte voetstappen de trap af komen en even later ging de deur open.

Eventjes kon Jude geen woord uitbrengen. De man die voor haar stond, blootsvoets, gekleed in een spijkerbroek en een wit T-shirt, leek zo sprekend op zijn broer dat het vreemd was: hetzelfde donkere haar, dezelfde bijna zwarte ogen en hoge jukbeenderen. Maar hij was tengerder dan Liam, zijn gezicht was magerder en baardloos en zijn huid was gladder. Hij was net een waterverfversie van Liam en toen hij iets zei, klonk zijn stem een stuk hoger, maar wel schor van de slaap.

'Sorry. Heb ik je wakker gemaakt?'

'Nee. Ik dacht al dat ik je misschien zou zien.'

'Dus je weet wie ik ben?'

'Jude,' zei hij. 'Jude Winter.' Daarna glimlachte hij, een snelle, behoedzame verstrakking van zijn lippen. 'Heb je gehoord van het testament?'

Hij stond nog steeds in de deuropening en Jude voelde zich ongemakkelijk.

'Ik dacht, omdat ik hier toch in de buurt was...' Haar stem stierf weg.

Hij knikte alsof hij een besluit had genomen. Jude liep achter hem aan de smalle trap op en via een deur bovenaan kwam ze in een vertrek dat zowel keuken als woonkamer was. Het was netjes opgeruimd, kaal en neutraal, totaal anders dan Liams waanzinnige huis of de woning van zijn ouders.

'Ik woon hier nog niet lang.' Dermot zag haar rondkijken. 'Tot augustus heb ik met mijn vriendin samengewoond in Shrewsbury. Maar we zijn uit elkaar.' Hij haalde zijn schouders op, pakte de waterkoker en liep ermee naar de gootsteen. 'Tja, wat doe je eraan?'

Jude maakte een vaag geluidje van medeleven. 'Eigenlijk hebben we elkaar al een keer ontmoet,' zei ze. 'Maar dat kun je je vast niet meer herinneren.'

'Jawel hoor. En ik weet natuurlijk dat jij het meisje in de auto was.'

Dezelfde woorden als die van zijn moeder. Jude huiverde. 'Ja.'

'Je bent een keer naar ons huis gekomen en toen heb je mij een boodschap gegeven.'

'Ja, precies.'

Zij had voor de deur gestaan en tegen Dermot gezegd dat ze zijn broer wilde, nee, móést spreken. Dat Liam het niet uit moest maken. Weer voelde ze zich gekweld en gekwetst namens haar hartstochtelijke, bange achttienjarige zelf.

'Hij vond jou echt heel leuk,' zei Dermot.

'Het was heel lang geleden. Daarom is dit allemaal zo...' Ze zwaaide met haar hand, in de veronderstelling dat Dermot alles al wist. Dat kon toch zeker niet anders? 'Ik weet niet wat ik erover moet zeggen.'

'Hij vertelde altijd hoe slim je was,' zei Dermot terwijl hij in twee bekers een theezakje hing. 'Dat je arts ging worden. Misschien wilde hij daarom dat je zijn executeur zou zijn. Omdat je slim bent.'

'Maar ik weet niks van testamenten. Jij wel?'

'Ik ben elektricien. Dat is alles wat ik over testamenten weet.'

'Heeft hij tegen je gezegd dat hij dit zou gaan doen?'

'Dat soort dingen vertelde Liam me meestal niet.'

Ze staarden elkaar aan. Op haar kwam het bijna komisch over, maar Dermot leek het bepaald niet grappig te vinden.

'Nou, jij bent tenminste nog zijn broer. Ik ben een van zijn schoolvriendinnetjes. En ik heb gehoord dat er daar heel veel van waren.'

'Jij hebt met mam gepraat.'

'Ja.'

'In haar ogen kon hij verdomme nooit iets verkeerd doen. Nooit.'

Jude keek toe terwijl hij het kokende water over de theezakjes goot. 'Dat moet moeilijk zijn geweest voor jou, als zijn jongere broer.'

Schouderophalend zei Dermot: 'Ging wel.'

'Had je een hechte band met hem?'

'Hecht?' Hij wendde zijn blik af en keek door het kleine raam naar buiten.

'Als je er niet over wilt praten...'

Dermot keek haar weer aan en leek een besluit te nemen. 'Nou,' zei hij na een tijdje, 'toen we klein waren commandeerde hij me een beetje. Ik liep altijd achter hem aan. Ik wilde dolgraag bij zijn kliek horen, snap je? Hij was verrekte cool. Hij liet me altijd zijn vuile werk opknappen of ik moest hem dekken bij pap en mam. Maar... ja, we waren broers. Hij was mijn enige broer, en nu is hij dood.' Hij deed er verder het zwijgen toe en beet op zijn onderlip. 'Ik ben als enige over. Nu zal ik altijd in zijn schaduw staan.'

'Ik vind het echt heel erg voor je, Dermot.' Steeds maar weer diezelfde nutteloze woorden.

Dermot knikte en mompelde iets wat Jude niet verstond. Zijn mond was vertrokken tot een strakke lijn, maar die trilde wel alsof hij zijn best moest doen om niet te huilen.

Ze gingen aan de keukentafel zitten, naast het raam dat uitkeek op de straat. Aan de overkant was een klein parkeerterrein. Jude legde haar kin op haar hand.

'Nou goed, ik weet niks van de wet, en jij dus ook niet.'

'Geen zak.'

'Heb je het al gelezen?'

'Oppervlakkig. Alles gaat naar Danny. Waarschijnlijk zou dat ook zijn gebeurd als hij geen testament had gemaakt, omdat ze een vaste relatie hadden en ze de moeder van Alfie is. Daar kijk ik niet van op.' Hij haalde zijn schouders op. 'Misschien hoeven we niet veel te doen. Misschien moest Liam een of twee namen opschrijven omdat het gevraagd werd op dat formulier, en heeft hij ons gekozen, en blijkt alles mee te vallen.'

Jude dacht aan de bevoegdheden van executeurs, al die dingen over bezittingen en schulden en over zaken die behouden, verkocht of geliquideerd moeten worden. 'Had hij veel, afgezien van het huis?'

'Dat lijkt me sterk. We hebben het wel over Liam, en hij deed altijd alsof geld stonk. Het verbaasde me dat hij een huis heeft gekocht en ik durf te wedden dat er een gigantische hypotheek op zit.'

'Waarom heeft hij dat gedaan?'

'Hij nam altijd impulsieve besluiten en veranderde zijn plannen in een fractie van een seconde. Je wist nooit wat er nu weer zou gebeuren. Heb je het huis gezien?'

'Ik ben er donderdag geweest.'

'Heb je Danny gesproken?'

'Zij had me uitgenodigd.'

'Dan weet je dat het geen gewoon huis is. Om te beginnen is het een bouwval. Ben je ook boven geweest?'

Jude schudde haar hoofd.

'Ik zou niet graag in een van die kamers slapen. Liam maakte zich nooit druk om dat soort dingen, maar de anderen...'

'Dus even samengevat: een huis dat een bouwval is en geen spaargeld.'

'Voor zover ik weet niet.'

'Schulden?'

Dermot haalde zijn schouders op.

'En dan zijn er de legaten,' ging Jude verder.

'Ja. Dat zijn er zoveel! Sommige van die dingen zijn behoorlijk vaag. Heb je gezien dat hij zijn mondharmonica aan iemand nalaat? Die dingen kosten nieuw maar een paar pond. Het lijkt wel alsof hij de bezittingen die hem toevallig te binnen schoten heeft opgeschreven.'

'Ken jij veel van de mensen die hij noemt?'

'Een paar, maar niet iedereen. Maar Danny kan de meeste spullen waarschijnlijk aan de juiste mensen geven of anders Vin. Ik kan ervoor zorgen dat Al de gewichten krijgt en Benny de kaarten.'

'Is dat de Benny die bij hem in de klas zat?' En de Benny, dacht ze erachteraan, die achter in de auto zat toen we dat ongeluk kregen?

'Ja, inderdaad. Hij woont hier nog in de buurt. Ik weet niet in hoeverre Liam en hij contact hebben gehouden. Kende je hem?'

Jude dacht aan de jongen die op die avond lang geleden laveloos op de achterbank van de verongelukte auto had liggen slapen. 'Een beetje,' zei ze.

'Jezus, wat voerde Liam in zijn schild?'

'Het laat zien dat hij je vertrouwde,' zei Jude, precies zoals Tara de dag ervoor tegen haar had gezegd.

Dermots gezicht verstrakte door een grimas van afschuw. 'Ja, dat zal wel. Maar luister, één ding is zeker: jij hoeft hier niet bij betrokken te worden. Dat had ik al besloten.'

'Hoe bedoel je?'

'Nou, zoals je al zei, ben ik zijn broer. Waarom laat je het niet aan mij over? Het is niet jouw taak om deze puinhoop uit te zoeken.'

'Meen je dat?'

'Ja.'

'Hoe ga je dat dan aanpakken?'

Schokschouderend zei Dermot: 'Weet ik nog niet. Ik denk dat ik eerst de basisdingen moet uitzoeken, zoals welke schulden hij had, wat mensen hem eventueel verschuldigd zijn, hoeveel er op zijn bankrekening staat, dat soort dingen.'

'Zo te horen wordt dat lastig.'

'Ik kan altijd iemand om hulp vragen,' zei Dermot vaagjes. 'Er moeten mensen zijn die dit soort dingen regelen. Laat het maar aan mij over, hoe onbekwaam ik ook ben. Ik zal je laten weten hoe het gaat.'

Jude dacht even na. Het idee om dit allemaal achter zich te laten was ontzettend verleidelijk, maar toen keek ze naar Dermot, met zijn verwarde haar en de donkere wallen onder zijn ogen. Dat kon ze niet doen. Bovendien had ze een idee. 'Mijn broer is accountant. Hij weet wel iets. Of iemand.'

'Tja, we kunnen hem in ons achterhoofd houden.'

'Nee,' zei Jude kordaat. 'Hij zal het doen.'

25

In eerste instantie herkende Jude Benny niet. Ze herinnerde zich hem als een kleine, pezige jongen met scherpe gelaatstrekken, maar de man die opendeed was tamelijk gezet, met een buik die over zijn broekband puilde, hangwangen en dunner wordend haar. Maar toen fronste hij en leek hij eventjes wat meer op de Benny die ze kortstondig had gekend.

'Wie bent u?'

'Jude.'

'Jude? Júde! Krijg nou wat. Jude Winter. Ja, nu zie ik het. Je bent nauwelijks veranderd. Wat doe je hier?'

Jude zag zijn gezichtsuitdrukking veranderen toen langzaam tot hem doordrong waarom ze hier was. 'Ik logeer een paar dagen bij mijn ouders. En toen dacht ik: laat ik eens bij je langsgaan.' Ze liet de zin wegsterven.

Achter hem was een vrouw verschenen met helblond haar dat in een strakke knot op haar achterhoofd zat. Ze was hoogzwanger en hield één hand beschermend op de strakke ronding van haar buik gedrukt.

'Yolanda?' vroeg Jude. 'Ben jij het?'

'Jee, Jude,' zei Yolanda. 'Dat is lang geleden.'

Na het ongeluk en haar breuk met Liam had Jude Benny nog een paar keer ontmoet, maar de laatste keer dat ze Yolanda had gezien, was toen die naast de gehavende auto op de weg had staan overgeven. 'Wauw,' zei ze. 'Ik had geen flauw idee dat... Ik bedoel: gefeliciteerd. Wanneer ben je uitgerekend?'

'Zes dagen geleden.'

Ze keken allebei naar haar, wachtend tot zij zou zeggen waarom ze na al die jaren ineens bij hen op de stoep stond. Iets wat Jude zelf nauwelijks wist.

'Ik kom waarschijnlijk ongelegen,' zei ze ongemakkelijk.

'Ik heb wel een paar minuutjes,' zei Benny.

Zij ging op de kleine bank zitten en hij op een stoel. Overal waren voorbereidingen voor de komst van de baby te zien: stapels piepkleine rompertjes, pakken wegwerpluiers, een nog in plastic verpakt mozesmandje met een zacht gehaakt dekentje ernaast.

'Spannend,' zei Jude.

'Doodeng,' zei Benny, maar hij glimlachte erbij.

'Ik weet eigenlijk niet zo goed wat ik hier doe. Ik, eh... nou ja, jullie hebben inmiddels vast wel over de hele situatie gelezen.'

'Bedoel je wat er gebeurd is tussen jou en Liam? Ja, min of meer. Ik wist niet dat jullie nog een stel waren.'

'Dat waren we ook niet.' Jude overwoog om nogmaals uit te leggen hoe de vork echt in de steel zat, maar dat kon ze niet aan. Het deed er ook niet toe. 'Maar het heeft er wel voor gezorgd dat ik over bepaalde zaken ben gaan nadenken.'

'Over Liam.'

'Ja.'

'Hij was een vreemde vent, dat is een ding dat zeker is. Mijn moeder zei vroeger vaak dat de duivel in hem huisde. Zij vond dat hij een slechte invloed op mensen had.'

'Had hij dat ook?'

Benny begon te lachen. 'Wel op mij, dat staat als een paal boven water.'

'Hoe dan?' vroeg Jude.

Hij schudde zijn hoofd. 'Dat doet er nu niet meer toe. Ik ben hier. Het gaat nu goed.'

'Hij heeft me tot executeur benoemd.'

'Wat wil dat zeggen?'

'Dat ik moet zorgen dat zijn testament wordt uitgevoerd zoals hij dat wilde.'

Benny glimlachte. 'Je bent geen spat veranderd,' zei hij. 'Je doet nog steeds je best om het Liam naar de zin te maken, zelfs nu hij dood is.'

Jude had het gevoel dat ze een klap had gekregen. Plotseling voelde ze de oude pijnen en vernederingen uit haar tienertijd weer. Die waren zo intens en scherp dat ze ze bijna kon ruiken. Toch sprak ze hem niet tegen. Ze wilde gewoon doen wat ze moest doen en daarna weer vertrekken. 'Hij heeft je een pak speelkaarten nagelaten.'

Hij snoof ongelovig. 'Ouwe troep. Waarom in vredesnaam?'

'Ik ben slechts de boodschapper.'

Benny wreef over zijn wang. 'Nou voel ik me rot.'

'Rot? Waarom?'

'Ik heb het contact met hem laten verwateren. Hij probeerde vrienden te blijven, hij belde me altijd als hij weer in deze contreien was. En hij was trouw. Hij zou alles doen voor een vriend.'

'Maar jij wilde hem niet zien?'

'Nee.'

'Waarom niet?'

‘Hij kon griezelig zijn. Beter kan ik het niet uitleggen. Ik had het gevoel dat het gevaarlijk was om bij hem in de buurt te zijn, alsof er letterlijk van alles kon gebeuren. Er zat geen rem op hem.’

Jude liet een zacht geluidje horen en wachtte af.

‘Als kind haal je stomme streken uit, maar dan word je volwassen en wil je dat soort dingen achter je laten. Maar zo zat Liam niet in elkaar. Bij hem kreeg je soms juist het gevoel dat hij wilde dat de zaak uit de hand liep, dat zijn leven naar de kloten zou gaan. Ik weet het niet precies. Toen Yolanda en ik een vaste relatie kregen, leek het me gewoon verstandig om me van dat soort zaken te distantiëren.’

‘Vond hij dat erg?’

‘Geen idee. Hij heeft me die speelkaarten toch nagelaten, nietwaar?’

‘Ja, inderdaad.’

‘Dat ongeluk,’ zei Benny na een stilte. ‘We hadden die nacht allemaal dood kunnen gaan.’

‘Dat weet ik.’

‘Ik kan me er slechts flarden van herinneren.’

‘Je was ook behoorlijk van de wereld.’

‘Dat gold voor ons allemaal. Daarna is het uit gegaan tussen jullie tweeën, hè?’

‘Dat zou sowieso zijn gebeurd,’ zei Jude, en ze stond op. ‘Ik ging immers studeren. Meer dan een zomerliefde zou het nooit zijn geworden.’

26

Judes broer, Michael, was getrouwd, had twee kinderen en woonde net buiten Guildford. Ze zagen elkaar elk jaar met kerst bij hun ouders. Hoewel Guildford vanuit Londen goed te bereiken was met de trein, was Jude maar een paar keer bij hem thuis geweest: voor de twee doopplechtigheden en voor een housewarmingparty. Soms, wanneer hij in Londen moest zijn, nam hij contact met haar op en gingen ze samen lunchen of een kop koffie drinken. Nog steeds behandelde hij haar als zijn kleine zusje, vond ze. Ze had altijd het idee dat hij het enigszins amusant vond dat ze arts was, alsof ze een hobby had opgepakt, zoals aquarelleren of paardrijden.

Toen ze hem belde, verliep hun gesprek ernstiger dan anders. Michael had niets geweten over haar relatie met Liam, want ten tijde van het auto-ongeluk had hij ergens stage gelopen. Maar hij had nu wel met hun ouders gesproken over de recente gebeurtenissen. Jude was opgelucht dat ze hem in elk geval niet het hele verhaal hoefde te vertellen. Hij zei dat hij het jammer vond van Nat, maar dat hij, om maar even eerlijk te zijn, hem nooit goed genoeg voor haar had gevonden. Michael had Nat maar een paar keer ontmoet, besefte Jude en ze moest zich bedwingen om niet kwaad te reageren. Tenslotte stond ze op het punt hem om een gunst te vragen.

Toen ze hem had verteld over Liams testament en dat hij haar tot executeur had benoemd, begon Michael te lachen.

'Zo grappig is dit niet, hoor.'

'Eigenlijk is het best grappig. Jij? Executeur? Hoe zit dat precies?'

'Ik weet het ook niet.'

'Ik hoop dat er nog een executeur is,' zei hij. 'Een échte.'

'De andere executeur is zijn broer. En die heeft er volgens mij zo mogelijk nog minder verstand van dan ik, maar hij heeft wel gezegd dat hij het grootste deel van het werk wil doen. Jij hoeft ons alleen maar op het goede spoor te zetten.'

Michael reageerde met een spottend gesnuif.

'Het meeste lijkt vrij eenvoudig,' zei Jude. 'Gewoon wat spulletjes die hij aan mensen heeft nagelaten. Maar kennelijk moeten we zijn financiële toestand ook doorlichten. Ik vroeg me af of jij daarnaar zou willen kijken.'

'Jij kunt je mijn tarief niet veroorloven.'

'Het spijt me. Ik had het je niet moeten vragen.'

Hij begon te lachen. 'Ik maakte maar een grapje. Geen probleem. Stuur me gewoon kopieën van alles wat ik volgens jou moet bekijken.'

'Dat is echt heel lief van je.'

'Jij zou hetzelfde voor mij doen.'

'Ja. Als ik dat zou kunnen.'

'Nou, ik voel wel een plotselinge hoofdpijn opkomen.'

'Kun je aangeven waar precies? En is het erg?'

Er klonk opnieuw gelach.

'Dat was ook een grapje,' zei hij joviaal. 'Maar nu even serieus. Dat executeurgedoe. Hoe is dat zo gekomen?'

'Ik heb geen idee. Nadat zijn ouders het testament hadden gelezen, hebben ze contact met me opgenomen.'

'Zeg je nou dat hij het je niet eens heeft gevraagd?'

'Ja, precies.'

Er viel een stilte. Toen Michael opnieuw sprak, klonk hij ernstiger en professioneler. 'Wat raar.'

'Ik weet het.'

'Jude, je moet contact opnemen met een advocaat. Als je dat wilt, kun je eronderuit komen.'

Na het telefoongesprek dacht ze daarover nog lang na. Wilde ze er eigenlijk wel onderuit komen?

27

Jude had er rekening mee gehouden dat Danny zou gaan vloeken en tieren, dat ze kwaad of overstuur zou zijn, maar toen ze het testament pakte en opengevouwen op de tafel voor zich legde, staarde de andere vrouw er enkel naar.

Alsof ze zich in een droom bevond, pakte Danny het testament op om het vervolgens bladzijde voor bladzijde te lezen. Daarna legde ze het testament neer en keek ze Jude aan. 'Wie bén jij?' vroeg ze. 'Ik meen het. Wie ben jij eigenlijk?'

'Ik weet niet veel over dit soort zaken, maar volgens mij is het vrij eenvoudig. Hij heeft wat kleine dingen nagelaten aan vrienden. Maar in feite gaat alles naar jou en Alfie.'

'Je hebt geen antwoord gegeven op mijn vraag.'

'Omdat ik die niet begreep. Je weet al wie ik ben.'

Zonder een woord te zeggen stond Danny op en liep de keuken uit. Jude keek om zich heen. Het was een groot vertrek, en een deel van de vloer was opengebroken waardoor ze de leidingen zag liggen, met puin eronder. Maar de rest was bedekt met prachtige, roestbruine tegels die glansden in het herfstzonnetje dat door de ramen naar binnen scheen. De koelkast was groot en had een roestige deur. Het fornuis zag er oud uit, en op een van de pitten sudderde er iets in een pan. De deksel trilde op en neer en om de zoveel tijd klotste er wat vloeistof over de rand. In een koekenpan naast de pit lagen twee gestolde gebakken eieren. Op het aanrecht stond een reusachtige bruine papieren zak broodmeel. Er zat een scheur in en er was een grote hoeveelheid bloem uit gestroomd. Overal zag ze dozen rijst en pasta, en bij de achterdeur stond een kleine, metalen kruiwagen helemaal gevuld met aardappelen, pastinaken en uien. De houten tafel stond vol kaarsen en lampjes. Kaarsvet in allerlei kleuren had zich als een modderige rivier over het hout verspreid. Maar ze zag ook potten met kruiden op de vensterbank en aan een metalen ring in het plafond hingen droogbloemen. En overal in het vertrek stonden jampotjes met bloemen en plantjes: op een kruk, op de tafel, boven op een prachtig houten dressoir.

Jude hoorde voetstappen de trap op gaan, gevolgd door het gekraak van vloerplanken op de eerste verdieping waarna er een deur werd dichtgeslagen. Daarna kwamen de voetstappen de trap weer af. Danny kwam weer binnen door de keukendeur. Ze hield een grote houten schaal vast die ze, bijna met een klap, op de tafel zette.

'Had jij je oog daarop laten vallen?' vroeg ze.

'Waarop?'

'Dit is een van die dingen die Liam in zijn vrije tijd deed. Voorwerpen uit hout snijden: lepels, bordjes en soms wat specialere dingen, zoals dit. Het zijn bijna beeldhouwwerken. Dit is een van de echt bijzondere stukken, waar hij wekenlang aan heeft gewerkt. Hij heeft er bijzonder veel liefde en aandacht in gestoken en hij heeft het aan jou nagelaten. Heb je deze zelf uitgekozen?'

‘Waarom vraag je dat?’ protesteerde Jude. ‘Kijk eens naar de datum op dat testament. Toen Liam het opschreef, hadden hij en ik allang geen contact meer met elkaar. We hebben elkaar voor het laatst gezien toen we nog op school zaten. Ik weet niet waarom hij me die schaal heeft nagelaten. Als je wilt, mag jij hem hebben.’

‘Het gaat me niet om die schaal. Maar bekijk het eens van mijn kant, Jude. Mijn partner is vermoord en daarna hoor ik dat hij, op de dag van de moord, met jou had afgesproken in een huis buiten Londen. Daarna ontmoeten jij en ik elkaar en vertel je me dat je het allemaal heel vreemd vindt en dat jij ook voor een raadsel staat. Je hebt hem na de middelbare school slechts één keer ontmoet en je verleende hem een gunst. Ik begrijp er niets van, maar tijdens ons gesprek krijg ik de indruk dat je een goed mens bent, iemand die ik misschien wel kan vertrouwen. Maar dan hoor ik dat hij een testament heeft opgesteld, iets wat hij nooit tegen mij heeft gezegd en nu blijk jij de executeur te zijn. En dan heeft hij je ook nog die prachtige schaal nagelaten die veel voor hém betekende.’

Jude bekeek de schaal eens goed. Die was groot en tamelijk ondiep met donkere nerven die door het honingkleurige hout krulden. Bij de rand zat een knoest. Het ding was dusdanig gepolijst dat het glom alsof het op de een of andere manier leefde. Ze had nog nooit zoiets moois bezeten.

‘En die schaal betekende ook veel voor mij,’ voegde Danny eraan toe waarna ze haar wijsvinger over de rand liet gaan.

Jude, die voelde dat ze boos begon te worden, haalde even diep adem om tot bedaren te komen. ‘Ik weet dat je nu iets doormaakt wat niemand ooit hoort door te maken, maar ik heb hier niet voor gekozen. Je hebt dat testament zelf gelezen. Waar word ik er beter van, behalve dan dat hij me die schaal heeft nagelaten? Goed, ik ben het met je eens dat het een schitterend ding is, maar jij mag hem hebben. Ik hoef hem niet. Jij zegt dat dit alles je enorm heeft verrast. Nou, mij ook. Voordat je een testament opstelt, hoor je iemand te vragen of hij of zij de taak van executeur op zich wil nemen in plaats van die persoon voor een voldongen feit te stellen. Denk je soms dat ik het fijn vind om die taak uit te voeren? Dat is namelijk niet zo. Ik ben hier alleen omdat mijn broer accountant is, en als ik alle spullen bijeen weet te krijgen, is hij bereid die te bekijken om me een beter idee te geven van het grote geheel. Liams broer staat overigens ook niet te springen om executeur te worden.'

Bij het noemen van Dermot verscheen er een flauwe glimlach op Danny's gezicht. 'Dat kan ik me voorstellen. Zoiets is niks voor hem.'

'Ook niet voor mij.'

'Maar als jij niet iemand bent die dit soort dingen doet, waarom heeft hij jou dan gevraagd?'

'Ik weet het niet. Misschien schoot mijn naam hem toevallig te binnen.'

'En wat houdt dit eigenlijk precies in?' vroeg Danny. 'Ga je straks een ronde maken door het huis waarbij je alle laden opentrekt en de kastjes doorzoekt? Ga je hier rondneuzen?'

'Als jij niet wilt dat ik dit doe, vind ik dat prima. Echt prima. Dan zeg ik gewoon dat het me niet is gevraagd en dat ik er geen zin in heb.'

'Maar tegen wie ga je dat dan zeggen?'

Jude dacht even na en grijnsde toen wrang. 'Ik heb geen idee. Ik weet helemaal niets over executeur zijn, behalve de dingen die ik heb gelezen tijdens een zoektocht van tien minuten op internet. Ik moet bezittingen taxeren, zorgen dat schulden worden afbetaald en ik moet doen wat Liam zou hebben gewild, zoals ervoor zorgen dat zijn mondharmonica bij de juiste persoon terechtkomt. Het is waarschijnlijk verstandig om het door een notaris te laten doen. Dat kost geld, maar dan wordt het wel goed gedaan. Of je kunt het aan Dermot overlaten. Hij heeft gezegd dat hij het wil doen. Maar ik weet niet zeker of hij wel helemaal...'

'Stabiel is,' zei Danny.

'Bekwaam genoeg is voor iets dergelijks.'

Danny boog zich voorover om het document te bekijken. Haar donkere haar viel voor haar gezicht en ze pakte het met één hand samen. Haar gezicht stond strak en een beetje verdrietig. 'Weet je wat mij dwarszit?' vroeg ze. 'Als ik naar de datum kijk, van wanneer is dat testament dan? Van vier maanden geleden? Dan stel ik me voor dat Liam ineens het idee kreeg om een testament te maken, dat hij erover na heeft gedacht en waarschijnlijk lijstjes heeft gemaakt van al die stomme, kleine dingen die hij aan iedereen wilde nalaten, maar dat hij het wel al die tijd voor mij geheim heeft gehouden. En toen, om ervoor te zorgen dat het ook echt geheim zou blijven, is hij naar zijn ouders gegaan, waar hij het heeft opgesteld en waar hij getuigen heeft geregeld, wie dat ook mogen zijn. En om het testament ten uitvoer te laten brengen, heeft hij een executeur aangewezen.'

'Twee executeurs.'

'Dermot,' zei ze. 'Was hij op de hoogte van dit geheim?'

'Hij was even verbaasd als ik.'

'Waarom zou Liam dit allemaal hebben gedaan zonder het aan mij te vertellen? Dat zit me dwars.'

'Ik neem aan omdat hij net vader was geworden en daardoor het gevoel had dat hij orde op zaken moest stellen. Misschien heeft hij het niet tegen jou gezegd omdat mensen het altijd moeilijk vinden om het over hun dood te hebben. Ik werk in de geriatrie, dus ik zie continu mensen doodgaan, en een groot deel van mijn werk bestaat eruit hun overlijden zo aangenaam mogelijk te maken. Maar ik heb zelf nog geen testament gemaakt omdat ik nog jong ben en omdat ik me voorlopig nog wil vastklampen aan de overtuiging dat ik het eeuwige leven heb. Volgens mij zorgt het ouderschap ervoor dat je je bewust wordt van je eigen sterfelijkheid en van het feit dat het leven doorgaat na jouw dood. Het zou pas echt afschuwelijk zijn geweest als hij stiekem een testament had gemaakt waarin hij alles aan een ander had nagelaten. Maar ongeacht wie de executeur is, eigenlijk komt het erop neer dat alles naar jou en Alfie gaat.'

Danny stond op, deed water in de ketel en zette die op een pit, waarna ze weer ging zitten. 'Dus jij moet bankafschriften en dat soort dingen bekijken?'

'Ik neem aan van wel. Hij heeft alles aan jou en Alfie nagelaten. Maar om dat te kunnen toewijzen, moeten we precies weten wat wat is. Hoeveel de spullen waard zijn. Mijn broer heeft gezegd dat hij dat wel wil uitzoeken.'

'Nou, ik waarschuw je maar alvast,' zei Danny. 'Het zal een enorme chaos zijn. Liam was geweldig met zijn handen. Hij kon alles maken en repareren, zelfs dingen die helemaal niet waren ontworpen om gerepareerd te worden. Maar financieel gezien was hij een chaoot. Hij betaalde rekeningen als hij er toevallig aan dacht of als iemand anders hem eraan herinnerde. Maar hij hield er geen echte boekhouding op na.'

'Ach, dat doet er waarschijnlijk niet zoveel toe,' zei Jude. 'Alles gaat naar jou.'

Danny kwam opnieuw overeind. 'Kamille? Gember? Munt? De munt komt vers uit de tuin.'

'Wat het meest ontspannend werkt.'

'Dan is kamille het beste. Misschien val je er wel door in slaap.'

Ze ging weer zitten met twee dampende mokken. 'Waar wil je beginnen? De rekeningen en facturen liggen echt overal verspreid.'

Jude kreeg al hoofdpijn bij het idee. 'Ik kom in de verleiding om te zeggen dat we met het makkelijkste moeten beginnen,' zei ze. 'De spullen die Liam aan vrienden wilde geven. Het lijkt erop dat hij daar goed over heeft nagedacht. Maar misschien kun jij me laten zien waar de financiële zaken liggen.'

Danny stond op, trok een lade open en haalde er een prop plastic tassen uit. Die gaf ze aan Jude. 'Je zult nergens dossiers, kasboeken of spreadsheets aantreffen. Alleen paperassen die overal verspreid liggen. Stop die hier maar in.'

Toen ze opstonden, botsten ze bijna tegen Vin op die net binnenkwam. Hij glimlachte naar Jude. 'Je kunt hier gewoon niet wegblijven, hè?'

'Ze is hier voor zaken,' zei Danny. 'Liam heeft haar tot executeur benoemd.'

'Niet alleen mij, hoor.' Jude voelde de behoefte om de verantwoordelijkheid te delen. 'Ook zijn broer.' Mistroostig wachtte ze op dezelfde vragen die Liams ouders en Danny haar hadden gesteld, maar Vin leek te verbouwereerd om ook maar een woord te kunnen uitbrengen.

'Jij?' zei hij uiteindelijk.

'Ik heb er niet om gevraagd.'

'Dit is me het document wel,' zei Danny. 'Hij laat allerlei kleine dingen na. Hij heeft jou zijn cirkelzaag nagelaten.'

'O, ja?'

'Je klinkt niet erg blij,' zei Danny.

'Nou, we zouden erover kunnen twisten of het wel aan hem

was om dat ding weg te geven.' Hij onderbrak zichzelf. 'Ach, het was vast aardig van hem om aan mij te denken. Maar ik zal de boekhouding in moeten duiken om te zien wie van ons hem daadwerkelijk heeft betaald.'

'Jude zoekt al dat soort dingen uit,' zei Danny.

Vin liet een grom horen. 'Nou, succes ermee.'

'Ik ga het niet zelf doen. Ik geef alle papieren aan mijn broer.'

Net toen Jude en Danny weg wilden lopen zei Vin nog iets. 'Wanneer heeft hij dat testament eigenlijk opgesteld?'

'Vier maanden geleden,' zei Jude.

'Vier maanden. En hij heeft jou als executeur aangewezen.'

Jude voelde geen enkele behoefte om zich opnieuw te rechtvaardigen. 'Liggen er ook papieren op de plek waar jullie werkten?'

'Wat voor papieren?'

'Ik moet toch enigszins een idee krijgen van wat hij mensen schuldig is en wat mensen hem schuldig zijn.'

Vin fronste. 'Zoals ik al zei: succes ermee.'

'Maar liggen daar papieren?'

Hij haalde zijn schouders op. 'Als je papieren wilt hebben, dan hebben we die. Heel veel papieren.'

'Heeft jullie bedrijf een boekhouder met wie ik kan praten?'

'Nee.'

'Bedoel je dat er geen boekhouder is?'

'Ja, dat bedoel ik. Maar je mag wel langskomen om rond te kijken.' Hij keek even naar Danny. 'De meeste andere spullen liggen toch in de achterkamer?'

'Daar wilde ik haar net naartoe brengen.'

Vin schudde zijn hoofd. 'Wat ze je hier ook voor betalen, het zal te weinig zijn,' zei hij.

'Ik krijg hier niet voor betaald.'

Danny leidde Jude de trap op naar de ruime eerste verdieping. 'De politie is langs geweest en heeft een beetje rondgeneusd,' zei ze. 'Ik denk niet dat ze veel hebben gevonden. Ze hebben zijn laptop meegenomen.'

Ze liepen door de gang naar een kamer aan de achterkant van het huis. Danny keek achterom over haar schouder. 'Deze kamer heeft een mooi uitzicht op de moerassen. Liam zat hier vaak.' Danny deed de deur open en ging toen opzij om Jude binnen te laten.

Jude hapte naar adem. Er stond te veel om in één keer tot je te nemen. Het leek meer een rommelhok dan een kantoor. De kamer stond vol met schijnbaar willekeurige zaken: een fiets die tegen een muur leunde, opgestapelde kartonnen dozen, allerhande gereedschap en overal papieren. Bij de achterste muur, onder een raam, stond een houten bureau met half openstaande laden waar nog meer paperassen uit puilden.

De aanblik ervan deed haar bijna duizelen. Ze keek om zich heen. De muren waren bijna rustgevend. Die waren prachtig terracottarood geschilderd als in een Romeinse villa. En er hingen leuke afbeeldingen aan de muur, van fruit, citroenen en appels. Het raam keek uit op de uitdragerij die er van bovenaf zo mogelijk nog chaotischer uitzag. In de verte zag Jude echter de moerassen, een gloed van late herfstkleuren en de schittering van water. De kamer zelf voelde aan als de verdrinkingsdood, of als de krochten van een wanordelijke geest.

Ze keek hulpeloos naar de plastic tassen in haar hand. 'Ik weet niet of ik dit wel kan,' zei ze.

'Ik weet niet of er überhaupt iemand is die dit kan,' zei Danny. Ze gebaarde om zich heen. 'Dit was Liam. Jij hebt hem gekend. Hij was geweldig. Hij was niet zoals andere mensen. Maar dit is ook typisch voor hem.'

28

Danny verliet de kamer en sloeg de deur hard achter zich dicht. Ergens in het huis klonk een schreeuw van woede. Ook hoorde Jude het gedempte geluid van een gitaar die werd aangeslagen, dezelfde akkoorden, steeds maar weer.

Het was moeilijk om zich niet verslagen te voelen nog voordat ze aan de klus was begonnen. Ze keek om zich heen naar de onvoorstelbare chaos, en liep toen vastberaden naar de laden van het bureau waar papieren uit puilden en trok de grootste lade met een ruk helemaal open. Ze stak haar hand erin, haalde er een stapel papier uit en legde die op het bureau. Nadat ze ook de rest eruit had gehaald, plofte ze neer op de bureaustoel die prompt op zijn wielen ronddraaide en opzij gleed. 'Jezus,' zei ze kwaad waarna ze zich met stoel en al terugreed naar het bureau.

Boven op de berg papieren lag een boodschappenlijstje in een ander handschrift dan dat van Liam: gloeilampen, toiletpapier, tandpasta, bleekmiddel, muizenvallen. Ze verfrommelde het tot een prop en gooide het achter zich op de grond.

Als tweede zag ze een vel vol woeste blauwe en gele krassen in waskrijt. Vast een kunstwerk van Alfie. Dat gooide ze ook weg waarna ze zich een beetje schuldig voelde, want tenslotte had Liam het mooi genoeg gevonden om te bewaren.

Het werd haar echter al snel duidelijk dat Liam werkelijk alles had bewaard. Bonnetjes voor gereedschap en voor luiers; krabbeltjes; betalingsherinneringen voor de gasrekening, en daarna laatste aanmaningen; een tekening die iemand had gemaakt van de voorkant van het huis; scores van een kaartspelletje; een recept voor auberginecurry met tamarinde; zijn zorgpasje; bouwtekeningen voor een nieuwe keuken; flyers voor een folkconcert; afhaalmenu's; brochures; fraaie potloodschetsen van dingen die Liam uit het raam had gezien: vogels, Alfie zittend naast de vogelkooi, de boom waarvan de wortels zich door de muur tussen de achtertuin en de weg boorde. Er waren post-itmemo's, oude ansichtkaarten, stukjes kleefgum, lekkende ballpoints en een verlopen paspoort dat, nadat Jude het had opengeslagen, van Danny bleek te zijn.

Verspreid tussen alle andere zaken lagen de papieren waarvan Jude dacht dat ze van belang konden zijn voor haar taak. Bankafschriften (ze bekeek er een paar en huiverde), talloze rekeningen van nutsbedrijven, facturen en belastingaanslagen. Die legde ze allemaal opzij.

In de volgende, kleinere lade lag een stapel ongeopende enveloppen. Jude stak haar wijsvinger onder de flap van een ervan en haalde er een laatste aanmaning voor het betalen van gemeentebelastingen uit. Een andere envelop bevatte een afwijzing van de bank wat betreft een verhoging van de kredietlimiet. Die duwde ze terug in de envelop, waarna ze alles wat er ook maar vaag financieel uitzag in een plastic tas stopte. Michael zou meer voor zijn kiezen krijgen dan hem lief was.

En dan was ze nog niet eens begonnen aan alle paperassen die op de grond lagen. Ze hurkte neer en raapte een bruine A4-

envelop op. Daarin zaten echofoto's: waarschijnlijk was dat korrelige kikkervisje Alfie. Plotseling voelde Jude zich intens verdrietig. Ze leunde wat naar achteren, te midden van de restanten van een leven. Onder haar linkerhand lag een brief die begon met: 'Geachte meneer Birch, het is ons gebleken dat u een betalingsachterstand hebt opgelopen...' Ze stopte de brief in de tas. Ze voelde de akelige voortekenen van een opkomende hoofdpijn.

'Hallo!' klonk een zangerige stem aan de andere kant van de dichte deur. De deurkruk bewoog en een heel lang en slank onderbeen kwam door de deuropening en hield de deur open. Aan de voet zat een limoengroene pump.

'Hoi?' Jude wachtte af.

Een rijzige, theatraal aandoende vrouw met scherpe gelaatstrekken kwam zijwaarts de kamer binnen. In haar ene hand hield ze twee grote mokken en in de andere een bord. Ze had lichtrood geverfd haar met dreadlocks. Haar gezicht was opvallend, met een haviksneus en geprononceerde jukbeenderen. Haar grote groengespikkelde ogen waren dik omlijnd met kohl wat haar een tragische uitstraling gaf. Ze had smalle schouders met scherp uitstekende sleutelbeenderen, en haar lichaam – gehuld in een saffraangele jumpsuit met scheuren bij de knieën en groezelige manchetten – was zo plat als een plank.

Jude, die nog steeds gehurkt op de vloer zat, keek omhoog en kon niet beslissen of de vrouw er grotesk of juist schitterend uitzag.

'Ik ben Irina,' zei de vrouw.

Jude ging staan. De nare, milde pijn verplaatste zich binnen haar schedel. Ze voelde zich heel klein en gewoontjes in dit huis met lange, buitengewone mensen. 'Jude.'

Irina zette de mokken op het bureau en het bord op de stoel. Ze stak een hand uit, pakte die van Jude en schudde hem stevig. De spieren van haar blote onderarm bolden op. Ze mocht dan mager zijn, maar ze was wel sterk.

'Ik weet het,' zei Irina. 'Eindelijk.'

Jude begon het een beetje zat te worden dat de mensen haar als een rariteit behandelden.

'Liams raadsel,' ging Irina verder. En toen: 'Liams laatste raadsel.' Haar ogen leken ineens nog groter. Ze stond op het punt om te gaan huilen.

'Ik vind het zo naar voor je,' zei Jude, opnieuw de rituele woorden van stal halend, want het waren de enige die ze tot haar beschikking had. 'Het is vreselijk om een vriend te verliezen.'

'En zo'n goede vriend nog wel,' zei Irina. Ze onderdrukte een snik, terwijl ze Jude opnam met haar groene ogen. 'Een prachtige ziel. Is gember goed?'

'Wat?'

'Thee. Ik heb gemberthee voor ons meegebracht en bananencake die ik in een koekblik heb gevonden. Ik weet niet hoe oud die is.'

Snel probeerde Jude zich te herinneren wat Vin over Irina had gezegd. Ze ontruimde huizen van mensen en bracht veel troep mee naar huis. Ze was een beetje wild. Ze danste als ze niet kon slapen. 'Dank je wel,' zei ze. 'Ik neem aan dat Danny je heeft verteld dat Liam mij heeft aangewezen als zijn executeur?'

'Mmm.' Irina propte een halve plak bananencake in haar mond en ging op de bureaustoel zitten met het bord op schoot. Ze draaide een keer rond en pakte toen haar mok met gemberthee. Haar knokige vingers zaten onder de nicotinevlekken.

'Dat is wel een beetje raar, vind je ook niet?'

'Ja.'

'En dus?'

'Wat?'

'Nou, je weet wel.'

'Nee.'

'Heeft hij alles aan Danny nagelaten?'

'O! Op die manier.' Jude voelde zich onbehaaglijk. Ze wist niet of de executeur mocht vertellen over de inhoud van een testament. Zoiets hoorde een notaris te doen, op een officiële manier, in het bijzijn van de familie, in een met eikenhout gelambriseerde kamer en alles verpakt in ouderwetse woorden die de mensen beschermden tegen de pijnlijke waarheid. *Deze persoon is dood, dit zijn de mensen van wie hij of zij het meest hield.*

Irina neuriede zacht voor zich uit.

'Waarom vraag je dat niet aan Danny?' vroeg Jude.

Irina draaide nog een rondje op de stoel en zette toen haar voet op de grond om zich tot stilstand te brengen. 'Dat is niet zo makkelijk als het klinkt. Helemaal niet makkelijk. Mag ik jouw plak cake?'

'Natuurlijk.'

'Wielen in wielen,' zei Irina.

Judes hoofd bonsde. Haar pillen lagen nog thuis. Ze hoorde buiten een kinderstem en zag Alfie in de achtertuin. Hij liep met wankele pasjes naar het bloembed, maar struikelde toen en viel om. Jude wachtte tot een volwassene hem weer overeind zou helpen, maar er kwam niemand, en na een poosje trok hij zichzelf weer omhoog, wiebelend op zijn onvaste beentjes.

'Ik word geacht om Liams financiën in kaart te brengen,' zei ze. 'Maar dat is niet makkelijk.' Ze gebaarde om zich heen door de kamer.

'Zijn financiën,' zei Irina terwijl ze haar dunne wenkbrauwen overdreven hoog optrok. 'Daar kan ik je niet bij helpen.'

Wat had Danny ook alweer tegen haar gezegd bij hun eerste kennismaking? *Hij had wel een verhouding met iemand, ook al was het niet met jou.* Jude keek naar Irina in haar gele jumpsuit, met haar lange benen gekruist bij de enkels. Ze zag eruit als een schitterende flamingo. 'Ik kan je wel vertellen dat hij je een legaat heeft nagelaten.'

'Een legaat?'

'Dat betekent gewoon dat...'

'Ik wéét wat er met een legaat wordt bedoeld. Ik ontruim huizen voor de kost, en de meeste ervan zijn van dode mensen. Dode mensen met te veel spullen die niemand wil hebben. Behalve ik dan, soms. Ik zie schoonheid waar anderen alleen troep zien. Waar bestaat dat legaat uit?'

'Uit zijn gitaar.'

Irina's gezicht betrok. 'Echt? Waarom zou ik een gitaar willen? Ik speel geen gitaar en ik heb ook geen zin om het te leren. Hij had dat ding aan Doc moeten geven, maar ik durf te wedden dat hij Doc en Erika helemaal niets heeft nagelaten.'

Nee, dacht Jude. Dat heeft hij inderdaad niet.

'Had hij me maar iets nagelaten met echt emotionele waarde,' zei Irina. 'Dat had ik van hem verwacht. Zoals de ketting die hij vaak droeg. Ik zou dat ding nooit meer afdoen. Het op mijn huid dragen.' Ze legde haar lange vingers even op de scherpe botten van haar sleutelbeenderen.

'Die is voor zijn moeder,' zei Jude die zich meteen ongemakkelijk voelde. Ze dacht aan het vorkbeentje aan het leren koordje dat ze uit Liams tas had gehaald.

'Of die prachtige houten schaal waar hij zo lang aan heeft gewerkt.'

‘Ik ben bang dat die ook naar iemand anders gaat.’

‘Ach, het kan me eigenlijk allemaal niets schelen.’ Irina liet zich achterover zakken in de stoel en legde haar hand over haar ogen. ‘Die ketting niet, de schaal niet en de rest ook niet. Ik ben niet hebberig. Ik wil gewoon weten dat ik iets voor hem betekende.’

‘Aha,’ zei Jude. Daar had ze wel begrip voor.

‘Waarom heeft hij me zijn gitaar dan gegeven?’

‘Misschien omdat die belangrijk was voor hém?’

‘Ja, daar zeg je zowat. Ik kan maar niet geloven dat hij dood is. Dat ik hem nooit meer zal zien. Als ik het huis binnenkom, verwacht ik dat hij er zal zijn. Het is hier eenzaam zonder hem, alsof er een vuur is gedoofd.’

Er welden tranen in haar ogen op en Jude maakte een geluidje van medeleven. Ze vond het onmogelijk om vast te stellen of Irina oprecht was of dat ze haar verdriet veinsde. Alles aan haar was overdreven, als een Grieks drama. Maar tegelijkertijd had ze ook iets onverwacht kinderlijks wat Jude ontroerend vond.

‘Hij was zo levendig,’ zei Irina. ‘Vind je ook niet?’

‘Ik heb geen idee. We hadden geen contact meer.’

Irina liet een spottend kuchje horen.

‘Wat?’

‘Denk je nou heus dat iemand hier in huis dat gelooft?’

Danny was nergens te bekennen toen Jude weer naar beneden kwam, en Vin ook niet. Maar er kwam wel een vrouw uit de keuken die Alfie op haar heup droeg met een gemak dat veel ervaring verried. Met haar sterke botten, donkerblonde haar en gladde, ronde wangen zag ze er Nederlands uit, maar toen ze sprak, bleek ze een Liverpools accent te hebben. Ze droeg een wijde spijkerbroek, een zachte trui met rolkraag en afgedragen pantoffels. De alledaagsheid ervan ervoer Jude als een opluchting.

'Ik ben Erika,' zei ze terwijl ze een warme, brede hand uitstak.

Jude voelde een steek van herkenning. Dit was de vrouw die naar Liams mobieltje had gebeld op de avond dat hij was vermoord. 'Jude.'

Erika knikte. 'Dat weet ik. Je ziet er jonger uit dan negenentwintig.'

'Hoe weet jij dat ik negenentwintig ben?'

Erika begon te lachen. 'Ik weet nog veel meer. We weten allemaal nog veel meer.' Ze haalde de vinger weg die Alfie in haar haar had verstrengeld. 'Je volledige naam is Judith Abigail Winter. Je bent geriater. Je hebt gestudeerd in Bristol. Je was verloofd met Nathaniel Weller, maar nu niet meer en we weten allemaal hoe dat komt.' Jude voelde dat haar kaak verstrakte. 'Jullie woonden samen in een appartement in Stratford, maar daar woon jij nu niet meer. Je bent opgegroeid in Shropshire, net als Liam. Je hebt één broer. Je vader werkt voor de gemeente. Je moeder werkt in de pleegzorg. Je was Liams vriendin toen je achttien was. Volgens de mensen die jullie destijds kenden, pasten jullie totaal niet bij elkaar. Liam had met je afgesproken in een cottage in Norfolk op de dag dat hij werd vermoord. Jij bent zijn executeur. In de afgelopen week ben je omschreven als tenger, knap, elfachtig, sterk, broos, angstig, defensief en opstandig. En nog een heleboel andere dingen die me nu even niet te binnen willen schieten.'

'Je hebt je huiswerk gedaan.'

Erika haalde haar schouders op. 'Vijf minuutjes op internet. We zijn allemaal nieuwsgierig. Dat kun je ons niet kwalijk nemen.'

Hoewel Jude het gevoel had dat ze hun dat wél kwalijk kon nemen, reageerde ze niet.

'En? Wat heeft Liam over mij gezegd?' vroeg Erika.

'Helemaal niets.'

'Kom op. Ik kan er best tegen, hoor.'

Jude pakte de schaal. 'Ik weet helemaal niets over jou of over wie dan ook in dit huis. Ik wist niet eens van het bestaan van dit huis. We betekenden niets voor elkaar.'

Ze hijgde bijna van frustratie, maar Erika knikte alleen naar de prachtige houten schaal die Jude als een schild tegen haar borst klemde, en naar de plastic tas met zijn financiële papieren.

'Vreemde manier van niets voor elkaar betekenen.'

29

De fietstocht terug naar Tottenham verliep traag. Jude moest de plastic tassen met daarin de papieren en de mooie houten schaal aan haar stuur hangen. Als ze een hoek om ging, zwaaiden de tassen heen en weer en kwamen tussen de spaken. Onder het fietsen sloeg de schaal telkens tegen haar scheenbeen.

Ze stopte bij het postkantoor om de hoek bij het appartement en kocht daar een pak extra grote enveloppen. Terwijl ze bij de toonbank stond, vulde ze drie ervan met de documenten. Ze betaalde voor een aangetekende verzending die de volgende dag zou worden bezorgd.

Omdat ze eigenlijk niet terug wilde naar het vochtige, kille souterrain, ging ze naar een café waar ze de tijd nam voor een cappuccino en een gebakje. Ze haalde de schaal voorzichtig uit de tas, genietend van het aangename gewicht, waarna ze haar vingers over het koele, zijdeachtige oppervlak liet glijden en de draad van het hout volgde.

In de kleine supermarkt deed ze een paar boodschappen. Het werd tijd om na te denken over waar ze wilde gaan wonen. Het werd tijd om over een heleboel dingen na te denken. Dat komt later nog wel, hield ze zichzelf voor, zich ervan bewust dat betrokken raken bij de warboel van Liams leven heel goed een manier kon zijn om zich niet met de warboel van het hare bezig te hoeven houden.

Ze liet zichzelf binnen en moest toen twee keer achter elkaar de trap nemen. De eerste keer voor de plastic tassen en de tweede keer om haar fiets beneden te krijgen. Toen de kat naar haar enkels hapte, schudde Jude wat droogvoer in het etensbakje. Nog voordat ze alles had uitgepakt, ging de deurbel. Het was Leila. Jude leidde haar omlaag naar het groezelige souterrain, waar de rechercheur even om zich heen keek.

'Jij bent een eind teruggevallen.'

'Ja,' zei Jude. 'Zulke dingen gebeuren als de bijzonderheden over een politieonderzoek worden gelekt.' Jude had boosheid verwacht of een of andere verontschuldiging, maar Leila keek haar enkel aan met een onverzettelijke uitdrukking op haar gezicht. 'Is er iets?'

'Dacht je nou echt dat ik er niet achter zou komen?'

'Waarachter?'

'Dat Liam Birch jou tot executeur heeft benoemd?'

'Dat heb ik zelf pas een paar dagen geleden gehoord. Het heeft me nogal verrast.'

'Is dat alles?'

'Wat moet ik verder nog zeggen?'

'Werk even mee. Jij was zijn jeugdvriendinnetje. Op de avond dat hij werd vermoord, zat jij op hem te wachten.'

'Ik heb je al verteld wat er is gebeurd. Ik heb geen zin om dat allemaal te herhalen.'

'Je beweert dat er niets tussen jullie was. Maar je hebt je verloving verbroken en je bent verhuisd. En nu blijk je ineens zijn executeur te zijn.'

'Het is maar net hoe je het brengt,' zei Jude.

'Het brengt? Hoe zou jij het dan brengen?'

'Ik heb het uitgemaakt met Nat. Niet vanwege Liam, maar omdat ik heb gelogen.'

'Over Liam.'

'Over de regeling.'

'Dus je houdt nog steeds vol dat er niets tussen jullie tweeën was?'

'Nee, dat heb ik opgegeven,' zei Jude terwijl ze op een stoel ging zitten en haar pijnlijke hoofd op één hand liet rusten. 'Niemand gelooft me. Maar ik weet dat het waar is en dat is goed genoeg voor mij.'

'Besef je wel in welke situatie je je bevindt? Wij zullen te weten komen wie de moordenaar van Liam Birch is en we zullen te weten komen hoe jij bij zijn dood betrokken was.'

Jude stampte bijna met haar voet van frustratie. 'Maar ik bén niet bij zijn dood betrokken.'

De rechercheur keek haar onverstoorbaar aan. 'Vroeger dacht ik dat ik zou aanvoelen als iemand tegen me loog of als iemand me de waarheid vertelde. Ik ben lang geleden al tot ontdekking gekomen dat ik dat niet kan, maar ik weet vrijwel zeker dat jij iets voor me verzwijgt.'

'Ik weet niet hoe vaak we dit gesprek nog moeten voeren,' zei Jude. 'Jij onderzoekt een moord. Op het moment dat die plaatsvond, was ik ruim honderdvijftig kilometer verderop. Ik wéét dat het raar is dat hij me heeft gevraagd om dit voor hem te doen. Misschien wilde hij een alibi hebben. Misschien was hij iets afschuwelijks van plan. Maar ik weet niet waarom jij denkt dat ik je kan helpen.'

Jude keek Leila aan maar die reageerde niet. Ze keek enkel terug met een soort van nieuwsgierigheid die een rilling langs Judes rug deed gaan. 'Ik begrijp dat het vreemd overkomt dat ik plotseling zijn executeur ben. Ik vind het zelf ook vreemd. Maar ik word er geen cent beter van.' Ze gebaarde naar de houten schaal. 'Op dat ding na. Die schaal heeft hij me nagelaten in zijn testament. Ik weet dat het allemaal bizar en verwarrend is, maar waar beschuldig je me eigenlijk van? Wat is jouw theorie?'

'Wie probeer je te overtuigen met al dit gedoe?' vroeg Leila. 'Mij of jezelf?'

'De omstandigheden mogen dan vreemd zijn,' zei Jude, 'maar dat wil nog niet zeggen dat ze verband houden met de moord op Liam.'

Leila staarde haar aan. Jude probeerde haar blik vast te houden, maar uiteindelijk moest ze verscheidene keren met haar ogen knipperen en wendde ze haar blik af. De huid op haar schedel verstrakte en haar gezicht voelde rubberachtig aan. Ze had geen idee welke uitdrukking er op haar gezicht lag. Heel even voelde ze zich duizelig: de wereld om haar heen begon te tollen en dingen leken weg te smelten. Het leek wel of de rechercheur in haar binnenste kon kijken, haar geheimen kon zien, en ze wilde zich verbergen voor haar kritische blik.

'Tot nu toe heb ik aan jouw kant gestaan,' zei Leila ten slotte. 'Ik begreep niet waarom je iemand die je, naar eigen zeggen, al ruim tien jaar niet meer had gezien deze gunst zou willen verlenen. Ik heb werkelijk mijn uiterste best gedaan om dit allemaal vanuit jouw kant te bekijken, maar dat is me niet helemaal gelukt. En nu dit weer. Als je niet met een betere verklaring op de proppen komt, zullen we jou tot het middelpunt van dit onderzoek moeten maken en dat zul je niet leuk vinden. Dat kan ik je verzekeren.'

Leila hield haar grijze ogen nog steeds op haar gericht, wat maakte dat Jude zich kwetsbaar, haast broos, voelde, en haar hoofd leek opeens ondraaglijk zwaar. 'Wat wil je nou van me?' vroeg ze zwakjes.

'Vertel me erover.'

'Bedoel je over dat alibi, als het dat al was? Maar dat heb ik je al zo vaak verteld.'

'Nee, niet daarover. Vertel me eens over Liam en jou, elf jaar geleden.'

'Hoezo? Wat heeft dat er nou mee te maken?'

'Alsjeblieft?' vroeg Leila op bijna vleiende toon.

Jude haalde even diep adem en vertelde toen zo onbewogen mogelijk hoe Liam en zij een stelletje waren geworden ondanks dat ze zo van elkaar verschilden, of juist omdat ze zo van elkaar verschilden. Ze vertelde over de feestjes waar ze samen naartoe waren gegaan en ze vertelde dat ze met elkaar naar bed waren geweest. Maar ze trad niet in details.

'Was hij je eerste?'

Jude voelde dat ze begon te blozen. 'Ja. Hij was mijn eerste. Wat doet dat ertoe? Wat heeft dat er nou mee te maken?'

Daarna deed ze uit de doeken hoe intens hun relatie was geweest en vervolgens beschreef ze de nacht van het autoongeluk: Benny en Yolanda op de achterbank, het plotselinge ongeluk, dat ze zich er alleen fragmenten van kon herinneren en dat Liam na afloop door de politie was meegenomen. En dat alles daarna voorbij was geweest, als een droom die was vervlogen.

Terwijl ze praatte, was Jude zich ervan bewust dat Leila zich iets naar voren boog en haar aanstaarde, met een bijna hongerige gezichtsuitdrukking. Toen ze was uitgesproken, bleef de rechercheur nog een hele tijd stil, maar daarna verscheen er langzaam een glimlach op haar gezicht.

'Wat is er nou?' vroeg Jude ongemakkelijk.

'Ik had het van het begin af aan moeten weten. Toen je vertelde dat je je schuldig voelde omdat Liams leven de ene kant en het jouwe de andere kant op was gegaan.'

'Wat bedoel je daarmee?'

'Jij was het.'

'Ik begrijp niet wat je bedoelt.' Maar Jude wist het wel degelijk. Ze had het gevoel dat ze in een enorme kloof viel die zich onder haar had geopend, dieper en dieper, een val waar geen einde aan kwam.

'Jij zat die nacht achter het stuur.'

Het was geen vraag. Jude deed haar ogen dicht.

'Toen de politie arriveerde, heeft Liam de schuld op zich genomen voor jou. Zo is het gegaan.'

Een iel geluidje ontsnapte aan Judes keel, een soort kreun alsof iemand haar een stomp in haar buik had gegeven.

'Misschien was je op dat moment niet helemaal bij zinnen of had je zelfs een hersenschudding, en begreep je niet wat er gebeurde. Naderhand moet je het wel hebben geweten, maar heb je je niet gemeld om de waarheid te vertellen. Dan had je een strafblad gehad en had je geen medicijnen mogen studeren. Je zou alles zijn kwijtgeraakt.'

Ze liet een korte stilte vallen en keek opnieuw aandachtig naar Judes bleke gezicht. 'Wat dacht je toen, Jude? Dat hij toch al bezig was om zijn leven te verknallen? Of ben je erin geslaagd er helemaal niet aan te denken?'

Er viel een lange stilte, en toen Jude uiteindelijk iets zei, klonken de woorden vreemd. Die had ze nog nooit hardop gezegd. 'Het is me nooit gelukt om er niet aan te denken. Ik heb er elke dag aan gedacht. Ik dacht er 's nachts aan, als ik niet kon slapen. Wat er verder ook speelde, toen ik studeerde, toen ik arts was, als ik alleen was, als ik met iemand anders in bed lag: een deel van me wist altijd dat mijn hele leven op die ene leugen gebouwd was. Zijn hele leven trouwens ook. Toen Liam bij me kwam met de vraag of ik hem een gunst wilde verlenen, wist ik dat ik het moest doen, wat die gunst ook inhield. Hij vertelde niet wat ik precies moest doen. Ik heb hem nog gevraagd of het iets verkeerds was, maar hij zei van niet. Maar misschien zou ik het dan alsnog hebben gedaan. Ik weet het niet. Misschien niet. Ik weet het gewoon niet.'

'Heeft hij dat gezegd toen hij je om die gunst vroeg?'

'Of hij dat ongeluk ter sprake heeft gebracht? Nee, dat was niet nodig. We wisten het allebei.'

'Waarom heeft hij dat eigenlijk gedaan? Waarom heeft hij jouw schuld op zich genomen?'

'Dat heb ik me ook afgevraagd, telkens weer. Daar lig ik midden in de nacht nog vaak over te piekeren. Hij is er nooit meer over begonnen. Hij heeft nooit om een bedankje gevraagd. Volgens mij was hij gewoon zo. Hij was idealistisch, impulsief en hartstochtelijk. Hij was iemand die een groot, idioot gebaar zou maken...' Jude onderbrak zichzelf. 'Een gebaar. Dat klinkt zo oppervlakkig. Het was veel meer dan dat. Hij heeft een kogel voor me opgevangen. Een kogel die mijn schuld was. Maar dat heeft onze relatie wel om zeep geholpen.'

Leila maakte een ongeduldig gebaar. 'Waarom heb je me dit verdomme niet eerder verteld?'

'Om dezelfde reden dat ik het nog nooit aan iemand heb verteld. Helemaal nooit. Niet aan mijn ouders, niet aan Nat en niet aan mijn beste vrienden en vriendinnen. Ik was bang en ik schaamde me. Ik schaamde me vreselijk.' Jude besefte dat ze huilde. Ze haalde een papieren zakdoekje uit haar zak en snoot haar neus. 'Wat gaat er nu gebeuren?'

'Wat bedoel je?'

'Ik heb een misdaad begaan. Eentje die ik heb verdoezeld.'

Leila schudde haar hoofd, maar ze glimlachte niet. 'Ik denk niet dat de openbare aanklagers erg geïnteresseerd zullen zijn in jouw daden van jaren geleden. Ik ga je nergens van beschuldigen. Al heb je destijds niet het juiste gedaan, dus een beetje schuld draag je wel. Maar je bent verdomme wel een sukkel. Jij hebt ons laten denken dat je betrokken was bij wat Liam dan ook maar van plan was. En als je ons dat kon laten geloven, denken andere mensen het ook.'

'Tenzij het toch gewoon een beroving was,' zei Jude mat. Ineens wilde ze gaan liggen in een donkere kamer, haar ogen sluiten en gaan slapen.

'Jij weet net zo goed als ik dat dit geen beroving was... en precies op het moment dat jij je verre zou moeten houden van deze hele toestand, ben je aan het werk als zijn executeur.'

'Dat neemt vast niet meer dan een paar dagen in beslag.'

'Jude...'

'Dat is wel het minste wat ik Liam verschuldigd ben.'

30

Nadat Leila was vertrokken, klapte Jude met een snik dubbel waarna ze haar hoofd op de houten tafel legde en haar ogen sloot. Ze verwachtte dat ze nu echt zou gaan huilen, zou janken als een dier van schaamte en verdriet. Ze had buikpijn, hoofdpijn en ze voelde vreemde tintelingen in haar vingers en tenen. Maar ze huilde niet, dat lukte niet, en na een paar minuten ging ze rechtop zitten. Ze voelde zich verdoofd, haar handen trilden en de wereld om haar heen werd dan weer scherp en dan weer wazig.

Eindelijk, na al die jaren, had ze de woorden hardop gezegd. Ze had gedacht dat ze een reusachtige verandering zou ondergaan als het hoge woord er eenmaal uit was, en ze wachtte tot ze pijn, opluchting of angst zou voelen, maar ze voelde alleen leegte en onwerkelijkheid, alsof ze een schaduw van zichzelf was.

Ze dwong zich om rustig adem te halen. En na een paar minuten wist ze wat haar te doen stond. Het zou bepaald niet leuk worden, maar het was beter om de koe meteen bij de hoorns te vatten en het achter de rug te hebben. Ze pakte de telefoon.

Toen Nat de voordeur opendeed, zei hij niet eens hallo. Hij liep gewoon naar binnen, waardoor ze zelf de deur achter zich dicht moest doen en achter hem aan moest lopen. In de woonkamer draaide hij zich om en keek haar aan. 'Ik heb jouw spullen uitgezocht. Je kleren zitten in vuilniszakken.'

'Die kan ik nu niet meenemen. Ik ben op de fiets.'

'Mm. Ik heb net koffie. Wil je een kop?'

Wat ze hiervan moest denken, wist ze niet. Ze voelde zich net een dier dat eerst een klap had gekregen en nu werd geaaid. 'Ja, doe maar.'

Nat liep naar de keuken en kwam terug met twee dampende mokken. Ze gingen zitten, ieder aan een kant van de kamer. Jude vond het bizar om in het appartement te zitten dat ze samen hadden gedeeld en dat ze een mok vasthield die ze zelf had gekocht. Hij had geen melk in haar koffie gedaan, hoewel hij natuurlijk precies wist hoe ze haar koffie dronk. Maar ze zei er niets van.

'En? Wat doe je tegenwoordig?' vroeg hij.

'Niet veel. Ik probeer mijn leven weer een beetje op orde te krijgen.'

'Ik heb begrepen dat je een paar weken vrij hebt genomen.'

'Hoe weet je dat nou weer?'

'Je nam je telefoon niet op, dus toen heb ik het ziekenhuis gebeld.'

'Je kunt me altijd een berichtje sturen.'

'Ik wilde je geen berichtje sturen. Ik wilde met je praten.'

Jude wist niet hoe ze daarop moest reageren, dus keek ze maar een beetje rond in de kamer.

'Ja,' zei Nat. 'Zoals je ziet, staan hier nog een heleboel spullen van jou. Op een gegeven moment zullen we toch moeten bespreken wat van wie is. We praten nu natuurlijk ook met elkaar, maar ik vind dat we het netjes moeten afhandelen. Ik wil dat jij je eigen spullen krijgt.'

'Daar zat ik helemaal niet aan te denken.'

'Maar het is wel belangrijk.'

'Dat weet ik. Maar op dit moment kan ik die spullen nergens kwijt. Dit is een ingewikkelde periode voor me. Kunnen we niet een poosje wachten en het daarna op een rustige manier doen?'

'Op een rustige manier?' herhaalde Nat met iets van ergernis in zijn stem. 'En zeker ook zonder trammelant? Misschien vind ik het minder makkelijk dan jij om twee levens te ontvlechten die zo met elkaar verstrengeld zijn geweest. Zoals het afzeggen van boekingen waar we zoveel tijd aan hebben besteed. Heb jij iedereen die jij had uitgenodigd voor de bruiloft eigenlijk al geschreven om te zeggen dat die niet doorgaat?'

'Ja, natuurlijk heb ik dat gedaan,' zei Jude. 'Bijna meteen al, dat weet je best.' Er kwam een schokkende gedachte bij haar op. 'Wil je soms zeggen dat jij het nog niet aan iedereen hebt verteld?'

Ditmaal keek Nat ontwijkend. 'Ik heb het tegen een paar mensen gezegd. Ik heb nog niet met iedereen contact opgenomen. Je moet mij jouw lijst geven zodat niemand twee e-mails krijgt.'

Jude wist niet hoe ze dit moet interpreteren. Was Nat er nog niet aan toegekomen om het de mensen te vertellen, zoals hij er soms ook niet aan toekwam om zijn vuile kleren in de wasmand te stoppen? Of had hij het merkwaardige idee dat ze met hangende pootjes bij hem terug zou komen en hem om vergeving zou smeken zodat de bruiloft toch door zou gaan? 'Maar die lijst héb je al. Ik heb jou in bcc gezet,' zei ze. 'En ik heb je een berichtje gestuurd om je daarop te wijzen. Dat moet je hebben gezien.'

'Heel efficiënt,' zei hij op een toon die haar verbijsterde.

'Wat had ik dan moeten doen? Het nieuws maar gewoon naar buiten laten komen? Ik heb mijn vrienden geschreven en ik heb het mijn familie verteld. Jij kunt jouw vrienden en familie schrijven.'

Ze kibbelden kort over welke mensen ze als gemeenschappelijke vrienden moesten beschouwen. Jude zei dat hij gewoon de lijst moest bekijken van iedereen die zij al had ingelicht.

'Moet ik nog contact opnemen met de zaal?' vroeg Nat.

'Heb je dat dan nog niet gedaan?'

'Waarom zou ik het je anders vragen? Ik zal mijn best doen om de aanbetaling terug te krijgen, maar waarschijnlijk willen zij die houden.'

Jude reageerde niet.

'Een beetje zonde van het geld,' zei Nat.

Jude zei nog steeds niets.

'Hoe staat het eigenlijk met dat moordonderzoek?'

'Ik heb geen idee,' zei Jude. 'Daar weet ik helemaal niets van. Ze zullen wel mensen aan het ondervragen zijn.'

'Hebben ze jou ook ondervraagd?'

'Ja.'

'Waarom?'

'Ze ondervragen alle mensen die in de dagen voor Liams dood met hem hebben gesproken.'

'Ze waren vast benieuwd naar jouw relatie met hem.'

'Ze hebben me ernaar gevraagd.'

'Een vroeger vriendje en vriendinnetje die plotseling weer bij elkaar komen. Geloofden ze jouw verhaaltje?'

'Er valt niets te geloven of niet te geloven. Ik ben geen verdachte, Nat. Ik was niet in Londen toen het gebeurde.'

Nat liet een lachje horen dat Jude bijzonder onaangenaam vond.

'Ik zei niet dat jij een verdachte bent. Dat zou belachelijk zijn. Waarom zou je iemand willen vermoorden die je al elf jaar niet had gezien? Waarom zou je zoiets doen? Dat is bijna hetzelfde als liegen tegen de man met wie je zou gaan trouwen en iemand een gunst verlenen die je elf jaar niet meer had gezien. Belachelijk.'

Weer reageerde Jude niet. Ze keek alleen naar Nat, naar de woede die over zijn gezicht trok en die klopte onder zijn slaap. Ze kon niet geloven dat dit de man was met wie ze de rest van haar leven had willen doorbrengen.

'En? Geloofden ze dat? Dat je hem elf jaar niet had gezien? En dat je hem toch een enorme gunst wilde verlenen?'

Judes telefoon ging. Ze pakte die en keek op het scherm. Het was haar broer.

'Je mag dat telefoontje best aannemen, hoor,' zei Nat.

'Ik bel wel terug.'

'Je hebt mijn vraag niet beantwoord.'

'Welke vraag?'

'Over de politie. Of die je wel of niet geloofde.'

'De rechercheurs waren even verbaasd over Liams verzoek aan mij als ik was. Maar volgens mij geloofden ze wel wat ik ze heb verteld.'

'Heb je ze ook verteld dat je tegen mij hebt gelogen?'

'Dat weet ik niet precies meer. Ze weten wel dat ik ben verhuisd.'

'Nou, ik geloof je toevallig niet,' zei Nat. 'Mocht je dat iets kunnen schelen.'

'Wat geloof je niet?'

'Dat je Liam al elf jaar niet meer had gezien.'

'Nou,' zei Jude, 'toevallig kan dat me niets schelen.'

Nat liet zich achterover zakken. Zijn gezicht was rood aangelopen. Zijn ademhaling ging zwaar. 'En?' zei hij. 'Je zei dat je me wilde spreken. Waarover precies?'

Jude moest echt even diep nadenken om zich te herinneren waarom ze hier was, waarom ze zich hieraan had blootgesteld. O ja, ze was gekomen om Nat te vertellen over het auto-ongeluk, te vertellen dat zij achter het stuur had gezeten. Ze had gedacht dat ze hem de waarheid verschuldigd was. Maar ze werd al misselijk bij het idee dat ze dit persoonlijke, pijnlijke verhaal uit haar verleden zou delen met deze rood aangelopen, boze man. 'Ach, het was niet belangrijk,' zei ze. 'Volgens mij hebben we alles nu wel besproken wat er te bespreken viel.'

Toen ze weer op straat stond, haalde Jude een paar keer diep adem om tot rust te komen. Daarna herinnerde ze zich de oproep die ze had gemist. Ze pakte haar telefoon en belde haar broer.

'Ik kom morgen naar Londen,' zei hij. 'Kunnen we ergens afspreken?'

'Waarom? Is er iets aan de hand?'

'Het is makkelijker om het je persoonlijk te vertellen.'

'Gaat het over het testament?'

'Ja, ik heb de paperassen even snel doorgekeken.'

'Kun je niet een tipje van de sluier oplichten?'

'Verricht geen financiële handelingen.'

'Wat betekent dat precies?'

'De nalatenschap van Liam Birch. Betaal daar geen rekeningen mee.'

'Maak je geen zorgen. Dat was ik niet van plan.'

31

Even na tienen de volgende ochtend stapte haar broer het souterrain binnen. Eerst keek hij om zich heen, duidelijk niet onder de indruk. Hij was strak in het pak, waardoor Jude zich sjofel en onvoorbereid voelde. Het was ogenblikkelijk weer alsof ze een tiener was en Michael de afkeurende, oudere broer.

'O, wat erg voor je,' zei hij. 'Ik wist niet dat je onder zulke omstandigheden moest wonen.'

'Het is maar tijdelijk,' zei Jude. 'Als de boel wat tot bedaren is gekomen, ga ik op zoek naar betere woonruimte.'

Michael trok zijn wenkbrauwen op. 'Ja, de bóél,' zei hij. 'Daar moeten we het over hebben.' Hij keek nog eens om zich heen. 'Kunnen we hier ergens zitten?'

Aan zijn stem te horen, twijfelde hij daaraan. Jude leidde hem naar de enige fauteuil die er stond. Zelf pakte ze een houten krukje.

'Wil je thee? Of iets anders?'

Hij keek op zijn horloge. 'Over vijftig minuten heb ik een afspraak in de buurt van Old Street,' zei hij. 'Laten we maar meteen beginnen.'

Hij had een leren koffertje bij zich. Dat maakte hij open en hij haalde er een map van blauw karton uit. Daarin lag één enkel blad papier volgeschreven in zijn kleine, keurige handschrift. Het deed Jude denken aan hun schooltijd. Hij pakte het blad op, zuchtte en legde het weer neer. 'Voor we beginnen, moet ik je volgens mij nog een paar vragen stellen.'

'Zoals?'

'Nou, bijvoorbeeld: gaat het wel met je? Ik ben heel slecht in dat soort dingen. Maar die moord en alle ellende die zoiets met zich meebrengt... Dat moet vreselijk zijn.'

'Ja. Het is zeker vreselijk geweest. Ik wil niet zeggen dat het geweldig met me gaat, maar ik sla me erdoorheen.'

'Ik heb nog nooit iemand gekend die is vermoord. Al heb ik deze man natuurlijk ook niet echt gekend.'

'Ik ook niet.'

'Hebben ze de dader of daders nog niet te pakken?'

'Nee.'

'Ik heb er op internet wat over opgezocht. Al die steekpartijen. Londen is een gevaarlijke stad.'

'Volgens mij is het er tamelijk veilig. Over het algemeen dan.'

Michael pakte het vel papier en toverde een professionele uitdrukking op zijn gezicht. 'Heb jij al die papieren nog bekeken voor je ze naar mij stuurde?'

'Eigenlijk niet. Het was allemaal nogal technisch.'

'In zekere zin,' zei Michael. 'Maar in zekere zin is het ook heel eenvoudig.'

'Wat bedoel je?'

'Om maar met de deur in huis te vallen: jij kunt dit niet afhandelen. Ik weet eigenlijk niet wie dat wel zou kunnen, want dit is namelijk niet echt mijn vakgebied, maar dit moet iemand doen die ervoor heeft doorgeleerd.'

'Ik dacht dat iedereen executeur kon worden.'

'Niet in dit geval.'

'Ga je me nog vertellen waarom niet? Zonet zei je nog dat het heel eenvoudig was.'

Michael ging ontspannen in de fauteuil zitten en zette zijn gedachten op een rijtje. 'Nou,' begon hij, 'als je in een huis bent dat in brand staat, hoef je geen expert te zijn in scheikunde of natuurkunde. Dan moet je je gewoon uit de voeten maken. En volgens mij moet jij je nu ook uit de voeten maken.'

'Hoe bedoel je dat precies?'

'Voor zover ik het kan beoordelen, nadat ik wat door die papieren had gebladerd, draait het hier om twee dingen. Het eerste is Liams werk, dat lijkt te hebben bestaan uit schrijnwerk en het uitvoeren van timmerklussen. Afgaand op wat ik heb gezien, is dat bedrijf insolvabel. De boekhouding lijkt een complete chaos, al heb ik het grootste deel daarvan nog niet bekeken. Ik weet vrijwel zeker dat hij ook klussen moet hebben gedaan die handje contantje zijn afgerekend zonder dat er verder een haan naar kraaide. Maar als ik afga op de onbetaalde rekeningen, denk ik dat zijn bedrijf misschien niet volgens de wet handelde. Hij was bezig met een grote klus en het lijkt erop dat hij problemen had met het innen van die factuur, en zoiets kan de laatste druppel zijn voor een bedrijf dat toch al moeite heeft om het hoofd boven water te houden.'

'Dat klinkt afschuwelijk.'

'Het moet afschuwelijk zijn geweest om dat mee te maken. Jij hebt hem toch gesproken voordat hij stierf?'

'Ja.'

'Leek hij gespannen?'

'Niet echt.'

'Het moet doodeng zijn om te beseffen dat je bedrijf bezig is om stukje bij beetje ten onder te gaan. Ik ken verhalen over mensen die onder soortgelijke omstandigheden zelfmoord plegen. Dat zien ze dan als de enige uitweg.'

'Maar hij heeft geen zelfmoord gepleegd. Hij is vermoord.'

'Inderdaad.'

'Je zei dat er twee dingen waren.'

'Ja, het tweede deel betreft zijn persoonlijke financiën, en die bestaan eigenlijk alleen uit zijn huis.'

'In dat opzicht moet zijn financiële situatie toch beter zijn?'

Michael dacht even na. 'Het is moeilijk om de ene situatie met de andere te vergelijken, maar ik zou niet willen zeggen dat die "beter" is. Het huis staat op zijn naam, maar hij had een hoge hypotheek en voor zover ik heb kunnen zien, heeft hij verscheidene aflossingen gemist.'

'Soms moeten mensen hun hypotheek oversluiten.'

'Soms wel. Maar dat doe je niet door de aflossingen gewoon niet te betalen.'

Daar dacht Jude even over na. 'Was Liam failliet?'

'Dat is een technische term. Om failliet te zijn, moet je je failliet laten verklaren. De niet-technische term is dat het een complete puinhoop is. Mensen die zo leven, hopen er gewoon maar het beste van. Ik snap niet hoe die mensen 's nachts een oog dichtdoen. Iemand, maar niet jij, moet erbij worden gehaald om de boel uit te zoeken. Liam kreeg nog geld van mensen. In het bijzonder voor een klus die hij heeft gedaan voor een man die...' Michael pakte het papier en bekeek zijn aantekeningen. '... Leary heette. Anthony Leary. Er zijn facturen verstuurd ter waarde van duizenden ponden die nog niet zijn voldaan. Misschien was dat een probleem.'

'Denk je dat er ruzie is geweest of zo?' vroeg Jude.

'Ik weet het niet. Ik heb toevallig een paar van die facturen en Liams bankafschriften gezien. Misschien is die Leary gewoon een trage betaler. Maar dergelijke cashflowproblemen kunnen voldoende zijn om een klein bedrijf als dit kopje-onder te laten gaan. En dit bedrijf stond al onder water. Het is de taak van de executeur om dit soort zaken uit te zoeken en ik zie niet in waarom jij dat zou moeten doen.' Hij keek haar doordringend aan. 'Of waarom je dat zou willen.'

'Is dit niet iets waar jij bij kunt helpen?'

Michael schudde zijn hoofd. 'Het was al pijnlijk genoeg om deze verschrikking te moeten bekijken.'

'Zou Liam hebben geweten dat de toestand zo erg was?'

'O, reken maar. Die berg papieren stikte van de betalingsherinneringen en aanmaningen. Hij moet het gevoel hebben gehad zich in een brandend huis te bevinden.'

'Hoe moet het nu verder met het bedrijf, het huis en de rest?'

Michael haalde zijn schouders op. 'Op het eerste gezicht had je vriendje van vroeger helemaal niets. Minder dan niets. Achterstallige hypotheekaflossingen, rood staan bij de bank, onbetaalde rekeningen en klanten die hém niet betaalden. Soms kun je dan nog tot een soort van betalingsregeling komen. Maar daar is professionele hulp voor nodig en daar gaat tijd overheen.'

'Had hij een levensverzekering?' vroeg Jude. 'Je hoort weleens over mensen die dood meer waard zijn dan levend. Zou er dan niet genoeg zijn om de hypotheek af te lossen en zijn rekeningen te betalen?'

'Dat was ik nog vergeten,' zei Michael. 'Toen ik zei dat er twee dingen waren, had ik eigenlijk moeten zeggen drie. Hij had twee levensverzekeringen. De eerste was gekoppeld aan de hypotheek en de tweede is tien maanden geleden afgesloten.'

'Dat moet kort na de geboorte van zijn zoon zijn geweest. In dat geval moet er toch een redelijk bedrag worden uitgekeerd? Of niet soms?'

'Hij heeft ze allebei laten verlopen. Hij betaalde de premies niet meer. Ik heb in rood gedrukte waarschuwingsbrieven gezien voor beide polissen. Het lijkt me sterk dat een van beide ook maar een penny zal uitkeren.'

'Arme Liam.'

'Welkom in de particuliere sector,' zei Michael op een toon die vreemd opgewekt klonk. 'Jij werkt al je hele carrière in de zorg. Jouw riante salaris en je pensioenvoorziening worden betaald van mijn belastinggeld. Maar als de zaken bij de rest van ons, in de echte wereld, misgaan, echt goed misgaan, dan is er geen vangnet. Liam moet hebben geweten dat hij, op wat voor manier dan ook, op een financiële ramp afkoerste.'

Jude ergerde zich aan Michaels bevoogdende toontje dat hij al sinds hun tienertijd tegen haar aansloeg. Maar ze wist dat hij dit werk voor haar in zijn vrije tijd had gedaan.

'Dus jij denkt dat ik dit niet in mijn eentje kan uitzoeken?'

'Dat weet ik heel zeker.'

'Ik zou langs kunnen gaan bij de man die Liam nog geld verschuldigd is. Dat zou toch zeker helpen?'

'Als je het maar uit je hoofd laat.'

'Waarom?'

'Je weet niets over die man, behalve dan dat hij Liam niet heeft betaald. Ik bedoel, voor hetzelfde geld is hij gewelddadig.'

'Maar ik ben de executeur en het is toch mijn taak om schulden te innen?'

'Nee. Ik bedoel, ja. In theorie wel. Maar niet door onverwachts bij hem op de stoep te staan. Waarom stuur je hem geen brief?'

Jude keek Michael bedenkelijk aan.

'Maar goed,' zei hij. 'Daarmee is de ellende die Liam zich op de hals heeft gehaald nog niet verdwenen. Het zou waarschijnlijk helpen om de rekeningen te betalen en misschien blijft er dan zelfs nog een beetje over. Maar het zou niet genoeg zijn om de hypotheek af te lossen. En voor die levensverzekeringspolissen is het te laat.'

'Die polissen,' zei Jude. 'Waren dat gezamenlijke polissen? Ik bedoel voor echtgenoot en echtgenote? Niet dat Liam en Danny daadwerkelijk getrouwd zijn. Of heeft hij die verzekeringen alleen voor zichzelf afgesloten?'

'Als je bedoelt te vragen: waren ze alleen op zijn naam afgesloten dan is het antwoord ja. De begunstigde van de tweede polis was de vrouw met wie hij samenwoonde.'

'Dus Danny krijgt helemaal niets?'

'Heb je het nou over een vrouw?'

'Ja. Zijn partner, de moeder van zijn kind en degene aan wie hij alles heeft nagelaten in zijn testament.'

'Die houdt er niets anders dan een afschuwelijke puinhoop aan over.'

Bij het afscheid gaf hij haar een kus op haar wang en een paar onhandige tikjes op haar arm. 'Maar nu even serieus. Steek je neus er niet al te veel in, Jude. Zo te horen, ben je er nu al te veel bij betrokken.'

'Maak je geen zorgen.'

Hij keek haar argwanend aan. 'Waarom voel ik me nou niet gerustgesteld?'

32

Ook al had Jude het adres van Liam en Vins werkplaats, toch kostte het haar moeite om die te vinden. De kaart op haar telefoon leidde haar naar de rand van Walthamstow, over een weg vol kuilen, met voornamelijk huizen met dichtgetimmerde ramen, tot ze bij het bedrijventerrein Jubilee kwam.

Uit de meeste namen op de gebouwen kon ze niet opmaken wat voor bedrijven er waren gevestigd. Naast een microbrouwerij en een opslag- en distributiebedrijf zag ze namen als MALECO, FORMIX en VISTA READY. Ze liep over het modderige terrein, blies op haar handen en probeerde het juiste pand te vinden tot ze eindelijk een eenvoudig houten bordje zag: LIAM BIRCH: ALLES VAN HOUT. De luiken stonden open. Ze drukte haar gezicht tegen het vieze raam, maar kon niets zien. Wel hoorde ze een kettingzaag. Ze klopte op de deur en na een minuut te hebben gewacht terwijl de ijskoude regen langs haar nek omlaag druppelde, duwde ze ertegenaan. De deur zwaaide open.

De grote, lichte werkplaats die ze binnenstapte bestond uit één ruimte en het was er bijna even koud als buiten. Er hing een zoete, harsachtige geur van hout en op de vloer lag zaagsel. Tegen een zijmuur zag ze een kantoortje met glazen wanden waar een metalen tafel in stond die was bedolven onder een warboel aan papieren, maar verder draaide alles hier om hout. Er stond een schraagtafel die bijna even lang was als de werkplaats, waar allerhande gereedschappen op uitgespreid lagen: kleine en grote zagen met gevaarlijk uitziende zaagtanden, handschaven, raspen, beitels, meetlinten, hamers, tientallen schroevendraaiers, doosjes met schroeven of spijkers en rollen ijzerdraad. Ook zag ze rollen papier waar constructietekeningen op stonden, en potten met verf en vernis.

Tegen de muren stonden meubelstukken waarvan de meeste nog niet af waren: een prachtig melkkrukje, een grote keukenkast zonder deuren en een stel eenvoudige, bij elkaar horende kastelementen, die naast elkaar stonden om geverfd te worden. Allerlei houten planken stonden tegen de muren of lagen op de grond, stuk voor stuk met een andere kleur en een andere nerf.

Achter in het vertrek stond een man die oorkappen en een oranje veiligheidshelm met vizier droeg met zijn rug naar haar toe gekeerd. Hij stond over een grote boomstam gebogen met een kettingzaag in zijn handen. Stukken schors en houtschilfers vlogen om hem heen terwijl hij aan het werk was. Nadat de zaagtanden snel door het hout waren gegleden, ging de man rechtop staan met de nog zoemende zaag in zijn grote, gehandschoende hand.

Hoewel hij haar niet kon hebben gehoord, draaide hij zich toch om waarna hij de machine omhoogstak bij wijze van begroeting om vervolgens naar haar toe te lopen. Pas toen hij haar had bereikt, deed hij de zaag uit. Daarna zette hij zijn helm af en haalde de oorkappen van zijn hoofd waarop zijn donkere haar voorovervicl en houtsplinters rondstrooide.

Ondanks de kou in de ruimte transpireerde hij.

'Hallo, Vin.'

'Dokter Winter,' zei hij waarna hij naar haar grijnsde.

Hij had rechte tanden en zijn kin was donker van de stoppels. Jude kon niet bepalen of hij het vriendelijk of juist sarcastisch bedoelde.

'Ik hoop niet dat je het erg vindt dat ik mezelf heb binnengelaten.'

'Ik voel me vereerd.' Vin legde de zaag neer en wreef even over zijn rug. Daarna pakte hij een handdoek van een haak aan de muur en veegde zijn gezicht ermee af.

'Ik vind het hier prachtig,' zei Jude terwijl ze om zich heen gebaarde. Ze meende het: al het gedroogde hout, de glanzende gereedschappen en de frames van meubels.

Vin keek snel even om zich heen en fronste toen zijn dikke wenkbrauwen. 'Laten we even koffiedrinken. Ik heb een thermosfles bij me. Al is die misschien wel een beetje lauw geworden.'

Jude volgde hem naar het kantoortje. Hij droeg zware schoenen en zijn voetstappen echoden luid op de betonnen vloer. In het kantoortje was nauwelijks genoeg ruimte voor hen allebei, en tot haar ontsteltenis zag ze dat niet alleen de tafel vol papieren lag, maar dat er ook nog een dossierkast van grijs metaal stond waarvan de bovenste lade uitpuilde van de papieren die eruitzagen als facturen en rekeningen. Kwam er dan nooit een einde aan?

Aan het plafond hing een straalkachel, maar toen Vin haar hoopvolle blik zag, schudde hij zijn hoofd. 'Die doet het niet,' zei hij opgewekt. Hij pakte een stoel die tegen een muur stond en gebaarde dat ze moest gaan zitten. Toen haalde hij een thermosfles uit de canvas schoudertas die over de rug van de andere stoel hing waarna hij twee bekers koffie inschonk. Hij ging zo dicht naast haar zitten in de kleine ruimte dat ze zijn lichaamswarmte kon voelen. 'Ik vrees dat ik geen melk of suiker heb. En ook geen koekjes.'

'Geeft niet,' zei Jude.

'Ik wil mijn lunch wel met je delen.'

Het was pas halftwaalf, maar hij haalde een in vetvrij papier verpakt pakje uit zijn tas en vouwde het voorzichtig open. Het had het formaat van een paperback, en was ook behoorlijk dik: twee sneden volkorenbrood met beleg dat ertussenuit puilde. Jude zag rode biet, broccoli, dikke plakken oranje kaas en iets wat op mosterd leek.

'Restjes uit onze koelkast,' zei Vin terwijl hij de sandwich voorzichtig met twee handen optilde en er vervolgens een grote hap van nam. 'Weet je zeker dat je niet wilt?' vroeg hij met volle mond. Zijn kaken gingen krachtig op en neer.

'Nee, dankje,' zei Jude, al voelde ze zich ineens uitgehongerd nu ze hem zijn tanden in het brood zag zetten.

Hij droeg slechts een loshangend T-shirt op zijn spijkerbroek. Toen hij zijn mok optilde en een grote slok nam, rimpelde er een tatoeage op zijn bovenarm.

Ze pakte haar eigen mok waar een rendier op stond. Uit de rand van de mok miste een stukje. De koffie was eerder lauw dan warm, maar wel lekker en sterk. 'Er is iets wat ik je moet vertellen en het leek me beter om dat persoonlijk te doen.'

'Steek van wal.' Hij glimlachte en duwde daarna nog een stuk van zijn sandwich in zijn glimlachende mond.

'Zoals je weet ben ik...'

Hij viel haar in de rede. 'Ja, ja. Jij bent de executeur. Dat moet je niet al te serieus nemen, Jude. Liam heeft jou waarschijnlijk aangewezen bij wijze van grapje.'

'Dat weet ik. En een heel groot deel van me zou het er ook het liefst bij laten zitten.'

'Maar?'

'Een ander, kleiner deel van me vindt dat het een soort verantwoordelijkheid is geworden. Alsof ik het hem verschuldigd ben.'

'Oké,' zei Vin. 'Maar wat wilde je me nu persoonlijk vertellen?'

'Ik heb wat van de boekhouding, rekeningen en zo, aan mijn broer laten zien. Die is accountant. Hij was...' Ze liet een stilte vallen terwijl ze een vriendelijke manier probeerde te vinden om het onder woorden te brengen. 'Een beetje geschrokken. Je bedrijf. Het ziet er niet goed uit. Op zijn zachtst gezegd.'

Vin hief een brede, eeltige hand op. 'Dat hoef ik echt niet te weten.'

'Volgens mij moet je dat wél weten. Kennelijk is het bedrijf insolvabel.'

Hij liet een spottend gegrom horen. Vond hij dit grappig?

'Ik meen het. Ik heb het opgezocht. Jullie handelen niet volgens de wet, en dat betekent dat jullie niet kunnen...'

'Stop.' Omdat Vin net weer een hap van zijn sandwich had genomen, moest hij die eerst doorslikken voordat hij verder kon praten. 'Jij bent arts. Jij hebt een vast inkomen, krijgt doorbetaald bij ziekte en ontvangt vakantiegeld. En je hebt een goed pensioen. Alles is goed voor je geregeld. Maar kijk eens naar ons.' Hij gebaarde om zich heen. 'Wij zijn een klein bedrijf. We zijn met z'n tweeën en werken met onze handen. We doen allerhande klussen tegelijk, voor verscheidene klanten. Het is een kwestie van alle bordjes in de lucht houden. We leven van dag tot dag, snap je? Soms verdienen we wat meer dan we uitgeven en soms verdienen we een beetje minder. Soms gaat er een bedrijf kopje-onder en dan zitten wij met de gebakken peren en moeten we daar weer iets op zien te verzinnen. Soms worden we te laat betaald en hebben we cashflowproblemen, en dat is ronduit klote. Soms krijgen we helemaal niet betaald.'

'Maar Michael zei...'

'Als accountants de boeken van alle bedrijven die zich niet aan de regels houden onder de loep nemen en die bedrijven vervolgens sluiten, dan zou er bijna niemand overblijven. Liam en ik konden het net redden. Soms spande het erom, maar we konden ons redden. We zijn goed in wat we doen. We maken mooie spullen. We zijn trots op ons werk. Sommige mensen maken ons kwaad en soms maken wij mensen kwaad. Maar we bestaan nog steeds.' Hij hield op met praten en keek naar de overgebleven korsten van zijn vroege lunch. 'Maar nu is er natuurlijk geen "wij" meer, hè? Dus ik heb geen idee of ik de zaak draaiende zal kunnen houden. Dit was Liams bedrijf voordat ik erbij kwam, en ik was slechts zijn officieuze partner. Het zal moeilijk zijn om opnieuw te beginnen.' Hij schudde zijn hoofd waardoor zijn dikke haar om zijn gezicht golfde. 'Nou ja, wat moet dat moet.'

Jude wachtte. Ze dronk haar koffie op en stak haar handen in haar zakken om ze te verwarmen. 'Anthony Leary,' zei ze.

Vins hoofd ging met een ruk omhoog. 'Etterbak,' zei hij. En daarna: 'Niet jij, maar hij.'

'Is hij een van de mensen die nooit betaalden?'

'Mensen zoals hij,' zei Vin, 'vinden zichzelf beter dan alle anderen omdat ze geld hebben.' Hij vouwde het papier op en stopte het weer in de tas. 'Niet alleen betaalde hij ons niet, maar dat deed hij ook nog eens met een soort schijnheilige arrogantie.'

'Zo te horen is hij een nare vent.'

'O, jij zou hem vast mogen.' Ineens klonk Vin weer vrolijk en was de boosheid van zijn gezicht gewist zoals een stofdoek stof wegveegt. 'Jij bent per slot van rekening arts en geen timmerman. Jij wilt zeker naar hem toe gaan?'

'Dat leek me het beste.'

Bij de deur aangekomen, verraste hij haar door zijn handen op haar schouders te leggen en zich voorover te buigen om haar te kussen, eerst op de ene en toen op de andere wang.

'Jij bent een koppige tante, hè?' zei hij.

'Ik doe gewoon wat ik moet doen.'

Vin schudde zijn hoofd. 'Wat jij moet doen is terug naar je werk gaan.'

33

Jude ging niet meteen naar Leary, maar bracht eerst een bezoek aan het kleine Italiaanse restaurant dat ze op weg naar Liams werkplaats had gezien. Ze had zo'n honger dat ze bijna misselijk was, en ze besefte dat ze geen echte maaltijd meer had gegeten sinds ze afgelopen zondag terug was gekomen van haar ouders. Ze had alleen wat willekeurige dingen gegeten zoals de gemarineerde ansjovis uit Simons koelkast waarvan de houdbaarheidsdatum al was verstreken.

Het was behaaglijk warm in het restaurant en het rook er heerlijk. Jude bestelde een pizza met olijven en kappertjes, die veel te groot was voor één persoon. De tomatensaus op de pizza borrelde, net als de kaas die kleverige draden trok toen ze een punt naar haar mond bracht. Maar ze at de pizza bijna helemaal op en dronk er een paar glazen water bij, gevolgd door een grote beker koffie. Ze zat zo vol dat ze zich nauwelijks kon bewegen en plotseling voelde ze zich zo slaperig dat ze haar ogen amper open kon houden. Ze had geen zin om de kou en de regen weer in te gaan, en ze wilde ook niet terug naar een huis dat naar vocht rook, waar de koelkast lekte en waar de kat telkens naar haar enkels hapte.

Ze bestudeerde de kaart op haar telefoon. Het huis van Leary lag een kilometer of drie naar het oosten. Als ze hem een bezoekje wilde brengen, moest ze dat doen zolang ze nog iets van wilskracht had.

Twintig minuten later had ze het heel koud en was ze doorweekt. De route had haar langs drukke wegen geleid en ze zat onder de modderspatten van passerende auto's. Tijdens haar fietstocht waren de huizen langzamerhand groter en luxer geworden. Ze waren beter onderhouden, stonden wat verder van de straat af en waren op grotere percelen gebouwd. Was het betwiste geld werkelijk belangrijk voor iemand die in zo'n huis woonde? Voor Liam en Vin was het een kwestie van overleven geweest. Waarschijnlijk zou Leary op woensdagmiddag niet eens thuis zijn.

Dat was hij echter wel. Hij deed de voordeur open en keek haar met argwanend opgetrokken wenkbrauwen aan. Het was een man van middelbare leeftijd met verweerde wangen en een stompe neus die uit de toon viel bij de rest van hem. Zijn grijze haar golfde bij zijn zijscheiding. Hij droeg een grijs pak met een mooie snit dat iets te strak zat, alsof hij op het punt stond naar een vergadering te gaan of daar zojuist van was teruggekeerd. Naast hem stond een woest blaffend hondje.

'Het spijt me dat ik u stoor.' Jude wenste dat ze niet zo nat en bemodderd was. Haar haar zat plat door haar fietshelm en haar vingers tintelden. 'Ik ben dokter Judith Winter.' Ze wachtte om te zien of de naam hem iets zei, maar zijn gezichtsuitdrukking veranderde niet. 'Ik ben aangesteld als executeur met betrekking tot het testament van Liam Birch,' zei ze, ervan uitgaand dat de term 'aangesteld' haar woorden formeler deden klinken dan ze waren.

Nu veranderde de gezichtsuitdrukking van Leary wel. Zijn gezicht betrok en hij fronste, waardoor er rimpels op zijn voorhoofd verschenen.

'Wist u dat hij dood is?'

'De politie is hier al geweest om met me te praten.' Hij streek met zijn wijsvinger langs de binnenkant van zijn kraag. 'Bij wijze van formaliteit.'

'Ik had gehoopt dat ik ook even met u zou kunnen praten.' Jude deed een hoopvolle stap naar voren. De hond begon harder te blaffen terwijl zijn gedrongen lichaam trilde.

Leary bekeek haar van top tot teen. 'Over een halfuur komt mijn zoon thuis van school.'

'Zoveel van uw tijd zal ik niet in beslag nemen.'

Nadat hij een stap naar achteren had gedaan, wenkte hij haar binnen. 'Zou u uw schoenen uit willen trekken?' vroeg hij. 'De schoonmaakster is net geweest.'

Jude hing haar natte jas aan een haak en trok toen haar bemodderde laarzen uit.

'Ik snap niet wat u van mij wilt,' zei hij. 'En ik weet niet wát ze u hebben verteld, maar wat het ook is, ik heb niets verkeerds gedaan.'

'Ik doe gewoon mijn wettelijke plicht,' zei Jude. 'Als executeur van meneer Birch moet ik het geld zien te innen dat mensen hem verschuldigd zijn voordat zijn nalatenschap kan worden afgehandeld.' Omdat ze niet wist of ze de correcte termen gebruikte, haastte ze zich om zich nader te verklaren. 'Ook al is hij dood, toch zult u het geld moeten betalen dat u hem schuldig bent.'

Leary sloeg zijn armen over elkaar en keek haar aan. 'Geen sprake van.'

'Dat bent u wettelijk verplicht.'

'Komt u even met me mee,' zei hij, waarna hij statig door de gang liep, gevolgd door Jude die op haar sokken over het gepolijste hout gleed, met de hond dreigend op haar hielen.

Hij deed een deur open die van de keuken was en gebaarde dat ze naar binnen moest gaan. 'Dít hebben ze gedaan.'

Jude keek om zich heen en zag houten keukenkastjes met dikke houten planken erboven, een granieten aanrecht bij de gootsteen en een groot raam dat uitkeek op een keurige, kale tuin met daarachter geploegde akkers. 'Het is prachtig.'

'Maar het is niet waar we om hadden gevraagd. Ik kan u laten zien waar we wél om hadden gevraagd. Wat we overeen waren gekomen. Wij wilden roestvrij staal, maar hij heeft ons dit gegeven.' Hij tikte op het granieten aanrecht. 'En dat heeft ons een fortuin gekost. Wij wilden keukenkastjes met glazen deuren, maar hij heeft dat gewoon genegeerd, dus toen we terugkwamen van de vakantie die we hadden genomen om te ontsnappen aan het onophoudelijke gebonk, troffen we dit aan.' Hij wees beschuldigend naar de kastjes. 'We hadden gevraagd om een dubbele spoelbak, maar hij heeft er een voor ons gevonden bij de tweedehandszaak verderop in de straat die hij mooier vond.'

'Die ziet er wel mooi uit,' zei Jude terwijl ze een blik op de grote porseleinen gootsteen wierp.

Leary deed een stap naar haar toe. Hij rook vreemd. De geur deed haar ergens aan denken, maar het wilde haar niet te binnen schieten aan wat.

'Ze hebben het budget overschreden, ze hebben te laat opgeleverd en ze hebben niet gedaan waar we om hadden gevraagd.'

'Ik begrijp wel dat...'

Maar hij was niet meer te houden. 'En ze gedroegen zich echt onuitstaanbaar. Liam heeft met een sigaret een brandplek op de tafel gemaakt en toen ik mijn beklag daarover deed, zei hij dat het toch al een afschuwelijke tafel was, die juist mooier werd van een paar onvolmaaktheden. Alsof het een grap was.'

'Zo te horen hebben ze u flink het bloed onder de nagels vandaan gehaald.'

Leary keek haar aan met een gekrenkte uitdrukking op zijn gezicht.

'Nee, ze hebben me niet het bloed onder de nagels vandaan gehaald. Ze hebben zich misdragen en zijn heel onprofessioneel bezig geweest.'

'Maar u bent ze nog wel geld verschuldigd.'

'Zei u zonet nou dat u dokter bent? Dus u hebt medicijnen gestudeerd?'

'Dat klopt.'

'Nou, ik ben ondernemer en ik weet wat ik mensen verschuldigd ben, wanneer ik ze moet betalen en wanneer ik dat niet hoef te doen.'

Jude keek om zich heen. 'Ik weet niet veel over u, maar ik neem aan dat zij dit geld harder nodig hadden dan u.'

'U hebt gelijk,' zei hij. 'U weet niet veel over mij. Ik heb mijn best gedaan om ze tegemoet te komen. Ik heb tegen ze gezegd dat ik pas zou betalen als ze het werk hadden uitgevoerd dat we overeen waren gekomen. Klinkt dat redelijk?'

'Dat is lastig in te schatten voor mij.'

'Nadat ze waren vertrokken, hing de tuindeur uit zijn scharnieren, waren de verwarming en de afwasmachine niet aangesloten en zat het tapijt onder de modder. Overal stonden schoteltjes vol peuken en ze zijn nooit meer teruggekomen. Maar ze hebben me natuurlijk wel een rekening gestuurd.'

'Die u niet hebt betaald.'

'Nee, natuurlijk heb ik die niet betaald.'

'Ik begrijp dat er sprake was van miscommunicatie,' zei Jude. 'Maar het feit blijft dat ze hier wekenlang aan het werk zijn geweest en veel geld hebben uitgegeven aan materiaal...'

'Waar ik niet om had gevraagd.'

'Wilt u daarmee zeggen dat u niet van plan bent om ook maar iets te betalen?'

'Precies.'

'U weet toch dat zijn dood niets aan de situatie verandert? Er kunnen gerechtelijke stappen tegen u worden genomen.' Ze wist niet of dat waar was, maar ze wilde zien hoe hij zou reageren.

Heel even verscheen er iets op zijn gezicht wat bezorgdheid kon zijn, maar verder leek hij onaangedaan. 'Laat maar komen.'

'Mag ik u wat vragen?'

'Wat?'

'Ik ken uw omstandigheden verder niet. Maar bent u in staat om het verschuldigde bedrag te betalen? Of een deel ervan?'

'Wat?' zei hij opnieuw, maar ditmaal geërgerder.

'Ik moet het u wel vragen. Als executeur. U zult toch iets moeten betalen.' Jude voelde zich vreemd toen ze zichzelf die woorden hoorde zeggen, alsof ze streed namens Liam.

'Het feit dat mijn branche het momenteel een beetje moeilijk heeft doet er niet toe,' zei hij ten slotte. Zijn gezicht stond strak van onderdrukte schaamte en boosheid.

'Hebt u ruziegemaakt met Liam?'

'Ik heb geprobeerd om beleefd te blijven.'

'Was hij boos?' Dat kon Jude zich zonder moeite voorstellen. Er school een woede in Liam die ze, al die jaren geleden, af en toe had gezien en die ze nooit was vergeten. Soms was het maar een blik geweest, bijvoorbeeld als zij iets verkeerds had gezegd, maar dat was genoeg geweest om haar angst aan te jagen.

'Boos is nog zacht uitgedrukt. Hij werd ronduit agressief. Uiteindelijk heb ik niet meer opgenomen als hij belde. Ik voelde me bedreigd. Ik heb zelfs overwogen om de politie te bellen.'

Jude keek naar deze man, van wie ze het donkerbruine vermoeden had dat hij Liam en Vin had ingehuurd zonder dat hij ze kon betalen. Ze probeerde zich voor te stellen hoe zij zou hebben gereageerd als ze in Liams schoenen had gestaan. Boos. Agressief. Ja, dat klopte wel zo'n beetje.

34

Het was al donker toen Jude weer terugkwam in het souterrain. De kat siste en de koelkast gierde. Ze trok haar bemodderde laarzen uit en zette de waterkoker aan. Daarna controleerde ze haar telefoon en bekeek de nieuwe sms'jes, e-mails, gemiste oproepen en whatsapp-berichten.

Ze klikte op het eerste sms'je. Dat begon met *Lieve, lieve Jude.* Snel legde ze haar telefoon op tafel met het scherm omlaag. Haar borst deed pijn.

Ze liet het bad vollopen met heet water en goot het laatste beetje van Simons ontspannende badschuim erin. Het schuim kwam bijna tot aan de badrand. Met een zucht liet ze zich langzaam in het water zakken.

Ze dacht aan Liam die zijn sigaret had uitgedrukt op een tafel die hij lelijk vond en toen had moeten lachen. Daarna moest ze eraan denken dat hij de schuld van het auto-ongeluk op zich had genomen zonder ooit de martelaar uit te hangen of zich voor te staan op zijn opofferingsgezindheid. Ze dacht aan hem zoals hij was geweest toen ze hem voor het laatst had gezien: glimlachend naar haar, ondoorgrondelijk. Ze dacht aan hem als dode: een lichaam dat uit het zicht was geduwd onder een struik in het moeras, in de regen en de duisternis.

Ook dacht ze terug aan het moment dat ze Nat niet had kunnen vertellen wat ze als tiener had gedaan: ze had haar geheim niet kunnen delen met de grimmig kijkende vreemde die ze gisteren had gesproken. Even deed ze haar ogen dicht en gleed ze onder water, om daarna spetterend uitademend weer boven te komen.

Een bepaalde gedachte zat haar opeens dwars.

Met een badlaken om zich heen geslagen ging ze op bed zitten. Ze pakte haar mobieltje, vond het nummer van Leila en belde meteen. 'Het leek me goed om je op de hoogte te brengen,' zo viel ze met de deur in huis.

'Op de hoogte waarvan?'

'Om te beginnen is Liams financiële situatie een chaos.' Jude liet een stilte vallen, want ineens schoot haar te binnen dat Leary tegen haar had gezegd dat de politie al met hem had gesproken. 'Maar dat wist je waarschijnlijk al.'

'Inderdaad.'

'Ik ben bij iemand langsgegaan van wie Liam nog veel geld tegoed had. Ene Anthony Leary. Liam en hij hebben overduidelijk enorme ruzie gehad.' Jude wachtte, maar Leila reageerde niet. 'Ik dacht dat het misschien de moeite waard is om hem nader te onderzoeken.'

'O ja?'

Weer zweeg Jude afwachtend, maar Leila zei verder geen woord. 'Maar wat ik je echt graag wilde vertellen, heeft met Nat te maken.' Ze kuchte. 'Mijn ex.'

'Ik weet wie Nat is.'

'Toen je me vorige keer naar hem vroeg, zei ik dat hij helemaal geen weet had van Liam. Maar er is me net iets te binnen geschoten. Over de ochtend dat alles is begonnen, toen Liam me kwam opzoeken in het ziekenhuis en me om die gunst vroeg. Nou, toen Liam ineens voor mijn neus stond, heb ik Nat een berichtje gestuurd dat hij niet moest komen.' Jude wachtte. Weer geen reactie. Niets. 'Ben je er nog?' vroeg ze.

'Ja.'

'Nou, ik zat dus te denken: stel je voor dat mijn berichtje te laat kwam en dat Nat al de deur uit was voor onze ontbijtafspraak? Stel je voor dat hij me samen met Liam heeft gezien? Ik wil alleen maar zeggen dat hij ons samen gezien kan hebben. Misschien heeft hij de verkeerde conclusies getrokken.'

De woeste manier waarop haar gevoelens van liefde en genegenheid waren omgeslagen in animositeit en achterdocht maakte haar misselijk.

'Was dat alles?'

'Ja. Wat denk jij ervan?'

'We zullen het natrekken.'

'Waarschijnlijk is het niets,' zei Jude. 'Ik ben nergens meer zeker van. Dat ene waar we het laatst over hadden, het autoongeluk en dat ik toen achter het stuur zat, ik kon het niet aan Nat vertellen. Met geen mogelijkheid. Ik was naar hem toe gegaan om alles op te biechten, maar hij deed zo vervelend en boos dat ik het niet kon opbrengen.'

'Dat snap ik wel,' zei Leila op een vriendelijker toon.

'Ja.'

'Maar nu moet ik ophangen.'

'Natuurlijk.'

'Mag ik je een goede raad geven?'

'Nou?'

'Dat executeurgedoe. Doe het een beetje kalm aan. Probeer je eigen leven op de rit te krijgen in plaats van het zijne.'

35

Midden in de nacht werd Jude wakker en ze kon de slaap niet meer vatten. Haar hoofd gonsde van alles wat ze wist over Liam en zijn leven. Hij was jarenlang afwezig geweest en soms had ze zich afgevraagd wat er van hem was geworden. Maar ze had hem nooit gegoogeld. Ze was nooit naar hem op zoek gegaan op Facebook of Instagram. Dat had als verboden kennis aangevoeld.

Nu hij dood was, kwam ze van alles over hem aan de weet: over zijn familie, zijn huis en zijn bedrijf. Ze wist meer over zijn financiële situatie dan over die van haar zelf. Ze wist er zelfs meer over dan hij ooit had geweten. Ze kende de belangrijke plekken in zijn leven: waar hij was opgegroeid, waar hij had gewoond en waar hij had gewerkt. Maar terwijl ze al die dingen die nacht in gedachten weer de revue liet passeren, bedacht ze dat ze één plek nog niet had gezien. Toen ze besloot om ernaartoe te gaan vond ze dat idee op een vreemde manier rustgevend. Daarna viel ze weer in slaap.

Pas toen ze de volgende ochtend aan haar tweede kop koffie zat, herinnerde Jude zich de gedachte die midden in de nacht bij haar was opgekomen. Ook in het grauwe ochtendlicht leek het nog steeds een goed idee. Ze had verder toch niets te doen. Waarom niet nu?

Wat had Leila ook alweer tegen haar gezegd? De moerassen bij Walthamstow. Ze bekeek de locatie op haar telefoon. Het was een groot gebied dat over een lengte van meer dan een kilometer langs de westkant van de rivier de Lea liep, tot aan de waterreservoirs. Zou ze de plek kunnen vinden? Toen schoot haar opeens nog iets anders wat de rechercheur had gezegd te binnen. Het was vlak bij een plek waar mensen paardreden. Vlakbij? Had ze dat echt gezegd? Jude wist het niet meer. Ze keek nog eens op de kaart en zag de Lea Valley-manege. Daar kon ze naartoe gaan om rond te kijken. Dat zou haar in elk geval een idee geven van de plek waar Liam was vermoord.

Ze keek uit het raam. Het was iets over negenen, maar het leek nog steeds niet echt licht. Ze trok een trui en een jas aan, zette een muts op, deed handschoenen aan, wikkelde een sjaal om haar hals en stapte daarna op de fiets. Ze reed door Stamford Hill en Clapton en nam toen de Lea Bridge Road. Ze kwam langs de kunstijsbaan en zette uiteindelijk haar fiets op slot bij de manege. Ze liep over het pad dat links van de manege lag. Het werd een park genoemd, maar het veranderde al snel in iets wat meer leek op een heidegebied met her en der wat struiken, een oase van wildernis die ingeklemd lag tussen nieuwe woontorens aan de westkant en een bedrijventerrein aan de oostkant. Ze hoorde het gegons van verkeer en, om de zoveel tijd, het geratel van een trein. Maar zelfs nu, op een doordeweekse ochtend, zag Jude dat dit een plek was waar iemand ongezien kon worden vermoord en het lijk kon worden verstopt.

Naarmate ze verder bij de weg vandaan liep, werd het landschap wilder, met ruig struikgewas langs de rechterkant van het pad. Jude zag ook waarom het lichaam zo snel was gevonden. Er waren de gebruikelijke joggers, al renden die voornamelijk over het heidegebied. Aan haar linkerkant zag ze hondenuitlaters met loslopende honden die nieuwsgierig liepen te snuffelen.

Net toen ze het welletjes vond, zag ze het plotseling. Voor zich, net naast het pad, lag een kleine uitstalling van kleuren. Toen ze dichterbij kwam, zag ze dat het bloemen, briefjes en foto's waren. Het was een klein spontaan opgericht monument voor Liam.

Ze bleef doodstil staan terwijl ze de koude wind en een beginnende regen op haar wangen voelde. Haar borstkas voelde strak en haar keel schrijnde door de tranen die ze niet had vergoten. Dit was het laatste wat Liam had gezien. Zijn lichaam was naar die braamstruiken gesleept en daar half onder gestopt. Hier, op de plek waar ze nu stond, moest hij zijn laatste adem hebben uitgeblazen. Had hij geweten dat hij doodbloedde? Was hij bang geweest om te sterven? Ze had hem nooit bang meegemaakt. Zelfs in de nacht van het auto-ongeluk had hij slechts een treurige geamuseerdheid uitgestraald, alsof hij zijn schouders ophaalde over de grillen van het leven.

Dit was de volmaakte plek voor een moord. Dichter bij de weg stonden straatlantaarns en waren er meer mensen. Maar hier was er een grote kans dat niemand iets zou merken. Ze keek terug naar waar ze vandaan was gekomen. Ja. Vanaf deze plek zou je Liam hebben zien aankomen, maar stond je zelf verborgen in de duisternis.

Jude keek omlaag naar het trieste, kleine monumentje. Het middelpunt was een geplastificeerd kartonnen bordje met Liams foto erop. Het was een ietwat wazige foto, maar ze begreep wel waarom juist die was gekozen. Hij draaide zich net naar de fotograaf toe met een verraste glimlach op zijn gezicht. Ze vroeg zich af wie die foto had genomen.

'Wat doe jij hier?'

Er stond een man naast haar. Hij was lang en zwaargebouwd en zijn gezicht werd aan het oog onttrokken door de capuchon van zijn jas en de grote wollen sjaal om zijn hals. Plotseling besefte Jude hoe alleen ze hier was. Er waren wel mensen in het park, maar er was niemand in de buurt.

'Ik heb hem gekend,' zei ze.

De man trok de capuchon van zijn hoofd. Hij had krullend haar en een licht baardje. 'Waarvan?' vroeg hij.

Jude wist niet goed wat ze moest zeggen. Was ze deze vreemdeling verantwoording verschuldigd? 'Ik kende hem van school.'

Er verscheen een glimlach op zijn gezicht. 'Dan weet ik wie jij bent. Jij bent degene die...' Hij maakte zijn zin niet af. 'Jij bent naar het huis gekomen.'

'Ja.'

Hij hief zijn hand op. Daarin hield hij een losse bloem. 'Ik kom hier vrijwel elke dag,' zei hij. Hij knielde en legde de bloem op de grond. 'Dat zal ik tot de uitvaart blijven doen.' Hij kwam overeind en keek Jude belangstellend aan.

'Waar ken jij Liam eigenlijk van?' vroeg ze.

'Ik ben een van zijn huisgenoten.'

Jude dacht even na. 'Dan moet jij Doc zijn. Klopt dat?'

'Jij hebt goed opgelet.'

'Ik heb over je gehoord.'

'Echt?' vroeg hij. 'Wat dan precies?'

Met enige gêne besefte ze dat ze alleen nog wist dat hij luidruchtige seks in het huis had. En dat hij toast liet aanbranden. 'Alleen je naam. Dat jij daar ook woont. Met Erika.'

'Jij handelt het testament af,' zei hij.

'Het ligt ingewikkeld,' zei ze vaagjes.

Met z'n tweeën stonden ze naar het monumentje te kijken.

'Je ziet die dingen tegenwoordig te pas en te onpas,' zei hij. 'Aan een hek langs de kant van de weg waar een fietser is overreden door een vrachtwagen. Of je ziet de foto van een tiener die is doodgestoken. Ik vond zulke monumentjes altijd een beetje overdreven. In mijn ogen stonden ze symbool voor te koop lopen met je verdriet. Maar ik denk er nu heel anders over. We verkeren allemaal in shock. Toen ik op de lagere school zat, is een meisje dat een klas hoger zat door een auto geschept en overleden. Maar behalve haar ken ik niemand van mijn leeftijd die gestorven is.'

Jude keek naar Doc, naar zijn plechtige gezichtsuitdrukking en zijn bijna theatrale houding van verdriet. 'Hij is niet gewoon gestorven,' zei ze. 'Hij is vermoord.'

'We hebben het over je gehad,' zei hij. 'Niemand kende jou. Niemand had zelfs maar over je gehoord, behalve Danny, en toen bleek hij vlak voor zijn dood contact met jou te hebben opgenomen. En vervolgens had hij ook nog een testament opgesteld dat jij moet uitvoeren.'

'Niet in mijn eentje, hoor,' zei Jude. 'Samen met zijn broer.'

'Ja, dat is ook vreemd.'

'Hoezo?'

'Ach, ik kende Liam waarschijnlijk niet zo goed. Het gaat mij niet aan wie hij heeft uitgekozen om zijn testament af te handelen.' Hij glimlachte. 'Ik denk niet dat hij mij iets heeft nagelaten?'

'Nee, sorry.'

Doc maakte aanstalten om zich om te draaien, maar bedacht zich. 'Loop je met me mee naar het huis?' vroeg hij.

Jude wees in de tegenovergestelde richting. 'Mijn fiets staat daar.'

Hij stak zijn hand uit. Ze legde de hare erin, waarna hij die net iets te lang vasthield, alsof hij hem woog. 'Dan zien we je wel weer bij ons thuis.'

'Daar loop ik vast in de weg.'

Dat ontkende hij niet. Hij haalde alleen zijn schouders op en liep toen over het pad dat naar het huis leidde.

36

Die avond ging Jude op stap met een stel vrienden. Dat was de eerste keer sinds haar leven zo publiekelijk in duigen was gevallen, de eerste keer sinds het uit was met Nat, en ze voelde zich vreselijk nerveus en kwetsbaar. Maar ze wist dat hoe langer ze hiermee wachtte, hoe moeilijker het zou worden, dus had ze een douche genomen en haar haar gewassen, leuke kleren aangetrokken en parfum opgedaan, waarna ze met opgeheven hoofd en een glimlach op haar gezicht de drukke pub binnen was gegaan.

Ze verwelkomden haar, natuurlijk. Dit waren haar vrienden, haar intimi, de mensen die ze het allerbeste kende en die haar altijd zouden steunen, wat ze ook deed of wat ze ook op haar kerfstok had. Iedereen omhelsde haar, kuste haar of legde een hand op haar arm tijdens hun gesprek. Ze kochten drankjes voor haar, en toen nog meer drankjes en al snel werden haar gedachten wazig en werd de strakke knoop van schaamte en angst losser. Ze praatte – over Nat, over de dood van Liam, over het feit dat zij tot executeur was benoemd, over het naargeestige souterrain en de norse kat, over dingen die ten einde waren gekomen, over schaamte en eenzaamheid. Ze maakte er een grapje van – een grapje ten koste van zichzelf. Ze stak haar armen in de lucht, zwaaide met haar handen en zei tegen haar vrienden dat ze van hen hield. Ze lachte en terwijl ze dat deed, begon ze ineens te huilen. Nu ze een beetje aangeschoten en emotioneel was, had ze het gevoel dat ze hun alles, echt alles, kon vertellen. Maar toch zei ze niets over het auto-ongeluk op haar achttiende. Dat bewaarde ze nog steeds achter slot en grendel. Alleen Leila kende de waarheid.

De volgende dag ging in een waas aan haar voorbij. Ze had een kater en een droge mond, ze voelde zich uitgewrongen en kon zich nergens toe zetten. Ze liep wat te niksen in het souterrain, dronk veel water, at 's avonds een kom pasta en ging daarna vroeg naar bed.

Toen ze zaterdag wakker werd, was ze zich van twee dingen bewust: het eerste was dat de kat naast haar bed luidruchtig een haarbal ophoestte. Het tweede was dat haar telefoon ging. Ze stak een hand uit, tastte naar de telefoon en nadat ze erop had gekeken zag ze dat het bijna tien uur was. 'Ja?' Ze had het gevoel dat iemand met een baksteen op haar hoofd had geslagen. Ze zou verscheidene mokken thee nodig hebben.

'Jude, met Danny.'

'Hallo.'

Jude ging moeizaam rechtop zitten. De kat braakte luidruchtig lucht op. Misschien was het beest ziek. Of misschien ging het wel dood, net zoals alle planten hier leken te doen.

'Ik wil dat je even langskomt.'

'Bij jou?'

'Schikt het begin van de middag?'

'Dat haal ik niet,' zei Jude. Eigenlijk zou dat wel kunnen, maar Danny's gebiedende toontje irriteerde haar.

‘Wat later dan?’

‘Waarschijnlijk kan ik tussen halfvier en vier uur wel bij je zijn,’ zei Jude. ‘Als het belangrijk is.’

‘Geweldig.’ Danny hing op zonder ‘tot dan’ te zeggen en zonder haar te bedanken.

Jude zette een pot thee en toen ze die op had, zette ze ook nog koffie en at twee geroosterde boterhammen met honing. Ze voerde de kat en probeerde hem te aaien. Daarna gaf ze de slaphangende planten water. Misschien gaf ze die wel te veel. Ze maakte de keuken aan kant, stofzuigde en ging daarna in bad liggen om met een half oor naar een podcast te luisteren.

Leila had gezegd dat ze háár leven op de rit moest krijgen en niet de puinhoop die Liam had achtergelaten, en daar had ze gelijk in. Liam was dood en kon niet meer worden gered.

Ze dacht aan de modderige grond waar zijn lichaam had gelegen, aan de verwelkte bloemen en de briefjes. Liam had op zo’n heerlijke, gevaarlijke manier gebruist van het leven en nu lag hij ergens in een mortuarium. Ze had veel overledenen gezien. Ze begeleidde mensen die aan het einde van hun leven waren, en veel van wat ze deed bestond uit hulp om hun overlijden zo comfortabel mogelijk te laten verlopen. Maar ze had nog nooit het dode lichaam gezien van iemand van wie ze had gehouden, iemand die ze in haar armen had gehad.

De regen van de afgelopen dagen was opgehouden en de lucht was opgeklaard tot een melkachtig blauw. Jude liep kwiek het hele stuk naar Walthamstow en stopte onderweg alleen even om een puntzakje gepofte kastanjes te kopen. Iets voor vieren was ze – lekker uitgewaaid door de oostenwind – op haar bestemming.

Toen ze op de voordeur klopte, ging die bijna meteen open. Danny stond voor haar. Ze droeg een legging en een nauwsluitend oranje jack met een hoge kraag. Ze was blootsvoets en Jude zag een geometrische tatoeage op haar welgevormde enkel. Doordat ze haar haar boven op haar hoofd had opgestoken, leek ze zo mogelijk nog langer dan ze was.

'We hebben net even een work-out gedaan,' zei ze. 'Hè, Alfie?'

Jude zag de peuter ineens half verscholen achter zijn moeder staan, met zijn armpjes om haar lange benen geslagen. Jude glimlachte naar hem waarna hij om zijn moeder heen gluurde en er een stralende lach op zijn gezichtje verscheen. Iets waar Jude bizar blij mee was. 'Hallo, Alfie.'

Danny tilde hem op en liep met grote passen naar de rommelige keuken. Jude hing haar jack op en volgde haar. Zelfs Danny's rug zag er gespannen uit.

'Is alles wel oké?' vroeg ze terwijl ze ging zitten. Op de tafel voor haar stonden verscheidene opgebrande waxinelichtjes en een schaal boordevol mandarijntjes.

'Hoe kán alles nou oké zijn?'

'Ik bedoel,' zei Jude, 'wat is er aan de hand?'

Danny liet Alfie op de vloer zakken en gaf hem een houten lepel waar hij meteen woest mee tegen een tafelpoot begon te slaan. 'Wat er aan de hand is?' Ze liet een kakelend lachje horen.

'Jij vroeg of ik langs wilde komen.'

Jude kromp even ineen toen Alfie een klap tegen haar been gaf.

'Ik wilde je iets vragen,' zei Danny.

Dat had ook via de telefoon gekund, wilde Jude zeggen, maar dat deed ze niet. Ze knikte alleen langzaam om Danny aan te sporen verder te gaan.

'Ik bedoel, ik wilde je echt iets vragen. Gewoon iets tussen jou en mij.'

'Ga je gang,' zei Jude.

'Wat wil jij nou eigenlijk?'

Het klonk meer als een beschuldiging dan als een vraag. Jude hield Danny's blik een paar lange tellen vast. Alfie liet de houten lepel los en begon doelbewust door de keuken te kruipen.

'Ik wil helemaal niets.'

'Jude,' zei Danny zacht. 'Ik weet dat dat onmogelijk waar kan zijn.'

Jude haalde haar schouders op. 'Dan weet ik niet wat ik verder nog tegen je kan zeggen.'

'Je neust rond in onze levens. Je hebt Doc zelfs opgespoord.'

'Waar heb je het over? Ik kwam hem toevallig tegen bij het moeras.'

'Op de plek waar Liam is vermoord, bedoel je.'

'Die plek ligt in het moerasgebied.'

'O, doe me een lol!'

'En ik neus niet rond. Ik ben Liams executeur.'

'Iets wat jou het volmaakte excuus geeft om rond te neuzen.'

'Heb je gevraagd of ik langs wilde komen zodat je me kunt beledigen?'

'Ik heb gevraagd of je langs wilde komen zodat je mij de waarheid kunt vertellen. Die blijft tussen ons. Maar ik moet de waarheid weten. Dat begrijp je toch wel? De waarheid kan me bevrijden.'

Was dat geen citaat?

'Ik kan je niet bevrijden,' zei ze zacht. 'Je zoekt op de verkeerde plek. Meer kan ik je niet vertellen.'

Danny keek haar aan met glinsterende ogen. Daarna, alsof er een knop was omgezet, verzachtte haar gezichtsuitdrukking. Haar schouders ontspanden zich en de strakke vijandigheid op haar gezicht verdween. 'Het spijt me,' zei ze. 'Ik wilde niet onaardig tegen je doen. Soms kan ik een echt kreng zijn. Ho, wacht even, Alfie.'

Hij had de deur bereikt. Danny kwam overeind, pakte hem op en liep weer met hem naar de tafel waar hij een handje uitstak en een paar mandarijntjes van de schaal sloeg, die daarna over het houten tafelblad rolden.

'Alles is zo'n chaos,' zei Danny. 'Zijn financiële situatie was zeker een grote puinhoop?'

'Daar lijkt het wel op. Dat moet een schok voor je zijn.'

Danny pakte een mandarijntje en begon het zorgvuldig te pellen. Haar vingers waren lang en zaten vol ringen. Pas toen ze klaar was met pellen zei ze weer iets. 'Ik heb geprobeerd om er met hem over te praten. Ik vond rekeningen waarvan hij de envelop niet eens had geopend. Hij betaalde geen hypotheekaflossingen. Hij sloot verzekeringen af waar hij dan de premies niet meer voor betaalde. Wat kun je dan verder nog doen?' Ze liet een ruw lachje horen. 'Van sommige mensen wordt toch gezegd dat ze dood meer waard zijn dan levend? Nou, dat gaat niet op voor onze arme Liam.' Ze scheurde een vel keukenpapier van de rol die op tafel stond, snoot haar neus erin en legde haar kin toen op Alfies zachte krullen. 'Dinsdagmiddag is de uitvaart.'

'Dat wist ik niet.' Jude dacht aan de instructies in zijn testament. Na een korte aarzeling zei ze: 'Ongetwijfeld weet je dit al, maar hij wilde in een rieten kist...'

'Ja, ja. Met zijn oude werkschoenen erbovenop.'

'Precies.'

'Eigenlijk wilde hij als een Viking gecremeerd worden in een boot die dan de zee op wordt geduwd, maar het blijkt moeilijk te zijn om dat te regelen. We houden hier vlakbij een soort bijeenkomst om zijn leven te vieren, zeg maar. Daarna volgt een wake hier in huis en de dag erna wordt hij begraven op de begraafplaats van Walthamstow.'

'Het wordt vast een mooie plechtigheid.'

'Dat vraag ik me af. We organiseren alles samen, en ik weet zeker dat jij inmiddels hebt gemerkt dat dit niet bepaald het best georganiseerde huishouden is. Veel onvoorbereide livemuziek en mensen die voor de vuist weg een toespraakje zullen houden.'

'Dat zou Liam mooi hebben gevonden.'

'Wil jij wat eten klaarmaken voor de wake?'

'Ik?'

'Ja, die wake houden we hier.'

'Ik wist niet eens of je me er wel bij wilde hebben op de uitvaart.'

Danny snoof, maar het klonk niet onvriendelijk.

'Heus, als je liever hebt dat ik niet kom, is het ook goed.'

'Je maakt zeker een geintje? De vrouw met wie hij had afgesproken op de dag dat hij stierf. De vrouw die hij tot executeur van zijn testament heeft benoemd. De vrouw aan wie hij zijn dierbare houten schaal heeft nagelaten... Maar goed, ik zou het fijn vinden als jij wat hapjes zou willen maken voor de wake.'

'Wat voor dingen precies?' vroeg Jude behoedzaam.

'Dat moet je zelf weten. Geen sandwiches met komkommer of dat soort dingen. En jij bent niet de enige. Ik vraag iedereen die ik maar kan bedenken om iets mee te brengen. Zolang ik maar niets hoef te doen.'

'Hoeveel mensen verwacht je?'

'Geen idee. Iedereen die wil komen. Liam kende heel veel mensen. Op de een of andere manier trok hij die aan. Als motten naar een vlam. Mensen die hem één keer hadden ontmoet, wilden meteen zijn vriend zijn.'

Jude knikte. Ze zag Alfie een handje uitsteken en zijn vingers verstrengelen in Danny's zachte haardos.

'Dus ik breng dinsdag wat te eten mee, maar geen sandwiches,' zei ze.

'En trek vooral niets zwarts aan.'

Tussen Danny's wimpers glinsterden tranen.

Jude stond op. 'Ik moest maar weer eens gaan.'

'Hoe laat is het?'

Jude keek op haar telefoon. 'Tien over halfvijf.'

'Verdomme. Irina en Vin hadden gezegd dat ze hier zouden zijn om op Alfie te passen. Dat hadden ze beloofd.'

'Moet jij dan ergens naartoe?'

'Ik zou gaan schaatsen. Dat is mijn ding. Ik ga elke zaterdagmiddag met mijn zus, weer of geen weer. Dat doen we al jaren. Iedereen heeft tegen me gezegd hoe belangrijk het is dat ik vandaag ga schaatsen: een stukje normaliteit te midden van al deze ellende. En dan nemen zij niet eens de moeite om op tijd te komen. Wat moet ik nu doen?' Terwijl ze sprak, ging haar blik naar Jude. 'Kun jij misschien...' zei ze. 'Alleen maar tot zij er zijn?'

Hoe haalde Danny het in haar hoofd om haar zoontje bij haar achter te laten? 'Meen je dat nou?'

'Het komt wel goed. Lees hem gewoon wat voor. Speel verstoppertje. Vin en Irina kunnen er elk moment zijn. Ik moet nu snel mijn spullen pakken en rennen, anders kom ik te laat voor mijn tijdslot.'

Zonder op Judes instemming te wachten, stond ze op en zette Alfie bij Jude op schoot. Hij was warm en zacht en zijn haar kriebelde tegen haar neus. Hij draaide zijn hoofdje om en keek haar diep in de ogen. Hij kneep zijn oogjes toe en zijn onderlip pruilde. Kennelijk probeerde hij te bepalen of hij zou gaan huilen of niet.

Jude pakte een mandarijntje. 'Laten we deze samen delen,' zei ze opgewekt waarna ze de vrucht begon te pellen.

Danny verliet de keuken na een haastige afscheidsgroet, maar kwam toen weer binnenrennen om een zaklamp te pakken. 'Het is donker daarginds in de moerassen,' zei ze terwijl ze de keuken opnieuw verliet.

Een paar minuten later hoorde Jude de voordeur met een klik dichtgaan.

Een vriendin van Jude had onlangs een manische pup gekocht en zij had verteld dat je zo'n beestje op ooghoogte moest benaderen en er niet bovenuit moest torenen. Omdat Jude het idee had dat hetzelfde voor kleine kinderen gold, tilde ze Alfie op uit de stoel en ging op haar hurken naast hem zitten. 'Wat zullen we gaan spelen?' vroeg ze hoopvol.

Alfie stak zijn mollige handje uit en duwde bij wijze van experiment tegen haar borst. Jude liet zich achterovervallen zodat ze op de vloertegels lag, tegels die vies en vettig bleken te zijn.

Alfie gierde het uit van de pret.

Daardoor aangemoedigd ging Jude weer op haar hurken zitten, waarna ze opnieuw werd geduwd en omviel, en dezelfde blije reactie van Alfie kreeg.

Dat herhaalde ze nog verscheidene keren. Het leek wel alsof hij er geen genoeg van kon krijgen.

'Allemachtig,' hoorde ze iemand zeggen.

Moeizaam krabbelde ze overeind terwijl ze tegelijk haar trui over haar ontblote buik probeerde te trekken.

Vin en Irina waren opeens in de keuken en keken haar verbaasd aan, terwijl Jan, de student, met een gepijnigde gezichtsuitdrukking in de deuropening stond.

'Nee maar, dokter Winter,' zei Vin met een brede glimlach.

'Je ziet er verhit uit,' zei Irina. Maar zij glimlachte niet.

'Jullie zijn laat,' zei Jude. 'Danny is al gaan schaatsen.'

'We waren drank aan het halen voor de wake.'

'Jullie zijn toch te laat.' Ze keek op naar Irina, beseffend dat iedereen in dit huis veel te lang was: naast deze mensen voelde zij zich nietig en weinig indrukwekkend. 'Nou, dan ga ik maar.'

'Ja, prima.' De glimlach was nog altijd niet van Vins gezicht verdwenen. 'Jij duikt ook overal op. Hier in huis, in de werkplaats, op de plek waar Liam is vermoord, in zijn testament.'

Jan stond nog steeds in de deuropening. Alfie trok aan Judes hand en liet een grommend geluid horen, als een motor.

'Ik ben hier alleen maar omdat jullie er niet waren,' zei Jude chagrijnig.

'Kom op, mannetje.' Vin tilde Alfie hoog in de lucht en zette hem op zijn schouders. Meteen greep Alfie zijn haar vast en gniffelde.

'Nou, tot ziens dan maar,' zei ze.

'Tot dinsdag bij de uitvaart.' Irina keek wat vriendelijker.

'O, Jude...' zei Vin terwijl ze langs hem liep, en ze draaide zich om. 'Ja?'

'Er zit een vieze veeg op je wang. Hier.' Hij raakte zijn eigen wang aan om de plek duidelijk te maken.

Jude wreef verwoed over haar gezicht. 'Beter zo?'

'Ja. Tot ziens.'

Jan volgde haar naar de voordeur en bleef naast haar staan terwijl ze haar jack aantrok. Hij verplaatste zijn gewicht van de ene voet op de andere en schraapte een paar keer ongemakkelijk zijn keel. Toen ze op het punt stond te vragen of hij iets wilde zeggen, riep Vin vanaf de andere kant van het huis en was het moment voorbij.

37

'Wat eten mensen eigenlijk op een wake?' vroeg Jude die avond toen ze haar moeder aan de telefoon had.

'Chips,' zei ze ferm. 'Chips en sandwiches en dingen zoals saucijzenbroodjes.'

Dat klonk Jude meer in de oren als een kinderfeestje dan als een wake. 'Het moet vegetarisch zijn,' zei ze. 'En géén sandwiches.'

'Gerookte zalm op bagels met roomkaas.'

'Gerookte zalm is niet vegetarisch.'

'Wat dacht je van pitabroodjes met dingen om in te dippen? Hummus, guacamole, dat soort dingen?'

'Ja, misschien.'

'Ik kan een hele lekkere maken met kikkererwten en kokos.' Dee werd enthousiast. 'En eentje met rode biet en mierikswortel. Maar rode bieten maken wel vlekken. En je kunt een paar hele camemberts uit de oven maken.'

'Volgens mij moet jij dit doen in plaats van ik.'

'Ik kan je wel komen helpen. Het wordt vast leuk, net als toen we nog huisgenoten waren. Ik heb morgen eigenlijk niet veel te doen. Zal ik 's middags langskomen? We kunnen zelfs een chocoladecake maken. Daar zijn de mensen gek op. Zo rond halftwee?'

'Dee,' zei Jude, 'dat zou echt fantastisch zijn.'

Jude kookte kikkererwten, pelde knoflookteentjes en kneep citroenen uit. Dee kneedde deeg en liet pure chocolade smelten. De keuken, die Jude als naargeestig had beschouwd, vulde zich met warmte en lekkere geuren. 'Dit heb ik gemist,' zei ze.

'Ik ook. Toe, vertel me eens over die Liam die jouw leven op z'n kop heeft gezet.' Om Dee's mond zat chocolade.

'Wat zou ik moeten vertellen? Je weet al wat er is gebeurd.'

Dee haalde haar schouders op. 'Beschrijf hem eens voor me. Hoe was hij toen jullie nog tieners waren?'

'Impulsief,' zei Jude. 'Charismatisch, zou ik zeggen. Boos. Roekeloos. Goed met zijn handen. Artistiek in zekere zin. Maar hij was ook nogal fatalistisch.' Ze staarde in de verte terwijl ze de Liam van vroeger probeerde te scheiden van degene die ze de afgelopen dagen had leren kennen. 'Je zou kunnen zeggen dat hij een soort aanvoerder van de bende was, als je begrijpt wat ik bedoel. Hij was indrukwekkend.'

'Hij klinkt een beetje als een alfamannetje.' Dee legde het deeg een kom.

'Misschien.'

'Vind je dat niet een beetje vreemd?'

'In welk opzicht?'

'Hij lijkt helemaal niet jouw type.'

'Daar heb je gelijk in,' zei Jude lachend. 'Dat is hij ook niet. Dat was hij niet.'

'Maar toch krijg je een bepaalde uitdrukking op je gezicht als je over hem praat.'

'Ik was toen pas achttien.'

'Het lijkt net alsof je nooit over hem heen bent gekomen.'

'Gelul. Ik hield van Nat. Ik dacht nooit meer aan Liam. Nou ja, bijna nooit meer.'

'Toen hij zo plotseling opdook, heeft dat iets in je losgemaakt en daarna is hij plotseling gestorven. Dus jij hebt nooit de tijd gekregen om te ontdekken of hij zo'n man was die gewoon zijn eigen gang ging met vrouwen.'

'Hij ging niet zijn eigen gang met mij,' zei Jude. 'Er is niets gebeurd en er zou ook niets zijn gebeurd. Ik had geen gevoelens voor hem, behalve nieuwsgierigheid en dankbaarheid.'

Dee trok een wenkbrauw op. 'Dankbaarheid?'

Jude stond op het punt om het uit te leggen, maar bedacht zich toen. Ze kon het niet, niet op dat moment, nog niet. 'Omdat hij ooit wel belangrijk voor me was.'

Dee roerde de gesmolten chocolade nog eens om. 'En nu ben je nauw betrokken geraakt bij zijn partner en zijn vrienden. Dat is toch zeker een beetje raar?'

Daar dacht Jude even over na. 'Dat is waarschijnlijk makkelijker dan mijn eigen leven weer op de rit krijgen,' zei ze ten slotte.

Toen Dee knikte richtte Jude haar aandacht op de hummus die ze aan het maken was, maar ze voelde dat haar vriendin haar nog altijd onderzoekend en afwachtend aankeek. 'Het is echt een heel vreemd huishouden,' zei ze. 'Ik bedoel dat iedereen in dat huis vreemd is.'

'Hoe precies?'

'Dat is moeilijk te omschrijven. Als ik daar ben, voelt alles een beetje betoverd en een beetje bedreigend, en ik weet nooit of ze me de waarheid vertellen of alleen, tja... een toneelstukje opvoeren, alsof alles een soort spelletje is. Het is net alsof daar geen normale...' Ze zocht naar het woord. 'Regels zijn. Grenzen.'

'Dat klinkt vreselijk.'

'Ze houden elkaar allemaal in de gaten. Dat geldt ook voor mij.'

'Bedoel je nou dat ze jou in de gaten houden of jij hen?'

'Ik weet het niet. Allebei misschien.'

'Ik begrijp niet waarom je telkens teruggaat naar die mensen. Ze klinken griezelig.'

'Maar ergens zijn ze ook geweldig.'

Dee keek heel ernstig. 'Ik vind dat je er niet meer naartoe moet gaan, Jude. Volgens mij is dat niet gezond.'

Jude begon te lachen. 'Ik ga in elk geval nog naar de uitvaart. We hebben al dit eten niet voor niets klaargemaakt.'

'Nee, je moet hiermee ophouden. Je moet daar weggaan en weer normaal worden.'

'Ik zal erover nadenken. Dat beloof ik. Maar eerst wil ik die uitvaart achter de rug hebben.'

38

Jude had tot dan toe in haar leven zeven uitvaartplechtigheden bijgewoond. Twee ervan waren in een kerk geweest, vier in een crematorium, en één – voor een oom die ze nauwelijks had gekend – in een conferentiezaal even buiten Birmingham. De uitvaart voor Liam vond plaats in zijn werkplaats. Toen Jude dat voor het eerst hoorde, had ze het een bizar, bijna godslasterlijk idee gevonden, maar meteen daarna was ze van gedachten veranderd. Het leek toepasselijk. Liam deed niet wat andere mensen deden, zelfs niet in de dood.

Toen ze bij de ingang van het bedrijventerrein uit haar taxi stapte, zag ze allemaal mensen arriveren, een onwaarschijnlijk bont gezelschap dat tussen de kleurloze, vervallen bedrijfspanden door liep. Ze voelde zich op een vreemde manier ongemakkelijk omdat zij de enige was die wat traditioneler gekleed ging. Het verzoek was 'doe iets kleurigs aan' geweest, maar toen ze zich die ochtend aankleedde, had ze ineens niet meer gedurfd. Ze had wel degelijk kleurige kleding. Ze had een oranje overall en een rok met talloze gerafelde stroken gele, blauwe en rode zijde. Ze had een veren stola van een verkleedfeestje van lang geleden. Ze kon kiezen uit felgekleurde blouses of truitjes met dessin. Maar het merendeel van die spullen lag nog in haar oude appartement – dat tegenwoordig Nats huis was en niet meer het hare – en de kleren die ze wel had meegenomen wilde ze niet eens passen. Ze was een ex-vriendin van Liam. Ze was betrokken bij zijn dood. Ze was verantwoordelijk voor het uitvoeren van zijn testament. Dit was niet het moment om de aandacht te trekken. Daarom had ze besloten om een van haar androgyne mantelpakjes aan te trekken, een grijze, met daaronder een witte blouse. Toen ze dat pakje kocht, had ze gehoopt dat ze dan – in het juiste licht – op Marlene Dietrich zou lijken, maar nu hoopte ze alleen dat ze zich onopgemerkt tussen de carnavaleske kostuums kon mengen.

Ze herkende niemand totdat ze Leila zag die bij de ingang van de werkplaats stond. Jude liep naar haar toe met, zoals altijd, een enigszins onbehaaglijk gevoel.

Toen de rechercheur haar zag, glimlachte ze naar haar. 'Nou, laten wij maar niet tegelijk naar binnen gaan.'

'Wat bedoel je?'

Leila gebaarde naar Judes kleren en daarna naar die van haar zelf. Onwillekeurig begon Jude te glimlachen. Ze droegen praktisch hetzelfde.

'De mensen zullen denken dat we dat hebben afgesproken.'

'Jij vindt het waarschijnlijk vreemd dat ik hier ben,' zei Jude.

'Nee, helemaal niet. Jij bent zijn ex-vriendin. Jij bent de executeur. En nu ben je kennelijk ook bevriend met de weduwe.' Door de manier waarop Leila het zei, klonk het meer als een beschuldiging dan als een constatering . 'Maar goed,' ging ze verder, 'ik hoopte al dat je zou komen.'

'Waarom?'

'Je hebt me over je verloofde verteld. Je ex-verloofde. Nat Weller. Ik wilde je gewoon vertellen dat hij niet langer een brandpunt van ons onderzoek is.'

'Een brandpunt van jullie onderzoek? Wat houdt dat in?'

'Jij dacht dat hij misschien wist van jou en Liam, dat hij boos was vanwege jullie connectie.'

'Het leek me mogelijk,' zei Jude behoedzaam. 'Al heb ik natuurlijk nooit gedacht dat hij, nou ja, je weet wel...'

'Liam heeft vermoord.'

'Ja.'

'We hebben uitgezocht waar hij op de avond van de moord was.'

'En? Was hij op het feest?'

Er gleed een onverwachte uitdrukking over het gezicht van de rechercheur, iets bedachtzaams, bijna steels, maar Jude had het nog niet gezien of het was alweer weg.

'Een poosje,' zei Leila.

'Wat bedoel je met "een poosje"?'

'Het feestje eindigde al vroeg. Het regende.'

'Waar was hij dan?'

'Dat doet er niet toe. Ik vond gewoon dat je moest weten dat Nat niet langer wordt verdacht.'

'Oké. Maar waarom kun je dat niet zeggen?'

'Ik mag geen bijzonderheden over het onderzoek delen. Zo simpel ligt het.'

Jude knikte. 'Dus Nat heeft Liam niet vermoord, maar dat wist ik al. Maar fijn dat je het me hebt verteld.'

'Laten we maar naar binnen gaan.'

Jude keek naar het gezicht van de rechercheur waar een vriendelijke maar ondoorgrondelijke uitdrukking op lag. Ze dacht aan de uitdrukking die ze een paar momenten eerder over haar gezicht had zien trekken.

'Wat verzwijg je voor me?'

'Ik verzwijg heel veel voor je, Jude. Het gaat hier namelijk om een moordonderzoek en jij bent geen collega van me, maar een getuige.'

'Er is iets met die avond,' zei Jude.

Even duidelijk alsof ze naar een film keek, zag ze Nat voor zich toen ze na haar rampzalige reis naar de cottage in Norfolk thuis was gekomen. Ze was veel eerder terug dan verwacht en hij was aan de telefoon geweest. De toon waarop hij had gesproken had zowel sussend als een tikje boos geklonken. Wat had hij ook alweer gezegd? Ze deed haar best om het zich te herinneren, maar misschien had ze het nooit geweten. Ze probeerde zich voor de geest te halen hoe hij had gekeken toen hij haar had zien binnenkomen. Was er iets, een moment van paniek, geweest voordat hij naar haar toe was gekomen om haar te omhelzen? Of verzon ze dat nu?

'Was Nat die avond bij iemand?' vroeg ze met een iel stemmetje. 'Is dat wat je me niet vertelt?'

'Ik heb alles gezegd wat ik wilde zeggen en wát ik heb gezegd, suggereert niets. Als je vragen hebt, moet je die aan hem stellen.'

Jude drukte een hand tegen haar hoofd en voelde het welbekende gezoem van opkomende hoofdpijn. 'Misschien was hij, terwijl hij zo gek deed tegen mij, wel degene die écht ontrouw was.'

'Dat heb je mij absoluut niet horen zeggen. Nee, zoiets heb ik helemaal niet gezegd. Je moet geen overhaaste conclusies trekken, Jude. Ik heb je alleen verteld dat we hem nergens van verdenken.'

'Nou, goed dan,' zei Jude. Ze voelde zich broos en stuurloos. Het vertroebelde haar blikveld. 'Als het niet waar is, dan kun je me dat vertellen. Je kunt me vertellen dat Nat niet ontrouw was.'

'Ik kan alleen zeggen wat ik al heb gezegd. De rest moet je met hem bespreken.'

39

Het leek in niets op een traditionele uitvaart. Er waren geen uitvaartmedewerkers die mensen hun plaats wezen. Er was geen draaiboek voor de plechtigheid. De deuren van de werkplaats waren gewoon wijd opengezet. Jude sloot zich aan bij de rij mensen en toen ze eenmaal binnen was, hapte ze even naar adem. Al het gereedschap dat her en der had gelegen was opgeruimd en er stonden nu rijen planken op schragen, die geïmproviseerde banken vormden. Aan de muren hingen grote vellen papier met ruwe schetsen van schilderijen. Het effect was verbluffend: een uitbarsting van felgekleurde extatische menselijke figuren die dansten, deinden, zwommen en door elkaar heen liepen. De figuren werden omgeven door water, lucht, zon en sterren. Alles was geschilderd in primaire kleuren, in tinten blauw, rood en geel. Het had veel weg van gebrandschilderd glas, en de kleuren waren zo krachtig en fel dat het leek alsof de zon erdoorheen scheen.

Ze zag kale boomtakken waaraan lampjes waren gehangen, en overal in de ruimte stonden vazen met groene takken. Vooraan was een laag podium. Op een werkbank in het midden stond de rieten kist, maar die was nauwelijks zichtbaar vanwege alle bloemen en bladeren die erin waren geweven. Liams hoge werkschoenen stonden erop, met de neuzen naar de aanwezigen gericht.

Om de kist heen stonden stoelen en een heel scala aan muziekinstrumenten: gitaren, een contrabas, een elektrisch keyboard en verschillende andere instrumenten die Jude niet eens herkende. Ze keek om zich heen en zag Vin en Danny vooraan zitten, druk in gesprek. Om de zoveel tijd zag Danny een bekende die ze dan begroette door geluidloos haar lippen te bewegen. Doc stond aan de andere kant van het podium een luidspreker in te regelen waarbij hij af en toe een gebaar maakte naar iemand achter in de zaal. Soms pakte hij zijn gitaar waar hij zacht op tokkelde en kort wat melodieën speelde die hij vervolgens weer liet wegsterven. Hij zag eruit alsof hij ziek was.

Jude vond een plek aan het eind van een bank, helemaal achterin. Ze pakte haar telefoon en staarde ernaar alsof ze iets belangrijks moest afhandelen. Eigenlijk deed ze dat om geen aandacht van bekenden te trekken. Als ze iemand zag die ze kende, zou diegene misschien naast haar komen zitten, en ze had geen zin om op welke manier dan ook een reactie te moeten veinzen. Ze wilde gewoon alleen zijn met haar gedachten.

Er klonk geroezemoes, gevolgd door voetstappen op de krakende houten vloer. Langzaam ebde het geluid weg en toen werden de deuren dichtgedaan. Er hing een verwachtingsvolle sfeer in de lucht die bijna voelbaar was, zoals in een concertzaal. Jude hoorde applaus. Toen ze opkeek van haar telefoon, zag ze Vin op het podium staan. Hij droeg een amberkleurige broek van geperst velours en een zwart met wit jasje. Hij leek net een ceremoniemeester bij een middeleeuws banket.

Op dit soort momenten, wanneer iemand op het punt stond

om in het openbaar te spreken, had Jude vaak last van plaatsvervangende zenuwen, een nervositeit namens de spreker. Maar dat was nu niet het geval. Vin voelde zich duidelijk op zijn gemak te midden van vrienden.

'We zijn hier om...' Hij maakte zijn zin niet af en glimlachte. 'Ik had willen zeggen dat we hier zijn om afscheid te nemen van Liam, maar dat klopt niet. We zijn hier niet om afscheid van hem te nemen, want hij zal voor altijd bij ons zijn. En we zijn hier ook niet om om hem te rouwen. We zijn hier om zijn leven te vieren.' Hij liep een paar stappen naar de kist en gaf er een paar zachte klopjes op. 'Dit feestje is ter ere van jou, makker. Ik hoop dat je ervan zult genieten.' Hij draaide zich terug naar de menigte. 'Een paar van ons gaan wat muziek spelen. Liedjes die Liam mooi vond. En wat nummers die Liam misschien niet mooi vond, maar die wij graag spelen.' Er werd kort en zacht gelachen. 'Vervolgens worden er een paar woorden gesproken. En daarna gaan we naar ons huis, waar iedereen die wil, welkom is. Oké. Zijn jullie klaar, jongens?'

Twee vrouwen en drie mannen kwamen het podium op en knikten naar de menigte. Een van de vrouwen bleek Irina te zijn. Haar haar was ditmaal donkerder rood geverfd en golfde over haar schouders, als een verzameling levende slangen. Ze droeg een groene cape. De groep muzikanten bestond uit een bonte mengeling van verscheidene modestijlen: grunge, hiphop, jazz en hippie. Ze pakten hun verschillende instrumenten – een van de mannen haalde een viool uit een kist – en nadat ze die hadden gestemd en wat tegen elkaar hadden gemompeld, begonnen ze te spelen. Hun muziek was even divers als hun modestijlen. Niemand kondigde van tevoren aan wat ze gingen spelen of vertelde na afloop wat er was gespeeld. Het leek nog het meest op een stel vrienden die plezier maakten. Jude hoorde een folkachtig deuntje, iets wat aan Bob Dylan deed denken, iets in de stijl van Leonard Cohen en een solostuk voor viool dat wellicht van Bach was. Iemand uit de menigte kwam naar voren met een trompet en daarna lieten ze een stuk horen dat Jude wel iets weg vond hebben van Miles Davis of John Coltrane.

Terwijl ze speelden, keek Jude om zich heen naar alle mensen die ze niet kende. Ze zag voornamelijk ruggen, maar het was duidelijk dat bijna iedereen bizar en prachtig gekleed ging. Voorin zag ze Liams ouders zitten: ook zij hadden gehoor gegeven aan het verzoek 'doe iets kleurigs aan'. Alfie zat naast Tara. Jude kon net zijn zachte krullen zien. Het leek wel alsof ze naar een veld vol wilde bloemen keek. In hun grijze mantelpakje vormden Leila en zij de saaie types.

Daar helemaal achterin, op het puntje van de bank, dacht ze terug aan het moment dat ze Liam voor het eerst had ontmoet. Toen had ze zich net zo gevoeld als nu, tussen zijn exotische groep van vrienden: als een toeschouwer van de andere aanwezigen, die een bepaalde geheime kennis hadden die voor haar verborgen werd gehouden. Hoe wisten zij wat ze moesten doen en wat ze moesten dragen? Waar kochten ze de vreemde gewaden die ze aanhadden? En hoe kwamen ze aan hun enge drankjes en dito spul dat ze rookten of snoven?

Liam was haar enige, kortstondige connectie geweest met dat leven. Een bestaan dat haar aantrok, maar dat ze ook wantrouwde. Gedurende die maanden leek hij iets in haar te zien wat niemand anders had gezien, iets wat zij nooit in zichzelf had gezien, alleen in anderen. En nu bevond ze zich opnieuw in die positie en zag ze dat weer in deze levendige, prachtige mensen, maar niet in zichzelf. Jude keek naar de manier waarop die mensen gekleed gingen: zo bedreven en gevat en met zoveel schwung. Ze keek naar haar eigen kleren. Die hadden moeten voorkomen dat ze zou opvallen, maar waarschijnlijk had ze er exact het tegenovergestelde mee bereikt. Leila en zij leken de enigen te zijn die op zeker hadden gespeeld. Maar Leila kon nog aanvoeren dat ze zo gekleed ging vanwege haar werk, dus eigenlijk ben ik de enige, dacht Jude.

Nadat een prachtig, vrolijk volksliedje ten einde was gekomen, legden de muzikanten hun instrumenten neer. Er ging een applaus op waarna ze opstonden, naar voren liepen en naast elkaar gingen staan. Irina hief haar handen om een einde te maken aan het applaus. Toen het stil was geworden, wachtte ze een paar seconden en keek toen haar metgezellen links en rechts van haar aan. Ze gaf een kort knikje en de groep begon te zingen. Het nummer klonk als iets oerouds – de woorden die Jude kon herkennen waren Latijn – en ineens leek het alsof het geluid de houten wanden en het plafond liet vibreren. Jude ervoer het als een hartstochtelijke uiting van kameraadschap, iets waar zij dolgraag deel van uit zou maken, maar waarvan ze wist dat ze dat nooit zou doen en dat brak haar hart. Ze dacht aan zichzelf, aan Nat en aan hun rommelige, bezoedelde, leugenachtige relatie. Dát had zij gehad, en Liam dít, maar nu was hij het kwijt.

Toen het lied, vrij plotseling, was afgelopen, draaiden de zangers zich naar de kist toe, bogen kort hun hoofd en liepen toen in stilte het podium af. Voorin zat iemand schor te snikken, waarschijnlijk Tara die haar hoofd gebogen hield. Jude merkte dat haar ogen vol tranen stonden, waardoor ze niet goed kon zien. Ze haalde een papieren zakdoekje uit haar zak om haar ogen te deppen en haar neus te snuiten waarna ze ineens besefte dat Vin op het podium stond en rondkeek door de werkplaats.

'Het leek gepast om dit hier te doen,' zei hij. 'Het is mijn geluk geweest dat ik Liam heb leren kennen.' Hij draaide zich om naar de kist. 'Echt, ik heb geboft met jou. Maar nu ga ik de anderen over jou vertellen.' Hij wendde zich weer tot de aanwezigen. 'Liam was de broer die ik nooit heb gehad. Hij was de beste vriend die ik nooit had gehad totdat ik hem leerde kennen. We woonden in hetzelfde huis en we werkten zij aan zij. We zijn samen aan de slag gegaan omdat we allebei een droom hadden. Ik had nooit gedacht dat we dit echt voor elkaar zouden krijgen, maar Liam geloofde van wel, en dit is de plek waar we het hebben gedaan. Hier droomden we onze dromen, hier maakten en repareerden we dingen. We hebben een bedrijf opgericht dat pieken en dalen heeft gekend, zoals altijd het geval is, maar we hebben er een succes van gemaakt.' Hij gebaarde om zich heen. 'We zeiden dat het ons zou lukken en het ís ons verdomme ook gelukt.'

Er steeg een zacht applaus op. Judes ogen hadden vol nietgeplengde tranen gestaan toen Vin begon te spreken, maar nu had ze het gevoel dat ze weer enigszins tot bezinning kwam. Bij dit deel van een uitvaartplechtigheid voelde ze zich altijd slecht op haar gemak, of die nou in een kerk of in een prachtig versierde werkplaats werd gehouden. Het zeggen van dingen die niet waar waren of slechts een troostende versie van de ongemakkelijke waarheid, want zulke dingen hoorde je nou eenmaal te zeggen over de betreurde dode. Jullie hebben er geen succes van gemaakt, zei ze tegen zichzelf, en dat weet je heel goed.

'Maar het draaide nooit alleen om het werk,' sprak Vin verder. 'Bij Liam ging het altijd om familie. Om Danny. Om kleine Alfie hier.' Zijn stem brak even waarop hij ophield met spreken en slechts langzaam knikte. Het was alsof hij het niet aandurfde om verder te praten. Hij haalde twee keer diep adem en legde toen een hand op de kist. 'Ik wil gewoon even tegen je zeggen dat we allemaal goed op deze plek zullen passen, makker.' Hij gebaarde nog een keer door het gebouw. 'En we zullen namens jou op je gezin passen. We zullen ons best doen om jou waardig te zijn.' Hij gaf nog een klein knikje. 'Goed, we hebben allemaal tegen Danny gezegd dat zij niets hoefde te doen of te zeggen. Maar Danny laat zich nou eenmaal niet betuttelen. Dus deze heel bijzondere dame zal nu ook een paar woorden spreken. Kom het podium maar op.'

Hij stak een hand uit en hielp Danny de verhoging op. Ze draaide zich om naar de gasten. Ze droeg een zwarte broek met een satijnen bies langs de pijpen, een scharlakenrood smokingjasje en ze had scharlakenrode lippenstift op, die scherp afstak tegen haar doodsbleke gezicht. Jude vond dat ze er standvastig en fel uitzag, en bijna grandioos in haar verdriet. Toen ze begon te praten, klonk haar stem zo vast en rustig dat Jude zich afvroeg of ze iets had geslikt.

'Toen Liam en ik elkaar leerden kennen, waren we allebei een beetje...' Danny liet een korte stilte vallen. 'Chaotisch. Maar ik had nog nooit iemand zoals hij ontmoet. Hij was knap en hij had bijzonder vriendelijke ogen. Hij was de creatiefste persoon die ik ooit had ontmoet, hij was geestig, hij was apart en hij deed onverwachte dingen.' Weer liet ze een korte stilte vallen. Ze woog haar woorden duidelijk heel zorgvuldig af toen ze verderging. 'Van trouwen is het nooit gekomen, maar toch hebben we elkaar een soort van gelofte gedaan. Die ging niet over elkaar liefhebben, eren en gehoorzamen en zo. Wij beloofden dat we voor elkaar zouden zorgen. En dat we elkaar zouden vertrouwen.' Ze leek de draad even kwijt te zijn. 'Maar er waren ook andere dingen. Liefde. Dat aspect van de huwelijksgelofte hebben we wel in ere gehouden. We hebben beloofd om van elkaar te houden. En we zeiden dat we samen oud zouden worden. Dat is ons niet gelukt.' Ze snufte en drukte de rug van haar rechterhand tegen haar neus. 'Dat spijt me, Liam. Het spijt me dat ons dat niet gelukt is.' Er viel een lange stilte, zo lang dat er een golf van onbehaaglijkheid door de menigte ging, een bepaalde ongedurigheid. Danny leek te zijn vergeten waar ze was. Ze keek achterom naar de kist. 'Dag, Liam,' zei ze.

Er steeg een geroezemoes op uit het publiek. Dat erkende ze met een koninklijk hoofdknikje. 'Bedankt, allemaal. Nu zal zijn broer, Dermot, iets zeggen.'

Iedereen keek vol verwachting naar Dermot, maar die bewoog zich niet. Na een paar momenten van ongemakkelijk afwachten, stapte Danny van het podium af en liep naar hem toe. Ze boog zich voorover en fluisterde iets in zijn oor, waarna ze weer rechtop ging staan en haar hand uitstak. Dermot pakte hem beet en hij kwam overeind. Danny leidde hem naar het lage podium en bleef wachten terwijl hij erop stapte. Ze knikte hem toe, half bemoedigend, half dwingend.

Jude zag Dermot nu pas. Toen hij met zijn gezicht naar de menigte stond, onbeholpen en stijf, had ze het gevoel dat hij net zo was als zij. Hij maakte geen deel uit van deze groep. Hij hoorde er niet bij. Het was alsof het verzoek om kleurige kleren aan te trekken niet helemaal tot hem was doorgedrongen. Net als zij was hij gekleed op een traditionelere uitvaart. Hij droeg een donker pak dat hem iets te groot was. Zijn enige tegemoetkoming aan bonte kleuren was de stropdas met het extreem drukke patroon, maar de dikke knoop daarin zag eruit alsof die hard tegen zijn hals drukte.

Dermot haalde een vel papier uit zijn zak en vouwde het open. Toen hij het omhoog hield, trilde het. Hij begon de tekst onhoorbaar voor te lezen waarna iemand op de achterste rij riep dat hij harder moest praten. Dat bracht hem duidelijk van zijn stuk. Hij begon van voren af aan, iets luider deze keer, maar desondanks kreeg Jude niet al zijn woorden mee. Het leek nog het meest op een schouwspel van iemand die zowel nerveus als intens verdrietig was. Het resultaat was geen uitbarsting van emoties, maar juist het tegenovergestelde. Het was een plichtmatig schoolopstel over wanneer zijn broer was geboren, waar hij naar school was gegaan en welke banen hij had gehad. Als arts zijnde zag Jude dat er iemand op het podium stond die nog steeds vastzat in de schok van een groot verlies. Er werd niets gezegd over hoe Liam als mens was geweest, niets over wat Dermot voelde, geen enkele erkenning van de traumatische gebeurtenissen. In zekere zin was het ontroerender dan de vlotte, theatrale oprechtheid van Vin en Danny, want Dermot stond daar voor alle aanwezigen, en die zagen hem lijden. Op zijn gezicht, dat zo op dat van Liam leek, verschenen uitdrukkingen die niet helemaal klopten, alsof hij er geen controle over had.

Dermots toespraak kwam niet tot een conclusie. Er was geen samenvatting, geen laatste uiting van emotie. Het stopte gewoon, en toen dat gebeurde, keek Dermot eerst naar de aanwezigen en daarna naar zijn vel papier alsof hij dat nu pas voor het eerst zag. 'Dat was het,' zei hij met trillende stem. 'Dat was alles.' Hij keek om zich heen.

Opeens voelde Jude zich nerveus. Ze moest denken aan de keer dat ze in een toneelstuk had gespeeld en een van de acteurs zijn tekst was vergeten. Maar hier was niemand om Dermot te souffleren, en hij leek niet te weten wat hij moest doen of hoe hij van het podium moest komen.

'Ik weet het niet,' zei hij. 'Ik weet niet wat ik verder nog moet zeggen. Hij was mijn oudere broer. Ik ging ervan uit dat hij er altijd zou zijn, om een beetje op me te letten of zo.' Hij veegde zijn ogen af met zijn mouw en wilde net nog iets zeggen toen Danny de verhoging op liep, haar armen om hem heen sloeg en iets bemoedigends in zijn oor fluisterde waarna hij zich naar beneden liet leiden. Er steeg een gemompel van medeleven op uit het publiek.

De muzikanten keerden terug naar het podium en Irina kondigde aan dat ze een van Liams lievelingsstukken gingen spelen, een oude Ierse jig, terwijl de kist naar buiten werd gedragen. Een hele groep mensen kwam het podium op: Vin, voor de tweede keer; Erika; een man met een lange grijze baard die een geborduurde kimono droeg; een lange, magere jongeman in een soort gevangenispak met verticale strepen en twee andere lange jongemannen in vrijwel identieke overhemden met paisleydessin. Ze stelden zich op rond de kist en pakten die beet. Vin gaf een knikje waarna de kist werd opgetild en eerst naar de ene en toen naar de andere kant overhelde zodat de schoenen op de deksel begonnen te glijden. Jude stelde zich Liams lichaam in de kist voor dat in die benauwde ruimte verschoof. Een van de mannen verloor bijna zijn grip waarop Vin duidelijk hoorbaar iets venijnigs fluisterde. Maar ten slotte rustte de kist op hun schouders waarna ze heel langzaam de treden van het podium af liepen, begeleid door de zoete, wervelende noten van de jig.

Danny stond op, gevolgd door Tara en Andy, met Alfie tussen hen in. Danny stak haar arm uit en nam haar zoontje bij de hand. Hij droeg een gebreid blauw vest met geborduurde bloemen erop en hij keek verward terwijl hij onvast op zijn wankele beentjes achter de kist aan liep. Toen ze bij de deur kwamen, tilde Danny hem op.

Langzaam stroomde de ruimte leeg. Jude bleef zitten waar ze zat terwijl de andere mensen langs haar heen liepen op weg naar buiten. Ze luisterde naar de muziek en zag Liam er in gedachten op dansen – hij kon goed dansen, met soepele ledematen, helemaal opgaand in zijn eigen wereld. Ze bedacht hoe vreemd het was dat hij niet meer leefde en dat niemand hier had gezegd dat hij was vermoord.

Ze zag dat Dermot zijn stropdas had afgedaan en met glazige ogen naar de uitgang liep. Ze onderschepte hem door voor hem te gaan staan. Toen hij haar zag, verscheen er langzaam een blik van herkenning in zijn ogen. Ze deed een stap naar hem toe en keek hem recht aan.

'Je hebt een shock,' zei ze. 'Ik weet hoe dat eruitziet. Binnenkort zul je het echt gaan voelen, en daarna kun je het verwerken.'

'Ja,' zei hij mat.

'Ik vind het heel goed van je dat je bent gekomen en dat je dit hebt gedaan. Dat zou Liam gewaardeerd hebben.'

Hij keek haar wat aandachtiger aan, alsof hij haar nu pas echt opmerkte. 'Echt waar?'

Jude dacht bij zichzelf dat de Liam die zij had gekend het waarschijnlijk niet heel erg had kunnen waarderen. 'Natuurlijk,' zei ze.

40

Even later liep Jude naar buiten. Het begon te schemeren en de maan stond al aan de hemel. Aan de andere kant van het terrein waren de baardragers gestopt bij een lijkwagen en probeerden ze de kist in de open laadruimte te krijgen. De bloemen lieten los. Twee in formeel zwart geklede mannen, de ene heel klein en de andere heel groot, stonden er met zichtbare afkeuring naar te kijken. De Ierse jig was nog steeds te horen, en de rouwenden stonden in groepjes te wachten in de koude wind.

'Ga jij hierna naar de wake?' Leila liep naar Jude toe terwijl ze een dikke jas aantrok.

'Ikke? Nee.'

'Ik ook niet.' Leila aarzelde even en knikte toen. 'Nou, tot ziens dan maar.'

'Tot ziens.'

'En, Jude?'

'Ja?'

'Ik weet het niet. Pas goed op jezelf, denk ik.'

Jude keek de rechercheur na toen ze vertrok. In gedachten liep ze alles wat Leila over Nat had gezegd en niet had gezegd nog eens na. Hij had een alibi voor de avond van de moord, dat uit meer bestond dan het Guy Fawkes-feestje waar hij met hun vrienden was geweest. Hij was vroeg vertrokken en daarna ergens anders naartoe gegaan. Maar als dat iets onschuldigs was geweest, waarom had hij haar dat dan niet verteld? Waarom had hij haar laten geloven dat hij bij Dee en hun vrienden was geweest en daarna naar huis was gegaan?

Ze probeerde zich te herinneren wat hij precies had gezegd over die avond. Hij had gezegd dat hij – ja, wat? Dat hij best een leuke avond had gehad. Ja. Ze wist bijna zeker dat hij het zo had geformuleerd. Die herinnering was heel helder omdat alles wat er in de cottage en op de dag erna was gebeurd op een wrede manier in haar geheugen stond gegrift. Vervolgens had hij verteld dat het had geregend waardoor niemand lang was gebleven. Hij was vroeg naar huis gegaan. Daar was Jude zeker van, en dat hield in dat hij tegen haar had gelogen op hetzelfde moment dat zij tegen hem had gelogen.

Haar keel verstrakte toen ze eraan terugdacht: Nat die in tweestrijd stond of hij haar moest vergeven, zijn gekwetste gezichtsuitdrukking en zijn pedante zelfingenomenheid, en dat terwijl hij misschien al die tijd de trouweloze was geweest, niet zij. Hij was bij een ander geweest, maar hij had haar aangekeken alsof zij de vreemdganger was.

'Verdomme, verdomme, verdomme,' zei ze zachtjes.

'Pardon?'

Ze keek geschrokken om en zag Jan, de student wiskunde en tevens huisgenoot. Hij droeg een knalgeel sweatshirt en op zijn gezicht dat daarboven uitstak, lag een onbehaaglijke uitdrukking. Zijn wangen waren rood van de kou.

'Er is iets mis.'

'Het stelt niets voor.'

'Er is iets mis,' herhaalde hij waarna ze besefte dat het geen vraag was.

'Wat bedoel je?'

'Jude. Godzijdank,' zei iemand achter haar.

Het was Erika, zag ze, hoewel die bijna helemaal schuilging achter de grote bos takken in de vaas die ze in haar handen hield.

'Hoi. Dat was een mooie plechtigheid.'

'Dit was nog maar het begin. Kun je dit even van me overnemen?' Ze stak de vaas uit, een van de vele die eerder in de werkplaats hadden gestaan, met berkentakken waar nog een paar gele blaadjes aan zaten, eucalyptus, hulst en takjes vol trosjes oranje bessen.

'Sorry, maar ik ga niet naar de wake.'

'Echt niet? Nou, het is maar een paar minuutjes lopen, en daarna kun je naar huis gaan.'

'Kan Jan het niet doen?'

Maar die was alweer verdwenen. Jude zag nog net dat zijn gele sweatshirt werd opgeslokt door de schaduw. Toen ze de vaas met takken aanpakte, ademde ze een frisse geur in.

Met de vaas in haar handen liep Jude naar het huis, in het kielzog van de kleine, bonte stoet rouwenden. Een stukje voor zich ontdekte ze Alfie, die op iemands schouders werd gedragen en een beetje krom zat, als een zak meel. Toen ze het huis naderde, zag ze dat er lichtjes in de bomen hingen.

De deur stond open en de gang was gevuld met mensen. Jude baande zich een weg door de drukte terwijl ze de vaas met takken stevig vasthield. 'Waar moet ik deze neerzetten?' vroeg ze aan Doc.

'Wie zal het zeggen?' zei hij terwijl hij zijn handpalmen omhoogdraaide en zijn wenkbrauwen optrok. 'Vraag dat maar aan Erika. Zij gaat over de bloemen.'

'Waar is ze?'

'Wie zal het zeggen?' Hij maakte nogmaals het gebaar van overdreven hulpeloosheid.

Jude liep de keuken in, waar ze bijna werd teruggeslagen door de hitte, de stoom en de geur van iets wat aanbrandde.

Bij het fornuis stond een vrouw in een kaftan in een pan te roeren. 'Wil je wat punch?' vroeg ze, met een soeplepel in haar hand.

'Nee, bedankt,' zei Jude. 'Ik kom alleen deze vaas afleveren.'

'Ik geloof dat die naar de serre moet.'

Nog steeds met de zware vaas in handen baande Jude zich een weg naar de serre. Die stond vol mensen en overal klonk gekeuvel. De schraagtafel was afgeladen met borden en schalen met eten, inclusief de dips die ze 's ochtends had gebracht, en een bonte verzameling van glazen, bekers en mokken. Aan de andere kant van de serre zag ze Vin flessen neerzetten en ze hoorde zijn bulderende lach. De tuindeuren waren geopend en tussen alle rommel stonden mensen in groepjes te roken of te vapen.

Danny liep op ongeveer een halve meter afstand langs haar heen, maar ze leek Jude en de andere gasten niet te zien. Mensen staken een hand uit om haar aan te raken, om een paar woorden tegen haar te zeggen, maar haar gezichtsuitdrukking veranderde nauwelijks. Haar scharlakenrode lippen vormden een dunne streep in haar krijtwitte gezicht en in haar ogen lag een glazige blik. Ze leek alles gelaten over zich heen te laten komen. Jude vermoedde dat Danny het liefst in een donkere kamer zou gaan liggen om daar te wachten tot deze dag voorbij was.

Ze boog zich voorover om de vaas tegen een muur te zetten en kwam weer overeind terwijl ze de bladeren en takjes van haar mantelpakje klopte. Daarna nam ze een stuk platbrood dat was belegd met een flinke dot zure room en gegarneerd met kruiden en propte het in zijn geheel in haar mond. Ze likte haar vingers af. Net toen ze zich omdraaide om weer te vertrekken, stond ze oog in oog met Tara en Andy.

'Hallo,' zei ze schor, nog steeds kauwend. 'Hoe gaat het met jullie?'

'Wat denk je zelf?' vroeg Tara. Tegelijkertijd zei Andy: 'Zo goed als mogelijk is onder de omstandigheden.'

'Het was een mooie plechtigheid.'

'O, ja?' Tara trok haar wenkbrauwen op. Ze droeg een lange jurk met een getailleerd jasje, alsof ze een personage uit een victoriaans kostuumdrama was. Haar bruine haar zat in een knot op haar hoofd. Haar ogen waren rood en ze keek boos.

'Ik denk,' zei Jude behoedzaam, 'dat het goed bij Liam paste. De muziek, de plek van de plechtigheid, de toespraken.'

'Andy had een gedicht willen voorlezen,' zei Tara.

'Niet echt,' zei Andy die zijn gewicht van de ene voet op de andere verplaatste. 'Nee, eigenlijk niet.'

'Maar volgens Danny was het niet zo'n soort plechtigheid.'

'In elk geval heeft Dermot gesproken,' zei Jude.

'Hij was heel zenuwachtig,' zei Andy. 'Ik weet niet zeker of het wel goed is aangekomen bij de aanwezigen.'

'Ik vond het wel goed,' zei Jude ongemakkelijk.

'Eigenlijk moet je medelijden hebben met Alfie.' Tara deed een stap naar voren. Haar mascara was uitgelopen. Jude rook haar parfum en ze zag een spiertje vertrekken in haar kaak. 'Mijn kleinzoontje.'

'Vanzelfsprekend,' zei Jude. Ze wilde echt niets liever dan vertrekken.

'Liam was gek op zijn kleine jochie.'

'O, vast.'

'Maar Alfie zal zich hem helemaal niet kunnen herinneren. Hij zal nooit weten hoeveel zijn vader van hem hield, hoe goed hij voor hem zorgde en hoe trots hij op hem was. Het is vreselijk.'

'Dat is het zeker. Maar in elk geval is hij omringd door mensen die van hem houden.'

'Tara en ik willen hem regelmatig zien,' zei Andy. 'Dat is het belangrijkste.'

'Natuurlijk.'

'Kun jij dat dan regelen? Ongeacht wat Danny erover zegt?' Tara legde een hand op Judes arm en greep die vervolgens stevig beet.

'Ik?'

'Jij bent de executeur.'

'Ik ga alleen over het testament,' zei Jude verschrikt. 'Ik hou me alleen bezig met de bezittingen. Over de rest heb ik geen zeggenschap.'

'In Liams testament stond dat ik voor Alfie moest zorgen als ze allebei zouden komen te overlijden,' zei Tara. 'Ik ben zijn oma. Dus ik heb het recht om tijd met hem door te brengen. Het wettelijke recht.'

'Daar ga ik echt niet over,' zei Jude. 'Dat soort dingen zijn niet aan mij. Maar ik weet zeker dat jullie Alfie zo vaak zullen kunnen zien als jullie willen. Voor jullie bestwil en voor die van hem.'

'Jij bent een dwaas.' Tara haalde haar hand weg en haar lip krulde op.

'Tara,' zei Andy vermanend.

'Jij weet helemaal niets,' siste Tara haar toe terwijl haar ogen vuur schoten. 'Braaf doktertje.'

Jude deed een stap bij haar vandaan.

'Ik vind het echt vreselijk wat er is gebeurd,' zei ze. 'Ga met Danny praten, regel het met haar. Ik moet ervandoor.'

Ze baande zich een weg door het gedrang. In de hal liep ze Jan tegen het lijf. Hij had zijn gele sweatshirt verruild voor een dikke grijze trui en zag er diep ellendig uit.

'Hoi,' zei ze. 'Ik wilde net vertrekken.'

'Ik wil ook vertrekken.'

'Binnenkort is het allemaal voorbij.'

'Wat doe jij hier?'

'Ik moest even wat takken afleveren.'

'Nee.' Hij fronste. 'Waarom ben je gekomen?'

'Naar hier, bedoel je?'

Hij knikte.

'Nou, vanwege alles wat er is gebeurd en het testament.' Jude maakte een vaag, weids gebaar.

'Als jij het hier zo leuk vindt dan...'

'Nee, ik vind het hier niet leuk. Zo zit het helemaal niet.'

'Als jij het hier zo leuk vindt,' herhaalde hij onverstoorbaar, 'mag je mijn kamer wel hebben.'

'Pardon?'

'Als jij het hier zo leuk vindt, mag je mijn kamer wel hebben.'

'Ik hoef jouw kamer niet! Ik heb mijn eigen huis.' Al was dat natuurlijk niet helemaal waar.

'Mijn kamer is helemaal bovenin en is behoorlijk groot. De radiator lekt, het is er vochtig en er is veel lawaai. Seksgeluiden, ruziegeluiden, babygeluiden en boor- en hamergeluiden.'

'Dat klinkt niet erg leuk.'

'Dat is het ook niet. Het is slecht voor de geestelijke gezondheid.'

‘Daar kan ik in komen.’

‘Bovendien...’ hij sloeg zijn armen plechtig over elkaar, ‘... is iedereen hier gek.’

‘Gek?’

‘Ja. Gisteren heeft Irina me geslagen met een zwabber.’

‘O!’ Onwillekeurig lachte ze even, waarop Jan haar teleurgesteld aankeek. ‘Dus jij wilt hier weg?’ vroeg ze.

‘Ik moet hier weg. Zo snel mogelijk.’

‘Oké, dat snap ik wel, maar ik hoef jouw kamer echt niet.’

‘Jij moet hier ook weg,’ zei Jan. ‘Jij hoort hier niet.’

‘Dat zei ik toch al? Ik ga weg. Nu meteen.’

‘Goed zo.’

Hij knikte naar haar en liep toen de trap op.

41

Jude knoopte haar jas dicht en liep naar de deur. Er botste iets tegen haar been en toen ze omlaagkeek, zag ze Alfie wankelen en op zijn bips vallen. Hij hield een zachte, sjofele olifant vast en keek naar haar op met zijn donkere ogen. Zijn mond vormde een vierkant en er ontsnapte hem een snik.

Jude hurkte naast hem neer. 'Hoi, Alfie,' zei ze. 'Waar is je mammie?'

'Mammie,' herhaalde hij. 'Mammie.'

Jude kneep haar ogen tot spleetjes en tuurde de gang door, maar zag alleen onbekenden. Ze ging weer staan en stak haar hand uit. 'Kom, dan gaan we mammie zoeken,' zei ze kordaat.

Vol vertrouwen legde Alfie zijn handje in de hare waarna ze hem overeind trok. Samen liepen ze terug naar het feest.

'Glühwein?' De vrouw in de kaftan reikte haar een geëmailleerde mok aan.

'Nee, bedankt,' zei Jude.

'Het is lekker en je wordt er warm van,' zei de vrouw bemoedigend.

'Nou, een slokje dan,' zei Jude waarna ze de mok aanpakte.

Het drankje smaakte naar brandewijn, wijn, nootmuskaat en kruidnagel en ze werd er inderdaad warm van. Het deed haar denken aan de kerstmarkt in Gent die Nat en zij vorig jaar hadden bezocht. Bij de gedachte aan Nat ging er een scheut van woede en verdriet door haar heen en ze nam snel nog een slok, waarbij de damp opsteeg tegen haar gezicht.

Ze meende Danny's rode jasje in de tuin te zien glanzen en ze liep samen met Alfie door de serre naar de dubbele deuren.

'Jude,' zei een stem. Vin drukte een kus op haar hoofd en begon te lachen toen hij haar gezicht zag. Hij woelde even door Alfies haar en richtte zich toen weer tot de vrouw met wie hij had staan praten.

In de met lichtjes versierde tuin rookten Doc, Irina en een man met vuurrood haar en een prachtig Iers accent een joint terwijl ze een klein vreugdevuur bouwden. De plek lag nogal dicht bij het huis. Danny stond bij een stenen pot helemaal aan de andere kant van de tuin bij een vrouw die haar zus moest zijn, al was ze niet zo dramatisch knap.

'Daar is mammie,' zei Jude tegen Alfie.

'Laat maar, ik neem hem wel van je over,' zei Irina. Ze draaide zich met een ruk om en haar groene cape scheerde langs de vlam die Doc zonet had ontstoken.

'Dank je wel,' zei Jude.

Irina bukte zich, tilde Alfie op en drukte hem tegen haar platte boezem waarna ze haar golvende haar over hem liet vallen. Hij nestelde zich tegen haar aan. Zijn oogleden waren zwaar en zelfs zijn haar zag er moe uit.

'Zelfs op de dag van zijn papa's uitvaart kan Danny geen goede moeder zijn,' zei Irina bitter.

Alfie stootte met zijn hoofdje tegen haar kin. 'Papa?' zei hij.

Irina kreeg tranen in haar ogen. 'Mijn arme kleine Alfie,'

mompelde ze tegen zijn kruin. 'Wij hielden allebei van hem, hè?'

'Wat bedoel je precies?' vroeg Jude. 'Met wat je zonet over Danny zei, bedoel ik.'

'Kijk dan toch naar haar. Ze heeft geen idee waar hij is. Hij had overal wel kunnen zijn. Bij wie dan ook.'

'Maar jullie passen toch allemaal op hem? Dat lijkt me een geweldige manier om een kind te laten wennen aan verschillende mensen.'

'Alsof hij een huisdier is?'

'Nee, natuurlijk niet.'

'Wat weet jij er nou van?' zei Irina. 'Jij zorgt alleen voor bejaarden en doet 't met andermans partner.'

'Dat is een leugen, en bovendien is het gemeen en wreed.'

'O!' Irina's wenkbrauwen schoten omhoog en ze glimlachte. 'Je bent kwaad.'

'Ja, natuurlijk ben ik kwaad. Jij mag dan overstuur zijn, maar dat wil niet zeggen dat je beledigend en onaardig moet worden. Of dat je moet liegen.'

'Precies.' Irina knikte een paar keer. 'Zo mag ik het horen.'

'Ik ga nu. Ik had sowieso niet moeten komen.'

'Je moet nog niet weggaan. Straks heffen we het glas op Liam en wordt er nog meer muziek gespeeld.'

'Volgens mij is er net een vonk op de zoom van je cape beland.'

'Mij een zorg.' Irina stootte een uitbundige lach uit. 'Laat maar branden.'

'Misschien moet je hem even uitstampen.'

Irina zuchtte en duwde Alfie in Judes armen waar hij als een warme zak meel bleef liggen. Daarna knoopte ze haar cape los, liet die op de grond vallen en stampte er een paar keer op. 'Zo, ook weer geregeld,' zei ze ten slotte.

Jude voelde de vermoeidheid achter haar ogen branden en ze bespeurde ook de misselijkmakende tinteling van een op de loer liggende migraineaanval. Haar boosheid ebde weg. 'Hoe zat het dan met Liam?' vroeg ze. 'Was hij een goede vader?'

'Liam,' zei Irina met nadruk, 'was helemaal geweldig.'

'Echt?'

'Hij deed alles voor Alfie.'

'Maar het is toch goed dat vaders dat doen, nietwaar?'

'Hm. Volgens mij heeft zij geen enkel moederinstinct,' zei Irina.

'Niet alle vrouwen hebben een zogenaamd moederinstinct, maar dat betekent niet dat ze slechte moeders zijn. Het betekent alleen dat...'

'Ja, vast,' zei Irina sarcastisch, en nadat ze zich voorover had gebogen om haar cape op te rapen, liep ze met grote passen het huis weer in, Jude achterlatend met Alfie in haar armen.

'Wil je een trekje?' vroeg Doc terwijl hij haar over het vuurtje heen een joint toestak.

'Nee, bedankt,' zei Jude. 'Ik ga zo weg.'

42

Danny en haar zus waren diep in gesprek, dus droeg Jude Alfie, die diep in slaap was, het huis weer in.

‘Kun jij hem van me overnemen?’ vroeg ze aan Tara. ‘Ik moet er echt vandoor.’

‘Natuurlijk.’ Tara stak haar armen uit.

Voorzichtig reikte Jude haar het slapende jongetje aan. Tara drukte hem tegen haar borst en mompelde zachtjes iets tegen hem. De uitdrukking op haar gezicht was zo teder dat Jude haar blik moest afwenden.

Opnieuw liep ze de gang in. Dermot zat in zijn eentje op de trap met een flesje bier losjes in zijn hand terwijl hij zijn hoofd tegen de muur liet rusten.

‘Dag,’ zei Jude. ‘Sterkte met alles.’

Hij staarde naar haar met een dwaze glimlach op zijn gezicht. ‘Mijn collega-executeur,’ zei hij.

‘Ik ga naar huis.’

‘Naar huis,’ herhaalde hij alsof het een woord in een vreemde taal was, een woord dat hij niet begreep.

‘Ja. Hou je taai, Dermot.’

Dermot ging rechtop zitten en wreef met een vuist in zijn

ogen. 'Hield jij van hem?' vroeg hij opeens.

'Van Liam, bedoel je?'

'Ja. Alle anderen hielden van hem. Jij ook?'

Jude was het spuugzat dat mensen haar naar haar relatie met Liam vroegen om vervolgens geen aandacht te besteden aan haar antwoord. 'Ik was achttien,' zei ze kortaf. 'Op dat moment was ik verliefd op hem. Dat was elf jaar geleden. Sindsdien heb ik hem niet meer gezien en hield ik ook niet van hem.'

'Degene die is ontkomen,' zei Dermot waarna hij één keer hard hikte.

'En jij?'

'Of ik van mijn broer hield? Ja, Jude, dat deed ik zeker. Vroeger liep ik vaak als een jong hondje achter hem aan. Soms stuurde hij me weg, maar soms mocht ik bij hem en zijn vrienden blijven en gingen we samen dingen doen.' Hij wreef opnieuw in zijn ogen. 'Hij was ontzettend cool.'

'Heb je altijd een hechte band met hem gehouden?'

Dermot nam een slok bier. 'Hij was altijd belangrijker voor mij dan ik voor hem, en hij was altijd belangrijker voor mijn moeder dan ik, en soms voelde ik me daar klote bij, maar hij was mijn broer. Mijn enige broer. Wat kan ik er nog meer over zeggen? Hij is dood. En dat zal hij altijd blijven. De rest van mijn leven heb ik een dode broer.' Hij nam nog een slok. 'Een vermoorde broer.'

'Toch hield niet iedereen van hem.'

'Wat?'

Ze ging naast hem op de trap zitten en merkte ineens hoe moe ze was. 'Je zei dat iedereen van hem hield. Niet iedereen. Iemand haatte hem genoeg om hem te vermoorden.'

Achter hen begon muziek te spelen. Een bastoon pulseerde door het huis.

‘Lijkt liefde niet een beetje op haat?’ vroeg Dermot. ‘Dat wordt weleens gezegd.’

Jude rilde even. Ze moest dit huis zien te verlaten.

Een stem, die van Vin, bulderde in de serre: ‘Vul jullie glazen, mensen. Het is tijd om een toost op Liam uit te brengen.’

‘Ik vind dat we naar de serre moeten gaan om op hem te proosten,’ zei Dermot waarna hij overeind kwam. Zijn pak was gekreukt en hij wankelde een beetje op zijn benen. ‘Ga je mee?’

Jude liep achter hem aan.

43

Jude belandde in een grote groep net buiten de serre. Ze hoorde Vin wel, maar ze kon hem niet zien.

'Heeft iedereen een drankje?' vroeg hij. Er klonk een gemompeld antwoord. 'Kunnen jullie me allemaal horen?'

'Wat een stomme vraag,' zei een man die naast Jude stond. 'Als je hem niet kunt horen, hoor je de vraag ook niet.'

'Ik ga geen toespraak houden,' ging Vin verder. 'Het trieste deel hebben we achter de rug. We hebben om hem gerouwd. We hebben allemaal tranen gelaten. Maar dat zou Liam niet hebben gewild. Hij zou hebben gewild dat we er een verdomd mooi feest van maakten, met een drankje, of wat dan ook. En daarna lekker dansen en denken aan alle leuke momenten die we samen hebben beleefd. Dus bij dezen een toost op Liam en op de leuke momenten.'

Er klonk opnieuw gemompel en er werd met glazen geklonken.

Dit was een gelegenheid om te vertrekken. Op weg naar de voordeur moest Jude zich tussen allerlei onbekende mensen door wringen. Net voordat ze er was, hoorde ze haar naam achter zich. Het was Vin. Ze mompelde iets over dat ze nu echt weg moest.

'Dat snap ik,' zei hij. 'Maar kunnen we even praten voordat je gaat?' Hij keek naar haar, zag haar aarzeling en glimlachte flauwtjes. 'Het duurt maar één minuutje. Kom mee, ik wil je wat laten zien. Ik ga nog wat meer wijn van beneden halen.'

Hij nam haar bij de arm en leidde haar de hal door. Met zijn andere hand pakte hij twee schone wijnglazen van een tafel. Hij duwde een kleine houten deur onder de trap open, drukte op een lichtknopje en gebaarde naar Jude dat ze naar binnen moest gaan. Achter de deur was een houten trap naar beneden. Ze zag een kale stenen muur en rook onmiddellijk een muffe, vochtige geur. Hij kwam achter haar aan en duwde de deur weer dicht. Het lawaai van het feest verstomde tot gemurmel.

Beneden aangekomen, keek Jude om zich heen. Het licht was gedempt en onregelmatig. Alle hoeken lagen in de schaduw. Ze waren in een kelder die zich onder het voorste deel van het huis bevond. De vloer was van baksteen. Ze keek omhoog en zag balken en planken. Ze hoorde het gekraak van mensen die boven hen rondliepen.

De ruimte stond vol met rommel: klapstoelen, een roestige barbecue, een oude wasmachine, opbergdozen, allerlei stukken gereedschap en andere voorwerpen die Jude niet kon thuisbrengen. Vin trok de flap van een kartonnen doos open en haalde er een fles rode wijn uit.

'Ik moet nog wat flessen halen voor boven,' zei hij. 'Maar ik dacht dat we er eerst zelf wat van konden proeven.' Hij draaide de dop open en schonk rode wijn in beide glazen. Een ervan gaf hij aan Jude. Hij tikte met zijn glas tegen het hare en nam toen een slok.

'Honderd jaar geleden zou deze ruimte vol kolen hebben gelegen. Die zouden zijn gebracht met paard-en-wagen en omlaag zijn gekiept door een luik aan het einde van het pad naar de voordeur.' Hij keek om zich heen. 'Liam en ik hebben het erover gehad om hier iets van te maken. Liam vond dat het wel een studio voor iets kon worden. Maar nu wordt het een project voor de nieuwe eigenaars, wie dat ook zullen zijn.' Hij keek Jude aan. 'Je spreekt me niet tegen. Je zegt niet: "O, maar Danny zal het huis heus wel kunnen houden."'

'Dat is niet aan mij. Als ze het echt wil, is daar vast wel een manier voor.'

Vin wierp haar een doordringende blik toe die haar een onbehaaglijk gevoel bezorgde.

'Wat is er?' vroeg ze.

Hij glimlachte.

'Jij bent een raadselachtige vrouw,' zei hij. 'De mensen zijn door je gefascineerd.'

Jude nam een grote slok wijn en moest prompt hoesten. 'Zo fascinerend ben ik echt niet.'

'De mensen blijven maar vragen: wie is die vrouw? Wat wil ze nou eigenlijk? En dan weet ik niet wat ik moet zeggen.'

'Je klinkt net als rechercheur Fox.'

Nu keek hij verbaasd. 'Hè? Waarom klink ik als rechercheur Fox?'

'Omdat zij me ook dit soort vragen stelt. Waarom ik bij dit alles betrokken ben.'

'En wat zeg je dan?'

'Dat ik er niet bij betrokken ben.'

Vin lachte, maar het klonk niet onvriendelijk. 'Voor iemand die er niet bij betrokken is, ben je hier wel erg vaak.'

'Ik had hier helemaal niet bij willen zijn. Erika vroeg of ik de takken van de uitvaart hiernaartoe wilde brengen en sindsdien doe ik al mijn best om op te stappen, maar dan...' Ze maakte een vaag gebaar met haar vrije hand.

'Maar dan doen mensen dingen zoals jou mee naar de kelder lokken.'

'Ja, dat soort dingen.'

'Je hoeft je niet te verontschuldigen voor je aanwezigheid hier. Ik ben gewoon benieuwd wat jij van ons allemaal vindt.'

'Dat is me nogal een vraag.'

'Dit is de dag van de uitvaart van onze beste vriend,' zei Vin. 'Dit is een dag voor grote vragen.'

'Heb je me daarom meegenomen naar de kelder?'

'Het is beter om dit soort gesprekken in het halfdonker te voeren.'

Jude aarzelde. Ze overwoog of ze iets vriendelijks en neutraals moest zeggen en dan weer naar boven moest gaan, naar het licht en de muziek, om vervolgens te vertrekken, maar ineens welde er iets roekeloos in haar op. Dus gaf ze hem een eerlijk antwoord. 'Toen ik hier voor het eerst kwam, voelde dat aan als iets wat ik nog nooit had ervaren. Jullie wonen hier met zoveel mensen en jullie zijn zo creatief. Ik heb ook samengewoond met andere mensen, maar dat was altijd anders dan hier. Zoals jullie samen schilderijen en andere dingen maken. Nou ja, dat kwam op mij over als iets wonderbaarlijks. Of als een wonder.'

Vin glimlachte opnieuw. Hij had witte, gelijkmatige tanden. 'Je zei: "toen je hier voor het eerst kwam". Denk je dat nog steeds?'

Jude nam een slok van haar wijn en bedacht dat ze iets moest eten voordat ze wegging. Haar hoofd duizelde. 'De zaak wordt natuurlijk een stuk ingewikkelder als je de mensen leert kennen.'

'Hoe bedoel je dat? Als je ze leert kennen? Vind je dat je ons nu kent dan?'

'Niet echt. Maar ik weet dat er in dit huis spanningen en conflicten zijn.'

'Zoals?'

Jude dronk nog wat rode wijn. 'Dat heb je nou eenmaal in elke groep, en dan blijken jullie met zijn allen ineens niet zo wonderbaarlijk te zijn,' zei ze. Het drong slechts half tot haar door dat ze onbeleefd was. 'Zo heeft Jan me bijvoorbeeld verteld dat hij gaat verhuizen.'

Hij fronste zijn wenkbrauwen. 'Dat wist ik niet. Waarom? Wat heeft hij gezegd?'

'Ik denk dat hij gewoon een plekje nodig heeft waar het wat rustiger is. Maar dat moet je aan hem vragen.'

'Hij had er met ons over moeten praten,' zei Vin. 'We hadden het probleem wel kunnen oplossen.'

'Ik denk het niet.' Ze hoorde zichzelf lachen. 'Hij vindt dat jullie allemaal knettergek zijn.'

'O, echt?'

Ze zei tegen zichzelf dat ze verder haar mond moest houden. 'En dat er iets mis is met dit huis,' zei ze.

'Denk jij dat ook?'

Maar Jude had genoeg van dit gesprek. 'Moet ik een paar van die flessen mee naar boven nemen?' vroeg ze.

'Wordt vervolgd,' zei Vin.

'Hoe bedoel je?'

Hij pakte twee flessen uit de doos en gaf die aan haar. Ze pakte ze onhandig beet.

'Dit gesprek.'

Jude wist eigenlijk niet of ze dit gesprek wel wilde vervolgen. Het was een opluchting om de flessen aan te pakken en de trap weer op te lopen.

44

Toen Jude weer boven was, zette ze de flessen op een plank in de gang. Ze moest iets eten om de effecten tegen te gaan van de alcohol die ze nooit had willen drinken en daarna zou ze vertrekken. Eigenlijk had ze meteen op moeten stappen. Of eigenlijk had ze hier nooit moeten komen.

Ze baande zich een weg naar de keuken. Het aanrecht en alle andere oppervlakken stonden vol met schalen en kommen met eten. Jude pakte een papieren bordje en schepte flink wat hummus, aubergine, rijst en verschillende salades op. Daarna deed ze er nog een paar sneetjes brood bij. Dat zou de wijn wel absorberen. Ze liep ermee de tuin in, zonder naar rechts of links te kijken met als gevolg dat ze tegen iemand op botste. Net toen ze zich wilde verontschuldigen en doorlopen, zag ze dat het Erika was.

Ze zei sorry en hallo en maakte aanstalten om langs haar heen te lopen toen ze opkeek en Erika's gezicht zag. 'Gaat het wel?'

Erika schudde haar hoofd. Jude zag dat haar ogen vol tranen stonden en dat ze even niets durfde te zeggen uit angst dat ze zou instorten.

Erika snoof en haalde een paar keer diep adem. 'Wacht,' zei ze ten slotte. 'Blijf nog even.'

Jude bleef wat onbeholpen staan terwijl Erika het huis in snelde. Even later was ze terug met een fles wijn en een glas.

'Kom mee,' zei ze, en ze ging Jude voor naar de zijkant van de tuin waar een lage muur was. Met een gevoel van spijt zette Jude haar bordje met eten op de muur. Ze was uitgehongerd.

'Ik dacht dat je al weg was.'

'Ik wilde eerst nog wat eten.' Jude wees naar haar bord. 'Maar daarna ga ik. Ik weet eigenlijk niet goed waarom ik hier nog ben. Het lijkt wel alsof dit huis me niet wil laten gaan.'

'Ik ben blij dat je er nog bent. Ik wil al een tijdje met je praten,' zei Erika. 'Ik geloof niet dat we ooit een écht gesprek hebben gevoerd.'

Jude mompelde iets vaags dat het voor iedereen een emotionele dag was.

'Jij hebt Liam langer gekend dan wij allemaal,' zei Erika. 'Jij hebt hem als tiener gekend.'

'Maar daarna zijn we elkaar natuurlijk wel uit het oog verloren.'

'Maar jullie waren wel een stelletje.'

Jude kreunde.

'Was hij je eerste?'

Jude werd compleet van haar stuk gebracht door de botheid van deze vraag. Die leek geen enkele ruimte voor ambiguïteit te bieden. 'Daar wil ik het niet met jou over hebben,' zei ze.

Dat klonk kortaf, maar dat scheen Erika niet erg te vinden. Ze schonk haar wijnglas vol en nam een slok. 'Ik weet nog goed hoe intens die tienerrelaties waren,' zei ze. 'Soms vraag ik me af of je in je latere leven ooit nog iets zo sterk ervaart als op je zestiende of zeventiende.'

'We hebben maar heel kort iets gehad.'

'Dat zegt niks. Na al die jaren was jij degene aan wie hij dacht. Jij was degene naar wie hij toe ging.'

'Ik weet niet precies waarom hij dat heeft gedaan.'

Erika keek om zich heen. 'God, wat zou ik nu graag een sigaret willen. Ik ben een paar jaar geleden gestopt, maar op dit soort momenten mis ik het vreselijk. Zal ik naar binnen gaan om er een paar voor ons te bietsen?'

'Ik rook niet.'

Erika glimlachte alwetend. 'Dat is waar ook, jij bent arts.'

'Eigenlijk roken vrij veel van mijn vrienden die arts zijn,' zei Jude. 'En ook veel van mijn vrienden die verpleegkundige zijn.'

'Maar jij niet. Jij bent verstandig.'

Jude wist niet goed of ze het wel leuk vond om verstandig te worden genoemd. Erika nam nog een slok wijn. Ze leek al flink op weg om dronken te worden, en het feest was nog maar net begonnen.

'Maar goed, ik ben zo blij dat je er bent,' zei Erika heel gloedvol, wat Jude in verwarring bracht. 'Ik vind het heel fijn dat jij deel van dit huishouden bent gaan uitmaken. Het is zo'n vreemde, moeilijke tijd. Ik heb het gevoel dat jij iemand bent met wie ik kan praten. Je bent arts. Je bent er vast aan gewend dat mensen denken dat ze jou dingen kunnen vertellen die ze niet tegen anderen kunnen zeggen.'

Jude was er beslist aan gewend dat vreemden die hoorden dat ze arts was, haar onmiddellijk vroegen om een kant-en-klare diagnose met betrekking tot een pijntje in hun rug of een knobbel in hun nek. Ze wachtte vermoeid tot Erika over haar kwaaltjes zou beginnen.

'Wij hebben iets gemeen,' zei Erika zachtjes terwijl ze om zich heen keek alsof ze wilde weten of ze werden afgeluisterd.

'O ja?'

'Is dat dan niet overduidelijk?'

Jude fronste haar wenkbrauwen. Was dit een quiz? Moest ze er soms naar raden?

'Liam,' zei Erika.

'Aha.'

Jude merkte dat haar eerste reactie verbazing was: ze had verwacht dat áls Liam een verhouding met iemand uit het huis had gehad het met Irina zou zijn geweest: flamboyant, theatraal en vol onvoorspelbare energie. Bij hun eerdere ontmoeting had Jude het idee gekregen dat Erika de wat praktischer ingestelde, flegmatieke huisgenoot was. Maar juist Erika was degene geweest die Liam had geprobeerd te bereiken op de avond dat Jude in de cottage in Norfolk had gezeten met Liams telefoon.

'Ja.' Erika nam nog een slok wijn, alsof ze haar dorst wilde lessen. 'Ik heb er met niemand over kunnen praten. Nooit.' Ze keek Jude recht aan en schudde haar hoofd. 'En nee,' zei ze, alsof ze antwoord gaf op een vraag die Jude zwijgend had gesteld. 'Ik heb het niet tegen Doc gezegd.'

Jude wist niet hoe ze daarop moest reageren.

'Ik weet wat je denkt,' zei Erika.

Dat lijkt me sterk, dacht Jude.

'Hoe hebben we dat geheim kunnen houden in een huis waar iedereen alles over elkaar weet? Danny heeft een zware bevalling gehad. Ze moest ruim een week in het ziekenhuis blijven. Doc was een paar dagen weg. Ik was alleen en Liam was kwetsbaar en verdrietig. Het voelde niet verkeerd. Het voelde niet aan als vreemdgaan. We waren gewoon twee mensen die elkaar troostten.'

Jude snoof bijna van verontwaardiging. Ze nam een slok

wijn om haar ontsteltenis en afkeer te verbergen.

'Ik weet wat je wilt vragen,' zei Erika. 'Als het niet verkeerd voelde, waarom was het dan zo'n groot geheim? Waarom hebben we het niet aan Doc en Danny verteld?'

'Dachten jullie dan niet dat ze het wel zouden begrijpen? Dat jullie elkaar alleen maar troostten?'

Het boze sarcasme in Judes stem leek Erika te ontgaan.

'Om heel eerlijk te zijn, lag het niet zo eenvoudig. Zo is het begonnen, maar daarna werd het een soort verslaving. Toen Danny en Alfie uit het ziekenhuis kwamen, hield het natuurlijk op, maar er bleef iets tussen ons. Dat wisten we allebei. Dus soms, als de gelegenheid zich toevallig voordeed, konden we de verleiding niet weerstaan.'

Ze zette haar glas op de muur en voordat Jude de kans kreeg om achteruit te deinzen, deed Erika een stap naar voren en sloeg ze haar armen om Jude heen. Jude voelde Erika's warme, naar wijn ruikende adem tegen haar wang, net als het gekriebel van haar grove blonde haar. Ze bleef stijfjes in Erika's armen staan terwijl ze haar arm strekte zodat ze haar wijn niet zou morsen. Ze wilde de omhelzing niet beantwoorden. Ze dacht aan Danny in het ziekenhuis met haar pasgeboren baby. Had Liam zich toen geen enorme klootzak gevoeld? Had Erika zich geen kreng gevoeld? Nee, kennelijk niet.

Wat een huishouden, dacht ze. Al die mensen met hun geheimen en hun verraad.

45

Jude liep abrupt bij Erika vandaan en beende terug naar het huis. Ze voelde zich vies en ze wilde terug naar haar appartement om haar kleren uit te trekken en een douche te nemen en nooit, maar dan ook nóóit meer terug te keren naar dit huis. Het was een nare plek, een plek waar van alles kon gebeuren. Hier waren geen regels en geen grenzen. Hier was geen vriendelijkheid, dacht ze. Het was een woeste plek.

Binnen daverde muziek, een diepe basdreun. De lampen waren gedimd en iemand had kaarsen aangestoken en op hoge planken neergezet zodat ze trillende schaduwen omlaag wierpen. Een paar mensen waren aan het dansen. Iemand reikte Jude een glas aan waar ze zonder nadenken uit dronk. Al haar botten voelden zacht aan. Eigenlijk moest ze nu niet meer drinken, dacht ze, waarna ze het glas toch weer naar haar mond bracht.

'Dus jij denkt dat je hebt gewonnen.' Een heldere, luide vrouwenstem sneed door de muziek en het geklets.

De mensen in de buurt werden stil.

'Dus jij denkt dat je Alfie gewoon van ons kunt afpakken zonder dat wij ons daartegen verzetten.'

Het was Tara. Ze hield het jongetje stevig tegen zich aan gedrukt terwijl ze Danny aankeek. Haar gezicht stond woedend en haar ogen leken net zwarte stenen.

'Toe, schat,' zei Andy, die zijn grote hand op haar pezige arm legde.

'Ja, volgens mij wordt het tijd dat jullie opstappen,' zei Danny terwijl ze liefjes naar Liams moeder glimlachte. 'Waarschijnlijk zul je morgen je roes moeten uitslapen.'

'Jij gemeen, schijnheilig, achterbaks kreng.'

Alfie bewoog wat, deed zijn ogen open en keek om zich heen.

'Geef me mijn zoon,' zei Danny terwijl ze haar armen uitstak. Haar stem was een sinister gekir. 'Kom maar bij mammie, Alfie.'

'Ik heb altijd gezegd dat hij te goed was voor jou.'

'Hij vond het altijd grappig dat je hem niet kon loslaten.' Danny's stem bleef vriendelijk. Ze leek het niet erg te vinden dat iedereen toekeek. Misschien vond ze dat zelfs wel fijn. 'Je hebt van die moeders, hè? Nou, zo zal ik me niet tegenover jou gedragen, dat beloof ik je.' Ze legde haar hand met lange vingers, die zwaar waren van de ringen, op Alfies zachte krullen waarna hij naar haar opkeek.

'Jij bent een slechte vrouw,' zei Tara met trillende stem.

'Ja, daar kun je best eens gelijk in hebben.'

Danny pakte haar zoontje en tilde hem uit Tara's armen terwijl Tara hem probeerde vast te houden. Van pure ellende deed Jude haar ogen even dicht toen Alfie begon te huilen.

'Niks aan de hand,' zei Danny op zangerige toon. 'Niks aan de hand. Mammie is bij je.' Over Alfies hoofdje heen keek ze Tara aandachtig aan.

'Hij hield niet van je,' zei Tara. 'Hij is alleen maar bij je gebleven vanwege Alfie.'

‘Mijn lieve jochie,’ zei Danny, kennelijk onaangedaan, al glinsterden haar ogen in haar bleke gezicht.

‘Hij haatte je.’

‘Toe, Tara.’ Andy trok aan haar arm.

‘Mam.’ Het was Dermot, verfomfaaid en met een vlek op zijn overhemd. ‘Zo is het wel genoeg. Iedereen luistert mee.’

Met een ruk draaide Tara zich naar hem toe. ‘Schaam je je soms voor me? Nou? Liam zou zich niet voor me hebben geschaamd. Hij zou het met me eens zijn geweest.’

‘Jij had liever gehad dat ik dood was gegaan in plaats van hij,’ zei Dermot bitter.

‘Dat is niet waar,’ zei Andy hulpeloos.

‘O, nee? Mam?’

Ineens klonk hij als een klein jongetje dat smeekte om liefde.

‘Wat?’

‘Is het waar?’

‘Dit is Liams uitvaart,’ schreeuwde Tara. ‘Die van Liam! Mijn jongen. Hij is dood. Vermoord. En dan sta jij hier als een klein kind te snotteren en vraag je om mijn medelijden?’

‘Dus het is waar.’

‘Ga weg. Ik kan het niet verdragen dat je zo naar me kijkt.’

‘Nee. Jij moet weggaan,’ zei Danny met haar lage stem. Ze legde een hand op Dermots schouder. ‘Ga weg, Tara. Neem haar mee naar huis, Andy.’

Andy knikte zwijgend en sloeg zijn arm om zijn vrouw. Heel even bleef ze stokstijf staan, maar daarna zakte ze ineen en viel ze tegen hem aan met een van verdriet vertrokken gezicht. Andy leidde haar weg. Jude hoorde haar snikken in de gang.

‘Zo,’ zei Danny. ‘Daar knapt de sfeer van op. Gaat het weer, Dermot?’

‘Ik weet het niet.’ Dermot keek verdoofd. ‘Gaat het weer met me?’

Op dat moment zag Danny Jude en ze glimlachte, al bleef haar gezicht nors. ‘Mijn excuses hiervoor. Maar ze had gelijk, weet je, Liam zou waarschijnlijk hebben genoten van die kleine scène. Hij was dol op ruzies in het openbaar. Wil jij Alfie even vasthouden? Ik moet nog iemand spreken.’

Ze wachtte niet op Judes antwoord, maar legde Alfies warme lichaampje snel in Judes armen waarna ze wegliep en werd opgeslokt door de dansende menigte.

46

Jude wist zich geen raad. Alfie moest toch echt naar bed. Hij was duidelijk uitgeput. Ze keek om zich heen en zag Doc op haar af lopen. Zijn gezicht stond somber. 'Wat heb jij tegen Erika gezegd?' vroeg hij met een licht dubbele tong.

'Ik?'

'Ze is helemaal van slag.'

'Tja, het is nou eenmaal een uitvaart.'

'Wat heeft ze je verteld?'

'Dat moet je haar vragen,' zei Jude. 'Volgens mij moet iemand Alfie echt naar bed brengen nu.'

'Jij speelt een gevaarlijk spelletje.'

'Ik speel helemaal geen spelletje.'

'O nee?' Hij stak een hand uit en legde die plat op haar borst.

Abrupt deed Jude een stap naar achteren en ze hoorde een glas op de vloer in stukken breken. 'Ik waarschuw je. Ga weg, Doc.'

'Ik woon hier, weet je nog? Ga zelf weg.'

'Rustig maar, dat ben ik ook van plan. Ik ga weg en kom nooit meer terug, maar eerst moet iemand zich over Alfie ontfermen.'

'Veel succes.' Hij draaide zich om en liep weg naar de keuken.

Zacht jammerend bewoog Alfie zich even in haar armen.

'Shit,' zei Jude.

In het flauwe, zwakke licht stonden mensen te dansen, lichamen te deinen. Buiten laaide het vuur vrolijk op en Jude zag gestaltes in de tuin er in een soort dronken euforie spullen op gooien. Ze meende Irina te ontwaren en inderdaad, toen ze de deur naar de tuin opendeed stond Irina daar. Ze had haar verschroeide groene cape afgedaan en droeg een zilverkleurige, nauw aansluitende jurk waardoor ze net een zeemeermin leek. Ze hield een gitaar bij de hals vast en hief die, terwijl Jude stond te kijken, omhoog, klaar om te gooien.

'Stop!'

Irina draaide zich om. 'Wat is er?'

'Ga je die verbranden?'

'En wat dan nog?'

'Is dat de gitaar die Liam je heeft nagelaten?'

'En wat dan nog?'

Een man aan de andere kant van het vuur smeet er een eetkamerstoel met rieten zitting op. Even laaiden de vlammen hoog op en zag Jude gezichten oplichten, ogen die toekeken. Een ervan meende ze ergens van te kennen – een man, middelbare leeftijd, stompe neus, kleine ogen – maar ze kon hem niet plaatsen.

'Hij heeft nooit van me gehouden,' zei Irina.

'Dat is vast niet waar.' Jude was doodmoe en het duizelde haar. De mensen om haar heen werden af en toe wazig en achter haar werd de muziek luider, indringender.

'Nooit, nooit, nooit. Mijn zwarte ster.'

'Niet die gitaar verbranden. Daar krijg je morgenochtend spijt van.'

Irina lachte schril. 'Ik heb 's ochtends altijd overal spijt van. Maar dan wordt het altijd weer avond.'

Er vloog een tweede stoel door de lucht die in het vuur belandde, en met veel geknetter en gesis vatte het riet vlam.

In het plotselinge heldere licht zag ze het gezicht van die man weer, hoorde hem lachen. Er trok een schok van herkenning door haar heen.

'Is dat niet...'

'Hij en Danny... pff.' Ze maakte een gebaar, een hand die langs haar keel sneed. 'Maar mij vernederde hij.'

'Ik begrijp het niet.'

'Ik ook niet,' zei Irina. 'Ik ook niet.'

'Kun jij Alfie alsjeblieft in bed stoppen? Ik moet naar huis.' Terwijl ze dat zei voelde Jude een brok in haar keel. Ze had geen huis meer. Geen werk, geen liefde, geen veilige haven.

'Ja hoor.' Irina stak haar armen uit, aan een ervan bungelde de gitaar. Ze stond vlak bij het vuur, achter haar knetterden de vonken. Ze had een uitzinnige blik in haar ogen.

Jude aarzelde. Ze keek naar het vuur en de losbandige vrouw, toen naar het jongetje in haar armen.

'Laat maar,' zei ze. 'Ik doe het wel.'

'Wij hebben elkaar eerder ontmoet,' zei ze tegen de man met de mopsneus en het golvende grijze haar. Hij droeg een bloemetjesoverhemd en zijn gezicht was rood in de vuurgloed.

Hij wist haar met moeite recht aan te kijken. 'Jij bent die executeur.'

Het duurde even voor ze op zijn naam kon komen, helemaal omdat hij hier op dit feestje niet echt leek thuis te horen. Maar toen wist ze het weer. Anthony Leary. 'Wat doe jij hier?'

'Ik ben hier om mijn respect te betonen. Hoezo?'

'Ik dacht dat jij de pest aan hem had. En hij aan jou.'

'Zo zou ik het niet willen noemen.' Hij lachte opgelaten. 'Toen Vin me uitnodigde dacht ik, mooi, dan kunnen we het achter ons laten. Schone lei.'

'Heeft Vin je uitgenodigd?'

'Ja. Hoezo?'

'Omdat het raar is naar de wake te komen van een man met wie je ruzie had en die je weigerde te betalen? Omdat je een vijand van Liam was, geen vriend, dus hoe haal je het in je hoofd hierheen te komen, waar iedereen om hem rouwt?'

Leary glimlachte naar haar. Zijn ogen glommen en zijn kleine mond was vochtig.

Jude stond op het punt iets onaardigs te zeggen, maar stak toen haar hoofd in Alfies zachte krullen om zichzelf tegen te houden. Zij hoefde het niet voor Liam op te nemen. Als Vin en Danny deze engerd met zijn mopsneus in huis konden verdragen, waarom zou zij daar dan tegen ingaan?

Het is een gekkenhuis, dacht ze, waar niets stabiel is, en niemand te vertrouwen.

Ze baande zich met Alfie een weg door de serre, waar Vin met open overhemd op tafel de dansers stond te dirigeren. In de gang zag ze een paar mensen weggaan, maar in de kamer die erop uitkwam zat het nog stampvol.

'Oké,' zei ze, en over plasjes bier en omgevallen flesjes heen stappend liep ze naar de trap. Er zaten wat mensen op de treden, onder wie een met wijd open mond slapende jonge vrouw, waar Jude zich met het dode gewicht van de jongen in haar armen langs moest zien te wurmen.

'Mag ik er even langs?' vroeg iemand vlak boven haar.

Toen ze opkeek zag ze Jan met grote koffers in beide handen bovenaan de trap staan. Zo te zien had hij zo veel mogelijk kleren aangetrokken. Hij droeg er nog een gewatteerd jack en een dikke jas overheen, had een wollen muts op zijn hoofd en een rugzak om. Zijn roze gezicht was bezweet van de warmte en inspanning. De twee figuren een paar treden onder hem stonden op en drukten zich tegen de muur. Jan sleurde zijn koffers botsend tegen de muren de trap af.

'Je kon niet meer wachten,' zei Jude.

Met een bonk belandde Jan onderaan de trap, liet de koffers los en wreef in zijn handen. Hij keek om zich heen. 'Geen dag langer,' zei hij.

'Oké. Tot ziens dan maar,' zei Jude. 'Veel geluk.'

'Ik geloof niet in geluk.'

En weg was hij. Jude ging verder de trap op.

Ze had geen idee waar Alfie sliep. Haar armen deden pijn van het vasthouden. Bovenaan de trap deed ze een deur open die uitkwam op een badkamer. Het bad was volgelopen en er hing een man boven de wastafel. Jude mompelde iets verontschuldigends en maakte zich uit de voeten. De deur ernaast was van een kleine ruimte met een wc en een fonteintje.

Ze liep over de overloop links van de trap. Daar stond een deur open, het licht was nog aan en ze wierp een blik naar binnen. De muren waren niet gestuukt en sommige planken waren losgetrokken waardoor er koperen buizen zichtbaar door de kamer liepen. In plaats van gordijnen hingen er dekens voor de ramen. Dit was zeker niet Alfies kamer; van Erika en Doc kon hij ook niet zijn want ze wist dat die net als Jan helemaal boven sliepen. Ze keek naar de op een stoel gekwakte canvas jas en gescheurde spijkerbroek, het gereedschap en de handboeken op de planken, de omgevallen lege fles wodka, de bomvolle asbak: Vin.

De studeerkamer met uitzicht op de tuin had ze al gezien bij het doorspitten van Liams papieren, dus liep ze terug, klopte aan en deed de deur tegenover de badkamer open, wachtte even voor ze het donker in stapte, zocht op de tast naar een lichtknopje en zag dat ze zich midden in een chaotisch, kleurrijk tafereel bevond. De zijdeachtige draperieën die er hingen konden de uitwaaierende vochtplekken op de muren niet echt verhullen; iemand had het plafond beschilderd met paarse en gele vlekken die vanwaar zij stond net ernstige bloeduitstortingen leken. Overal lagen neergesmeten kleren, in een bonte kleurenpracht. Het hele bed lag eronder bedolven. Een kleine piano naast het raam stond vol potjes en make-uptubes. Jude zag een groene cape met verschroeide zoom liggen. Irina.

Danny en Liam hadden zichzelf de grootste kamer toebedeeld. Die had twee ramen met oude blauwe luiken die nodig aan een opknapbeurt toe waren, en een enorme gemarmerde kledingkast waarvan de deur kapot was. Aan één kant bladderde het behang in losse stroken van de muur. Midden in de grote spiegel zat een stervormige barst. Maar de planken waren van prachtig glanzend hout, en een halve muur werd in beslag genomen door een houtskooltekening van een bos in de winter, en toen haar oog daarop viel slaakte ze een zucht van verrukking. De lange ruwe planken waren bezaaid met theelichtjes; de laden puilden uit van de kleren en er hing een lange linnen jas over een stoel. Jude zag Liam er al in lopen, met die lange, soepele stappen, dat karakteristieke loopje van hem.

In een hoek stond een opgerolde futon, maar nergens een ledikant of bed voor Alfie. Uiterst voorzichtig legde ze het slapende jongetje midden in het grote bed van Danny en trok een deken over hem heen. Met zijn armen en benen wijd lag hij erbij alsof hij van heel hoog naar beneden was gevallen, en zijn lippen bolden lichtjes op door zijn adem. Ze was bang dat als hij wakker werd hij zich misschien zou omdraaien en uit bed zou vallen, dus legde ze aan weerskanten van hem een kussen waarna ze aanstalten maakte om te gaan.

Hij begon te jammeren, en ze bleef staan. Hij had zijn ogen opengedaan en keek haar strak aan.

'Ga maar weer slapen,' fluisterde ze en op haar tenen liep ze verder naar de deur.

Het gejammer werd heftiger, ging over in een hikkende snik, en toen nog een. Jude mompelde iets tegen hem, maar zijn gezicht vertrok en toen deed hij zijn mond open om het op een hartverscheurend huilen te zetten.

Jude liep terug en ging op het bed zitten. Het gehuil kwam tot bedaren. Hij keek haar aan, alsof hij zijn volgende stap overwoog. Ze aaide hem over zijn haar en maakte naar ze hoopte wat sussende geluidjes.

Zijn ogen vielen dicht en zijn ademhaling werd regelmatiger. Ze bleef nog een paar minuten wachten en kwam toen langzaam overeind. Zijn ogen schoten weer open en zijn gezicht fronste. Hij deed opnieuw zijn mond open en slaakte het beverige begin van een zucht. Ze ging naast hem op bed liggen en hij voelde met zijn vingers in haar haar. Meer op gevoel dan door te kijken merkte ze dat hij langzaam maar zeker weer in slaap viel.

Ze wendde haar hoofd ietwat van hem af. Een centimeter of tien bij haar vandaan stond een nachtkastje, duidelijk zelfgemaakt, met daarop een pakje shag, een scheermes, een boek over zeevogels, een groot horloge, wat muntjes, een vrolijk kaartspel en een houten fluitje, ook ruw en handgesneden. Dit moest wel Liams kant van het bed zijn, waar hij nacht in nacht uit met Danny naast zich had gelegen, waar hij had gelezen, gevreeën, geruzied, geslapen, zijn dromen had gedroomd.

Het was zo raar en ongepast en vreselijk verdrietig om te liggen waar hij had gelegen, met het bedrukte behang dat van de muren bladderde en een tekening van bomen die zo echt aandeed dat het voelde alsof ze er zo in kon lopen.

Onder haar bonkte de muziek.

Jude werd wakker met een schok waarvan ze nog voor ze haar ogen opendeed omhoogschoot en heel even wist ze niet waar ze was. Alfie was nog in diepe rust, dus stapte ze voorzichtig uit bed, op de tast zoekend naar haar telefoon om te zien hoe laat het was. Het was iets voor tweeën. Ze had uren liggen slapen. Er klonk nog steeds muziek, maar de stemmen en het glasgerinkel hoorde ze niet meer. Ze sloop door de gang naar de badkamer waar ze koud water in haar gezicht plensde. Haar pak was gekreukt, haar haar stond piekerig overeind en haar ogen waren opgezet.

Op de overloop lag een man met een grijs staartje zachtjes snurkend en met opgetrokken knieën te slapen. Jude liep zo zacht mogelijk de trap af. Er klonken stemmen uit de serre. Ze probeerde te bedenken waar ze haar tas had gelaten. Hij hing niet in de gang bij de jassen, waar ze hem dacht te hebben gehangen. Aarzelend keek ze de voorkamer in, waar niemand zat. Overal lege glazen en flessen, en een omgevallen kom met de hummus die ze had gemaakt. Geen tas.

Ze liep door naar de serre; ze wilde niemand zien maar ze moest haar tas hebben om thuis te komen. Haar portemonnee en huissleutels zaten erin. Danny kwam van buiten naar binnen, als een op haar af zwevende geest, met een vrij kalm gezicht. Het verbaasde haar kennelijk niet om Jude te zien.

'Alfie ligt in jouw bed te slapen.' Judes opgelaten gevoel

maakte ineens plaats voor een bevredigende vlaag van woede. 'Hij was bekaf en ik kon niemand vinden om hem over te nemen.'

'Fijn,' zei Danny.

'Misschien moet je even bij hem gaan kijken.'

'Misschien.'

'Gaat het wel?'

'Geen idee, Jude. Gewoon geen idee.'

'Nou, ik moet naar huis, maar ik zoek mijn tas.'

Danny liep de trap op en Jude liep na een snelle blik in de keuken de serre in, waar nog steeds mensen in het halfdonker stonden te dansen, omgeven door flessen, kapotte glazen, een omgevallen plant. In de tuin zag ze wat gestaltes om de restanten van het vuur heen staan.

Dermot kwam uit een hoek van de kamer naar haar toe gestrompeld. Hij zag er verschrikkelijk uit, met een lijkbleek gezicht en roodomrande ogen. Op zijn wang zat een uitgeveegde cirkel rode lippenstift.

'Gaat het wel?'

'Of het gaat?' Hij hief zijn vuist, sloeg keihard tegen de muur en liep toen wankelend van de pijn, schokkerig als een met scharnieren verbonden marionet achteruit naar de tegen de muur geschoven tafel. Hij was stomdronken.

'Jij moet naar huis,' zei Jude. 'Of gaan liggen, je roes uitslapen. Je ziet er niet al te best uit. Slaap je hier? Of moet ik een Uber voor je bestellen?'

'Nee. Nee, nee, nee.' Hij klonk als een gewond dier.

'Alsjeblieft Dermot, hou op.'

'Mooi niet,' zei hij. Er zat spuug op zijn lippen en zijn donkere ogen glommen. 'Mijn broer. Ik hou niet op. Kutwijf dat je bent.'

'Zo is het wel genoeg.'

De mensen waren gestopt met dansen en keken allemaal hun kant op.

Heel even zag Dermot eruit alsof hij zou verschrompelen. Zijn gezicht leek net dat van een klein, doodsbang jongetje. Hij legde zijn hand op het uiteinde van een lange tafel op schragen en sloot hortend ademhalend zijn ogen.

Toen deed hij, zonder waarschuwing, zijn ogen ineens weer open, draaide zich bliksemsnel om, bukte zich om met twee handen de tafel vast te pakken en wierp die krachtig omver. Even leek het net een film in slow motion: alles kwam los van de kantelende tafel en vloog door de lucht. Flessen, glazen, kommetjes met eten, een kaasplank met toastjes, schoteltjes vol sigarettenpeuken, messen, brandende kaarsen, jampotten vol bloemen. Er schreeuwde iemand. Een kakofonie van geluid barstte los: omvallende stoelen, brekend glas en porselein, dingen die in een almaar groter wordende boog over de vloer draaiden. De bonkende muziek hield op en er viel een doodse stilte. Een vrouw die ineengezakt naast de tuindeuren lag begon te snikken.

'Zo,' zei Dermot lauw.

'Kan iemand het licht even aandoen,' zei Jude. 'Er ligt overal gebroken glas.'

Het licht ging aan. Jude schoot bijna in de lach van de spectaculaire puinhoop. Glassplinters en kapotte flessen, open bierblikjes waar het bier uit stroomde, sigarettenpeuken in kleverige hoopjes hummus, guacamole en chocolademousse, zwetende plakken kaas met daaroverheen, als een soort waanzinnige compositie, reepjes wortel en paprika en een paar felgekleurde bloemen.

'Wauw,' zei Vin, die ineens naast haar stond. Hij klonk bijna bewonderend.

'Mijn god!' jammerde Irina die uit de tuin kwam. Ze wapperde met haar bleke handen boven haar hoofd en vormde een volmaakte 'o' met haar mond.

'Je moet naar huis, Dermot,' zei Jude. 'Ga slapen.'

'Ik kan nog wel helpen opruimen,' mompelde hij.

'Gast, ga nou maar gewoon,' zei Vin.

'Even goeie vrienden?' vroeg Dermot aan de hele kamer.

Vin gaf hem een klap op zijn schouder. 'Je weet dat je niet helemaal spoort, toch?' zei hij. 'Maar je hoort bij deze familie.'

'Ik moest me even afreageren, geloof ik. Zware dag. Liams uitvaart.'

Niemand zei iets. Iedereen keek toe terwijl Dermot langzaam de kamer uit strompelde. Jude bukte zich om een knijpspeeltje van de vloer te rapen. 'We moeten dat glas opruimen,' zei ze. 'Het ligt overal.'

'Ook in mijn voeten,' zei een uit de kluiten gewassen kale man, die met zijn verrassend smalle roze voeten door de puinhoop liep.

'Loop er dan niet in! Jezus, blijf nou staan!'

De vrouw op de vloer hief haar hoofd en sprak luid en treurig. 'Ik heb mijn been gebroken,' zei ze. 'Heel erg gebroken. Compleet gebroken.' Ze begon te gillen. Hoog en schel, als een soort jammerklacht.

'O ja?' vroeg Jude met een frons.

'Ik haal wel even bezems en vuilniszakken,' zei Vin. Hij klonk opgewekt, alsof dit nou eenmaal bij een feestje hoorde.

'Wat is hier gebeurd?' Danny stond in een dichtgeknoopte badjas in de deuropening, met alle make-up van haar gezicht geboend.

'Het was Dermot,' verklaarde Irina. 'Hij heeft de tafel omvergegooid. Hij was van slag,' zei ze er onnodig achteraan.

'En dronken,' zei Jude.

'Arme Dermot,' zei Danny. 'Wat een dag.'

Vin kwam terug met de bezems en vuilniszakken. 'Of meehelpen, of de tuin in,' instrueerde hij iedereen. 'Maar pas op het glas.'

Erika ging met een bezem de kamer door en Doc zette stoelen overeind. Irina zakte neer op de vloer.

'Hier,' zei Vin en hij drukte Jude een glas whisky in de hand.

Jude nam een slok en toen nog een. De warmte trok door haar heen alsof er een lont was aangestoken. De muziek ging weer aan en Irina stond op om te dansen, een trage en kronkelende beweging waar Jude onrustig van werd.

'Hij was straalbezopen,' zei Danny met haar zachte stem.

'Inderdaad,' zei Jude. 'En van slag.'

'Arme jongen. Arme Dermot.'

'Ja.'

'Liam had een lange schaduw.'

'Dat merk ik.'

47

'Gaat het wel?'

Jude was nog wakker. Ze zat in een leunstoel in de woonkamer en merkte dat om haar heen het feest inmiddels op zijn eind liep. In de gang hoorde ze mensen afscheid nemen. Daarstraks was ze nog moe geweest, maar daar was ze nu overheen. Ze was klaarwakker, haar hoofd draaide op volle toeren. Slapen ging echt niet lukken nu. Ze dacht aan Nat, aan haar gevoelens van argwaan en verraad. Hij had haar op zijn minst zitten voorliegen toen hij haar niet wilde vergeven dat ze tegen hem gelogen had.

Hyperalert als ze was verschenen de herinneringen aan hun leven samen op haar netvlies als dia's die een voor een werden vertoond. Veel te ingewikkelde verklaringen voor weggebleven nachten; abrupt afgebroken telefoongesprekken; plotselinge tedere gebaren die haar nu als een bedekte verontschuldiging voorkwamen. Maar misschien was het wel gewoon paranoia, zei ze tegen zichzelf. Het voelde niet als paranoia, meer alsof er ineens een knop was omgezet waardoor wazige beelden scherp werden.

Ze was bijna met hem getrouwd. Een man die vreemdging

– of van wie ze nu vermoedde dat hij misschien was vreemdgegaan, corrigeerde ze zichzelf – in dezelfde periode dat ze hun bruiloft aan het plannen waren. Was haar leven nep geweest, een illusie? En zo ja, hoe had ze dat niet kunnen zien? Wat zei dat over haar? Eigenlijk was ze dus door het oog van de naald gekropen. Ze zou zich dankbaar moeten voelen: waarom voelde ze zich dat dan niet?

Ze keek op om te zien van wie de vraag afkomstig was. Het was Vin. Die had bij haar gezeten, was toen weggegaan en nu was hij er weer. 'Ik moest maar eens gaan,' zei ze.

'Mag ik je eerst iets laten zien?' vroeg hij.

'Nog een kelder?'

'Nee.'

'Wat dan wel?'

'Dan is het geen verrassing meer.' Hij gebaarde Jude met hem mee te komen.

Ze bleef vertwijfeld staan, maar toen hij glimlachend omkeek dacht ze: waarom niet? Ze liepen drie trappen op. Op de bovenste verdieping stak Vin zijn hand omhoog om een vlizotrap uit het plafond te trekken. Hij klom naar boven en Jude volgde hem, enigszins ongerust, het donker in. Vin deed het licht aan en Jude keek om zich heen. 'Oké,' zei ze. 'Geen kelder deze keer maar een zolder.'

'We zijn er nog niet,' zei Vin.

Helemaal achterin liep het dak schuin af naar de vloer. Er zat een groot dakraam in. Vin draaide de klink met een halve slag open. Hij stak zijn hand achter zich uit naar Jude.

'Wat?' vroeg ze.

'Kom maar,' zei hij.

Ze pakte zijn hand vast en liep achter hem aan het donker in en de plotselinge bittere kou deed bijna pijn aan haar gezicht.

Ze zag geen hand voor ogen. Ze zag niet eens waar ze op stond. 'Is dit een balkon, of een dakterras?'

'Dit is helemaal niks. Het is gewoon waar we 's avonds gaan zitten, voor het uitzicht. Moet je kijken.'

Ze zag hem vaag een gebaar maken. Ze zag de lichtjes van Oost-Londen met daarachter de gloed van de Shard en Canary Wharf die de donkere lucht in scheen. Ze voelde Vin naast zich staan.

'Bij daglicht heb je hier uitzicht tot aan de Surrey Hills,' zei hij.

Jude zag de flits van een vlammetje van Vins aansteker en toen een gloed terwijl hij iets aanstak wat van alles kon zijn. Ze zag de gloed en rook de vertrouwde geur. Hij gaf hem aan haar en na een korte aarzeling nam ze een trekje en gaf hem weer terug. Ze keek om zich heen. Ze was duizelig en nerveus. 'Is er ook een reling?'

'Er is niks. We wilden het hier ooit nog eens verbouwen tot een plek om op zonnige dagen een drankje te doen. Maar dat hebben we nooit gedaan en nu gaat dat waarschijnlijk ook niet meer gebeuren. Dus loop voorzichtig. Het is een heel eind naar beneden.'

Ze keek omhoog. Het was een koude, heldere nacht en ze zag de sterren. Het was bijna alsof ze helemaal niet in Londen was.

'En, wat vind je van alles?'

'Van alles? Van het leven, het universum en zo?'

'Oké,' zei hij. 'Wat vind je van deze avond?'

Jude deed haar mond open om wat te zeggen en bedacht zich toen. Er was te veel om te zeggen – over Tara, over Erika, over Dermot, over Danny – maar ze wist niet of dit daar wel het juiste moment voor was, boven op een dak met een man van wie ze niet wist of ze hem wel mocht en of ze hem wel kon vertrouwen. 'Het is een emotionele dag geweest,' zei ze. 'De uitvaart was emotioneel en het feest ook, op weer een heel andere manier.'

Vin moest lachen. 'Dat heb je diplomatiek verwoord. Toen je hier binnenliep had je geen idee waar je in terechtkwam. Dit is een vrij gecompliceerd huishouden.'

Ze draaide zich naar hem toe. Ze zag alleen zijn silhouet tegen de lucht. Hij klonk serieuzer dan ze hem ooit had horen praten, maar het bleef ongemakkelijk om iemand te spreken zonder zijn gezichtsuitdrukking te zien, ook omdat het dak maar een paar stappen verder eindigde. 'Het is heel gek. Ik kende Liam, min of meer dan en lang geleden, toen we nog kind waren eigenlijk, al vonden we onszelf o zo volwassen. En nu ken ik jullie allemaal. Een heel klein beetje. Maar ik heb Liam nooit met jullie samen gezien. Ik heb hem nooit met Danny of Alfie of de anderen meegemaakt. Ik probeer het me almaar voor te stellen.' Jude zweeg. Ze wist niet of ze deze vraag wel moest stellen. 'Wat vond jij van Liam en Danny? Als koppel?'

'Ik weet niet wat ik daarop moet antwoorden. Volgens mij kun je een relatie nooit van buitenaf beoordelen.'

'Maar je woonde samen met ze. Je zag ze dagelijks. Je zat met ze aan het ontbijt.'

'Je kent Liam en je hebt Danny ontmoet. Het zijn geen doorsnee mensen.' Hij gaf haar de joint weer aan en ze nam nog een trekje en gaf hem weer terug.

'Maar ik hoor wel wat je niet zegt.'

'Wat zeg ik niet dan?'

'Van die dingen die altijd over stelletjes worden gezegd. Dat ze zo leuk samen waren. Dat je met ze kon lachen. Dat ze bij elkaar hoorden.'

'Soms kon je wel met ze lachen. Maar net als zoveel mensen hadden ze zo hun problemen.'

Jude voelde zijn hand op haar rug.

'En jij dan? Hoe voel jij je op deze bizarre dag in dit bizarre huis?'

'Ik weet eigenlijk niet hoe ik me voel,' zei Jude langzaam, dromerig. 'En ik weet ook niet wat ik aan het doen ben. Een paar weken terug zat ik nog met mijn hoofd bij mijn werk en mijn bruiloft. Nu heb ik verlof. De bruiloft is afgeblazen. Vandaag ben ik erachter gekomen dat mijn verloofde vreemdging. Mijn oude jeugdliefde is vermoord. Ik ben verantwoordelijk voor zijn testament. En het is midden in de nacht en ik sta half bezopen op het dak van een huis in god mag weten waar.'

'In Walthamstow,' zei Vin, en ze hoorde de geamuseerdheid in zijn stem. 'En zo erg is het hier niet.'

'Jullie zijn me vast allemaal behoorlijk zat. Liam is vermoord en niemand weet wie het gedaan heeft en ineens kom ik me overal mee bemoeien. Ik ben mezelf ook zat.' Ze keek om zich heen. Ze zag de lichtjes, maar ze kon niet zien waar het dak eindigde. Eén verkeerde stap en dan viel ze drie verdiepingen naar beneden, op het beton. Ze zou met alcohol en verboden middelen in haar bloed worden gevonden. Een arts die officieus geschorst was wegens labiel gedrag, die het net had uitgemaakt met haar verloofde, die – een paar uur eerder – gehoord had dat deze ontrouw was geweest, die net de uitvaart van haar eerste liefde had bijgewoond. Ze voelde de zachte aanraking van Vins hand op haar rug. Er was maar een piepklein zetje nodig en geen haan die ernaar zou kraaien.

'We zijn je niet zat,' zei Vin.

'Zou je niet gewoon willen dat alles weer normaal wordt?'

'Daar is het een beetje laat voor, volgens mij.'

De forse gestalte van Vin naast haar kwam dichterbij, ze voelde zijn adem op haar gezicht, vervolgens zijn hand op haar wang en zijn lippen op de hare. Haar eerste reactie was er een van verbazing, gevolgd door een vreemd gevoel van onthechting. Ze deinsde een stukje achteruit.

'Wil je dat ik stop?'

Wilde ze dat hij stopte? Ze wist niet wat ze wilde. Het kon haar niet schelen. Ze wilde niet meer nadenken en niet meer voelen en zich niets meer herinneren. Ze boog zich weer naar hem toe, kuste hem, proefde de alcohol en de hasj en rook een geur die ze niet kon thuisbrengen.

Geen van beiden zei iets en ze stond toe dat hij haar hand pakte en haar door het raam weer mee naar binnen nam. Samen klommen ze de ladder af en toen liep hij voor haar uit de gang door en de trap af naar zijn kamer achter in het huis, de kamer die ze al eerder had gezien toen ze een slaapplek voor Alfie zocht. Met een schop deed hij de deur dicht en toen was het, op een vage vlek van het raam in de achterste muur na, aardedonker om hen heen. Hij duwde haar de kamer in tot ze het bed achter zich voelde en erop ging zitten en vervolgens zat hij half boven op haar en begonnen ze te kussen en elkaar de kleren van het lijf te rukken.

Ze wilde zich verliezen en roekeloos zijn, maar ze kreeg haar gedachten niet uitgeschakeld. Ze werd gekust en gestreeld, maar ze kreeg haar schoenen niet uitgeschopt en moest zich bukken om ze los te maken. Terwijl Vin aan haar broek trok en ze die over haar benen en knieën voelde glijden, herinnerde ze zich tegen wil en dank dat dit de kleren waren die ze voor de uitvaart had uitgezocht. Ze wist dat ze een beetje dronken en een beetje stoned was en heel waarschijnlijk niet helemaal bij zinnen. Had ze dit ook laten gebeuren als ze broodnuchter was geweest?

Uiteindelijk voelde ze zich als een zwemmer die de moed

opgaf en zichzelf kopje-onder liet gaan. Ze gaf zich over aan het gevoel, al kon ze het niet helemaal duiden: was het genot, verwarring, wanhoop of alleen maar verlichting van de pijn en angst? Het was allemaal vreemd en donker, zonder enig besef van tijd of ruimte.

Na afloop voelde het als bijkomen uit een verdoving naar een ontwaken dat op zichzelf al uit een soort verwarring bestond. Waar was ze? Wat had ze gedaan? Wat moest ze doen? Naast zich hoorde ze een trage ademhaling. Vin lag te slapen. Toen viel ook zij in slaap.

In haar droom riep iemand om papa. Een zangerig kinderstemmetje met een vragende toon. 'Papa?'

Jude deed haar ogen half open. Naast het bed stond een kleine gestalte met grote ogen naar hen te kijken. 'Alfie?'

'Papa?'

'Ga maar weer naar bed, grote vent,' kreunde Vin. 'Hup, wegwezen.'

En Alfie verdween, alsof het een droom was geweest, alleen hoorde Jude hem nog wel zachtjes de gang door schuifelen.

48

Groezeligheid.

Jude voelde het nog voor ze het zag. Haar oogleden zaten dichtgeplakt en ze moest in haar ogen wrijven om ze open te krijgen. Ze wist niet hoe laat het was, maar het was duidelijk dag, dus wat zou het zijn? Acht uur? Negen uur? Het raam was beslagen. Het was benauwend warm in de kamer en er hing een vochtige, muffe geur. Ze had een klamme huid. Ze probeerde te slikken maar ze had een droge mond.

Vin lag van haar afgedraaid, traag en zwaar te ademen. Zijn rug was net een berg vlees, harig en glimmend van het zweet.

Jude werd overspoeld door golven van walging. Ze hield de rug van haar hand voor haar mond. Ze stond op het punt om over te geven en moest zichzelf dwingen langzaam haar in- en uitademingen te tellen tot het gevoel wegebde. Ze walgde van alles, maar vooral van zichzelf. Ze dacht aan Vin op haar, in haar, en moest ervan kokhalzen. Hoe had ze dit kunnen doen? Hoe had ze zich dit kunnen laten aandoen? Wat mankeerde haar?

Ze moest hier zo snel mogelijk en ongezien weg zien te komen. Ze zou terug naar het souterrain gaan, douchen, zo lang als ze nog nooit had gedaan, alle kleren die ze aanhad wassen, of beter nog weggooien, en proberen te doen alsof dit allemaal nooit gebeurd was.

Ze liet zich uit bed glijden. Allereerst moest ze haar kleren zien te vinden, zich dan aankleden en wegglippen zonder Vin wakker te maken. Op haar tenen liep ze de kamer door en keek om zich heen. Ze moest op handen en voeten gaan zitten om al haar kleren te verzamelen. Vreemd genoeg was er een sok onder het bed terechtgekomen, die moest ze te pakken zien te krijgen. Toen ze opstond zat Vin rechtop in bed naar haar te grijnzen.

'Aan het eind van de gang,' zei hij.

'Wat?'

'De badkamer.' Hij wees naar een ladekast naast het raam. 'Handdoeken liggen in de onderste la.'

De intimiteit in Vins stem stond haar zo tegen dat ze niet helder kon nadenken. Ze vond het een afschuwelijk idee dat hij haar daar naakt in het vreselijke, gruizige ochtendlicht van zijn slaapkamer zag staan. Goed dan, besloot ze. Ze trok een handdoek uit de la, sloeg hem om en ging de gang op. De badkamerdeur zat op slot.

'Ik kom eraan,' hoorde ze iemand zeggen.

Voor ze kon antwoorden of kon wegsluipen ging de deur open en kwam Erika in badjas naar buiten. Een walm van stoom hing om haar rozige gezicht heen. Ze wierp Jude een veelbetekenende glimlach toe. 'Goed feestje!'

Zonder iets te zeggen liep Jude langs haar en deed de deur dicht. Er hing een rudimentaire douche boven het bad, waaruit maar een dun straaltje water kwam, maar ze waste zich zo goed en zo kwaad als het ging. Toen ze de slaapkamer weer binnenkwam stond Vin midden in de kamer in zijn boxershort een geruit overhemd dicht te knopen. Hij nam Jude taxerend op. 'We kunnen ook weer naar bed,' zei hij.

Ze kon hem niet eens aankijken. 'Ik moet ervandoor.'

Hij deed een stap naar voren, sloeg zijn armen om haar heen en liet een hand onder de handdoek glijden en langs haar vochtige rug omlaaggaan. De handdoek schoot los en ze duwde hem van zich af en deed een stap naar achteren, met de handdoek snel tegen zich aan gedrukt. Hij glimlachte naar haar, wat voelde alsof er kokendheet water over haar heen werd gegoten. Hij boog zich naar haar toe en ze dacht, tot haar ontsteltenis bijna, dat hij haar met zijn neus zou aanraken of kussen. Maar wat hij deed was nog veel erger. Hij fluisterde in haar oor. 'Ik weet dat je hem geneukt hebt.'

'Wat?'

Hij week naar achteren en keek haar met een zekere uitgelatenheid aan. 'Al die bullshit dat je hem maar één keer had gezien en hem een gunst verleende. Dacht je dat ook maar iemand dat geloofde?'

'Waar heb je het over?'

'Begrijp me niet verkeerd,' zei hij. 'Ik neem het je niet kwalijk. Of hem. Niet na vannacht. Ik bedoel, het was leuk, toch?' vroeg hij.

Weer deed Jude een stap achteruit. Ze bukte zich om haar slipje op te rapen en trok het aan terwijl ze de handdoek om zich heen probeerde te houden. 'Dit was een vergissing.'

'Dat moet je niet zeggen. Je bent beeldschoon. Een klasse apart. Je zou eens wat losser moeten worden. Wat meer van het leven gaan genieten.'

Ze kreeg het niet voor elkaar daarop te reageren. Had ze iets zwaars voorhanden gehad dan had ze hem er waarschijnlijk een klap mee gegeven, en toch had hij zich niet aan haar opgedrongen. Ze had het zelf gedaan. Zij had zich gewonnen gegeven. Het voelde afschuwelijk en het duurde eindeloos om onder zijn starende blik haar gekreukte en besmeurde grijze pak aan te trekken. Ze moest op bed gaan zitten om haar veters te strikken. Toen ze klaar was stond ze op en dwong zich hem aan te kijken. 'Het was het verkeerde moment,' zei ze.

Vin glimlachte nog eens. 'Het voelde anders niet verkeerd. Ik zal nooit vergeten hoe je voelt. Hoe je smaakt. Nu hoor je bij de familie.'

Geschrokken kromp ze ineen en toen bekeek ze hem eens goed, zoals hij daar stond: fors en vlezig, boven haar uittorenend. Hij was net een beest dat haar verwond had. Abrupt draaide ze zich om, ze deed de deur open en vertrok. Terwijl ze de trap af liep hoorde ze zijn blote voeten achter zich aan komen.

49

'Tijd voor koffie,' zei Vin toen ze onderaan de trap waren beland.

'Nee.' Het kwam er bitser uit dan bedoeld. 'Ik moet mijn tas en jas zoeken en er dan vandoor.'

'Wat jij wil.' Hij lachte vriendelijk naar haar en kuierde toen op zijn gemak naar de keuken.

Judes jas hing nog aan de haak in de gang maar haar tas lag niet in de woonkamer en ze had geen idee waar ze hem gelaten had.

Stilletjes liep ze de serre in, biddend dat daar niemand was. Tot haar opluchting was het er leeg. Overal lagen kledingstukken; er hing een zijdeachtige maillot over de rand van een ingelijste print en er lag een prachtig kasjmieren jasje verfrommeld op een bord chocoladeprofiteroles. De groentestengels die ze gisteren had meegenomen – was dat nog maar gistermiddag? – waren al uitgedroogd. Op de vensterbanken lag allemaal gestold kaarsvet van uitgebrande kaarsen.

Maar haar tas was nergens te bekennen.

Ze drukte haar gezicht tegen de glazen deur. Buiten was het mistig en miezerig; het vuur was een smerig, smeulend hoopje met wat half verbrande, omgekrulde vellen papier eromheen. Ze zag de restanten van de stoelen nog liggen die in het vuur waren gesmeten.

Haar tas lag vast in de keuken, waar Vin was. Waar ze niet wilde zijn. Ze haalde diep en hortend adem, stond op en deed de deur open. 'O,' zei ze.

Daar stond Vin naast de kookplaat dikke plakken van een groot volkorenbrood te snijden, zich kennelijk niet bewust van de rotzooi om hem heen.

Maar Danny was er ook, ze zat aan tafel met Alfie op schoot en haar beide handen om een beker koffie. Haar haar zat in een ingewikkelde vlecht naar achteren en ze droeg een wijde krijtstreepbroek met een saliegroen vest dat tot aan haar kin was dichtgeknoopt.

'Goedemorgen, Jude,' zei ze met een gekmakende zelfbeheersing. 'Wil je ontbijt?'

'Nee,' zei ze. 'Dank je.' Ze had het bloedheet en het voelde alsof haar gezicht in brand stond.

'Jude wil hier zo snel mogelijk weg,' zei Vin, die een paar boterhammen in de oven legde.

Alfie sloeg met zijn lepel op tafel.

'Ik moet alleen mijn tas, mijn sleutels hebben. Volgens mij moet hij hier ergens liggen.' Wanhopig keek ze de ruimte door, naar de stapels vieze borden en pannen, de glazen, vele nog halfvol, naar de kommen met restjes eten – zompige cake en slappe aardappelschijfjes, geprakte avocado die helemaal grijs en waterig was geworden.

Achter haar ging de keukendeur open.

'Mogge,' klonk de stem van Doc. 'Hallo, Jude. Ik wist niet dat we een logee hadden.'

Jude ving zijn blik op toen hij met een glimlachje van haar

naar Vin keek. Ze dacht aan hoe hij gisteravond zijn vlakke hand op haar borst had gelegd. Er kwam een misselijk gevoel in haar op, dat ze wegslikte. Haar huid prikte. 'Ik ging er net vandoor,' zei ze.

'Er kan toch nog wel een ontbijtje van af,' zei Doc. 'Om de alcohol op te zuigen. Is bij mij wel nodig in elk geval.' Hij ging aan tafel zitten, woelde Alfie door zijn haar en kieperde toen slordig wat cruesli in een kom en deed er een paar scheppen yoghurt bij.

'Nee, bedankt,' zei Jude. Het voelde alsof ze een normaal iemand probeerde te imiteren en daar jammerlijk in faalde.

'Koffie?' vroeg Danny meelevend. 'Je hebt waarschijnlijk niet veel geslapen.'

'Ik hoef geen koffie. Of wat dan ook.'

'Kom je dan niet naar de begrafenis?'

Dat was ze helemaal vergeten. 'Ik kan niet.'

'Jammer.'

'Ik moet alleen mijn tas hebben.' Ze draaide zich om om te gaan en botste bijna tegen Irina op, die in een lange zwarte jurk en op blote voeten de keuken in kwam zweven, met haar rode haar in een stevige vlecht.

'Jude? Jude! Zo, en waar heb jij vannacht getukt?' Jude mompelde iets, maar Irina stak haar hand op. 'Niks zeggen. Laat me raden. Al is het niet zo heel moeilijk. Sterker nog, ik meende al het een en ander te horen. Maar ik maakte mezelf wijs dat er gewoon iemand stond te kotsen in de badkamer.'

Jude moest haar best doen om haar handen niet op haar oren te drukken. Haar gezicht voelde stijf van alle pogingen om ijzig onverschillig te kijken. 'Ik ging er net vandoor.'

Irina week niet uit de deuropening. 'Vin,' zei ze uitbundig, terwijl de geur van geroosterd brood zich door de ruimte verspreidde. 'Ach, Vinnie, mijn man!' In haar stem klonk een mengeling van wellust en agressie door.

'Je geeft Jude een ongemakkelijk gevoel,' zei Vin. 'Die kent onze mores niet.' Hij nam een grote hap toast met jam en kauwde er luidruchtig op.

Jude trok het niet langer. Die tas, haar portemonnee, haar sleutels, het kon haar niets meer schelen; ze moest hier weg. Ze duwde Irina en Erika opzij.

'Hij ligt in mijn kamer,' riep Danny. 'Je tas.'

Jude rende de trap op en Danny's kamer in. En ja hoor, daar op het bed lag de tas. Hij stond wagenwijd open en de portemonnee was ook opengeritst. Danny had niet eens de moeite genomen te verhullen dat ze de spullen had doorzocht.

Jude pakte de tas, keek of haar sleutels er nog in zaten en rende de trap weer af, bijna struikelend in haar haast om weg te komen. Ze trok de voordeur open en keek toen recht in het gezicht van Leila.

De rechercheur keek haar ongelovig aan. 'Ben je hier voor de begrafenis van vandaag?' Maar toen keek ze naar Judes besmeurde en gekreukte pak, haar ongekamde haar, haar bleke morning-aftergezicht.

Vin kwam de gang in lopen. In zijn ene hand hield hij de toast met marmelade, maar zijn andere legde hij op Judes schouder alsof ze van hem was.

Boos duwde ze hem weg. 'Ik ga,' zei ze.

Leila hield haar hoofd schuin. 'Ik begrijp het al,' zei ze.

'Nee, dat doe je niet,' zei Jude.

'Waarschijnlijk wel,' zei Vin lachend.

'Wacht heel even,' zei de rechercheur tegen hem. 'Er is iets wat ik iedereen hier in huis moet vragen. Ik ben zo terug.' Ze nam Jude bij haar elleboog en trok haar mee het huis uit, de straat op. 'Ben je nou helemaal gek geworden?'

'Ik snap niet wat je bedoelt.'

'Hou hiermee op! Nu!' Toen verdween de boosheid van haar gezicht en slaakte ze een korte zucht. 'Is dit vanwege wat ik je heb verteld – ook al heb ik het je niet verteld – over je verloofde?'

Jude keek de rechercheur in haar grijze ogen. 'Misschien,' zei ze met een klein stemmetje. 'Een beetje.'

'Had ik mijn mond maar gehouden.'

'Ik ben blij dat je dat niet hebt gedaan,' zei Jude. 'Ik moest het weten. Het is veel erger om het niet te weten. En wat de rest betreft, wat gisteravond betreft...' Ze deed een poging tot een glimlach, maar haar gezicht voelde gespannen. 'Geen zorgen, het zal niet meer gebeuren. Ik ga daar nooit meer naar binnen. Het is een in- en inslecht huis, dat weet ik.'

50

Jude rende weg, haar schoenen deden pijn aan haar voeten, haar tas beukte tegen haar heup en ze haalde hijgend adem. Eenmaal bij het eind van de straat aangekomen stopte ze bij een grote plataan om tegen de knoestige stam te leunen.

'Stommeling,' zei ze. 'Ontzettende stommeling.'

Ze wilde een lange, warme douche. Ze wilde haar tandvlees tot bloedens toe poetsen. Ze wilde liters koffie.

Ze dacht aan het sombere souterrain en die sissende kat met zijn onvriendelijke groene ogen.

'Shit,' zei ze.

Er biggelden tranen uit haar branderige, vermoeide ogen. Ze liep verder, onder het bruggetje door, de kant van het moeras op. De regen viel gestaag; de bebouwing achter haar was vaag en schimmig, het gras ging over in omgewoelde modder en de hemel was donker en laag. Zo'n dag dat het maar niet licht wil worden, dacht ze, en toen probeerde ze zich te herinneren wat voor dag het eigenlijk was. Woensdag, besloot ze: het smerige midden van een afschuwelijke week.

Langzaam wandelde ze een hobbelig paadje over, en liep toen weer terug. Zonder echt te weten waarnaartoe. Haar ogen prikten, ze had hoofdpijn. Ze voelde zich wankel op haar benen. De regen nam toe. Ze zocht beschutting onder een boom; de regen roffelde op de glanzend groene bladeren.

Ze was doorweekt. De gebeurtenissen van die nacht voelden aan als een hoopje door elkaar gehusselde puzzelstukjes, met hun eigen inwendige logica. Ze stonden glashelder op haar netvlies gebrand, als uitgelichte logo's in het donker. Tara en Danny die elkaar afsnauwden, ruzieden over Alfie en de liefde van een vermoorde man. Erika's bekentenis, als bekentenis het juiste woord was voor iets waar ze overduidelijk geen spijt van had. Docs dreigende ogen en zijn hand op haar borst. Dermot die met een droeve maar triomfantelijke blik de volle tafel omkieperde. Irina losbandig en rancuneus bij het vuur. Danny die doodkalm als een tragische geest door het feest heen schreed. Vin die op tafel de dansers stond aan te sturen. Vin die haar mee het dak op nam. Vin die zei dat ze nu bij de familie hoorde.

Jude drukte een hand op haar ogen, om haar koortsachtige gedachten tot rust te brengen. Toen ze hem even later weer weghaalde zag ze een vreemd tafereel. Aan de overkant van het stuk modderige gras zag ze een rouwstoet voor Liam naar de begraafplaats lopen. Het was te ver weg om gezichtsuitdrukkingen te kunnen onderscheiden, maar ze zag wel dat iedereen elkaars hand vasthield en in een aaneengesloten keten door de stromende regen liep, waarbij de jurk van Irina door de omgewoelde modder sleepte. Vin liep achteraan met Alfie in een draagdoek aan zijn schouders en Danny liep voorop; allebei met een enorme paraplu. Jude kon hen vanwaar ze stond horen zingen.

Ze ruzieden met elkaar, verrieden elkaar, deden het met elkaar en lieten elkaar in de steek; soms haatten ze elkaar en een van hen zou zelfs een moordenaar kunnen zijn – en toch liepen ze nu hand in hand naar een graf om een vriend te begraven, verdrietig samen zingend.

Ze bleef toekijken tot de rij gestaltes achter de top van de heuvel was verdwenen. De regen werd minder, en toen ze onder haar schuilplaats vandaan kwam brak de grijze hemel open en kwam er een licht turquoise strook tevoorschijn.

Straks zouden de stoffelijke resten van Liam onder de grond liggen. Hoewel ze van plan was geweest rechtstreeks naar huis te gaan om te douchen en te slapen, maakte ze in een opwelling een omweg naar de plek waar hij was vermoord. Het was maar tien minuten lopen, langs het waterreservoir en over het paadje naar het wilder begroeide gebied. Daar, vlak naast het pad stonden de nog platgedrukte doornstruiken en lagen de restanten van het monumentje dat ze ook had gezien toen ze hier voor het eerst was geweest. De bloemen waren inmiddels allemaal verwelkt, op een bosje oranje dahlia's na dat er nagenoeg vers uitzag. Ze vroeg zich af wie dat daar had neergelegd, en had bijna spijt dat ze zelf niets had meegenomen.

Jarenlang was Liam onaangetast in haar herinnering gebleven, een abstracte versie van een man: knap en ongetemd, met een wereldvreemde gulheid jegens haar. De afgelopen weken had ze een veel minder opgepoetste versie leren kennen. Hij was egoïstisch, onattent en wreed geweest. Hij had Danny bedrogen toen ze met hun pasgeboren zoon in het ziekenhuis lag. Hij had mensen gekwetst zonder dat het hem wat deed. Terwijl Jude daar stond te kijken naar het lapje grond waar hij het leven had gelaten, peinsde ze over die twee versies, over alle tegenstellingen die hem verschrikkelijk, verleidelijk en gevaarlijk hadden gemaakt.

Toen ze verder liep kwam de manege in zicht. Met daarachter de schaatsbaan.

Schaatsen. Ze bleef staan en keek achterom naar de weg waarlangs ze was gekomen – het pad dat vanhier naar de plaats delict leidde, en vandaar door het moeras naar Liams huis.

Ze dwong zich diep na te denken en te proberen het terug te halen. In gedachte hoorde ze Danny boos zeggen dat Vin en Irina hadden beloofd op Alfie te passen maar niet waren komen opdagen.

Ik zou gaan schaatsen. Dat is mijn ding. Ik ga elke zaterdagmiddag met mijn zus, weer of geen weer. Dat doen we al jaren.

Hoe laat was dat geweest? Ze kneep haar ogen dicht in een poging het zich te herinneren. Danny had haar gevraagd hoe laat het was; zij had op haar telefoon gekeken. Tien over halfvijf: dat was het. Danny had gezegd dat ze als ze niet snel was haar tijdslot zou missen, had Alfie in Judes armen gedrukt en was de kamer uitgestormd.

Tien over halfvijf. Waarschijnlijk was haar tijdslot dan tussen vijf en zes.

Wanneer was Liam vermoord? Dat wist ze niet. Leila had dat nog nooit gezegd. Ze wist wel dat zijn lichaam van het pad naar de bosjes was gesleurd, waar het zaterdagavond was gevonden door iemand die zijn hond uitliet.

Bij de schaatsbaan bleef ze bij de ingang staan. Daar pakte ze haar telefoon erbij en zocht de wandelroute naar Liams huis op. Volgens de instructies liep ze terug over het pad waarlangs ze was gekomen, en algauw stond ze wederom bij het verlaten monumentje. Het was de enige route die Danny kon nemen, elke zaterdag, weer of geen weer. Vlak langs de plek waar Liam was doodgestoken.

Jude liep de hele weg naar haar appartement. Eenmaal aangekomen had ze grote zachte blaren op haar voetzolen. Voorzichtig trok ze haar schoenen uit, gaf de kat te eten en de planten water. Toen, nog voor ze haar natte vieze kleren uitdeed of water opzette, belde ze Leila.

'Hoe laat is Liam vermoord?'

Aan de andere kant van de lijn klonk een zucht. 'Wat ben je nou weer van plan, Jude?'

'Heb je een tijdstip?'

'Niet zoals jij bedoelt. Maar we hebben wel een tijdspanne: het was na vijf uur 's middags en minstens twee uur voor halfelf 's avonds, toen zijn lichaam is gevonden, oftewel: halfnegen.'

Jude dacht verwoed na. Na vijven betekende dat het niet kon zijn geweest toen Danny op weg naar de schaatsbaan was. Maar erna kon wel, als ze door de donkere moerassen op weg was naar huis.

'Ga je me nog vertellen waarom je dat wilt weten?' vroeg de rechercheur.

'Hij is vermoord op het paadje van de schaatsbaan naar het moeras van Walthamstow.'

'Ja? En?'

'Op een zaterdagavond. En dan gaat Danny altijd met haar zus schaatsen.' Er viel een stilte. 'Dan zou Danny daar zijn geweest. Precies daar,' drong Jude aan. Er viel nog een stilte. 'Snap je het dan niet?'

'Jude.' Leila klonk kwaad nu. 'Waar zie je ons voor aan?'

'Wat?'

'Denk je nou echt dat jij, Jude Winter, iets inbrengt waar we niet allang naar hebben gekeken? Serieus? Denk je werkelijk dat we Danny's gangen – en die van dat hele huishouden, trouwens – op de dag dat Liam Birch is vermoord niet zijn nagegaan?'

'Waar was ze dan?'

'Ze was daar niet eens in de buurt.'

'Maar ze gaat elke zaterdag schaatsen.'

'Die dag niet.'

'Hoezo dan niet? Waar was ze dan?'

'Neem het maar van mij aan, Jude. Zij heeft Liam Birch niet vermoord. Of neem het eigenlijk maar niet van mij aan. Zoek het maar op op YouTube.'

'YouTube?'

'Ik moet weer aan het werk.'

51

Een zoekopdracht naar Danny Kelner leverde als eerste een kort filmpje over tatoeëren op. Danny zat al pratend een zwaan op de rug van een jonge blonde vrouw te tekenen. Het was niet waar Jude naar op zoek was, maar ze kon het niet laten een paar minuten te blijven kijken. Zelf had ze voor haar gevoel nooit echt creatief talent gehad. Ze kon niet tekenen, niet pianospelen. Danny maakte kunst, maar dit was kunst op mensenhuid en een fout kon ze zich niet permitteren. Ze kon geen lijntjes uitgummen en opnieuw beginnen. En al die tijd zat ze niet alleen tegen die vrouw te praten om haar uit te leggen wat ze deed, maar ook tegen iemand achter de camera. Ze legde uit dat zwanen voor zuiverheid stonden en ging dieper in op haar kleurgebruik.

Ze was hier goed in, dacht Jude. En wat was ze aantrekkelijk, zo charismatisch. Geen wonder dat Liam en zij voor elkaar gevallen waren.

Jude keek omlaag naar de kleren die ze aanhad. Ze tilde haar arm op en rook aan haar mouw. Die stonk naar alcohol, rook en de lucht die van kleren afkomt die op een feestje zijn gedragen, midden in de nacht zijn uitgetrokken en de volgende ochtend weer zijn aangedaan.

Ze voelde zich verschrikkelijk vies. Ze kon het geen seconde langer meer aan. Ze trok haar pak uit, propte het in de vuilnisbak en trok toen de rest van haar kleren uit om ze in de wasmachine te doen. Ze ging onder de douche staan en waste haar haar en lichaam, waarbij ze net zo lang boende tot het pijn deed. Ze stopte pas toen het water koud werd. Ze droogde zich af en trok snel een wijde spijkerbroek en trui aan.

Ze pakte haar telefoon weer en scrolde naar beneden. Daar: daar was het. Het had als titel 'Vuurwerkavond' en was er door ene Nico op gezet. Het was bijna niet te volgen. Er stonden mensen te dansen en het voelde alsof degene die filmde zelf ook meedanste. Het beeld trilde en verschoof aldoor. Het was avond en de dansers werden verlicht door het flakkerende licht van het vuur of waren silhouetten. Maar Jude herkende duidelijk de gezichten van Danny en Vin en heel even, meende ze, Irina. Soms verloor Danny zich duidelijk in de muziek, met haar armen boven haar hoofd, bewegend op het ritme. Ze was een mooie, soepele danser. Nog iets waar ze goed in is, dacht Jude bij zichzelf.

Op een gegeven moment, toen Danny merkte dat ze werd gefilmd, glimlachte ze breeduit en zei iets onhoorbaars. Het filmpje duurde nog geen kwartier, maar er was meerdere keren in gesneden en de muziek veranderde steeds. Danny was steeds weer te zien.

Toen het was afgelopen dacht Jude even na. Ze belde Leila. 'Ik heb het filmpje bekeken,' zei ze.

'Mooi. Daar hoefde je me echt niet voor te bellen, hoor.'

'Er zitten gaten in,' zei Jude. 'Er is in geknipt.'

'Hoe bedoel je?'

'Er is geknipt in het filmpje. Ze kan zijn gefilmd, toen weg van het feestje zijn gegaan en vervolgens zijn teruggekomen om weer dansend gefilmd te worden.'

'Alsjeblieft,' zei de rechercheur.

'Dat is toch zo?' Ze hoorde een diepe zucht.

'Ik hoef me tegenover jou niet te verantwoorden, Jude. Maar voor deze ene keer: het feestje in kwestie was in Brixton, ver weg van het moerasland en het zal Danny zeker een uur hebben gekost om daar te komen. Verschillende getuigen hebben verklaard dat ze iets na kwart voor zes aankwam, toen het vuurwerk begon. Een collega heeft de volledige versie bekeken, die gecodeerd is op tijd en over meer dan tweeënhalf uur is uitgesmeerd, tussen zes en halfnegen 's avonds. Danny is er verschillende keren in te zien.'

Het alibi van Danny omvatte bijna precies de tijdspanne waarin Liam volgens de patholoog was vermoord.

'Ze zou even weg kunnen zijn gegaan en weer teruggekomen,' merkte Jude flauwtjes op.

'Dat is onmogelijk.'

'Vind je het niet een beetje erg mooi uitkomen allemaal?'

'Wat?'

'Ik kan me zo voorstellen dat een van de belangrijkste dingen die je bij een moordonderzoek doet is de verdachten vragen waar ze waren en dat het normaal zoiets is als, ik zat tv te kijken of ik maakte een wandeling of ik was met die-en-die een drankje aan het doen. Maar nu heb je iemand die zelfs gefilmd is op het tijdstip van de moord.' Toen Jude klaar was, viel het stil. 'Sorry, ben je er nog?'

'Ik ben er nog.'

'Wat zeg je daarvan? Vind je Danny's alibi niet een beetje té goed?'

'Net zei je nog dat het niet goed genoeg was. En nu is het té goed. Wat betekent dat überhaupt?'

'Hoeveel mensen hebben er nou filmisch bewijs om aan te tonen dat ze het niet gedaan kunnen hebben?' Er viel een stilte.

'Nou?' vroeg Jude.

'Ik hoor alleen het stukje waarin je zegt: "om aan te tonen dat ze het niet gedaan kunnen hebben".'

'Snap je mijn punt dan niet?'

'Vind je het erg als ik, voor ik daar antwoord op geef, jóú een vraag stel?'

'Nee. Ik bedoel, nee, dat vind ik niet erg.'

'Waar was je mee bezig gisteravond?'

Nu was het Judes beurt om te zwijgen. 'Het was ingewikkeld. Alles raakte gewoon in de war. Ik ben er niet trots op.'

'Ik hoef me tegenover jou niet te verantwoorden, en jij niet tegenover mij. Maar als ik bevriend met je was, zou ik je waarschijnlijk proberen te helpen in een tijd als deze. Heb je vrienden?'

'Ja.' Ze dacht aan haar vrienden, aan het leven dat ze een paar weken geleden nog geleid had. Geluk en gezelligheid en een heleboel hoopvolle verwachtingen en plannen. Ze bedacht hoe snel alles tussen je vingers door kon glippen, en haar adem stokte bijna van de steek in haar borst.

'Volgens mij moet je met ze praten. Maar die lui in dat huis van Liam, dat zijn je vrienden niet.'

Jude wilde antwoord geven, maar realiseerde zich toen dat de verbinding was verbroken. Leila had opgehangen.

52

Heel langzaam ging Jude de slaapkamer binnen, die donker en koud was en naar vocht rook. De rest van de dag lag voor haar uitgestrekt. Net als de dag daarna, en die daarna.

Ze keek op haar telefoon, naar alle gemiste oproepen en onbeantwoorde appjes. Die las ze later wel. Ze ging op bed liggen en deed haar ogen dicht. Ze voelde de moeheid aan haar gedachten knagen. Ze wilde slapen en pas wakker worden als – als wat? Als dit allemaal een vreselijke droom bleek te zijn en ze bij het ontwaken haar oude leven weer terug had: voordat Liam was opgedoken, voordat Nat het met een andere vrouw had gedaan, voor ze het huis in Walthamstow was binnengegaan.

Haar telefoon ging. Ze deed één oog open en zag dat het Dee was. Ze verroerde zich niet en de telefoon hield op. Na een paar tellen ging hij weer. Dee gaf het niet op. Jude stak een hand uit en zette haar mobiel uit.

Ze trok haar benen op en deed haar ogen weer dicht. Misschien sliep ze even. De lucht buiten zag er donkerder uit. Toen hoorde ze iets. Het was de deurbel. Hij bleef maar gaan. Ze deed haar ogen niet open. Ze was te moe en te gebroken en wilde niet opstaan, of de ene voet voor de andere zetten, of iets zeggen. Ze kon die rechercheur met haar doordringende blik niet onder ogen komen, en ze kon het ook niet aan om haar vriendinnen te zien en te doen of er geen vuiltje aan de lucht was. Ze had een droge mond maar het was haar te veel om op te staan, een glas te zoeken en er water in te doen.

De deurbel ging weer. Ze trok haar knieën verder omhoog en drukte een kussen tegen haar gezicht. Na een tijdje stopte het.

Ze bleef liggen in de stilte. Buiten klonk het niet-aflatende geroezemoes van verkeer. Af en toe hoorde ze voetstappen van het appartement boven. De kat miauwde buiten bij de deur. Ze hoorde het kattenluikje rammelen.

Toen ze wakker werd was het donker. Ze hoorde het geluid van kletterende regen. Had het ooit zo hard geregend? Ze had het koud en stierf van de dorst en moest plassen.

Zonder het licht aan te doen liep ze naar de badkamer, ging op de wc zitten en legde haar gezicht in haar handen. Ze wist zich geen raad. Ze zag geen uitweg meer uit de situatie waarin ze was beland.

Zo, ademend door haar handen, bleef ze lang zitten maar uiteindelijk strompelde ze weer naar bed, trok haar spijkerbroek en trui uit en kroop onder de dekens.

Ze lag wakker in het donker en viel toen weer in slaap, en toen ze haar ogen opendeed was het licht buiten. Eigenlijk zou ze de gordijnen dicht moeten doen maar ze kon het niet opbrengen weer uit bed te komen dus kroop ze gewoon dieper onder haar dekbed.

In haar hoofd gebeurde van alles, als vage, breekbare vormen van een droom. Beelden van mensen gingen in elkaar over: Liam als jongen, Liam als man, Liam toen hij dood was en het monumentje met verwelkte bloemen op de plek waar hij met een mes was doodgestoken. Ze stelde zich zijn verbazing voor; hij was er vast van uitgegaan dat hij onsterfelijk was. Danny, met haar getatoeëerde tranen op haar onbewogen gezicht. Vin. Ze wilde niet aan Vin denken. Of eigenlijk wilde ze niet aan zichzelf denken, aan hoe ze hem dronken en stoned en vol zelfhaat bezit van haar had laten nemen. De vlakke hand van Doc op haar borst. Dermot die de door hem aangerichte ravage met een schuldbewuste blik aanschouwde. Irina die danste bij het vuur.

De Nat van wie ze had gehouden en de Nat van wie ze niet meer hield, die ze niet eens meer kende. Hij was in rook opgegaan en zijn plek was ingenomen door een vreemdeling met een zelfingenomen gezicht en een snauwende stem.

Haar leven was een luchtbel geweest die nu door haar was doorgeprikt.

Ze vroeg zich af wat voor dag het was. Gisteren was het woensdag, toen Liam begraven was in de rieten mand met zijn laarzen erbovenop. Ze zag het hele huishouden weer hand in hand zingend door het moerasland lopen.

Was het nu dan donderdag? Of toch vrijdag misschien? Maar het maakte niet echt uit welke dag het was, of ochtend, middag of avond, omdat de tijd niet langer een rivier was die haar meevoerde, maar een dikke modderstroom. Ze hoorde de kat buiten miauwen. Die moest gevoerd worden. En misschien moesten de planten water hebben.

Ze viel weer in slaap, of liet zich althans meedrijven naar die donkere wereld tussen slapen en waken in. Gezichten, gestaltes en een bonzend hart; het geroffel van de regen.

Er belde weer iemand aan. Het ging maar door, als een drilboor.

Het hield op. En toen klonk er een geluid bij het raam. *Klop klop klop.* Ze draaide zich die kant op en deed haar ogen half open.

Door het waas van haar versufte, slaperige uitputting zag ze een gezicht.

Haar moeder stond met haar neus tegen het raam gedrukt, met open mond en doorweekt haar. Ze zag er doodsbang uit, maar toen Jude haar aankeek veranderde ze van uitdrukking. Ze drukte haar beide handen tegen het glas en sloeg er toen op. Ze riep iets.

Jude kreunde. Ze kwam overeind, liep naar het raam en trok het open.

'O Judith, lieverd!'

'Mam? Hoe kom je in de tuin?'

'Ik mocht van je buurman over het hek klimmen. Laat me eens binnen, verdorie.'

Jude knikte. Ze had een verdoofd en onwezenlijk gevoel. Ze draaide zich om om de kamer uit te lopen maar haar moeder riep haar terug. 'Trek eerst iets aan!'

Jude keek naar haar naakte lichaam. Ze droeg alleen een slipje. Ze trok haar spijkerbroek en trui aan en liep naar de tuindeur, ontgrendelde die en trok hem open voor een vlaag koude, natte lucht. Haar moeder stapte de drempel over en sloeg de deur achter zich dicht.

'Mam,' zei ze nog een keer. Ze schaamde zich dood en wilde zich ergens verstoppen.

'Ach, liefje,' zei haar moeder met een hapering in haar stem. Ze was helemaal doorweekt, haar haar plakte tegen haar schedel, haar jas was donker van de regen.

‘Wat is er? Is er iets gebeurd? Gaat alles goed met papa?’

‘Ja, prima. Ik was doodongerust. Ik bleef maar bellen maar je nam niet op, en toen belde Dee. Ze zei dat zij en anderen je niet te pakken kregen. Ze stond op het punt het alarmnummer te bellen.’

‘Wat overdreven.’

‘Helemaal niet overdreven. Daar heb je vrienden voor. Maar goed, hier ben ik dan,’ zei haar moeder met een stamelende lach. ‘Voor het geval je gered moet worden.’

‘Dat hoef ik niet,’ zei Jude.

Maar dat was niet waar. En ze zag aan haar moeders gezicht dat het niet waar was. Ze wilde zich verstoppen, om die tedere bezorgdheid niet te hoeven zien. Ze draaide zich van haar af.

‘Wat voor dag is het?’ vroeg ze.

‘Vrijdag.’

Geen wonder dat ze zich uitgemergeld voelde. Wanneer had ze voor het laatst gegeten?

‘De auto staat buiten,’ zei haar moeder. ‘Foutgeparkeerd. Kom, dan gaan we, voor ik een bon krijg.’

‘Gaan?’

‘Je komt een paar dagen thuis.’

Jude wist niet wat ze hiermee moest. ‘En de kat dan?’

‘Kun je je buurman niet vragen om hem te eten te geven?’

‘Ik ken de buurman niet.’

‘Pak alles wat je nodig hebt, dan ga ik het hem wel even vragen.’

‘Dank je wel,’ zei Jude volgzaam.

‘Het komt allemaal goed.’

‘Echt?’

‘Ja. Echt.’

‘Ik heb er zo’n puinhoop van gemaakt. Echt, van alles.’

53

De eerste twee dagen leek het wel of Jude bezig was te herstellen van een lang ziekbed: ze was niet meer beroerd, maar zwak en snel uitgeput. Ze sliep veel of zat beneden met een boek zonder het te lezen. Ze keek naar de tuin in zijn winterse kaalheid. Ze maakte korte wandelingen met haar vader, die onbeholpen en bezorgd deed. Ze huilde niet, maar voelde soms wel warme tranen uit haar ogen biggelen. Ze dacht niet aan wat haar overkomen was, wat ze had gedaan, maar soms gingen haar gedachten met haar aan de haal, vooral in de kleine uurtjes. Ze had dromen die ze zich bij het wakker worden niet meer kon herinneren, maar waar ze wel rillerig en bang van werd.

Op de ochtend van de derde dag kwam haar moeder haar kamer binnen met een beker koffie en een ovenwarme amandelcroissant, zette die op haar nachtkastje en ging, in plaats van de kamer weer uit te gaan, op de stoel bij het raam zitten. 'Zo,' zei ze, na een inleidend kuchje.

'Ik weet het.' Jude leunde achterover tegen haar kussen en nam een slok koffie.

'Wat weet je?'

'Ik weet dat ik mezelf moet herpakken.' Ze dacht na over die zin. Het klonk logisch, want het voelde alsof ze was losgekomen en op het punt stond uit elkaar te vallen, alsof haar oude identiteit in haar voegen kraakte. Maar ze werd al bij voorbaat moe van het idee iets met zichzelf te moeten. Ze wist niet waar ze moest beginnen.

'Ik zat te denken dat je misschien eens met iemand moet gaan praten.'

'Een therapeut, bedoel je?'

'Ja.'

'Dat lijkt me een goed idee,' zei Jude.

Haar moeders gezicht klaarde op.

'Dat doe ik zodra ik weer in Londen ben.'

'Je mag hier zo lang blijven als je wilt, dat weet je, hè?'

'Ik moet weer terug. Om te beginnen heb ik een baan.' Ze lachte ongelukkig.

'Hoe staat het met je werk?'

'Ze hebben contact met me proberen op te nemen.' Ze dacht aan het schrikbarende aantal e-mails, voicemails en appjes. 'Ga ik vandaag regelen.'

'Goed zo.' Haar moeder zat verwoed te knikken, alsof ze Jude met haar aanmoediging over alle hindernissen in haar hoofd kon tillen. Jude nam een hap van het dampende, boterige broodje, wat een troostende uitwerking had. Er stonden bloemen op het tafeltje en de kamer was schoon en licht. Ze zag het koordje met het vorkbeentje opgerold liggen waar het de laatste keer dat ze hier was had gelegen, toen ze gehoord had dat ze de executeur-testamentair van Liam was. Ze pakte het op en hield het gewichtloze ding in haar hand.

'Verder,' zei haar moeder erachteraan. 'Ik bedoel, ik weet dat het maar tijdelijk is, maar volgens mij is die plek waar je logeert niet heel opbeurend.'

'Dat kun je wel zeggen, ja.'

'Moet je dan geen andere woonruimte zoeken?'

'Ja.'

'Samen met vriendinnen?'

'Wie weet.'

'Het is misschien wel fijn voor je om niet alleen te zijn. Na alles wat je hebt meegemaakt.'

'Ik denk dat je wel gelijk hebt.' Jude hing het vorkbeentje om haar hals, nam nog een hap van haar croissant, nog een slok koffie. Ze keek naar haar moeder die tegenover haar zat en glimlachte. 'Dank je wel,' zei ze. 'En je hebt gelijk: ik moet mijn leven weer op de rails krijgen. Als eerste zal ik mijn werk bellen.' Daar zag ze als een berg tegen op. 'En daarna neem ik contact op met mijn vriendinnen, om te bedenken waar ik moet gaan wonen. Eén ding tegelijk.'

Later die dag maakte Jude in haar eentje een wandeling door het kleine bos, met haar voeten ritselend door de gevallen bladeren, de heuvel op, langs de schuur waar Nat en zij hun trouwfeest hadden gepland, en weer terug door de winkelstraat. Ze ging binnen bij de bakker om brood te kopen en toen ze weer buiten kwam stond ze ineens oog in oog met Tara Birch, al herkende ze haar niet direct omdat ze een lange zwarte jas droeg met een capuchon over haar hoofd.

Geschrokken keken ze elkaar aan. Tara lachte niet. 'Jou had ik hier niet verwacht. Ik was op weg naar een vriendin hier in de buurt en toen bedacht ik even langs te gaan bij...' Ze viel stil en ze bleven elkaar aankijken.

'Hoe gaat het?' vroeg Jude.

'Niet zo best. Met jou?'

'Kon beter.'

‘Wil je even koffiedrinken of zo?’

Daar had Jude geen zin in, maar ze wist niet hoe ze eronderuit kon komen. Zwijgend liepen ze verder tot ze bij een cafeetje kwamen waar het niet warm genoeg was. Tara bestelde twee koffie en ging aan een klein tafeltje tegenover Jude zitten. Zo zonder capuchon zag Jude hoe slecht ze eruitzag. Haar gezicht leek wel verschrompeld, waardoor al haar gelaatstrekken te groot leken; haar huid was ziekelijk bleek, los van wat uitslag op haar ene wang.

‘Die avond op het feest,’ zei Tara. ‘Zo ben ik normaal gesproken niet.’

‘Je zoon werd begraven,’ zei Jude zachtjes. ‘Je hoeft je nergens voor te verontschuldigen.’

‘Schreeuwen tegen Danny, schreeuwen tegen Dermot. Zo ben ik helemaal niet. Of misschien ook wel. Ik kan een kort lontje hebben; vraag maar aan Andy.’

Jude schudde haar hoofd.

‘Het was afschuwelijk,’ ging Tara verder. ‘Het voelde alsof ik gek werd. Misschien ben ik ook wel gek aan het worden. ’s Ochtends als ik wakker word komt het weer allemaal terug. Elke ochtend weer moet ik het me opnieuw herinneren. Andy heeft me naar de huisarts gestuurd en die heeft antidepressiva voorgeschreven.’

‘Helpen die?’

‘Ik slik ze niet. Het klinkt gek, maar ik wil me eigenlijk niet beter voelen. Mijn zoon is vermoord. Waarom zou ik daaroverheen moeten komen?’

‘Volgens mij is het geen kwestie van eroverheen komen,’ zei Jude. ‘Maar van ermee leren leven.’

‘Ik wil er niet mee leren leven. Omdat het ondraaglijk is. Het moet ook ondraaglijk zijn. Hij is dood. Ik ben moeder van een dode zoon. Een vermoorde zoon.'

Jude zag een traan over Tara's getormenteerde gezicht biggelen, en toen nog een. Ze legde een hand op haar arm.

'Ik ben mijn zoon kwijt en ik ben mijn kleinzoon kwijt.'

'Je hebt wel Dermot nog,' zei Jude halfslachtig.

'Arme Dermot.' Tara keek Jude somber aan. 'Ik weet dat hij het zwaar heeft. Maar zijn lijden valt in het niet bij het mijne. Ik kan hem niet helpen. Ik kan niemand helpen.'

'Zou hij misschien het gevoel kunnen hebben dat...?'

'Wat heb je daar?'

'Pardon?'

'Om je hals?'

'O.' Jude keek omlaag. Het houten vorkbeentje aan de leren veter was nog net te zien in de V-hals van haar trui. Ze trok het naar buiten.

'Dat is van Liam geweest,' zei ze.

'Dat weet ik. Heeft hij het aan jou gegeven?'

'Nee.' Jude voelde dat ze een kleur kreeg. 'Het is niet echt van mij. Ik – nou ja, ik heb het meegenomen. Het was in de cottage uit zijn tas gevallen, dat weekend dat hij werd vermoord. Ik heb het gewoon omgedaan. Ik weet ook niet zo goed waarom.' Ze herinnerde zich dat ze zich ook met zijn parfum had besprenkeld. 'Het hoort niet bij mij,' zei ze.

'Maakt niet uit,' zei Tara lusteloos. 'Misschien ben jij uiteindelijk wel juist degene bij wie het thuishoort. Het meisje waar hij als jongen zo gek op was. Hoe dan ook, alles beter dan dat Danny het heeft. Dat zou ik niet aankunnen. Toen Andy en ik vijfentwintig jaar getrouwd waren heeft Liam er voor ons alle vier een gemaakt. Om het gezin geluk te brengen, zei hij. En moet je ons nu zien.'

Toen ze afscheid namen pakte Tara Judes hand stevig vast. 'Kom nog even bij me langs voor je weggaat,' zei ze. 'Alsjeblieft.'

54

Toen Jude de volgende morgen wakker werd zag ze dat het ’s nachts gevroren had. Het was zonnig met een strakblauwe hemel en de lucht was helder. Alles zag er schoon uit. Dat voelde als een voorteken. Het was tijd om naar huis te gaan. Het voelde vreemd dat te zeggen in het huis dat jarenlang haar echte thuis was geweest. En het voelde nog vreemder omdat ze in Londen helemaal geen huis had om naartoe te gaan. Maar het was tijd er een te zoeken. Of ergens een thuis te creëren.

Het gezicht van haar moeder vertrok toen Jude het vertelde. ‘Vandaag?’ vroeg ze.

‘Ja. Ik moet door de zure appel heen bijten.’

‘Maar waar ga je dan logeren?’

‘Ik maak eerst het souterrain helemaal spic en span en dan trek ik waarschijnlijk bij Dee in terwijl ik woonruimte zoek. Als ze dat goedvindt. Maar er zijn ook andere vrienden bij wie ik zolang terechtkan. Komt goed.’

Jude pakte haar moeders hand en hield hem tegen haar eigen wang. Allebei hadden ze tranen in hun ogen. ‘Je hebt me enorm geholpen,’ zei ze. ‘Maar ik moet mijn leven op orde krijgen en hoe langer ik wacht, hoe moeilijker het wordt.’

Dan was er nog het probleem Tara. Jude stond niet echt te springen om haar weer op te zoeken. Ze hadden toch alles besproken wat er te bespreken viel? Jude speelde met het idee om er gewoon tussenuit te knijpen en haar eenmaal terug in Londen een verontschuldigend berichtje te sturen. Maar ze zag Tara's gezicht al voor zich. Ze moest toch op zijn minst de moed kunnen opbrengen om haar op te bellen en zich te verontschuldigen en uit te leggen dat ze vandaag al wegging.

Maar dat lukte niet.

'Vertrek je vandaag?' vroeg Tara. 'Dat komt goed uit.'

'Hoe bedoel je?'

'Dermot is er,' zei ze. 'Die rijdt straks naar Londen en kan je een lift geven.'

Dat was in heel veel opzichten een slecht idee. Na alles wat er gebeurd was had ze wel even haar buik vol van Dermot. Bovendien had ze uitgekeken naar een paar uur in de trein zonder met iemand te hoeven praten. 'Ik wil hem niet tot last zijn.'

'Het is geen enkele moeite,' zei Tara stellig, waarna ze overging op een raar soort hardop gefluister waardoor Jude haar nog nauwelijks verstond. 'Hij moet zichzelf bij elkaar rapen. Zal hem goed doen, met iemand praten.'

Dat was nou precies waarom Jude geen drie uur in een auto met Dermot wilde doorbrengen, maar ze kon geen excuus bedenken dat niet vreselijk onbeschoft zou klinken. Ze zei dan ook dat dat heel fijn zou zijn.

Haar moeder reed haar naar het huis van de familie Birch en daar aangekomen parkeerde ze de auto en zette tot Judes verrassing de motor uit. Even bleef ze recht voor zich uit zitten staren. Jude kreeg ineens het gevoel weer een puber te zijn. Ze voelde dat er iets van een preek aankwam.

Na een tijdje draaide haar moeder zich om en keek haar met

een ernstig gezicht aan. 'Volgens mij heeft dit bezoekje je goed gedaan.'

'Hopelijk weet je hoe dankbaar ik jullie ben.'

'Je hebt zoveel meegemaakt.' Ze gebaarde naar het huis. 'Je bent arts, dat weet ik, maar je kunt niet iedereen genezen.'

'Hoe bedoel je?'

'Zij hebben met iets te maken waar niemand ooit mee te maken zou moeten krijgen. Maar je kunt hun lijden niet van ze overnemen. Ze moeten er zelf doorheen.'

Jude glimlachte. 'Ik krijg alleen maar een lift naar Londen.'

Haar moeder schudde haar hoofd. 'Ze zien jou als een link naar hun zoon, of broer. Dat is gewoon te veel gevraagd.'

Jude boog zich voorover en gaf haar moeder een afscheidskus. 'Het is maar een lift.'

55

Tara zag er iets beter uit dan de vorige keer, vond Jude, maar Andy leek zwaarmoedig. Hij had donkere kringen onder zijn ogen.

'Aardig dat je langskomt,' zei hij nors.

'Ik weet dat het een verschrikkelijke tijd is,' zei Jude.

'Dat hoef je niet steeds te blijven zeggen,' zei Tara. 'Dat is het probleem met in de rouw zijn. Iedereen heeft het gevoel aldoor zijn medeleven te moeten betuigen waardoor je continu de grote rouwshow moet opvoeren.'

'Tara,' zei Andy. 'Ze bedoelde het goed.'

'Ik heb het niet over háár,' zei ze en toen corrigeerde ze zichzelf en wendde zich tot Jude. 'Ik had het niet over jóú. Jij kende Liam. Ik bedoel mensen die we nauwelijks kennen. Het is net alsof ze zich ertussen willen wurmen. Al die mensen die maar over Liam praten alsof ze hem gekend hebben.'

Jude dacht bij zichzelf dat zij ook een van die mensen was die Liam helemaal niet kenden. 'Volgens mij weten mensen soms niet goed wat ze moeten zeggen,' zei ze.

'Ze weten niet hoe het is,' zei Andy. 'Dat kunnen ze ook niet weten.'

Nu vond Jude het helemaal ongemakkelijk om nog iets te zeggen, dus hield ze haar mond.

'Dermot is er nog niet,' zei Tara. 'Hij had er allang moeten zijn. Wil je thee of koffie? Ik heb koekjes gehaald.'

Er volgde een korte impasse toen Jude zei dat het allebei goed was en Tara zei dat zij mocht kiezen en Andy tussenbeide kwam en zei dat hij sowieso allebei zou zetten. Jude had het gevoel dat ze uiteindelijk toch nog het verkeerde had weten te zeggen. Andy ging naar de keuken en net toen Tara begon uit te leggen hoe moeilijk het voor Andy was om zijn verdriet te uiten, klonk het geluid van de voordeur die openging en weer werd dichtgeslagen.

Jude hoorde de stem van Dermot. Ze rekende uit dat ze na een kop thee en misschien een koekje erbij wel zou kunnen zeggen dat ze nu toch echt naar Londen moest.

Dermot liep snel de kamer in en omhelsde zijn moeder. Toen zag hij Jude en schrok zichtbaar.

'Wist je niet dat ik er zou zijn?'

'Wat?'

'Heeft Tara het niet gezegd?'

Tara en Dermot begonnen tegelijkertijd te praten en geen van beiden gaf de ander het woord.

'Anders neem ik de trein wel,' zei Jude boven hen uit, hard genoeg om hen tot stilte te manen.

'Nee, nee. We kunnen gaan wanneer je wilt.'

Jude keek Dermot verbijsterd aan. Zijn haar was ongekamd. Zijn trainingsjack zat onder de modder. Ze aarzelde of ze hem erop moest wijzen dat zijn schoenveter loszat. Hij praatte iets te snel en met grote ogen, wat Jude deed denken aan kleine kinderen die zo moe zijn dat ze niet meer kunnen slapen. Ze had intens medelijden met hem maar het baarde haar ook zorgen dat dit de man was die haar straks mee de snelweg op zou nemen. Hij kwam naar haar toe en omarmde haar kort en ze rook alcohol en zweet. Dit was een man die duidelijk hulp, een douche en een nacht goed slapen nodig had.

'Gaat het wel?' vroeg ze.

Hij haalde zijn vingers door zijn haar. 'Jij bent hier de arts. Mijn broer is vermoord. Hoe zou het moeten gaan? Hoe ga je daar op een gezonde manier mee om?'

'Ze vroeg het alleen maar,' zei Tara. 'Je hoeft haar niet zo af te snauwen.'

Dermot wilde net wat terugzeggen toen Andy met een pot thee en een cafetière op een dienblad de kamer weer binnenkwam. Dermot liep naar hem toe om te helpen en op de een of andere manier botsten ze tegen elkaar aan en liet Andy het dienblad vallen. De theepot viel aan diggelen en de cafetière niet, maar daar liep alsnog alle koffie uit en het was één grote bende. Het geweven tapijt en de grote bank zaten onder de bruine spetters. Het leken van die vlekken die er niet meer uit gingen, wat je ook deed.

'Ik wou alleen maar helpen,' zei Dermot nukkig.

Zowel Andy als Tara zei niets terug. Ze maakten geen boze of geschrokken indruk. Ze zeiden niet dat het niet uitmaakte. Ze zeiden helemaal niets. Het was alsof Andy tegen een levenloos voorwerp was aangelopen. Hij bukte zich om de cafetière en de grootste scherven van de theepot op te rapen. Tara ging een emmer en dweil halen. Dermot zei dat hij het wel zou doen maar ze reageerde niet op hem.

'Ik wil iets doen,' zei Dermot.

'Ga nou maar zitten,' zei Tara. 'Het maakt niet uit.'

Die woorden, die net zo goed moederlijk en troostend hadden kunnen zijn, klonken Jude nog het meest verschrikkelijk van alles in de oren. Het maakte echt niet uit omdat niets nog wat uitmaakte.

Even later kwam Andy de kamer weer binnen met een andere theepot, deze had een vreemde vorm en was met bloemen bedrukt. Hij keek ernaar alsof hij hem voor het eerst zag en lachte met een scheve mond. 'Was een cadeautje. Niet mijn smaak. We gebruiken hem nu voor het eerst.'

Toen iedereen zijn koffie of thee had, viel er een ongemakkelijke stilte.

'Hoe gaat het met het testament en zo?' vroeg Andy.

Jude gaf geen antwoord. Ze kon het niet aan om dat hier, in deze setting, te bespreken.

'Volgens Jude is het een drama,' zei Dermot. 'Als iemand Liam vermoord heeft om zijn geld, dan komt die van een koude kermis thuis.'

'Dermot, alsjeblieft,' zei Andy op berispende toon.

'Dat is geen kritiek,' zei Dermot. 'Het is gewoon de waarheid.'

Tara keek naar Jude. 'Is dat echt zo?'

'Dat weet ik niet,' zei Jude. 'Er waren duidelijk financiële problemen. Misschien kan er iets geregeld worden.'

'Wie gaat dat doen dan?'

'Als Danny het huis wil houden kan zij misschien iets regelen.'

Andy snoof en Tara keek hem dreigend aan.

Jude wierp een blik op Dermot. 'Misschien moesten we maar eens...' zei ze nadrukkelijk.

'Ik hoorde dat je rechercheur Fox hebt gesproken,' zei Andy.

Jude wist niet hoe ze moest reageren. Ze was geneigd hem te vragen: Hoe weet jij dat? Waarom wil je dat weten? Wat heb jij daarmee te maken? 'Ik ben verhoord,' zei Jude. 'Net als iedereen.'

'Ze was bij de uitvaart.'

'Ja.'

'Zei ze nog iets over de voortgang van het onderzoek?'

'Nee.' Jude probeerde Dermots blik op te vangen om aan te geven dat ze weg wilde, maar hij bleef strak naar zijn schoenen kijken.

'Hebben ze een verdachte?'

Tara kwam ineens tussenbeide. 'Andy, waarom zou de politie dat soort dingen aan Jude vertellen?'

'Ik heb er een slecht gevoel over. Ik heb gehoord dat als ze niet binnen een paar dagen iemand oppakken, ze waarschijnlijk nooit meer iemand oppakken.'

'Belachelijk,' zei Tara.

Jude vond dat helemaal niet zo belachelijk. Ze had niet het gevoel dat de politie veel meer had gedaan dan verdachten wegstrepen.

'Het gaat om afsluiting,' zei Andy. 'Ik denk dat we het nooit kunnen afsluiten tot er iemand is opgepakt en zijn straf uitzit.'

'Afsluiting,' zei Dermot bitter. 'Wat betekent dat eigenlijk? Als je erachter kwam dat hij door een willekeurige straatrover is vermoord, zou je je dan beter voelen? Of wat als hij vermoord is door...?' Hij zweeg.

'Vermoord is door wie?' vroeg Tara zachtjes. Ze boog zich naar haar zoon. 'Wat wilde je zeggen?'

'Ik weet niet wat ik wou zeggen. Als hij door een bekende was vermoord. Zou je je dan beter voelen?'

'Het is geen kwestie van je beter voelen,' zei Andy. 'Maar dat we het zouden weten. Dan konden we er een streep onder zetten.'

'Wat zou beter zijn?' vroeg Dermot verward. 'Als het willekeurig was? Of zouden jullie liever horen dat iemand jullie zoon zo hartgrondig haatte dat hij hem wilde vermoorden?'

Er viel een stilte.

'Het hoeft niet een van de twee te zijn.' Andy praatte langzaam. 'Misschien was het een misverstand.'

'We zouden het gewoon graag weten, meer niet. Het is een kwelling om het niet te weten.' Tara keek naar Jude en verhief haar stem, schreeuwde bijna: 'Begrijp je dat dan niet?'

'Dat begrijp ik.'

'Schreeuw niet zo,' zei Andy tegen Tara, met een minstens zo harde stem als de hare. 'Je klinkt krankzinnig.'

'Misschien wil ik wel krankzinnig zijn. Misschien word ik op een dag wel zo krankzinnig dat ik denk dat hij nog leeft. Het kan me geloof ik niet eens zoveel schelen of ze de dader wel of niet te pakken krijgen. Als je je zoon verliest, is er maar weinig wat je nog kan schelen.'

'Je hebt er nog steeds een, hè,' zei Dermot.

'Wat?' vroeg Andy.

'Je hebt nog steeds een zoon.' Dermot had vlekken in zijn gezicht. 'Als je mama hoort praten klinkt het alsof ze haar enige kind kwijt is. Ik registreerde alleen even het feit dat ik besta. Hier ben ik. Hier!' Hij sloeg hard op zijn borst.

'Ja hoor,' zei Tara. 'Daar gaan we weer. Betrek het maar weer op jezelf.'

'Ik betrek het helemaal niet op mezelf, verdomme. Ik herinner je alleen aan het feit dat ik er nog ben. Je zoon. Dermot.' Hij stond op het punt in tranen uit te barsten.

'Alsof daar ooit enige twijfel over bestond.' Tara's stem droop van het sarcastische dedain. 'Sinds hij dood is heb je alleen maar medelijden met jezelf gehad. Arme kleine Dermot.'

Plotseling viel er een stilte; de kamer leek elektrisch geladen met hatelijkheid. Jude bleef strak naar de vloer kijken. Dermot stond op en keek haar aan. 'We moeten maar eens gaan.'

Jude stond op. Ze had zin om weg te vluchten maar ze moest iets zeggen. 'Misschien moeten jullie nog even praten. Ik wacht buiten wel.'

'Volgens mij hoeven we niet te praten,' zei Dermot.

'Volgens mij moet jij je moeder je excuses aanbieden,' zei Andy.

'Ik aan mijn móéder? Nou wordt-ie mooi, verdomme!'

Andy zette zijn beker met een klap op tafel en stond op. Hij had een verhit gezicht. Even dacht Jude dat hij zijn zoon zou gaan slaan. Kennelijk dacht Tara hetzelfde. Ze riep de naam van haar man en barstte toen in snikken uit. De twee mannen keken naar haar, allebei hoorbaar ademend.

Jude liep naar haar toe en ging naast haar op de bank zitten. 'Het is verschrikkelijk,' zei ze. 'Verschrikkelijk voor iedereen.' Ze keek op. 'Ik neem wel een taxi naar het station. Volgens mij moeten jullie dit echt eerst uitpraten en elkaar steunen.'

'Volgens mij kun je beter gaan,' zei Andy. Maar hij had het niet tegen haar. Hij had het tegen Dermot.

56

Buiten in de auto bleven Dermot en Jude een paar minuten zitten. Dermot leek buiten adem. Jude wist niet of hij wel moest rijden. Zelf was ze voor haar gevoel ook in shock. Ze had een bedankje gemompeld en gezegd dat het haar speet, maar wist niet of Tara het wel had gehoord. Andy had haar bij haar elleboog genomen en naar de voordeur gebracht.

'Laat nog eens wat van je horen,' zei hij.

'Ja, natuurlijk,' zei Jude, die oprecht hoopte na vandaag nooit meer met wie dan ook van de familie Birch contact te hoeven hebben.

'Je bent Tara erg tot steun geweest. Een herinnering aan vroeger.'

Ze had dommig geknikt. Dermot was zwijgend langs hen gelopen en ze was snel achter hem aan naar de auto gegaan.

'Heel jammer dat je dat moest zien,' zei Dermot na een tijdje, haar somber aankijkend. Zijn ogen waren vochtig alsof hij had gehuild.

'Geeft niet.'

'Je hebt het stukje gezien dat we normaal gesproken verborgen houden,' zei hij.

'Mensen doen vaak een beetje raar na een afschuwelijke gebeurtenis.'

'Of ze tonen hun ware aard.'

'Volgens mij is dat niet aan de hand.'

Dermot keek haar nog onderzoekender aan en toen wreef hij met beide handen over zijn gezicht, alsof hij het waste.

'Gaat het?' vroeg Jude.

Hij keek op. 'Hé, dezelfde,' zei hij.

'Wat?'

Hij voelde in de kraag van zijn overhemd en trok er net zo'n houten vorkbeentje uit als dat zij omhad. 'Hij had er voor jou dus ook een gemaakt?'

'Nee, dit is die van hem.'

Hij keek verward. 'Maar wanneer heeft hij je die dan gegeven?'

Jude kreunde vanbinnen. Alles wat ze deed leek erop gericht om mensen de indruk te geven dat ze een verhouding met Liam had gehad. 'Sorry, dat had ik nooit moeten doen. Toen ik in Norfolk op hem zat te wachten zag ik het in zijn bagage liggen. En toen heb ik het geleend. Of gepikt, om eerlijk te zijn.' Naarmate ze verder praatte klonk het steeds erger. 'Maar Tara zei dat ik het maar moest houden.'

Er viel een lange stilte, die Jude niet had zien aankomen. Ze begreep dat Dermot waarschijnlijk geïrriteerd was door wat ze had gedaan. Misschien voelde het wel als een inbreuk.

'Alles om Danny te klieren,' zei hij. Hij zette de motor aan. 'Laten we maar gaan.'

'Weet je zeker dat je kunt rijden?'

'Zit je nog met die theepot in je maag? Het gaat helemaal oké, hoor.'

57

Maar het ging helemaal niet oké met Dermot.

'Volgens mij mag je hier maar vijftig,' zei Jude, die instinctief een arm omhooghield toen de auto een bocht doorvloog en toen plots uitweek voor een fietser.

'Wat zei je?' Dermot keek opzij om haar aan te kunnen kijken, waardoor hij zijn ogen langer van de weg afhield dan haar lief was.

'Je mag hier maar vijftig. Jij rijdt tachtig.'

Hij remde abrupt, waardoor haar hoofd naar voren schoot. 'Ik ben een prima chauffeur. Maak je niet druk.'

'Maar misschien is dit toch niet zo'n goed moment om te rijden,' zei Jude. 'Na alles wat je hebt meegemaakt.'

Nu reden ze dertig kilometer per uur. De auto achter hen toeterde en Dermot grijnsde kwaadaardig en ging nog langzamer rijden. 'Klootzak,' zei hij.

'Misschien kun je me anders even bij het station afzetten,' zei Jude. 'Alsjeblieft.'

'Nee. Een lange autorit werkt therapeutisch. En zo kunnen we mooi even kletsen: als collega-executeurs.'

Jude probeerde zich te ontspannen. Haar vuisten waren gebald en haar kaak deed pijn. De laagstaande zon glinsterde op de vettige voorruit en ze vroeg zich nerveus af hoe het zat met het zicht. Dermot trok weer op en ze reden de stad uit, op weg naar het zuiden.

'Wat ga je daar doen?' vroeg ze terwijl de auto piepend de bocht om vloog.

Hij haalde zijn schouders op. 'Zaken,' zei hij. 'Niets bijzonders. Ik heb de pest aan Londen.'

Daarna bleven ze zwijgen. Jude keek uit het raam naar de velden, heuvels en bomen in de vallende schemering. Er liep een kronkelend riviertje door de vallei beneden. Twee paarden graasden rustig in een wei. Er stond een man naast een klein vuurtje. Er fladderde een torenvalk. Het gewone leven, dacht ze, terwijl ze er voorbijschoten en de naald op de snelheidsmeter onheilspellend omhoogschoot.

Ze wierp een vluchtige blik op Dermot. Die hield het stuur stevig vast; zijn gezicht was mager en zijn haar zat door de war; hij rook ongewassen. Hij zag er verward en slecht uit en ze had met hem te doen.

'Misschien,' zei ze, 'moet je eens overwegen om met iemand te praten over wat je allemaal hebt meegemaakt.' Wat natuurlijk ook was wat haar moeder haar had geadviseerd.

'Je hebt geen idee hoe ik me voel,' antwoordde Dermot, nogmaals opzij naar haar kijkend terwijl de auto over een kuil in de weg hobbelde. Hij had op zijn lip gebeten en er zat bloed in zijn mondhoek.

Ze wilde antwoord geven maar hij was haar voor. 'Liam zou zeggen dat ik gewoon door moest gaan. Me er met open vizier in moest storten.'

'Als in een gevecht?'

'Precies. Hij zei altijd dat je als een soldaat voor jezelf moet vechten. Of als een krijger.' Hij trok zijn hele gezicht samen alsof het uiterst belangrijk was om de precieze bewoordingen terug te halen. 'Misschien zei hij krijger. Dat klinkt meer als Liam. Je weet wel – dolken en vuisten, geen wapens en tanks.'

'Tegen wie vecht jij?'

Dermot haalde zijn schouders op. Hij had zijn trainingsjack uitgedaan en Jude zag vochtige kringen onder zijn oksels en zweetdruppels op zijn voorhoofd. 'Wie er ook maar tegen je is of je voor de voeten loopt. Het is jij of zij.'

'Het lijkt me niet echt fijn om zo in het leven te staan,' zei ze.

'Misschien niet.' Hij wreef met een gebalde vuist in zijn ogen.

Zelf had ze ook pijn aan haar ogen, die waren korrelig van vermoeidheid. 'Ik weet dat hij je grote broer was en dat je verdriet om hem hebt,' zei ze. 'Maar dat wil niet zeggen dat hij gelijk had.'

'Maar hij won wel altijd. Hij kreeg altijd alles wat hij wilde.' Dermot liet zijn blik naar haar gaan en de auto zwenkte naar de rand. 'Net als jou, vroeger. Hij heeft jou toch ook gekregen?'

'Hij heeft me niet gekrégen.'

'En hij heeft Danny gekregen. Zij was met een oudere gast, en Liam besloot gewoon dat hij haar wilde en dat hij zich door niets of niemand zou laten tegenhouden.'

Jude deed haar ogen dicht. Ze wilde niet naar hem kijken, of luisteren. Ze wilde niet in deze veel te warme, naar Londen razende auto zitten die naar sigaretten, zweet en ellende rook.

'Je bent óf een winnaar óf een verliezer,' zei Dermot met een stem waar ze moe van werd. 'Hij was een winnaar.'

Jude deed haar ogen abrupt open. 'Jezus man, hij is vermoord,' zei ze. 'Dat klinkt me niet echt in de oren alsof hij iets gewonnen heeft.'

Ze kwamen bij een rotonde en namen de afslag naar de snelweg. Dermot voegde vlak voor een enorme gele vrachtwagen in en wekte niet de indruk het getoeter te horen. Hij zei iets over Tara. De vrachtwagen haalde hen in en Jude zag het woedende, rood aangelopen gezicht van de chauffeur die geluidloos uit het raam schreeuwde en zijn middelvinger opstak.

Het was bijna donker. Jude deed haar ogen weer dicht. Misschien doezelde ze even en vermengde het geraas van de snelweg zich met het geraas in haar dromen. Ze schoot wakker toen de auto over de ribbelstrook aan de rand van de weg hobbelde. In een flits zag ze de metalen vangrail. Ze slaakte een gil.

Dermot gaf een ruk aan het stuur. 'Sorry,' zei hij. 'Mijn fout.'

'Jouw fout? Je was goddomme in slaap gevallen. Je had ons bijna doodgereden.'

'Alles is oké.'

'We moeten even stoppen.'

'Het gaat echt wel. Misschien ligt er iets van kauwgum in het dashboardkastje.'

'Je bent niet in staat te rijden.'

'Het gaat goed.'

'Het gaat helemaal niet goed.'

Een paar minuten later zag ze een bord van een tankstation en nam Dermot de afslag.

Ze nam een grote koffie en een bord friet met ei voor hem mee, waar hij een paar kwakken tomatenketchup bij deed.

'Sorry,' zei hij toen hij de punt van zijn mes in het ei stak en keek hoe het eigeel eruit sijpelde. 'Ik weet niet wat ik heb.' Hij stak een frietje met eigeel in zijn mond.

'Je ouders en jij – jullie moeten echt eens praten.'

'Daar is het al te laat voor.'

'Nee hoor,' zei Jude flauwtjes.

'Hij wist altijd iedereen te charmeren. Zelfs na zijn dood lijkt hij de regie te hebben. De touwtjes in handen.'

'Hoe bedoel je?'

'Nou, kijk maar naar jou.'

'Naar mij?'

'Jij zegt dat ík een beetje de weg kwijt ben geraakt. Maar hoe zit het met jou?'

Jude staarde hem aan, maar hoorde niet meer wat hij zei. Ze zag zijn betraande gezicht, zijn bloeddoorlopen ogen, zijn ongekamde haar, zijn bevende vingers terwijl hij het ene na het andere frietje in zijn mond stak, tot zijn wangen er bol van stonden.

Was zij ook zo? Zat ze naar een versie van zichzelf te kijken?

Lang geleden had Liam haar betoverd, veroverd, vol roekeloze opofferingsgezindheid verlaten, om vervolgens tien jaar later ineens weer op te duiken. Met een enkel gebaar, één ruk aan het touwtje, had hij haar terug zijn leven in getrokken. Ze had haar eigen leven opgeblazen. Daarvoor in de plaats had ze de rol aangenomen van Liams executeur, oppas van zijn zoontje en misplaatste vriendin van zijn ouders, was ze bij een moordonderzoek betrokken geraakt en uiteindelijk, in een nacht die ze liever wilde vergeten, bij zijn beste vriend in bed beland.

Zij kon niet eens rouw als excuus opvoeren. Een ondraaglijke schaamte bekroop haar.

Dermot zette haar af bij metrostation Hangar Lane. Terwijl ze haar autogordel losmaakte zei hij plompverloren: 'Hopelijk vat je dit niet beledigend op, maar volgens mij moet je die hanger echt aan Danny geven.'

Jude keek omlaag naar het tere houten vorkbeentje.

'Het voelt gewoon raar,' zei Dermot erachteraan. Zijn gezicht was vlekkerig van gêne. 'Als wij Birches er alle drie een hebben en de vierde, die van Liam, naar zijn jeugdliefje gaat in plaats van naar zijn partner.'

'Je hebt gelijk.'

'Het is niet alsof je het van hem gekregen hebt.'

'Ik heb je al gelijk gegeven, Dermot.'

'Mooi. Zal ik het haar geven als ik haar zie?'

Ze keek Dermot aan en voelde ineens weerstand. 'Misschien kan ik het haar beter persoonlijk geven, of opsturen met een brief erbij,' zei Jude. 'Mijn laatste afscheid.'

58

Terwijl Jude naar het appartement liep werd ze gebeld. Haar broer.

'Dag, Jude,' zei hij tamelijk formeel. 'Waar ben je?'

'In Tottenham. Zo'n twee minuten bij mijn huis vandaan. Ik ben bij papa en mama geweest.'

'Weet ik. Ik vroeg me af of we konden afspreken.'

'Nu?'

'Morgenochtend. Dan heb ik om tien uur een afspraak in Londen, dus ik zou om halfnegen bij jou kunnen zijn.'

'Is er iets ergs?'

'Ik moet gewoon even iets met je bespreken. Liefst persoonlijk.'

Jude slaakte een onhoorbare zucht. Kon het niet gewoon via de telefoon? Het was veel te vermoeiend allemaal. Maar ze vermande zich. 'Leuk dat je komt.'

Michael was een kwartier te vroeg. Toen hij aanbelde had Jude nog een aftandse badjas aan, maar hij was in pak met das en gepoetste schoenen. Schoenen zeggen alles over een man, had iemand haar ooit verteld.

'Ik heb net koffiegezet,' zei ze, terwijl ze hem voorging naar binnen.

'Lekker.'

'Heb je al ontbeten?'

'Ik ben zo weer weg.' Hij pakte een stoel en bukte zich om de kat te aaien; die kromde zijn rug tot zijn haar rechtovereind stond en blies toen naar hem. 'Leuk kameraadje heb je hier.'

'Ik weet het. Ik ben op zoek naar iets anders.'

Hij keek om zich heen. 'Dat lijkt me geen slecht idee.'

'En maandag ga ik terug naar mijn werk.'

'Fijn,' zei hij hartelijk. 'Dat is geweldig nieuws, Jude.'

Ze zette een beker koffie voor zijn neus en ging met haar eigen beker tegenover hem zitten. Michael zat rechtop en frunnikte aan de knoop van zijn das. 'Ik zat te denken,' zei hij. 'En ik heb pap en mam gesproken.'

'Over mij?'

'Ze zijn ongerust. Vat dit niet verkeerd op, Jude, maar je hebt de laatste tijd nogal bizar gedrag vertoond.'

Ze trok haar badjas dichter om zich heen. 'Dat is verleden tijd,' wist ze uit te brengen.

'Blij dat te horen. Maar daarbij, en daaraan gerelateerd...' Hij maakte een vaag gebaar. 'Moet je volgens ons dat krankzinnige idee dat je Liams executeur bent uit je hoofd zetten.'

'O, en dat hebben jullie besloten?'

'Geef toe, het lukt je toch niet om het naar behoren af te handelen, en het is te veel allemaal. Boven op alles wat er al speelt.'

'Kwam je me dat vertellen?'

'Ik neem het over. Meteen. Alles. Laat het maar aan mij over.'

'Aan jou?'

'Nou, waarschijnlijk vooral aan mijn stagiair, maar in feite wel, ja.'

Judes eerste impuls was om op te staan en een keel tegen Michael op te zetten, woedend op hem te zijn omdat hij zich met haar leven bemoeide en achter haar rug over haar praatte. Maar toen kreeg ze een tweede impuls, die de eerste tenietdeed. 'Heel royaal van je, Michael.'

Hij stak zijn hand op. 'Maar?'

'Er is geen maar.'

'Bedoel je dat je akkoord gaat?'

'Natuurlijk. Meer dan akkoord. Het is een enorme opluchting. Je hebt gelijk, ik krijg het niet voor elkaar. Ik weet niet hoe ik je moet bedanken.'

Er brak een glimlach door op Michaels gezicht. 'Ik dacht dat je zou tegensputteren.'

'Nee. Ik wil dit allemaal achter me laten. Mijn leven weer op orde krijgen. Bel pap en mam maar om te zeggen dat ze er niet meer over in hoeven te zitten.'

59

Jude ging te voet naar Walthamstow, ook al kleurde de lucht vlekkerig paars en klonk er een dof gerommel in de verte. Eenmaal bij de voordeur van het huis aangekomen deed ze de hanger af en stak hem in haar zak. Ze zou Danny laten weten dat Michael de rol van executeur op zich nam, kosteloos, vervolgens Liams vorkbeentje teruggeven en dan het huis uit lopen om nooit meer terug te keren. Dit weekend zou ze op zoek gaan naar nieuw onderdak en in de tussentijd bij Dee en haar huisgenoten intrekken. Maandag ging ze weer naar haar werk.

Doc deed open. Die was duidelijk niet verbaasd haar te zien.

'Is Danny er? Ze weet dat ik kom.'

'In de keuken.'

Jude trof haar aan tafel aan, met haar opengeklapte laptop voor haar neus.

'Bedankt dat je even tijd voor me vrijmaakt.'

Danny trok haar wenkbrauwen op. 'Dat ik tijd vrijmaak? Jude, Jude, je bent hier altijd welkom. Dat weet je toch. Je hoort erbij.'

Jude wilde het liefst schreeuwen dat ze er helemaal niet bij hoorde, maar forceerde een glimlach. Net toen ze wat wilde zeggen ging de deur achter haar open en toen ze zich omdraaide zag ze Vin. Ze kreeg een kleur en zag dat hij haar verwarring opmerkte. Hij lachte haar toe en gaf haar een kus op de wang.

'Jude zei net dat ze me iets kwam vertellen,' zei Danny.

'Is het iets voor meiden onder elkaar of mag ik erbij blijven?'

'Dat maakt niet uit.'

'Willen jullie thee?' vroeg Vin.

'Munt,' zei Danny.

'Jij ook, Jude?' vroeg Vin. 'Vers uit de tuin.'

'Nee, dank je,' zei ze.

Vin liet de fluitketel vollopen en Jude ging tegenover Danny zitten, die haar laptop dichtsloeg en haar strak aankeek.

'Maandag ga ik weer aan het werk,' zei Jude.

'Ik ook,' zei Danny.

'Ik vond dat ik even langs moest komen om je te laten weten dat ik Liams executeur niet kan zijn. Ik had daar nooit ja op moeten zeggen.'

'En toch heb je dat gedaan.'

'Dat was een vergissing.'

'Heb je dat Dermot ook laten weten?'

'Die arme donder,' zei Vin, die water over de takjes munt in twee bekers uitgoot. Hij deed de koelkast open en haalde er een met folie afgedekt bord uit. 'Pizza van gister,' zei hij. 'Wil je ook?'

Jude reageerde niet op hem. 'Om Dermot hoef je je niet druk te maken. Mijn broer is accountant. Hij heeft gezegd dat hij het op zich neemt. Kosteloos.'

'Waarom zou hij dat voor ons doen?' vroeg Danny.

'Hij doet het voor mij.'

Vin ging op de stoel naast Danny zitten en haalde het folie

van de pizza. Hij nam een reuzenhap en kauwde. Allebei keken ze haar aan.

'Dat kwam ik je vertellen,' zei Jude. 'En, eh, ik kwam ook afscheid nemen.' Ze stond op, maar dacht toen aan de hanger. 'Er is nog iets,' begon ze, en ze liet haar hand in haar zak glijden om hem eruit te halen.

De deur zwaaide open en toen Jude zich van hen wegdraaide zag ze Alfie binnenwaggelen.

Ze draaide zich weer terug naar Danny en Vin.

Danny gaf een heel subtiel, haast onzichtbaar, aaitje over Vins rug. Allebei keken ze nog steeds naar haar.

'Nog iets?' bracht Vin haar in herinnering.

'Laat maar.' Ineens kreeg ze het gevoel dat ze hier weg moest. Ze liep de keuken uit en stuitte in de gang op Irina, die net in roze kaplaarzen en een glimmend geel hoedje uit de kou kwam.

'Jude,' zei ze.

Jude liep haar voorbij.

Een vingervlugge intimiteit die ze zittend niet had kunnen zien. Een hand die omlaag over de onderrug naar de bilspleet gleed. De hand van een geliefde die de weg wist.

Danny en Vin. Vin en Danny.

Het knetterde in haar hoofd; de gedachten buitelden over elkaar heen. Ze dacht aan Alfie die vroeg in de ochtend naast Vins bed had gestaan en 'papa' had gezegd.

Ze hadden allebei een alibi. Een ijzersterk alibi. En Leila had haar er fijntjes aan herinnerd dat ook een belachelijk perfect alibi nog steeds een alibi was.

Maar toch, Danny en Vin, die daar samen aan tafel sereen naar haar zaten te kijken terwijl Danny de rug van haar geliefde streelde.

Het was niet haar probleem, zei ze tegen zichzelf. Dat verwarrende en nare hoofdstuk was voorbij.

Ze keek om naar het huis en meende een gezicht bij een van de ramen te zien. Iemand die haar nakeek.

Ze pakte haar telefoon en zocht het nummer.

'Leila?' zei ze. 'Met Jude. Kan ik even langskomen?'

60

Leila had Judes gevoel van urgentie niet gedeeld. Ze zei dat Jude ergens in de komende paar dagen langs kon komen. Het kostte heel wat overredingskracht om voor later die dag nog een afspraak met haar te maken. Leila had een cafeetje in Holborn genoemd, om vijf uur, als haar dienst erop zat.

Jude was om kwart voor vijf ter plekke en was al halverwege haar tweede kop koffie toen Leila aankwam, die een vermoeide en afwezige indruk maakte.

'Zal ik iets voor je halen?'

Leila zei dat ze dat zelf wel kon. Ze liep naar de bar en kwam terug met een drankje dat naar zoete kruiden rook.

'Zware dag?' vroeg Jude.

'Niet per se.'

Jude had het onaangename idee dat Leila genoeg van haar had of, waarschijnlijker, wel wat beters te doen had in haar vrije tijd. 'Sorry dat ik je lastigval,' zei ze.

'Ik heb maar even.'

'Ik zal gewoon mijn zegje doen. Goed?'

De rechercheur knikte heel lichtjes, dus Jude ging verder. Ze beschreef wat ze bij haar bezoek aan het huis in Walthamstow had gezien. Eenmaal aan het eind voelde het als een anticlimax. 'Ik vond dat ik het je moest vertellen.'

'Waarom?'

Jude was verbijsterd. Ze wist niet wat ze had verwacht, maar hoe dan ook meer dan dit. 'Wist je dat ze een stel waren?'

'Nee, dat wist ik niet.'

'Is dat niet van belang? Dat ze samen zijn maar dat geheim hebben gehouden?'

'Ik weet niet goed wat ik hiermee moet. Ik weet niet of het van belang is. En volgens mij heb je niet eens vastgesteld dat ze echt een stel zijn.'

'Ze zijn absoluut een stel. Je kent die intieme gebaartjes toch wel tussen geliefden? Elkaar aanraken. Blikken uitwisselen. Het is onmiskenbaar.'

'Ik vermoed dat iedereen daar in huis wel wat met elkaar heeft, op wat voor manier dan ook.'

'Dat is nou juist het hele punt. Je hebt gelijk. Iedereen heeft op de een of andere manier wel iets met alle anderen gehad. Dus waarom zouden ze het dan geheimhouden? Heeft Danny het jou verteld toen je haar verhoorde?'

'Hoor eens, Jude, mag ik je er misschien even op wijzen dat je nog steeds niet hebt bewezen dat ze een relatie hebben. En al had je dat wel, dan nog denk ik dat het niet ter zake doet.'

'Maar waarom zouden ze het proberen te verbergen? Wat voor motief hebben ze daarvoor?'

'Motief? Waar heb je het over? Mensen doen dingen om de meest bizarre redenen. Of zonder ook maar enige reden. Of om redenen die ze niet kunnen uitleggen.'

Jude wist niet wat ze daarop moest zeggen. Ze pakte haar koffie maar toen ze een slok nam was die koud en bitter geworden, of misschien was dat gewoon hoe zij zich voelde. 'En hoe gaat het met het onderzoek?' vroeg ze na een tijdje.

'Geen commentaar,' zei Leila kortaf.

'Ik vroeg niet om commentaar zoals op een persconferentie. Ik vroeg alleen hoe het ervoor stond.'

Leila wilde iets zeggen maar bedacht zich toen, en toen ze begon te praten was dat op mildere toon. 'Zodra we iets te vertellen hebben, zullen we dat zeker doen.'

'Er zit dus geen schot in.'

Jude zag een korte opflakkering van woede in Leila's grijze ogen. De rechercheur ging verzitten alsof ze aanstalten maakte om weg te gaan. Ze pakte haar telefoon, die naast haar glas thee lag.

'Ik moest maar eens...' Ineens zweeg Jude en ze zag een hernieuwde belangstelling op het gezicht van de rechercheur. Die legde haar telefoon terug op tafel en boog zich voorover, naar Judes gezicht. Jude week een beetje naar achteren. Ze dacht dat de rechercheur haar gezicht zou aanraken maar ze voelde aan het kleine houten sieraad om haar hals.

'Hoe kom je hieraan?' vroeg ze.

'Ik zag het toen ik Liams tas doorzocht in dat huisje in Norfolk. Het viel op de grond en toen heb ik het meegenomen. Als een soort souvenir.'

'Je hebt het gepikt, bedoel je?'

'Nee, nee, gewoon meegenomen. Op zo'n manier was ik er helemaal niet mee bezig.'

Leila keek bedenkelijk. 'Is dat echt de waarheid? Heb je het gevonden? Niet van Liam gekregen?'

Jude begreep er niets van. Wat maakte het uit? 'Waarom zou ik liegen? In mijn versie kom ik er slechter van af.'

Toen Leila weer iets zei klonk het alsof ze in zichzelf praatte. 'Ik heb dat eerder gezien.'

'Waar?'

'Laat maar.'

'Liam heeft het gemaakt. Hij had ze voor zijn hele familie gemaakt. Dus ook voor Dermot en zijn vader en moeder.'

De rechercheur was duidelijk opnieuw in gedachten verzonken. 'Dus,' begon ze, langzaam pratend, 'als jij het niet had meegenomen, hadden we het tussen zijn spullen gevonden.'

'Ja, sorry. Ik weet dat het niet de bedoeling was. Ik vond het gewoon een grappig dingetje dat hij gemaakt had. Ik deed het in een opwelling. Maar is het echt belangrijk?'

'Ik moet iets uitzoeken,' zei Leila. Ze stond op. 'Je hoort nog van me.'

61

Terug in het souterrain kon Jude haar aandacht nergens bij houden. Ze was onrustig, haar hoofd draaide vruchteloos op volle toeren, tot het uiteindelijk bleef haken aan een idee.

Ze trok een korte broek en T-shirt aan en stapte het donker in. Het was zeven uur en stervenskoud. Zo hard als ze kon rende ze de hele weg naar haar oude appartement in Stratford waar ze nog hijgend van de inspanning aanbelde en vervolgens op de deur beukte. Net toen ze voor de tweede keer op de bel drukte zwaaide de deur open en stond Nat voor haar neus, met een beleefde glimlach die onmiddellijk van zijn lippen verdween.

'Jude? Wat is er? Heb je het niet ijskoud?'

Ze had het bloedheet. 'Jíj hebt míj bedrogen.'

'Wat?'

'Dat wou ik je alleen nog even zeggen. Ik hoef het je niet te horen ontkennen, ik hoef niet te weten wie het was, ik hoef je smoesjes niet te horen. Ik moest gewoon zeggen dat ik het weet. Ik weet wie je bent en goeie genade, wat ben ik blij dat ik op tijd ben weggekomen.'

Nat keek haar met strakke blik aan. Ze zag zijn adamsappel

op en neer gaan toen hij slikte en de spieren in zijn gezicht zich aanspanden. 'Was dat het?' vroeg hij na een tijdje.

'Dat was het. Einde verhaal.'

Ze maakte rechtsomkeert en rende terug, in een poging de woede die door haar aderen raasde eruit te lopen. Eenmaal aangekomen bij het begin van de straat van het souterrain struikelde ze over een scheefliggende stoeptegel en kwam hard terecht, languit onder de gele gloed van de lantaarnpaal. Daar bleef ze even liggen, vol pijn en tegelijkertijd schaamte.

'Gaat het?' hoorde ze.

Jude kwam half overeind. Ze werd belangstellend door een zwarte puppy besnuffeld. Aan de andere kant van de lijn keek een vrouw van middelbare leeftijd haar van bovenaf aan.

'Ja hoor, prima, dank u.' Jude hees zich overeind en realiseerde zich toen dat het helemaal niet prima ging. De zijkant van haar rechterbeen was van haar kuit tot aan haar bovenbeen geschaafd, hij deed zeer en zat onder de kleine bloedspikkels. Toen ze haar gewicht op haar rechtervoet zette trok er een pijnscheut door haar heen waardoor ze het bijna uitschreeuwde.

De vrouw zei dat ze haar wonden goed moest ontsmetten en dat ze moest uitkijken voor tetanus. Jude wilde zeggen dat dat niet klopte, maar ze verging van de pijn. Ze wist dat het wel zou wegtrekken. Ze mompelde iets onsamenhangends tegen de vrouw en vervolgde haar weg naar huis. Bij bijna elke stap moest ze zich aan een reling vasthouden of tegen een huis of boom leunen om overeind te blijven.

Eenmaal terug in het appartement liet ze het bad vollopen en trok haar kleren uit. Haar rechterenkel zwelde al op, zag ze. Ze moest haar schoenveter losknopen en vervolgens voorzichtig losser maken om de schoen heel rustig uit te kunnen trekken, en zelfs daarbij jammerde ze zachtjes van de pijn.

Ze liet zich in het bad zakken. Zelfs van het gevoel van warm water tegen haar geschaafde huid moest ze huilen en ze gaf eraan toe, bleef maar huilen tot haar gezicht nat van tranen, zweet en snot was. Het voelde alsof zelfs haar eigen lichaam zich tegen haar had gekeerd.

Toen ze het bad uit kwam zette ze behoedzaam haar rechtervoet op de vloer. Dat deed pijn, maar het voelde niet alsof er iets gescheurd of gebroken was. Morgen of overmorgen zou het beter gaan.

Ze trok een trainingsbroek en een trui aan. Ze had geen idee wat ze nu moest doen. Ze wist dat ze iets moest eten. Ze overwoog iets te bestellen maar bij het idee van pizza, sushi of curry draaide haar maag zich om. Ze keek in de kast en vond een pak rijst. Die kookte ze en raspte er toen wat kaas overheen. Ze keek geen tv en ging niet online. Ze bleef gewoon aan tafel zitten, at de helft van de rijst en dronk wat water. Toen ze klaar was keek ze naar de afwas van een paar dagen, maar die kon ze nu niet aan. Dat kwam morgen wel. Toen ging ze naar bed. Ze wist ook niet wat ze anders moest.

Morgen werd alles anders, zei ze tegen zichzelf.

62

Toen ze de volgende ochtend wakker werd was het al na achten. Het duurde even voor ze wist waar ze was en wat voor dag het was. Ze strekte haar rechtervoet en voelde een vervelende steek waardoor ze in één keer bij kennis kwam. Voorzichtig kwam ze overeind, ging op de rand van het bed zitten en raakte de vloer met haar teen aan. Het viel mee. Het deed pijn maar het ging de goede kant op. Ze stond op. Ja, het ging.

Ze keek om zich heen. Het souterrain zag er verschrikkelijk uit. Smerig, rommelig. Ze nam een besluit. Voor ze wegging zou ze er de bezem doorheen halen. Om een streep onder haar oude leven te zetten en opnieuw te beginnen. Ze trok een oude spijkerbroek aan die bijna bij de naden uit elkaar viel, een oversized T-shirt dat ze meestal gebruikte om in te slapen en versleten schapenwollen sloffen waarin haar voet geen pijn deed. Ze raapte de kleren op die her en der over de vloer en op de stoel lagen en propte ze in een plastic tas.

Waar moest ze beginnen? De keuken, besloot ze, die was er waarschijnlijk het ergst aan toe. Ze deed alle vuile glazen, borden, messen, vorken en vier felgekleurde aardappelschilmesjes in de gootsteen en waste en droogde alles af. Ze zette de glazen en borden in een kastje. Het bestek kwakte ze niet lukraak in de la maar netjes soort bij soort. Toen lagen alleen de vier gekleurde mesjes nog op het aanrecht: knalrood, -geel, -blauw en -groen. Het deed haar denken aan een kindertekening van een regenboog. Wat waren de kleuren van de regenboog ook alweer? Naast de broodrooster hing een magnetische strip aan de muur. Daaraan hing ze de gekleurde mesjes.

Weer in de slaapkamer stopte ze alles wat ze naar het souterrain had meegenomen in tassen, op een paar kleren na die ze besloot weg te doen en de kleren die ze na het douchen en haren wassen aan wilde. Ze zette haar spullen onder de trap.

Daarna stofzuigde ze snel de keuken, de woonkamer, de slaapkamer en de badkamer. Ze vond een emmer in het gootsteenkastje, vulde hem met warm water en dweilde de keuken- en badkamervloer. Haar sloffen werden drijfnat en haar voet klopte. Normaal gesproken had ze de radio aangezet of naar iets met haar oortjes in geluisterd, maar nu voelde het goed om geen afleiding te hebben en nergens aan te denken.

Ze verloor zich in de inspanning en de geur van zeepsop. Alles werd geschrobd. In de badkamerspiegel ving ze een glimp van zichzelf op: haar haar stond alle kanten op en er zat een vieze veeg op haar wang, maar ze voelde zich al iets beter.

Toen ging ze nogmaals het appartement door, om de laatste troep te verzamelen, die ze opborg of in een vuilniszak deed. Net toen ze om zich heen keek om te controleren of ze alles had, ging de bel.

Het was Dermot. Hij zag er nog slechter uit dan de vorige keer. Haar eerste impuls was hem te vragen wat hij kwam doen, maar bij het zien van zijn bleke, vale huid en zijn bloeddoorlopen ogen voelde ze een steek van medelijden. Zou het kunnen dat zij de enige was met wie hij kon praten?

'Gaat het wel?' vroeg ze.

'Mag ik binnenkomen?' Hij praatte bijna op fluistertoon.

Ze had maar wat graag nee, dat kan niet gezegd, maar dat was blijkbaar geen optie dus deed ze een stap opzij om hem erlangs te laten. Eenmaal binnen trok hij zijn jas uit en legde die op een stoel bij de muur. Hij droeg een rood T-shirt met het logo van een vintage motor. Op zijn dunne, sterke armen tekenden zich kronkelige blauwe aderen af. Jude wachtte tot hij iets zou zeggen maar hij keek alleen maar om zich heen alsof hij geen idee had waar hij was en hoe hij hier terecht was gekomen.

'Zo, wat heb jij zoal uitgevoerd?' vroeg ze.

Hij keek haar aan alsof het hem verbaasde te worden aangesproken. 'O, bij wat mensen langs geweest.' Hij wreef hard over zijn wang. 'Gewoon.'

'Ben je nog in het huis geweest?'

'Hoe bedoel je?'

'Je weet wel. Danny. Vin. Die club.'

Zijn ogen werden ietsje groter en hij liep krampachtig een paar passen naar haar toe. 'Hoe weet jij dat?'

'Ik weet dat niet. Ik dacht dat je had gezegd dat je daarheen zou gaan. Ik vroeg het gewoon.' Ze bekeek hem wat beter. 'Dermot, gaat het wel goed met je?'

'Ja hoor. Van alles aan het afhandelen. Dingen die moeten worden afgehandeld. Ik ben gewoon moe. Heel moe.'

Hij zag er zenuwachtig, nerveus uit, alsof hij geen oog had dichtgedaan. Jude vroeg zich af of hij iets gebruikt had.

'Wil je thee? Koffie?'

'Geen idee,' zei hij. 'Geen idee wat ik wil.'

'Ik zet wel even water op.'

Hij liep achter haar aan de keuken in en ze haalde de fluitketel van het gasfornuis, deed er water in, zette hem terug en draaide het gas aan. Ze was zich ervan bewust dat hij vlak achter haar stond te wiebelen en te draaien. Het was net of hij niet stil kon blijven staan. Had ze hem maar nooit thee aangeboden. Had ze maar gezegd dat ze net de deur uit moest.

'En hoe is het met Danny?' Jude probeerde opgewekt te klinken.

'Met Danny?'

'Ja.'

'Hoezo?'

'Weet ik niet. Je zei dat je er net vandaan kwam en dan is dat een voor de hand liggende vraag.'

'O ja. O ja. Danny is gewoon Danny. Een beetje gestrest misschien.' Weer wreef hij hard over zijn wang. 'Ze zei dat jij langs was geweest.'

'Ja. Om haar te vertellen dat mijn broer dat testamentgedoe overneemt. Sorry, dat had ik jou misschien ook even moeten laten weten. Hij is accountant. Hij weet hoe dat soort dingen moet. Dus dat is één zorg minder voor je.'

'Wat?'

'Ik zei...' Jude keek hem aan. 'Je ziet er niet zo best uit.'

'Misschien gaat het ook niet zo best. Ze zei dat je nooit meer terug zou komen.'

'Inderdaad. Ik zal haar niet meer lastigvallen.' Ze haalde twee zakjes uit een doosje en hing ze in de theepot. Toen draaide ze zich om en zei in een opwelling: 'Eerlijk gezegd, Dermot, vond ik Danny een tijdlang best wel verdacht.'

'Hoe bedoel je, verdacht? Bedoel je...?'

'Ja. Sorry. Ik weet dat ze je schoonzus is. Maar hoe dan ook, nu blijkt dat zij en Vin de enige twee zijn die Liam niet vermoord kunnen hebben.'

‘Hoe bedoel je?’

‘Er staat een filmpje van hen samen op YouTube, dansend op een feestje. Zij waren op het moment dat Liam vermoord is ergens ver weg in Brixton.’ Jude glimlachte. ‘Ik zei nog tegen rechercheur Fox dat ik hun alibi te perfect vond maar kennelijk maakt dat niet uit.’

‘Hoe bedoel je, maakt niet uit?’

‘Kennelijk kan een alibi niet té perfect zijn. Hoe perfecter hoe beter.’

Dermot keek haar glazig aan. ‘Ik snap het niet. Maar goed, waarom zou je ze verdenken?’

‘Om verschillende redenen. Maar het doet er niet toe.’

‘Nee, waarom? Vertel.’

‘Om te beginnen is het vaak de partner, toch? En ik weet dat Danny en Liam een zware tijd achter de rug hadden.’

Dermot knikte. Hij wreef kringetjes met zijn vinger om een knoest in het hout van de tafel.

‘En dan dat huis – nou.’ Jude ging ineens sneller praten. ‘Daar is echt iets heel erg mis mee. Alle grenzen zijn weg. Je weet vast wel dat iedereen daar een verhouding met elkaar heeft. Je broer was geen lieverdje, Dermot.’

‘Dat klopt.’ Dermot dempte zijn stem tot een schor gefluister. ‘Hij was een schoft die slechte dingen deed. Misschien verdiende hij het wel te sterven.’

‘Dat moet je niet zeggen.’ Jude keek Dermot bezorgd aan. ‘Volgens mij kun je beter een tijdje wegblijven bij dat huis. Je hebt tijd nodig om bij te komen. Blijf daar weg. Het doet iets met de mensen die het bezoeken.’ Ze zweeg. Ze had het warm en haar hoofd voelde zwaar, alsof er iets op haar schedel drukte, maar ze vond dat ze dit moest zeggen. ‘Ik heb iets met Vin gehad,’ zei ze. Haar stem kraakte. ‘Na de uitvaart, bedoel ik. Ik weet het, wat maakt het uit, dat is toch geen misdrijf, maar achteraf voelde het verschrikkelijk. Alsof er met me gespeeld was of zo.'

'Jij en Vin?' Dermot wreef nog steeds rondjes om de knoesten. Er hing een schaduw over zijn ogen.

'Ja.'

'Wauw,' zei hij.

'Ja, en toen kwam ik erachter dat hij ook iets met Danny heeft.'

'Met Danny?'

'Ja. Stoelendans,' zei Jude met een geforceerd lachje.

'Ik snap het niet.'

'Hij heeft iets met Danny. Al vond ze het de ochtend na de uitvaart kennelijk geen probleem om te zien dat Vin en ik...' Ze zweeg. Haar hoofd klopte hard.

'Hoezo, heeft hij iets met Danny? Hoe bedoel je?'

'Ik bedoel dat Vin en Danny een verhouding hebben. Misschien al een hele tijd. Misschien wist Liam ervan en vond hij het niet erg, net zoals Danny het niet erg vond van Vin en mij. Volgens mij vond ze het grappig.'

'Dat lieg je, verdomme. Godverdomme, dat lieg je.'

Dermot wilde nog iets zeggen toen Jude iets aan de andere kant van de kamer hoorde zoemen. Het was haar telefoon, die op tafel lag te trillen. Ze hinkte erheen, pakte hem op en keek ernaar. Leila. 'Sorry,' zei ze. 'Deze moet ik even nemen.' Ze liep nog een stukje verder en draaide zich van Dermot af.

'Ik probeer je al een hele tijd te bereiken,' zei de rechercheur.

'Hij stond op stil.'

'Ik wou je even laten weten dat we een doorbraak hebben. Het gaat heel hard nu.'

'Hoe bedoel je?'

'Dat hoor je later wel. Maar voor nu is het belangrijk dat ik je laat weten dat... Het is... Waar ben je trouwens?'

'In het souterrain.'

'Mooi. Ik wou je waarschuwen. Niet nodig waarschijnlijk, maar toch.'

'Waarvoor?'

'Ik wou je alleen even waarschuwen geen contact met Dermot Birch op te nemen. Of zijn telefoontjes te beantwoorden. Heb je dat begrepen?'

Jude verstijfde. Ze voelde Dermot achter zich zitten. Even deed ze haar ogen dicht en leek het alsof ze dronken was. De grond werd onder haar vandaan getrokken.

Ze wist niet hoe hard een stem door haar telefoon klonk. Was Leila te horen? Ze dwong zichzelf zich naar Dermot om te draaien, die naar de vloer zat te staren. Hij keek op, alsof hij haar blik voelde. Ze forceerde een glimlach die niet lang zou houden en stak toen een vinger op, die – naar ze hoopte – aangaf dat dit allemaal heel onbelangrijk en informeel was en niet al te lang zou duren. 'Dat zou weleens een probleem kunnen zijn,' zei ze.

'Wat?'

Achter zich hoorde Jude een schril, hoog geluid. Voor haar gevoel zou ze moeten weten wat het was, maar het bracht haar in verwarring.

'De fluitketel,' zei Dermot. 'Ik ga wel even.' Hij stond op en liep naar het keukengedeelte.

Ineens was ze misselijk en kostte het haar moeite zich te concentreren. Ze voelde haar hand beven en greep met haar linkerhand haar rechterpols vast om hem stil en dicht bij haar oor te houden. 'Daar is het denk ik een beetje te laat voor,' zei ze met een te hoge stem in de telefoon.

'Hoe bedoel je? Waar heb je het over?'

Dermot ging weer op zijn stoel zitten. Hij keek haar met een strakke, glazige blik aan.

'Dat is een beetje moeilijk onder woorden te brengen. Zo aan de telefoon.'

Er viel een stilte.

'Is hij bij jou?'

'Ja, volgens mij klopt dat wel,' zei ze, in een poging te praten alsof ze iets nonchalant terugzei tegen een onbelangrijk iemand. Maar ze voelde haar stem trillen. Het was vast overduidelijk.

'Heeft hij iets gezegd?'

'Nee hoor, nee. Niks aan de hand,' zei Jude luchtig. 'Was dat alles?'

Nog een stilte. Jude wist niet hoelang ze dit nog kon volhouden.

'Oké,' zei Leila. 'Als hij een wapen heeft, zeg dan even... eh... zeg dan: "Volgens mij wel."'

'Volgens mij niet. Ik weet het niet.'

'Ik stuur een wagen. Hij is er over vijf minuten. Blijf vooral rustig. Blijf praten, dan komt alles goed. Volgens mij kunnen we dit gesprek nu beter beëindigen, maar als je dag zegt, hang dan niet op.'

'Oké,' zei Jude. 'Dat is prima. Tot ziens dan maar.'

Ze legde de telefoon op een plank.

Toen draaide ze zich naar Dermot. Hij was het! Hij was het al die tijd geweest. Waarom dan? Hoe dan? Maar dat maakte allemaal niet uit. Het voelde alsof ze onder water zaten in zo'n film waarin alles zich uiterst traag afspeelt en er gapende ruimtes tussen de seconden zitten.

'Alles oké?'

'Ja hoor,' zei ze.

Vijf minuten, had Leila gezegd. Dat was heel kort, toch? Bijna niets. Maar misschien werd het wel langer. Misschien kwamen ze in een file terecht. En vijf minuten was eigenlijk behoorlijk lang. Jude rekende het uit. Vijf maal zestig. Driehonderd seconden. Een, twee, drie, vier. Dat was lang. Ze keek naar Dermot die naar haar keek. Blijf rustig, had Leila gezegd. Ze hoefde alleen maar rustig te blijven. Ze moest weer net zo met hem praten als voordat de telefoon was gegaan. Gewoon een normaal gesprek voeren tot de politie er was. Maar ineens kon ze niets meer bedenken om te zeggen. Geen woord. Ze had een droge mond. Ze stelde zich voor hoe ze naar de deur zou rennen maar hij stond er dichterbij dan zij en daarbij had zij een zere enkel en sloffen aan. Ze wist niet hoe snel ze kon zijn.

En wat nou als ze deed alsof ze iets moest halen buiten? Melk of zo. Maar dat klonk bizar en in de tussentijd zwegen ze nog steeds.

Ze herinnerde zich dat de ketel had gefloten. Een warm drankje. Daarmee kon ze wat seconden vullen.

'Wat wou je ook alweer, koffie of thee?' vroeg ze.

'Ik hoef niks,' zei hij. Zijn stem klonk kurkdroog. Hij likte aan zijn lippen en keek haar toen strak aan.

Ze waren allebei doodsbang, dacht Jude. Er kon van alles gebeuren. De lucht voelde elektrisch geladen, alsof er een storm op til was. 'Ik zet even thee voor mezelf,' zei ze, en ze draaide zich om en hinkte naar de keuken. Weer kwam hij achter haar aan. Zodra ze de ketel op het fornuis zette, begon het afschuwelijke gefluit weer.

Terwijl ze de ketel er af pakte en opkeek zag ze dat er iets niet klopte. Er was iets weg. Maar wat? Haar hoofd werkte tergend langzaam. Toen drong het tot haar door: de messenset aan de magnetische strip. De kleuren van de regenboog.

Ze keek naar de messen. Rood. Geel. Groen.

Er was een lege plek! Er ontbrak er een. Blauw.

Ineens draaide haar geest op volle toeren en zag ze alles glashelder. Had hij toen hij langskwam al geweten wat hij ging doen, alleen nog niet hoe? Nu had hij het mes, dat hij kennelijk gepakt had toen zij met Leila in gesprek was. Het blauwe mes. Hij deed het waarschijnlijk het liefst als ze met haar rug naar hem toe stond, zodat hij haar gezicht niet hoefde te zien. Het was een kwestie van seconden. Moest ze het maar gewoon laten gebeuren? Dat zou bijna makkelijker zijn...

Of ze kon ook een mes pakken.

Ze keek naar de magnetische strip. Haar handen jeukten om een mes weg te grissen, maar het was hopeloos. Een messengevecht was geen goed idee.

De fluitketel! Er was geen tijd om na te denken. Voorzichtig haalde ze de fluit eraf, waarbij ze haar hand aan de stoom verbrandde. Ze moest snel zijn. Drie, twee, een.

Krampachtig ademde ze in, toen pakte ze het handvat in haar rechterhand, draaide zich gillend om en wierp het kokende water in zijn gezicht. Het voelde als een explosie. Even werd alles wazig, toen klonk er een schreeuw. Op hetzelfde moment zag ze een opening, liet de ketel vallen, rende de keuken door, trok de deur achter zich dicht – keek niet eens of ze hem nog kon afsluiten of blokkeren – en vloog de trap op. Ze trok haar fiets van de haak aan de muur en smeet die achter zich neer. Ze meende voetstappen te horen maar inmiddels was ze al bij de voordeur. Terwijl ze aan de klink morrelde verwachtte ze elk moment een hand op haar schouder, maar het lukte: ze trok hem open en rende de stoep op.

Bij elke beweging trok er een pijnscheut door haar enkel en

been en haar linkerhand deed zeer en klopte van de hete stoom uit de ketel. Ze sloeg links af. Haar sloffen slipten aan haar voeten, waardoor rennen moeilijk ging. Waarom was het zo stil op straat? Moest ze ergens aankloppen? Nee. Dan had ze maar één kans en wat als ze niet op tijd opendeden?

Achteromkijken durfde ze niet. Misschien zat hij haar op de hielen; misschien had hij haar al bijna ingehaald en haar te pakken zodra ze omkeek.

Ze sloeg een steegje tussen twee huizen in dat uitkwam op een wijkje met gemeentewoningen. Ze hinkte een smalle doorgang tussen twee gebouwen door en sprong over een stalen hekje. Er trok een pijnscheut door haar heen, vanaf haar voet tot aan haar kruin, en ze zag iets wat leek op vuurwerk: allemaal goudkleurige vonken. Een van haar sloffen schoot uit, waarna ze steentjes en scherpe dingen in de zool van haar goede voet voelde prikken. Maar ze was in staat om door te lopen, naar de andere kant van het wijkje, waar een winkelstraat was. En eenmaal daar aangekomen, tussen de ouders met kinderwagens, slenterende mensen en een optrekkende bus, keek ze eindelijk achterom. Hij was er niet. Kreunend bleef ze staan om op de stoep over te geven.

63

'Bah, walgelijk.'

Er stond een oud vrouwtje met samengeperste lippen naar haar te kijken.

'Ik was alleen…' zei Jude, terwijl ze weer overeind kwam. Haar ogen traanden, haar voet bonkte verschrikkelijk. Haar linkerhandpalm deed pijn, die doorstraalde tot aan haar elleboog.

'Dat moet ook door iemand worden opgeruimd, jullie soort beseft dat niet.'

Toen ze wegliep keek Jude haar na. Jullie soort? Koortsachtig probeerde ze te bedenken wat haar te doen stond. Ze moest Leila bellen, maar ze had geen telefoon, geen geld. En ze wist niet eens precies waar ze na haar roekeloze vlucht was aanbeland. Ze moest om hulp vragen, maar waar?

In een winkel, besloot ze. Kreunend van de pijn hinkte ze naar een tabakswinkel op de hoek. 'Pardon,' zei ze tegen de man achter de toonbank.

Hij keek haar aan met een gezicht dat van klantvriendelijk in afkeer overging.

'Alstublieft,' zei ze. Ze wilde naar hem glimlachen, maar

kreeg er alleen wat gesnuif uit. Haar gezicht voelde snotterig en ze veegde het met haar onderarm af. Ze stonk naar zweet en braaksel.

'Ja?' Hij weigerde haar aan te kijken.

'Alstublieft,' zei ze nog een keer. 'Kunt u me helpen? Ik moet dringend iemand bellen. Zou ik uw telefoon mogen gebruiken?'

'Sorry.' Hij wendde zich van haar af. 'U moet hier weg.'

'Wat?'

'Ik kan u niet helpen.'

'Heel even maar.'

'Gaat u alstublieft weg,' zei hij met een harde blik, zonder haar aan te kijken.

Verbijsterd hinkte en schuifelde ze naar de deur. Ze keek omlaag. Haar gezwollen enkel zag er reusachtig uit. De andere voet was bloot en bebloed. Haar T-shirt zat onder het braaksel.

Op de stoep liep iedereen met een grote boog om haar heen, om haar maar niet aan te hoeven kijken.

'Alstublieft,' zei ze tegen een man van middelbare leeftijd in pak. Hij had een vriendelijk gezicht. 'Mag ik alstublieft uw telefoon even lenen?'

Hij gaf geen antwoord maar keek de andere kant op, alsof hij haar niet had gehoord.

'Ik heb hulp nodig,' zei Jude tegen niemand in het bijzonder.

'Hier.' Een graatmagere tiener met holle ogen hield haar zijn mobieltje voor.

'Wat?'

'Je zei dat je moest bellen.'

Jude knipperde haar plots opkomende tranen weg. 'Dank je wel. Echt. Heel erg bedankt.'

Opgelaten haalde hij zijn schouders op. 'Maak-nie uit.'

Ze nam de telefoon aan en wist zich er vervolgens geen raad mee. Ze kende Leila's nummer niet uit haar hoofd, geen enkel nummer eigenlijk, buiten dat van haar ouders, en die zaten hier drie uur vandaan. En dat van Nat: daar had ze nog minder aan. Misschien moest ze de hulpdiensten bellen.

Toen kreeg ze een idee: ze kende haar eigen nummer.

Terwijl ze dat intoetste bedacht ze dat ze haar gesprek met Leila niet had afgebroken, dus dat hij misschien niet zou overgaan. Maar hij ging over. En er nam iemand op. Een man, kalm en vragend, met een accent uit Essex. Geen Dermot.

'Met Jude,' zei ze snikkend. 'Met mij.'

'Jude?'

'Ja. Met wie spreek ik?'

'Eén seconde.'

Het viel even stil, en toen klonk er een andere stem.

'Jude?'

'Leila? Ben jij dat?'

'Ja. Gaat alles goed? Waar zit je?'

'Weet ik niet.'

'Kijk eens om je heen,' zei Leila geduldig. 'Hoe heet de straat?'

'Eh, Southwick Road, op de kruising met Talbot Street.'

'Blijf daar.'

Jude gaf de jongen zijn mobieltje terug. 'Dat was ontzettend aardig.'

'Geen probleem.' Hij liet de telefoon in zijn zak glijden.

'Je hebt geen idee,' zei ze, en ze keek hem na toen hij weg slofte. Huiverend leunde ze tegen een lantaarnpaal. Er raasde een vreemde wervelwind van gevoelens door haar lichaam: pijn, angst en verwarring. Wat was er zojuist gebeurd? Was Dermot haar komen vermoorden en had zij door kokend water over hem heen te gooien weten te ontkomen? Was hij ernstig gewond geraakt? Was ze veilig?

Ineens realiseerde ze zich hoe koud het was, hoe koud zij het had, in het winterse weer. Iedereen droeg een warme jas, handschoenen en muts, had een sjaal om zijn nek en liep met gebogen hoofd tegen de wind. Zij droeg alleen een T-shirt, dunne spijkerbroek en één slof. Toen dat besef indaalde begon ze nog heviger te rillen. Ze sloeg haar armen, die onder het kippenvel zaten, om zich heen.

Dermot, dacht ze. Het was dus Dermot. Liam was vermoord door zijn broertje. Maar waarom? En waarom had hij het op haar voorzien? Ze bleef er net zo lang over piekeren tot er een auto naast haar stopte en ze opschrok, half in de verwachting Dermots gezicht achter het raampje te zien. Voorin zaten twee mensen: een jonge man achter het stuur en Leila naast hem.

Ze slaakte de zucht waarvan ze niet door had gehad dat ze hem had ingehouden.

Leila stapte uit en keek haar vol ontzetting aan. 'Gaat het wel?'

'Ja.'

'Je zult wel vergaan van de kou.'

'Ja.'

'Kom maar mee.' Leila bracht haar naar de auto, hielp haar op de achterbank en boog zich over haar heen om de autogordel vast te maken alsof ze een klein kind was. Ze ging naast haar zitten. Maar ze reden niet heel ver, slechts een paar honderd meter over de weg en toen een zijstraatje in waar ze stopten.

Leila maakte haar autogordel los en draaide zich naar Jude. 'We laten je zo nakijken en opfrissen. Maar eerst moet ik je een paar vragen stellen. Om te beginnen: je verwondingen. Wat is er met je voet gebeurd?'

Jude keek omlaag naar haar voet, bijna alsof die van iemand

anders was. ‘Dat is nog van gisteren. Ik ben gevallen bij het hardlopen. Heel stom.’

‘En je hand?’

Jude stak haar kloppende linkerhand omhoog en keek naar de verbrande plek, waar inmiddels grote, opgeblazen blaren zaten. ‘Dat is van de fluitketel. Ik heb kokend water naar hem gegooid; volgens mij was het raak want hij schreeuwde, maar ik weet niet hoe ernstig hij eraan toe is. Bacitracine.’

‘Wat?’

‘Dat moet ik op mijn wond smeren. Het doet nogal pijn nu.’

‘Viel hij je aan?’

‘Ik zag dat er een mes weg was. Een mes met een blauw heft. Ik wist dat ik snel moest zijn. Voordat hij het zou gebruiken.’

‘Denk je dat Dermot het gepakt had?’

‘Dat weet ik wel zeker. Ik had net schoongemaakt. Er hingen vier verschillende kleuren messen aan de muur, en toen hij er was hingen er ineens nog maar drie. Het blauwe was weg.’

Leila knikte langzaam.

‘Heeft hij bekend?’ vroeg Jude.

‘Hij was er niet meer. We hebben een getuige die hem schreeuwend en met een hand voor zijn gezicht over straat heeft zien rennen.’

‘Hij kan dus niet al te ernstig verbrand zijn.’

‘We krijgen hem wel te pakken.’

Er ging een huivering door Jude heen. ‘Waarom ik? Ik wist helemaal niks,’ stamelde ze.

‘Het ging niet om wat je wist.’

‘Hoe bedoel je?’

Als antwoord tikte de rechercheur haar collega achter het stuur aan en zei: ‘Geef me die foto’s eens, alsjeblieft.’

De jonge man haalde een mapje uit het zijvak van het portier en gaf het door naar achteren. Leila haalde er een stapeltje glanzende foto's uit en ging erdoorheen.

'Hier,' zei ze. 'Dit is een foto van de plaats delict. Wees gerust,' zei ze er haastig achteraan. 'Niet van Liams lichaam. Alleen van de dingen die er lagen.'

Aandachtig keek Jude ernaar. Een klont modder, doornstruiken en platgetreden gras; een leeg blikje en een lege chipszak, een roestige fietsbel, wat sigarettenpeuken, een gescheurde plastic tas, hier en daar wat takjes, de macabere resten van een dode vogel.

'Ik snap het niet,' zei ze. 'Behalve dat het een afschuwelijke plek is om dood te gaan.'

'Kijk eens.' Leila tikte op iets kleins aan de rand van de foto. 'Zie je wat dat is?'

'Wat?'

Leila pakte een andere foto en legde die bij Jude op schoot. 'Dit.'

Nu lag het ding op een glimmend witte ondergrond, het was van bovenaf verlicht en van dichtbij genomen.

'O,' zei Jude.

Een houten vorkbeentje, zonder koord.

Ze was verbijsterd en keek machteloos van de laboratoriumfoto naar de plaats delict. 'Ik snap het nog steeds niet.'

'Een van de dingen die we na Liams dood naast zijn lichaam aantroffen was dit vorkbeentje. We hebben alle voorwerpen aan Danny Kelner laten zien, en zij stelde vast dat dit voorwerp eigendom van Liam was. Hij had het gemaakt en volgens haar droeg hij het aan een leren veter. We gingen ervan uit dat die tijdens de worsteling was losgeraakt.'

'Maar...' begon Jude.

'Precies. Toen ik je gisteren zag had je datzelfde vorkbeentje om je hals en toen zei je dat je het in het huisje in Norfolk uit Liams bagage had gehaald.'

'Hij had vier van die dingen gemaakt,' zei Jude langzaam. Nog steeds begreep ze het niet helemaal. 'Voor zijn familie. Ze hebben er allemaal één.'

'Dat weet ik inmiddels ook. Inmiddels. De vraag was dus: als het niet van Liam was, van wie dan wel?'

Het was allemaal zo ingewikkeld, vond Jude. Toen herinnerde ze het zich weer. 'Hé, dezelfde', had hij gezegd en het haar laten zien.

'Dermot had het zijne om. Dat heb ik gezien.'

'Dat was het vorkbeentje van Tara. Ik heb Tara en Andy Birch gebeld en die bevestigden dat Liam er voor hen allemaal een had gemaakt, maar Tara vertelde dat ze dat van haar een week geleden verloren was. Ze had er overal naar gezocht. Wij denken dat Dermot het had meegenomen. Hij realiseerde zich waarschijnlijk dat dat van hem nog op de plaats delict moest liggen.'

'Arme Tara.' Jude haalde haar hand door haar bezwete haar. 'Hoe gaat ze dat ooit verwerken?' Plotseling begon er iets bij haar te dagen. 'Maar wat doe je hier dan? Je moet hem zoeken.'

'Heb je enig idee waar hij heen gegaan kan zijn?'

'Hoe moet ik dat nou weten? Hij zag er wanhopig uit, stuurloos. Naar huis, naar zijn ouders?'

'Daar hebben we al agenten heen gestuurd, al kan ik me niet voorstellen dat hij naar de locatie zou gaan waar we het eerst zouden zoeken.'

Jude vroeg zich af waar iemand heen zou vluchten als hij niet gepakt wilde worden. Ze stelde zich bossen voor, zeeën, donkere steegjes, groteske vermommingen, alsof Dermot in een ouderwetse film zat over een leven dat in duigen viel.

Waar zou zij in zijn plaats heen gaan? Ze zag hem al struikelend rondlopen met zijn verbrande gezicht, doodsbang en zonder zich ergens te kunnen verstoppen.

'Ik ken hem amper,' zei ze hulpeloos. 'Ik weet niks over zijn leven.'

'Goed,' zei Leila. 'Misschien moet jij je maar even gaan opknappen. Haal wat spullen op in dat appartement. Je kunt daar niet blijven.'

'Omdat hij misschien terugkomt?'

'Precies, al is dat hoogst onwaarschijnlijk. Kun je ergens anders heen?'

'Ik wilde sowieso bij een vriendin gaan logeren.'

'Bel haar op. Zeg dat je er zo aan komt.'

'Ik heb mijn telefoon niet.'

'Ik wel.' Leila stak haar hand in haar jaszak en haalde Judes mobieltje eruit.

Gehaast scrolde Jude naar het nummer van Dee. 'Met mij,' zei ze toen Dee opnam. 'Kan ik nu al komen?' Ze had opeens een brok in haar keel.

'Natuurlijk! Hoe eerder hoe beter. Ik heb wat vrienden voor het eten uitgenodigd, is dat oké?'

'Super,' zei Jude vermoeid.

'Ik dacht erover om een heel grote quiche te maken. En een of andere dodelijke cocktail. Dan kunnen we bordspelletjes spelen en ons bezatten. Ik ben nu nog in de winkel, maar binnen een halfuur ben ik thuis.'

'Bedankt, Dee. Maar ik moet je wel waarschuwen dat...'

Maar Dee had al opgehangen.

64

Voor het huis stonden twee politiewagens. Binnen was alles na haar grote schoonmaak fris en opgeruimd, op het water op de vloer, een paar kapotte kopjes en een omgevallen stoel na. Haar fiets stond weer tegen de muur; ze zag dat het voorwiel verbogen was.

Leila ging terug naar het bureau en de jonge agent liep met Jude mee naar binnen, waar hij in de keuken bleef wachten tot ze snel een douche had genomen en haar warmste kleren had aangetrokken.

Ze gaf de kat voor de laatste keer te eten en probeerde hem onder zijn kin te krabbelen, maar hij keek haar giftig aan. Toen pakte de agent haar tassen en vertrokken ze.

In de auto naar Dee's huis leunde Jude achterover in haar stoel en deed haar ogen half dicht. Ze was op weg naar haar oude leven, maar ineens was ze bek- en bekaf. Alles wat er gebeurd was voelde ver weg en onwerkelijk. In haar hoofd werden allerlei beelden afgespeeld: gezichten en gebeurtenissen raakten met elkaar verweven. De Liam die ze op haar achttiende gekend had, ging over in de man die die bewuste ochtend in de hal van het ziekenhuis had staan wachten om haar leven overhoop te halen, en zijn gezicht ging weer over in dat van zijn jongere broer, zijn moordenaar.

Het was alsof je in een donkere getijdenpoel keek – drijvende varenbladeren, dingen die rondkropen en gelatineachtige beestjes met bekjes die open- en dichtgingen; allemaal voortdurend in beweging, maar zonder ergens heen te gaan. De cottage in Norfolk, waar de golven over modder en kiezels rolde, de modderige plek waar Liams lichaam was gevonden, de rij gestaltes die hand in hand over het moerasland liep. Het barokke huis met Danny als een soort koningin uit de klassieke oudheid op een rieten stoel, die getatoeëerde tranen op haar bleke wang. De uitvaart. De wake. Drinkende, dansende, lachende mensen. Jude herinnerde zich Dermot nog naast de omgekieperde tafel, de puinhoop om hem heen en die vreemde, triomfantelijke blik op zijn gezicht.

Iets bleef er maar knagen. Een vluchtige herinnering. Wat was het nou?

Uit het donker kwam de herinnering haar langzaam tegemoet: nadat ze Alfie in bed had gelegd was ze naar beneden gegaan en naar de serre gelopen om haar tas te zoeken. Danny was uit de serre gekomen en ze hadden even met elkaar gepraat. Toen was Jude Dermot tegen het lijf gelopen, die zich schokkerig bewoog. Ze zag zijn gezicht voor zich, lijkbleek met spuug op zijn lippen en glimmende, donkere ogen. Er zat een rode ovale vlek lippenstift op zijn wang. Hij had met zijn vuist tegen de muur geslagen en gezegd: 'Ik hou niet op. Kutwijf dat je bent,' of zoiets, een brul van pijn en woede. Toen had hij de tafel omgekieperd en te midden van alle chaos gezegd: 'Zo.'

Tegen wie had hij het gehad?

Danny.

Danny die net de serre uit was. Danny met de rode lippenstift. Danny, de vriendin van zijn broer.

En nu herinnerde Jude zich weer hoe fel Dermot gereageerd had, die ochtend dat ze hem vertelde dat Danny en Vin minnaars waren, en dat misschien altijd al waren geweest. Hij had gezegd dat het niet waar was, dat ze loog.

Ineens loste alle verwarring op en werd het tot haar verschrikking allemaal glashelder. Alles viel op zijn plek, als een reeks mesjes, ketens, tandwielen. *Klik klik klik*, alle onaangename onderdelen werden aan elkaar gekoppeld.

De auto sloeg links af naar de straat van Dee.

Danny en Dermot, dacht Jude. Natuurlijk.

De auto stopte en de agent deed even later het portier voor haar open. Jude stapte moeizaam uit, waarna hij haar tassen pakte en naar de voordeur bracht. Er brandde licht binnen: Dee stond vast in de kleine rommelige keuken met haar handen vol bloem quiche te maken. Straks zouden ze eten en drinken en bordspelletjes spelen. Het was haar oude, vrolijke wereld die doordraaide en Jude stond op het punt er weer in getrokken te worden, alsof er niet echt iets was gebeurd: niets meer dan een hapering.

Ze bleef bij de deur staan maar drukte niet op de bel. Haar geest draaide nu op volle toeren, in een poging de stroom aan gedachten en herinneringen voor te blijven. Opeens werd ze overmand door woede en schaamte. Ze belde niet aan maar schoof alleen de tassen uit het zicht en hinkte terug de straat op.

65

Ze begon te lopen; was ze ertoe in staat geweest dan had ze het op een rennen gezet. Ze wist dat haar voet pijn deed en haar hand klopte, maar ze kon het niet voelen. Dat kwam later wel.

Algauw was ze bij het moeras, liep ze langs de filterbedden en de rivier. Er lagen kleine stukjes rijp in de schaduw die onder je voeten knerpten, en een flinterdun laagje ijs op de modderpoeltjes. Het was steenkoud, maar Jude merkte het niet.

Dermot had een verhouding gehad met de vriendin van zijn broer. Hij had Liam vermoord, terwijl Danny een perfect alibi voor zichzelf had geregeld. Dat alles op de avond dat Liam zijn eigen macabere plannetje had met zijn eigen perfecte alibi: zijn jeugdliefje, zijzelf, de onbewuste spaak in het wiel.

Twee misdrijven. Twee spiegelbeelden.

Liam was precies daar vermoord waar Danny altijd langskwam, elke zaterdag, behalve die ene keer. Daar had Liam haar op staan wachten, maar Dermot getroffen, Dermot met een mes in zijn hand.

Dermot had het voor Danny gedaan.

Of nee: hij had het in opdracht van Danny gedaan. En toen had Danny het uitgemaakt, op de avond van Liams uitvaart.

Hij was een moordenaar, maar ook een arme, domme sukkel vol zelfmedelijden.

Danny had het beraamd. maar Dermot had het uitgevoerd, en nu werd hij gestraft terwijl zij sereen glimlachend vrijuit ging.

Toen dacht Jude: Vin. Natuurlijk.

Danny en Vin hadden het samen bekokstoofd.

Vin en Danny. Vin met zijn bulderende lach en zijn behaarde handen, zijn gigantische libido.

Er waren reigers bij het moeras. Eentje stond een paar meter bij haar vandaan, zo stil dat ze in eerste instantie dacht dat hij van steen was. Alleen zijn ogen bewogen.

Daar was de manege, de schaatsbaan. Jude strompelde verder, terwijl de pijnscheuten door haar heen trokken en haar hand zo hevig klopte dat ze er misselijk van werd – maar dat maakte niet uit. Ze moest oog in oog met Danny staan en zeggen: *Ik weet wat je hebt gedaan. Ik weet wat je bent.*

Even overwoog ze Leila te bellen om haar te vertellen wat ze plotseling begrepen had. Maar Leila had het druk met Dermot zoeken, en Dermot zou zeker alles bekennen: dat hij door het liefje van zijn broer was bewerkt om zijn broer te vermoorden. Dat hij verliefd was geweest op een vrouw die hem net zo behendig had gebruikt als een timmerman zijn zaag.

Jude wilde niet aan Vin denken, maar hij drong zich op in haar gedachten, met zijn brede schouders, witte tanden: vlezige, grijnzende Vin. Ze realiseerde zich – of eigenlijk deed haar kronkelende, met afschuw vervulde lichaam dat – dat het een soort aangename strategie van hem was geweest om met haar naar bed te gaan. Hij had ervoor willen zorgen dat ze hen echt nergens op kon pakken, of misschien had hij gedacht dat door seks met hem al haar achterdocht zou verdwijnen en ze volgzaam en gedwee zou worden, als lid van de familie.

Er trok een heftige rilling door haar heen.

Was dat hun plan? Danny zou seks met Dermot hebben, en Vin met Jude.

Ze kwam bij het eind van het moeras en zette voet op het asfalt. Haar voet kon haar gewicht nu nog maar nauwelijks houden. Moeizaam liep ze over de weg, sloeg de straat in waarvan ze gedacht had er nooit meer te zullen lopen, en bleef toen abrupt staan.

66

De aanblik kwam zo onverwacht dat Jude even nodig had om er wijs uit te worden. De straat stond vol, een wirwar van oranje met wit en zwaailichten. Ze kon twee ambulances onderscheiden en minstens drie politiewagens. Die stonden overdwars midden op de weg, duidelijk in alle haast achtergelaten. Naarmate ze dichterbij kwam zag ze dat de hele straat was afgezet met een GEEN TOEGANG-bord. Naast dat bord stonden twee politieagenten in fluorescerend gele jassen.

'Mag ik erlangs?' vroeg Jude.

Een vrouwelijke agent schudde haar hoofd. 'De weg is afgesloten.'

'Wat is er gebeurd?'

'Er heeft een incident plaatsgevonden.'

'Wat voor incident? Is het op nummer drie? Is er iemand gewond?'

De agent haalde haar schouders op. 'Daar mogen we niks over zeggen.'

'Is het op nummer drie? Zo ja, dan ken ik de bewoners. Ik moet weten wat er is gebeurd.'

'U zult moeten wachten.'

Jude liep ongemerkt langs de afzetting voor een beter uitzicht. Ja, het was wel degelijk het huis. Ze zag de voordeur openstaan en er stonden agenten in uniform in groepjes bij elkaar. Het zag eruit als de nasleep van iets. Ze zag dat de andere agent inmiddels voor haar was komen staan.

Maar toen viel haar iets op. Of eigenlijk, de afwezigheid van iets. Er waren geen ambulancebroeders. Er stonden groepjes agenten te praten maar er was geen groene overall te bekennen, en de ambulance was onbemand. Dat was een teken dat er iets ernstigs aan de hand was, iets waardoor iedereen binnen nodig was.

'Er valt hier niets te zien,' zei de agent.

'Ik mag hier best staan.'

Ze moesten allebei aan de kant toen er een politiebusje aan kwam rijden. De twee agenten verplaatsten de afzetting om het busje erdoor te laten. Toen zetten ze die snel weer terug. De mannelijke agent keek Jude hoofdschuddend aan. 'Er gaat helemaal niemand naar binnen,' zei hij.

'Ik ken de bewoners,' zei ze wanhopig. 'Ik moet weten wat er aan de hand is.'

'Dat hoort u wel als iedereen het hoort.'

Jude sprong bijna uit haar vel van frustratie. Ze wist zich geen raad. Ze pakte haar telefoon en belde Leila. 'Ik ben bij het huis,' zei ze.

'Welk huis?'

'Van Danny. Van Vin.'

'Ik zei toch dat je niets moest...'

'Er is iets gebeurd,' onderbrak Jude haar. 'Er staan allemaal ambulances en politiewagens op de weg. Ik mag er niet door. Heb jij iets gehoord?'

Er viel een stilte. 'Ik kom er nu aan.'

Terwijl Jude haar telefoon weer in haar zak stak zag ze iemand uit het huis komen en over de straat op haar af lopen. Het was Erika, maar ze zag er anders uit. Ze bewoog zich traag en staarde als een slaapwandelaar voor zich uit. Zonder het te merken stapte ze de stoep af en ze struikelde lichtjes maar bleef niet staan en keek ook niet geschrokken. Ze bleef gewoon doorlopen.

Toen ze in de buurt van de afzetting kwam hield de vrouwelijke agent haar tegen en zei iets tegen haar wat Jude niet kon verstaan. Het was niet duidelijk of ze haar probeerde tegen te houden of hulp aanbood, maar algauw deed ze een stap naar achteren en schuifelde Erika haar voorbij, langs de afzetting. Zonder enige zichtbare verbazing viel haar oog op Jude. 'Ze zeiden dat ik even een luchtje moest gaan scheppen,' zei ze op bedachtzame, afstandelijke toon.

'Wat is er aan de hand?' Jude had het ongemakkelijke gevoel dat Erika haar aankeek zonder haar te zien. Het leek alsof ze haar ogen gericht hield op iets wat zich ver achter Judes hoofd bevond.

'Ze zijn allemaal met haar bezig,' zei Erika dromerig.

'Wat? Wie?'

'Het was niet de bedoeling dat ik het zou zien. De keukendeur stond open. Ze staan allemaal om haar heen op de vloer. Ik zag het bloed.'

'Wie ligt er op de vloer?'

Erika had een wazige blik. Jude wist niet eens of Erika wel hoorde wat ze zei.

'Hij liep te schreeuwen en te roepen en smeet van alles kapot. Pakte lukraak dingen en gooide ze tegen de muur. Hij had een mes.'

'Wie, Dermot?'

Die vraag overviel Erika kennelijk, alsof die haar gedachtegang onderbrak. 'Dermot, ja. Hij riep dat ze hem had gebruikt en kapotgemaakt. Hij bleef maar schreeuwen en met zijn mes zwaaien. Ik kon niet geloven dat het allemaal echt gebeurde. Het was meer als een droom. Zoiets verwacht je niet in het echte leven.'

'Wat deed hij toen?'

Erika keek Jude wezenloos aan. 'Alfie was erbij. Ik heb hem opgepakt en ben met hem naar boven gerend, naar mijn kamer. Ik deed de deur dicht en schoof er van alles tegenaan zodat hij niet meer open kon. Ik heb haar alleen gelaten. Hoor je dat? Ik dacht dat ik Alfie redde maar ik heb Danny alleen gelaten. Ik probeerde Alfie rustig te houden door liedjes te zingen. Al die tijd hoorde ik beneden huisraad kapotgegooid worden. Ik hoopte dat iemand iets zou doen, haar te hulp zou schieten. Maar niemand stak een vinger uit. Irina bleef zitten waar ze zat, en Doc en Vin waren niet thuis. Niemand kon haar helpen. En toen hield het gooi-en-smijtwerk op en begon het schreeuwen.' Met bloeddoorlopen, starende ogen keek ze Jude nu beter aan.

'Dit moet je niet aan mij vertellen, maar aan de politie,' zei Jude, die niet wist of ze nog meer kon aanhoren. 'Je bent getuige; ze zullen zich wel afvragen waar je heen bent.'

'Heb je weleens een dier horen krijsen?' vroeg Erika, alsof Jude niets had gezegd. 'Zo klonk het. Het klonk niet als haar. Het klonk niet menselijk. En het bleef maar doorgaan, leek het wel. Ik weet dat ik Alfie boven had moeten laten en haar beneden te hulp had moeten komen. Dat heb ik niet gedaan. Ik was verstijfd. Ik voelde me net een kind dat de dekens over zijn hoofd trekt omdat hij bang is voor het donker. Ik belde het alarmnummer maar daar heb ik het bij gelaten. Ik ben bij Alfie gebleven en probeerde voor hem te zingen, zodat hij niet zou horen wat er zich beneden afspeelde.

'Je kon ook niks doen. Je hebt Alfie gered. Je hebt voor hem gezorgd. Meer kon je niet doen.'

'Ik heb hem binnengelaten. Ik. Er werd hard op de deur geklopt, gebonsd, alsof iemand hem probeerde in te trappen. Ik dacht niet helder na. We hadden ons ergens moeten verstoppen, onszelf moeten opsluiten. Maar ik ging naar de deur en deed open. Dermot stond op de stoep. Hij riep: "Waar is ze? Waar is ze?" Als Vin er was geweest, had hij hem kunnen tegenhouden.'

'Dat denk ik niet.'

Opnieuw praatte Erika door alsof Jude er niet was. Ze leek het meer tegen zichzelf te hebben. 'Hij keek altijd op tegen Vin. Hij was net een puppy. Voor Vin en Liam ging hij door het vuur. Ik had kunnen zeggen dat Danny er niet was of dat ze boven zat maar ik verstijfde. Ik stond met mijn mond vol tanden en hij stoof langs me heen. Het was alsof hij op ontploffen stond. In het voorbijgaan beukte hij tegen de muur. Ik liep achter hem aan, zag het mes en pakte Alfie op en rende weg. Ik liet haar achter. Ik heb haar alleen gelaten. Met hem. Je vraagt je altijd af wat je zou doen bij een noodgeval. Nu weet ik het. Dat is wat ik deed.' Ze begon hevig te rillen. Ze klappertandde.

'Je moet ergens opwarmen,' zei Jude. Ze voelde aan Erika's voorhoofd. Dat voelde klam. Ze nam haar bij haar arm en bracht haar naar de afzetting. Daar legde ze uit dat ze arts was en dat Erika warm moest worden en vocht nodig had. Ze keken bedenkelijk maar Jude bleef aandringen. Ze verboden haar het huis in te gaan maar lieten hen er wel door.

Aangekomen bij de dichtstbijzijnde ambulance, waarvan alle portieren nog openstonden, troffen ze een ambulancemedewerker. Het was een jonge vrouw, met rood haar en sproetjes, die bij de achterdeur van de ambulance zat. Ze haalde een deken en een fles water voor Erika. Toen ze die aangaf keek Jude haar aan. Ze zag er uitgeput uit. En heel jong. Naast haar voelde Jude zich bijna van middelbare leeftijd.

'Hoe gaat het?' vroeg Jude.

'Ze zijn nog binnen. Ik kom even op adem.'

'Is het luguber?'

De vrouw trok een gezicht. 'Hij had een paar minuten de tijd, waarin ze alleen met zijn tweeën waren. Het was...' Ze zweeg.

'Vertel maar,' zei Jude. 'Ik ben arts. Ik heb dit soort dingen vaker gezien.'

'Ik denk het niet.'

Er viel een stilte. De vrouw ging duidelijk niet uitweiden over wat ze dan gezien had.

'Je zou denken dat ze een helikopter zouden sturen,' zei Jude. 'Die kan op de moerassen landen.'

Het leek of de vrouw wat wilde zeggen maar toen keek ze alleen naar Erika en daarna naar Jude. Jude herkende die gezichtsuitdrukking en hoorde wat de vrouw niet zei. Een helikopter was niet nodig. Danny hoefde niet met spoed naar het ziekenhuis. Jude kende die situaties nog uit haar tijd als artsassistent op de Spoedeisende Hulp. Je werkt tien minuten aan een hartstilstand, dan twintig, dan veertig, tot ver na het moment dat er geen echte hoop op herstel meer is. Misschien had ze niet gezien wat de ambulancemedewerker gezien had maar ze had wel meegemaakt dat een patiënt sneller bloed verloor dan hem kon worden toegediend. Op het eind, toen ze het eindelijk opgaven, had iedereen om de tafel eruitgezien alsof hij baadde in het bloed.

'Is hij gearresteerd?' vroeg Jude.

De vrouw keek verbaasd, alsof ze niet wist dat er iemand gearresteerd moest worden, of dat was vergeten. 'Dat weet ik niet,' zei ze. 'Je krijgt een soort tunnelvisie. Maar er was een heleboel politie toen ik hier aankwam. Kennelijk waren ze in gesprek met iemand in een kamer ernaast. Het was nogal chaotisch allemaal.' Ze keek weer naar Erika, die lijkbleek voor zich uit zat te staren. 'Gaat het? Ben je duizelig?'

Erika schudde langzaam met haar hoofd. De ambulancemedewerker stond op. Ze keek naar Jude. 'Hou haar nog maar even in de gaten. Ik moet weer naar binnen.'

Maar voor ze ook maar in beweging kon komen kwam er een groepje in het groen geklede figuren het huis uit. Toen ze dichterbij kwamen zag Jude de donkerbruine spetters op hun uniform. Bruin, dacht Jude, geen rood. Het zag er niet uit zoals je zou verwachten. Ze straalden geen gevoel van urgentie uit, alleen maar uitputting. Ze zeiden niets en keken elkaar niet eens aan. Een van hen, een lange, sterk gebouwde man, schudde langzaam zijn hoofd.

67

Die maandag ging Jude weer aan het werk. Haar voet, nog steeds twee keer zo dik en fel paarsblauw, zat ingebonden; haar linkerhand zat in het verband en stuurde voortdurend pijnprikkels. De kleren die ze droeg had ze van haar nieuwe huisgenoten geleend omdat die van haar nog grotendeels bij Nat lagen.

Ze was maar een paar weken weggeweest, maar het leken wel maanden, of een heel leven, haar andere leven leek eerder een soort droom. Die eerste ochtend was ze doodsbang dat ze niet meer zou weten hoe ze arts moest zijn, dat haar collega's haar zouden nakijken en achter haar rug zouden fluisteren, of dat ze ineens in huilen zou uitbarsten. Ze voelde zich om duistere redenen in ongenade gevallen en ook verschrikkelijk kwetsbaar. Terwijl ze door de draaideur de hal in hinkte probeerde ze professioneel en zelfverzekerd over te komen. Dokter Jude Winter meldt zich voor haar dienst.

Binnen een paar minuten zat ze alweer tot over haar oren in het ziekenhuisleven, vol semafoongepiep, zaalrondes en haastige consulten. Ze was vergeten hoe geruststellend die doelgerichtheid was, die precies afgemeten momenten, die piepkleine, rondgaande wijzers op de grote klokken van de afdeling dementie.

Al op woensdag was het juist het grote gat van haar afwezigheid dat onwerkelijk aandeed, als een hallucinatie. Jude wist dat ze morgenmiddag, op haar vrije dag voor een reeks nachtdiensten, naar het politiebureau moest om bij Leila haar volledige verklaring af te leggen – maar dat was niet meer dan een formaliteit. Haar bange gevoel was al aan het wegebben. Ze was vooral uitgeput, en het was het soort uitputting dat je het best te lijf kon gaan met een dagelijkse routine.

Dus toen ze vroeg op de avond uit het ziekenhuis de bijtende kou in liep en de berichtjes op haar mobiel checkte, zag ze tot haar schrik drie gemiste oproepen van Tara Birch, en ook een appje: *Bel me!*

Ze wilde Tara helemaal niet bellen. Ze wilde niet aan haar denken – een moeder van twee zoons, van wie de een de ander had vermoord. Dat was toch niet te verdragen?

Het antwoord, zo bleek, was Alfie.

'Hij is bij ons,' zei Tara hees, alsof ze zwaar verkouden was. 'Nu zijn wij zijn gezin.'

'Daar ben ik blij om,' zei Jude. 'Ik hoop dat dat een beetje troost brengt.' Alles wat ze zei klonk nietszeggend en smakeloos.

'Zo ver zou ik niet willen gaan,' zei Tara. 'Maar Andy en ik zullen alles in het werk stellen om hem een goede jeugd te geven.'

'Dat is mooi,' zei Jude. 'Dat geloof ik meteen.' Ze klemde haar telefoon onder haar kin en deed haar wanten aan, waarbij ze uitkeek dat ze niet over de wond op haar hand schuurde. Haar adem maakte wolkjes.

'Danny's moeder is al een paar jaar dood en haar vader heeft een gewelddadig verleden, dus het was logisch dat wij het zouden worden.'

Jude probeerde de herinnering te onderdrukken die ineens in haar opkwam, van Danny en Tara die aan Alfie stonden te rukken alsof het een wedstrijdje touwtrekken was.

'Aha,' zei ze. Ze zette haar helm op. Ze had de fiets van een vriendin geleend omdat die van haar nog in reparatie was.

'Weet je wat er is gebeurd?' vroeg Tara.

'Ja.'

'Logisch. De hele wereld weet het.'

'Ze gaan het ook weer vergeten.'

'Dan hebben ze geluk.' Er viel een stilte. 'Wat hebben we verkeerd gedaan?'

Jude zocht naar woorden maar kon ze niet vinden. Ze bracht alleen een geluidje uit.

'Ik wil je om een gunst vragen,' zei Tara.

'O?' Jude wilde haar mobieltje op de straat kapotgooien. Geen gunsten meer, nooit meer.

'Het stelt niks voor. Ik wil alleen dat je naar het huis gaat.'

'Dat gaat niet lukken.'

'Alsjeblieft, Jude. Mij gaat het niet lukken. Ik zit er honderden kilometers vandaan, met Alfie. En er liggen daar dingen die hij wil hebben. Als hij over zijn toeren is, en dat is vaak, vraagt hij ernaar.'

'Kun je niet vragen of iemand ze op de post doet?'

'Alsjeblieft.'

'Er zal toch vast wel iemand anders zijn...'

En zo ging Jude de volgende ochtend nog een keer naar het huis. Er hing nog steeds politielint en ze zag dat een van de ramen aan de voorkant kapot was. Alle gordijnen waren dicht en ze zag geen licht branden. Misschien was er niemand thuis – hoe kon je tenslotte in een huis blijven wonen waarin een paar dagen geleden een vrouw, een huisgenote en vriendin, was afgeslacht?

Maar nog terwijl ze dit dacht werd er een gordijn op de eerste verdieping opengetrokken en loerde er een gezicht naar buiten. Irina, die uitkeek over straat. Haar gezicht was een tragisch masker met een veeg rode lippenstift op de mond.

Toen klonk er een stem achter haar. 'Jude.'

Ze draaide zich om en zag Doc.

'Hallo.' Ze had zich niet goed voorbereid.

'Kom je ons helpen?'

'Wat?'

'Kom binnen.'

Het huis was helemaal niet leeg, maar vol en er heerste een energieke chaos: er gingen mensen met dozen de trap op en af, of ze liepen met meubels door de gang. Er kwam iemand wankelend de serre uit met een stenen beeld in zijn armen.

Jude liep de gang in. Boven hoorde ze een bonkend geluid en iemand iets onverstaanbaars roepen. Vervolgens gekletter, waarna er een enorme rieten wasmand de trap af kwam vallen.

Ze dook de voorkamer in om een botsing te voorkomen. Daar stond een man op een ladder een groot gipsen ornament midden op het plafond eraf te bikken.

'Hoi,' zei hij, haar van bovenaf aankijkend. 'Kun je me de schroevendraaier even aangeven?'

'Volgens mij mag je dat soort dingen niet meenemen,' zei ze, terwijl ze hem de schroevendraaier aanreikte.

'Ben jij advocaat of zo?'

'Nee.'

'Het moest van Vin.'

Haar maag trok zich samen. 'Is hij er?'

'Vin? Neuh. Die is even wat spullen naar de stort brengen, maar over een halfuurtje, uurtje is hij er weer als je hem wilt zien.'

'Dat hoeft niet.'

'Jude!' Irina stond in de deuropening met haar armen vol gordijnen.

'Hallo.'

'Je komt als geroepen.'

'Ik kwam alleen maar even...'

'We zijn allemaal met stomheid geslagen hier,' zei Irina. 'We hebben er geen woorden voor. We zijn in shock. Getraumatiseerd. Wat kun je zeggen over een vrouw die alles uit het leven haalde, die anderen liet lijden maar zelf ook leed, wier partner was vermoord en die in haar eigen huis is afgeslacht? Wat kun je over zo iemand zeggen? Niets.'

De gordijnen vielen op de vloer.

'Hamer,' zei de man boven hen, zijn arm omlaag stekend.

Er vielen schilfers pleisterwerk op de vloer. Jude zag een barst in het plafond verschijnen en liep langzaam naar de muur.

'Ik heb een piano,' zei Irina. 'Wat moet ik met de piano?'

'Gaan jullie allemaal verhuizen?' vroeg Jude.

'Ik geloof dat Liam en Danny tot over hun oren in de schulden zaten,' zei Irina vaag. 'Dus dit huis blijkt nu officieel van iemand anders te zijn.'

'Van wie?'

'Dat bedoel ik,' zei Irina mysterieus. 'En hoe dan ook, wie wil er nou met de geest van Danny samenwonen?'

Jude ging de kamer uit en naar boven. Ze had een lijstje met de spullen die Tara voor Alfie wilde hebben: een zacht olifantje dat hij bij zijn geboorte van zijn opa en oma had gekregen, zijn xylofoon, zijn lievelingsprentenboek, een specifiek plastic bakje, een pyjama met flamingo's, een bont lappendekentje, een potje in de vorm van een nijlpaard.

Het voelde niet goed om hier te zijn, op haar tenen door de kamers te sluipen, kastjes en laden open te trekken. Ze was doodsbang dat Vin terugkwam. Ze vond het lappendekentje op Danny's kamer, dat er nog griezelig hetzelfde bij lag als toen Jude op haar bed met Alfie naast zich in slaap was gevallen. Ze dacht terug aan zijn glanzende krullenbos en zijn warme adem op haar wang, terwijl beneden dat vreselijke feest aan de gang was. Zijn pyjama lag opgerold in een hoek en toen Jude hem opraapte rook die vaag naar urine. De xylofoon lag onder het bed, en een van de metalen plaatjes ontbrak. Het potje stond in de badkamer.

Na even aarzelen ging Jude naar beneden om de andere spullen te zoeken.

In de serre zat Erika met opgetrokken knieën op de vloer, omgeven door de chaos van half ingepakte dozen. Toen Jude binnenkwam keek ze op. 'Ik rust even uit,' zei ze.

'Natuurlijk. Ik zoek een paar spullen voor Alfie. Ik ben zo weer weg. Ik wil niet in de weg lopen.'

'Ik hoef al die dingen sowieso niet. Ik begrijp niet waarom we de hele boel niet in de fik steken, dan zijn we ervan af. Het is toch allemaal meuk. Wie wil er nou een dooie plant of een gebarsten foto of een porseleinen badkuip of velours gordijnen vol motten of tapijten die uit elkaar vallen van ellende?'

Jude zag het prentenboek en bukte zich om het op te rapen. Ze keek de tuin in; twee mannen stonden een barbecue leeg te gooien, en ze bleef kijken hoe ze die optilden en naar de serre droegen. Zo te zien was hij zwaar, daarom deed ze de deur voor hen open.

'Dank je,' zei de langste van de twee. 'Dit ding is loodzwaar en ik heb hem al een keer op Nico's voet laten vallen.'

Nico. Die naam deed een belletje rinkelen.

'Ben jij Nico?' vroeg ze aan de kleinste van de twee, die blond haar in een knotje had en een katoenen broek met trekkoord en een hemd droeg, alsof het augustus was in plaats van december.

'Dat klopt.'

'De Nico die Danny die avond heeft gefilmd toen ze aan het dansen was – die avond dat Liam werd vermoord?'

Hij maakte een kleine, merkwaardige buiging. 'Dat ben ik,' zei hij.

'Ik ben gewoon benieuwd,' zei ze, 'wat vond je ervan dat ze je vroeg haar op dat feestje te filmen?'

'Danny? Die heeft me niet gevraagd haar te filmen.'

'Nee?'

'Dat was Vin. Vin heeft dat geregeld. En na mij een seintje te hebben gegeven gingen hij en Danny dansen; het leek wel een showtje dat ze opvoerden. Hij wilde per se dat ik het op YouTube zette.' Hij lachte flauwtjes. 'Ze kon fantastisch dansen, Danny. Dat moet ik haar nageven.'

'Inderdaad,' zei Jude. 'Inderdaad.'

Liam was dood, Danny was dood, Dermot zat ergens in de cel, en Vin hield in huis toezicht op het inpakken, nam mee wat hij wilde hebben, ging door met zijn leven.

Jude vond het smoezelige olifantenknuffeltje ergens onder de kussens van een bank gepropt, toen het plastic bakje en ze verliet het huis zonder iemand gedag te zeggen.

Toen ze met haar tas vol Alfies spullen over straat hinkte reed er een bestelbusje voorbij, waar door het open raampje muziek uit klonk. Ze ving een glimp op van de man achter het stuur: Vin zat zo te zien te zingen.

68

Toen Jude klaar was met haar verklaring bij de politie was het al donker buiten. Binnenkort, dacht ze, was het de kortste dag van het jaar. Dan kwam Kerstmis en daar had ze nog niet eens bij stilgestaan. Dan het nieuwe jaar en de dag van haar afgelaste bruiloft. Ze had de laatste tijd ook nauwelijks meer aan Nat gedacht: wilde dat zeggen dat ze nooit echt van hem gehouden had of was het door de tijd en alles wat er was gebeurd gewoon uitgewist?

'Zijn we klaar?' vroeg ze aan Leila.

'Ja. Helemaal klaar.'

'Dus we zien elkaar niet meer? Ik hoef niet te getuigen in de rechtbank?'

'Dermot heeft bekend. Er komen wat psychiatrische onderzoeken maar daar blijft het wel zo'n beetje bij.'

Jude kreeg het even benauwd. 'Denk je dat hij ontoerekeningsvatbaar wordt verklaard?'

'Nee. Gaat niet gebeuren. Maar hoe dan ook, voor jou is dit hoofdstuk afgesloten, Jude.'

'Ja.'

'Hoe is het met je?' Het voelde een beetje laat, zo op hun laatste ontmoeting, maar Leila sprak haar aan als een vriendin.

'Ik ga voorlopig maar niet hardlopen, en mijn hand doet nog een beetje pijn.'

'Wat ik bedoelde is, hoe is het met jóú?'

'Gaat goed, hoor. Ik ben weer aan het werk en dat is fijn. De media-aandacht wordt eindelijk wat minder. Ik woon bij vriendinnen. Weet je, er wordt me aldoor gevraagd wat er gebeurd is en dan zeg ik dat ik ergens in verstrikt ben geraakt. Maar dat klopt niet. Ik heb Liam willens en wetens een gunst verleend. Ik heb me willens en wetens met dat huishouden ingelaten. Ga me niet vertellen dat dat niet dom was.'

'Dat was ik ook niet van plan.'

'En op mijn achttiende heb ik Liams leven laten ontsporen om het mijne te beschermen. Nu is hij dood en ben ik arts.'

'Hij heeft die keuze gemaakt.'

'Ik heb ook een keuze gemaakt.' Jude aarzelde. Ze had nog een laatste vraag. Ze durfde hem bijna niet te stellen. 'Kan ik nog schuld bekennen? Mezelf aangeven?'

Met haar hoofd enigszins scheef en een meelevende blik in haar grijze ogen keek Leila haar een paar tellen aan. 'Daar is het te laat voor,' zei ze uiteindelijk. 'Je zult een andere boetedoening moeten zoeken, ben ik bang.'

'Hoe wist Dermot het?'

Leila glimlachte. 'Ik dacht dat je je laatste vraag al gesteld had?'

'Nog eentje maar. Hoe wist hij het?'

'Hoe wist hij wat?'

'Liam wist, of dacht te weten, dat Danny daar op dat tijdstip bij het moeras zou zijn. Maar hoe wist Dermot dat Liam daar zou zijn?'

'Heel simpel. Liam had het hem verteld.'

'Waarom?'

'Hij dacht dat Dermot aan zijn kant stond. Hij had geen idee dat Dermot meer van Danny hield dan van hem. Veel meer.'

'Het lijkt zo – tja, zo waanzínnig om iemand te vermoorden alleen omdat diegene bij je weg wil.'

Leila schudde haar hoofd. 'Ik kan alleen maar zeggen dat jij en ik in een heel andere wereld zitten, Jude. Als jij zag wat ik week in, week uit zie, dacht je daar wel anders over. Mannen vermoorden hun vrouw al omdat die volgens hen te veel aan hun hoofd zeurt. Er zijn elk jaar gevallen van mannen die, omdat ze op het punt van faillissement staan, hun hele gezin doden voordat ze de hand aan zichzelf slaan, alsof hun partner en kinderen alleen maar een verlengstuk van henzelf zijn. Ik denk dat de Liam Birch die bij jou langskwam om je om een gunst te vragen een wanhopig man was. Hij had Dermot verteld dat Danny bij hem weg wilde en Alfie zou meenemen. En dat ze kennelijk ook nog eens de volledige voogdij zou opeisen.'

'God, wat moet ze hem gehaat hebben op het laatst. Dat was haar toch zeker nooit gelukt?'

Leila haalde haar schouders op. 'Misschien niet, maar ze voerde zijn drankprobleem, zijn gewelddadige woedeaanvallen en zijn vreemdgaan op.'

'Wat een ellende.'

'Liams zaak ging failliet, dus hij stond niet alleen op het punt zijn huis te verliezen, waar hij zijn hele ziel en zaligheid in had gestopt, maar ook nog zijn zoon die hij op handen droeg. Zo'n type man, die het gevoel heeft dat hij niets te verliezen heeft, kan heel gevaarlijk zijn.'

Jude zweeg even, en dacht aan de twee broers. 'Dus Dermot heeft Liam vermoord op precies die plek waar Liam Danny wilde vermoorden.'

'Ja.'

'Liam is dood. Danny is dood. Dermot zit de rest van zijn leven vast. En Vin dan?'

'Wat is er met hem?'

'Die had er ook iets mee te maken. Dat kan niet anders.'

'Heb je daar bewijs voor?'

'Het is overduidelijk. Hij heeft het alibi geregeld. Ik heb de man die ze gefilmd heeft ontmoet. Nico nog-wat. Je moet maar eens met hem gaan praten. Hij zal het je wel uit de doeken doen.'

'Bedankt voor je suggestie, Jude,' zei Leila droog. 'We hebben hem al gesproken. We hebben Vin ook verhoord. Die heeft hier een paar uur gezeten, met zijn advocaat.' Ze stak een hand op om Jude tot zwijgen te brengen. 'We hebben ook zijn laptop en telefoon doorgespit.'

'En?'

'En niks. Je moet het loslaten.' Ze stond op. 'En dan is het nu tijd om afscheid te nemen.'

Ze stak haar brede, warme hand uit en Jude pakte hem vast. 'Ik hoop dat je dit niet verkeerd opvat, Jude, maar ik hoop nooit meer iets van je te horen.'

69

Het was een vroege septemberdag maar het voelde nog als zomer. Jude liep het ziekenhuis uit, de hectiek van Whitechapel in. Hier had ze de hele dag op gewacht. Ze had geen plannen, met niemand afgesproken en ze ging er een lekker dagje alleen op uit. Ze zou gaan wandelen, misschien langs de rivier, om haar hoofd leeg te maken.

Toen zag ze hem.

Het voelde als een van de nachtmerries die ze weleens had, waarin er keer op keer hetzelfde gebeurde en ze niet weg kon komen. Ze herkende het gevoel van die keer dat ze Liam aan het eind van haar dienst had zien staan. Het was meer dan een herinnering. Het was alsof het opnieuw gebeurde. Het voelde als een stomp in haar maag.

Hij stond bij de stoeprand, een uit de kluiten gewassen man in spijkerbroek, blauw T-shirt en een grijs trainingsjack, met een baard en nog steeds lang haar. Hij stond met zijn rug naar het verkeer en had duidelijk op haar staan wachten.

Vin wierp haar een brede glimlach toe.

'Wat doe jij hier?' vroeg ze, zo rustig als ze kon.

'Ik wilde jou zien.' Hij glimlachte nog steeds. 'Blij dat ik ben gekomen. Je ziet er goed uit. Een beetje moe, misschien.'

'Ik heb er net een dienst op zitten.'

'Ongelooflijk wat mensen zoals jij doen. Oude mensen verzorgen. Jullie zijn de ware helden.'

'Hou daarmee op. Wat doe je hier?'

Judes vijandigheid leek hem eerder te amuseren dan te verontrusten. 'Moet ik een reden hebben dan?'

'Ja.'

Hij dacht duidelijk even na, met een licht bedenkelijke blik en zijn hoofd een beetje scheef. 'Iets zit me niet helemaal lekker,' zei hij. 'Ik had het gevoel dat er nog een los eindje was.'

Jude voelde een lichte paniek en keek om zich heen in de drukke straat.

Vin moest lachen. 'Ik wou alleen even praten.'

'Dat lijkt me nergens voor nodig.'

'Heel even maar. Het duurt niet langer dan een kop koffie.'

'Sorry,' zei Jude en ze probeerde langs hem heen te lopen.

Hij ging pal voor haar staan. 'We kunnen naar een vol café,' zei hij. 'Je hoeft heus niet bang te zijn.'

'Ik ben ook helemaal niet bang. We hebben elkaar gewoon absoluut niks te melden.'

'Tien minuutjes. Dan hoef je me daarna nooit meer te zien. Anders blijf ik het gevoel hebben dat we nog iets moeten afhandelen.'

Vins stem en gezicht kwamen vriendelijk over, maar elk woord dat hij zei klonk als een bedreiging. Zou ze hem door hem te woord te staan voorgoed uit haar leven kunnen bannen of hem er juist mee aanmoedigen? Stond ze op het punt weer precies dezelfde fout te maken?

Ze stemde in, en niet veel later zat ze aan een houten tafeltje in een café dat veel weg had van het café waar ze een jaar geleden met Liam had gezeten. Misschien was het wel hetzelfde. Ze wist het niet meer. Vin haalde een kamillethee voor Jude en een cappuccino voor zichzelf.

Alvorens een slok te nemen scheurde hij twee suikerzakjes open, kieperde ze leeg in zijn kopje en roerde erin. Hij zag hoe ze keek en moest lachen. 'Jij bent vast zo'n gezond type dat geen melk en suiker neemt.'

'Tien minuten,' zei Jude.

'Kom op,' zei Vin. 'Er is vast wel íéts wat je me wilt vragen. Je zal toch wel benieuwd zijn.'

'Ik weet alles wat ik moet weten.'

Nu keek Vin bedenkelijk. 'De politie heeft me verhoord, net als jou. Ze hebben niks gevonden om me ten laste te leggen, helemaal niks. Ze hebben alles doorzocht. Ze hebben het huis uitgekamd. Ze hebben mijn laptop en telefoon meegenomen. Ze hebben mijn appjes, e-mails, Facebook-berichten en Instagram uitgeplozen en waarschijnlijk ook nog andere dingen waarvan ik niet eens wist dat ik ze had. Noppes. *Nada.*'

Jude haalde haar schouders op: het zei haar niet zoveel. Wat Vin en Danny samen hadden gedaan, wat ze hadden beraamd, wat ze verborgen hadden, was niet iets wat je in een e-mail zette. Maar ze kon het niet helemaal laten zitten. Ze moest er iets van zeggen. 'Ik weet dat je dat filmpje hebt geregeld. Dat filmpje op YouTube waardoor je een alibi had.'

Ze ging ervan uit dat hij afwerend zou reageren maar hij glimlachte alleen maar nog een keer. 'We hadden het gezellig op een feestje. Ik vroeg iemand om dat te filmen. Dat is geen misdrijf.'

'Je komt behoorlijk vrolijk over, voor iemand wiens beste vriend en geliefde allebei zijn vermoord en die voor beide zaken verantwoordelijk is.'

‘Tijd heelt alle wonden,’ zei Vin opgewekt. ‘In het begin viel het niet mee maar ik heb de fasen van rouw doorlopen. Ik ben nu bij aanvaarding.’

‘Volgens mij zit je eerder nog vast bij ontkenning.’

Weer moest hij lachen. Ze kon hem wel slaan.

‘Da’s een goeie. Lekker ad rem. Dat heb ik altijd al leuk aan jou gevonden. Weet je nog, onze nacht samen, dat we elkaar beter leerden kennen...’

‘Hou op,’ siste Jude.

Hij had iets te hard gepraat en ze voelde dat het jonge stel aan het tafeltje naast hen hun gesprek had beëindigd en nu zat mee te luisteren.

‘Ik wou alleen maar zeggen dat als twee mensen zoiets hebben gedeeld, iets intiems, ze dan met elkaar verbonden zijn. Altijd met elkaar verbonden blijven.’

‘Het was een vergissing,’ zei Jude, boos fluisterend. ‘Een ongelooflijk stomme vergissing.’

Vin stak zijn hand uit over tafel. Jude trok de hare weg voor hij die kon pakken.

‘De tien minuten zijn bijna om,’ zei ze. ‘Heb je gezegd wat je op je hart had?’

Nu verscheen er een serieuzere blik op zijn gezicht. Hij boog zich over tafel en dempte zijn stem. ‘Je mag me alles vragen wat je wilt,’ zei hij. ‘Ik beloof je naar waarheid te antwoorden. Wat je maar wilt.’

Jude keek hem strak aan in zijn brede, jolige gezicht. ‘Eén ding. Heb je spijt?’

Vin keek oprecht verbaasd, maar eerder geamuseerd dan kwaad. ‘Is dat alles? Heb je toch een mooie kans laten schieten. Nee, natuurlijk niet.’ Hij boog zich nog een keer naar voren. ‘Nu mag ik jou één vraag stellen.’

‘Nee, dat mag je niet.’

‘Ik doe het toch. Je mag zelf weten of je antwoord geeft.’ Hij zweeg, alsof hij nadacht over hoe hij het moest verwoorden. ‘Wat was het plan?’ vroeg hij uiteindelijk.

‘Hoe bedoel je? Welk plan?’

‘Dat is het enige wat ik me maar blijf afvragen. Ik weet waarom Liam gedaan heeft wat hij heeft gedaan. Danny zou hem de vernieling in helpen. Ze zou Alfie meenemen en de volledige voogdij opeisen. Hij zou alles verliezen. Uiteraard beging hij de fout om Dermot er deelgenoot van te maken. Niemand is perfect. Maar wat was jóúw plan? Of was het van meet af aan al jouw idee? Wat zou het jou opleveren?’

Jude overwoog niet te antwoorden. Ze keek hoe hij zat te wachten, zo zelfverzekerd, zo monter. ‘Er was geen plan,’ zei ze na een tijdje. ‘Ik wist niet wat hij ging doen.’

Vin knikte traag. ‘Dat klopt, het kan niet jouw idee zijn geweest. Het oorspronkelijke idee was dat Dermot zijn alibi zou zijn. Dat klinkt logisch. Je broer, dat is iemand die je kunt vertrouwen. Maar Dermot zei nee en vertelde het aan Danny.’

Ineens begreep Jude het. Ja, dat was het. Daarom had Liam het aan Dermot verteld. Zijn broer was de enige die hij dacht in vertrouwen te kunnen nemen.

Vin praatte door alsof hij hardop nadacht. ‘Hij wist niet dat Dermot smoorverliefd op Danny was. Dat was pech. Voor Liam, bedoel ik. Niet voor Danny.’ Vin zweeg en dacht even na. ‘Alhoewel het voor Danny uiteindelijk ook pech was.’ Hij grijnsde op een manier waar Judes maag zich van omdraaide. ‘Maar dat was allemaal pas later. Toen Dermot hem afwees had hij iemand anders nodig als alibi voor de moord op de moeder van zijn kind, dus ging hij naar...’ Vin stopte met praten en keek Jude een paar tellen lang recht aan. ‘Zijn verloren liefde.’

'Ik was zijn verloren liefde niet. En hij ook niet de mijne.'

'Hoe zat het dán? Jij was zijn grote alibi. Het hing allemaal van jou af. Jij was het die, zodra je te horen kreeg dat Danny was vermoord, zijn verhaal zou bevestigen. Hij moet veel vertrouwen in je hebben gehad en toch zeg je dat er niks tussen jullie speelde.' Hij schudde veelbetekenend zijn hoofd.

'Dat zou ik nooit doen,' zei Jude. 'Ik zou hem nooit een alibi hebben gegeven.'

'Misschien niet.' Vin zei het alsof het niet veel uitmaakte.

'Denk je hier nou echt mee weg te komen?'

Zijn gezichtsuitdrukking bleef allervrolijkst. Hij stak een vermanende vinger op. 'Dokter Winter. Als ik niet onverwacht bij u was langsgegaan dan had ik gedacht dat u afluisterapparatuur bij u had en me met een bekentenis in de val probeerde te lokken.'

'Jij zult ermee moeten leven. Met wat je weet. Wat je gedaan hebt.'

'Gaat wel lukken, denk ik,' zei hij opgewekt. 'Jij en ik. Wij zijn de enigen die hier ongeschonden uit zijn gekomen.'

Zo was het wel genoeg. Jude stond op en trok haar jas aan. 'Zo ongeschonden voel ik me anders niet,' zei ze.

Hij stond op. 'Dus dit was het dan.'

'Inderdaad.'

Buiten op de stoep draaide Jude zich om om weg te lopen. Ze hoopte hem nooit meer te hoeven zien, maar hij stak een hand uit en raakte haar schouder aan.

'Ik geloof je,' zei hij.

'Wat geloof je?'

'Volgens mij had jij inderdaad nooit een alibi aan een moordenaar verstrekt. Dat dacht ik eigenlijk al, maar nu, na je hier gesproken te hebben, weet ik het zeker.'

'Het kan me niet schelen wat jij denkt.'

'Jij had zijn telefoon bij je, toch?'

Jude gaf geen antwoord maar Vin praatte door alsof ze ja had gezegd. 'Meer had hij niet nodig. Zijn telefoon lag honderdvijftig kilometer verder. Dat was alles wat hij nodig had voor een alibi.'

'En ik was daar ook.'

Hij liet een stilte vallen voor hij antwoord gaf. 'Denk je eens in,' zei hij.

'Wat moet ik me indenken?'

'We weten allemaal hoe Liam was, waar hij toe in staat was. Hij was van plan de moeder van zijn kind te vermoorden. Volgens mij was hij ook van plan jou te vermoorden. Niemand wist dat jij daar zat. Niemand wist dat hij jou had ontmoet. Jij had zijn spullen naar dat huisje gebracht. Dat was het enige waar hij jou voor nodig had. Daarna kon je maar beter uit de weg worden geruimd.'

Heel even leek het of de grond onder Judes voeten verdween. Ze dacht terug aan die ontmoeting met Liam. Ze probeerde zich voor de geest te halen hoe hij zich had gedragen, hoe hij had geklonken. Zou dat echt kunnen? Was Liam van plan geweest haar te vermoorden? 'Nee, daar geloof ik niks van.'

Vin glimlachte breed, de laatste glimlach die ze ooit nog van hem zou zien. 'Misschien,' zei hij. 'Maar zeker weten zul je het nooit.'

En toen was hij het die wegliep, haar achterlatend op de stoep.

70

Ergens midden oktober, op de dag dat Liam eenendertig zou zijn geworden, liep Jude vanuit haar appartement in Bethnal Green naar de begraafplaats van Walthamstow. Het was een frisse, winderige dag en er dwarrelden gele bladeren door de lucht terwijl ze door Victoria Park naar de moerassen wandelde. Ze voelde wat spatjes regen op haar gezicht.

Het was al bijna een jaar geleden sinds die dag begin november dat Liam haar was komen opzoeken om haar om een gunst te vragen. Een jaar. Ze werd bijna duizelig bij de herinnering aan die koortsachtige tijd waarin haar leven op zijn kop had gestaan en haar zelfvertrouwen was aangetast en geknakt.

Ze ging het hek van de begraafplaats door en zag meteen veel grafstenen in een gekke hoek gekanteld staan. Een sereen ogende engel stond bijna vijfenveertig graden voorovergebogen en er vielen een paar grafstenen bijna tegen elkaar aan. Het was alsof de grond samen met zijn volledige lading botten aan het verzakken was.

Ze was ervan uitgegaan dat het even zou duren om uit te vinden waar Liam begraven lag, maar het was er kleiner dan ze had verwacht. Binnen een paar minuten stond ze al voor een eenvoudige grijze steen, met Liams naam en geboortedatum er vers in gebeiteld. Verder niets.

Ineens drong zich een pijnlijk heldere herinnering op van Liam die haar, toen ze samen in een veldje lagen, vroeg om de botten van het lichaam op te noemen. Dat had ze gedaan: talus, fibula, tibia, patella... Steeds legde ze haar hand op het bot dat ze noemde: ze hield zijn voet vast, legde haar hand op zijn scheenbeen, zijn knie, zijn bovenbeen, en uiteindelijk onder zijn schedel. Die prachtige botten lagen nu in deze kleine ruimte begraven, het enige wat nog over was van Liam.

Nu ze hier was wist ze niet goed wat ze moest doen of voelen. Ze wist niet eens meer wat ze hier deed, met een bosje anemonen, en voelde zich ineens ontzettend stom. Ze dacht aan Liam zoals ze hem vroeger had gekend, knap en gevaarlijk, bruisend van levenslust en energie. Ze dacht aan hem na die botsing, aan hoe hij zijn toekomst had vergooid om haar haar eigen koers te laten varen, weg van hem. Ze zag hem voor zich, elf jaar later in het café waar hij haar met lachrimpeltjes om zijn ogen om een gunst vroeg.

Ze dacht aan Vins woorden, en huiverde tegen wil en dank. Ze zou nooit weten wat Liam gedaan zou hebben, en misschien was dat niet erg. Twijfel en onzekerheid horen bij het leven; je moet tegenstrijdigheden aan elkaar knopen en niet proberen op te lossen. Je moet leren dat je lang niet zoveel controle over het leven hebt als je zou willen.

Ze ging op haar hurken zitten. Ze veegde de hoopjes dode bladeren bij de steen weg en legde er haar bloemen, rijkgeschakeerd als edelstenen, neer. Ze overwoog iets te zeggen, maar wat zou dat moeten zijn? Ik ben altijd verliefd op je geweest? Ik ben nooit verliefd op je geweest? Was ze hier om dank je wel of sorry te zeggen, om om vergeving te vragen, hem te vervloeken, of om domweg te erkennen dat het voorbij was, dat hij voorbij was – een geweldige, verschrikkelijke man die nu in een verzakkend landschap vol doden lag begraven?

Pas toen ze opstond zag ze dat er bij het graf ernaast een vrouw was verschenen, die op haar knieën met een kleine troffel onkruid zat te wieden.

'Mijn Lewis,' zei ze met een knikje naar de grafsteen. 'Ik kom hier elke dag.'

'Was hij uw man?'

'Ja. Hij is drie jaar geleden overleden. Niet zo jong als die van u, dertig nog maar. Wat treurig.' Ze keek naar de bloemen die Jude had neergelegd. 'Ik ben blij dat u hem komt opzoeken. Volgens mij komt er nooit iemand. Hij is helemaal aan zijn lot overgelaten. Erg toch?'

'Iemand kan op verschillende manieren worden herdacht.'

'Dat is waar. Kende u hem goed?'

Jude keek naar de vrouw, en toen weer naar de grafsteen. 'Nee,' zei ze uiteindelijk. 'Hij was meer een droom. Volgens mij kende ik hem eigenlijk helemaal niet.'